此心自有光明月

王阳明诗歌欣赏

张实龙
余丹 ⊙编著

宁波出版社
NINGBO PUBLISHING HOUSE

编委会

编委会主任　杨　劲
编委会副主任　夏秋耘　葛瑞康　谢安良
编委会成员　袁志坚　冯国祥　张　琳
　　　　　　汪　灏　王招灵　褚佩荣
　　　　　　俞云灿

清·焦秉贞《王阳明像》

前言

　　有关阳明心学,我们也曾出版过几本小书。在我们的书里,很少采用王阳明的诗歌材料。我们也知道,如采用一些王阳明的诗歌材料,不仅可以为书增色不少,还可以解决一些理论性的问题。但是,要用王阳明的诗歌材料,就必须对他的诗歌有彻底的了解;要彻底地了解王阳明的诗歌,必须清楚他的诗歌创作背景。在这些方面,我们自认是"吾斯之未能信"。因此,我们在谈论阳明心学时,几乎不敢运用王阳明的诗歌材料。

　　2022年底,宁波出版社袁志坚社长提出,希望我们面向阳明学爱好者,写一本赏析王阳明诗歌的小册子。我们只得向恩师束景南先生求救,束先生正在做一个国家社科基金重点项目"王阳明诗赋编年笺证"。当时束先生的初稿已经完成,正在进一步修改润色之中。他马上将初稿发给我们,供我们写作时参考。束先生的"善与人同"之心,令我们感激莫名。

我们得到束先生的书稿,如获至宝。书稿对王阳明的每首诗赋(包括佚诗佚赋)创作的时间、地点及相关的人与事,都做了令人信服的考证;对每一首诗赋的主旨都做了简明切要的阐述,对每一句诗都做了恰如其分的解读。书中引证资料之宏富,作者驾驭古典文献能力之强,于当下学坛属出类拔萃。我们坚信,这将是束先生继《王阳明年谱长编》《阳明大传:"心"的救赎之路》之后,对当代阳明学研究做出的又一重要贡献。

有了束先生的书稿,我们才胆敢选取一百四十余首王阳明诗歌进行赏析。在赏析每首诗的时候,关于诗的创作背景和主旨、一些词语和典故的解释等,我们基本上采用了束先生书稿的说法。引用的地方太多,不可能都一一注明出处。只有在引用束先生的重要观点的时候,我们才特地做出说明。我们老实地承认,如果没有束先生这本书稿的引导,那么我们对王阳明诗歌的赏析几乎不敢下手。

在撰写本书的过程中,我们一直在思考一个问题:有了束先生的《王阳明诗赋编年笺证》,我们写的这本书还有什么价值?束先生的著作是学术著作,有绵密的考证,为学者进一步阅读和研究王阳明诗歌提供了基石。

我们写的书是诗歌赏析，是普及推广类的书，是引导一般的阳明学爱好者去读王阳明的诗歌。书中没有什么考证，语言也尽量浅显易懂，尽可能揭示所要赏析的每首诗的真实意思，突显诗中所蕴含的抒情线索，点明诗歌的艺术特征。

读懂王阳明的诗歌，可以更好地了解王阳明的人生。王阳明的语录与文录，多是阐发心学理论，更为学者们所重视。王阳明的诗歌则是他性情的抒写，从中我们可以感受到王阳明的喜怒哀乐，可以认识到一个血肉丰满的王阳明。王阳明晚年的多首诗中都表达了退隐乡里的意愿，但是王阳明的退隐与严子陵的隐逸不同，他是要退出官场，走向民间，去讲学论道。

读懂王阳明的诗歌，也可以促进对阳明心学的理解。王阳明晚年提倡"致良知"，其晚年的诗歌也应是"致良知"的体现。王阳明晚年之诗反复表达隐退乡里、奉养至亲之意，但是他在《送萧子雝宪副之任》中，却鼓励萧子雝积极进取。由此可以看出，王阳明的"致良知"，离不开具体的人与具体的环境，要人在具体情境中发挥自己的生命潜力。

单从文学上来看，王阳明的诗歌也极具价值。纪晓岚说，王阳明诗歌"秀逸有致"，我们颇有同感。王阳明诗歌内容极为丰富，或送别，或写景，或抒怀，或咏史，或说理,人生百态,无不可入诗。王阳明诗歌的表现形式也极为多样:有的情真意切,直抒胸臆;有的巧用典故,含蓄蕴藉;有的想象奇特,天马行空;有的是俚语套曲,喜怒皆成文章。阳明先生作诗无非是致自己的"良知",尽情地发挥自己之所有,而字里行间却有自己的节奏,真是"秀逸有致"!

本书赏析王阳明诗歌,大致遵循如下体例:

一、交代作诗之背景,包括作诗的时间、地点及相关的人与事;

二、逐句串读诗句,先解释词语,再说出诗句字面意思,然后揭示内在深意;

三、揭示诗歌主旨,剖析内在逻辑,点明艺术特点;

四、对有些诗谈及其与其他诗歌的关联。

由于能力所限,这本赏析王阳明诗歌的小册子比较肤浅,发王阳明诗歌底蕴不及万分之一。读者自可以循此进入王阳明的诗歌世界,去发现更多的宝藏。

张实龙

余 丹

第一卷

阳明先生在京师与士大夫交游,在龙山结社吟诗,在阳明洞中养生修炼,从"少喜任侠"到"溺于辞章"又"溺于神仙",终究回到了儒学正途。

咏金山 / 3　蔽月山房 / 6　梦中绝句 / 8　雨霁游龙山次五松韵二首 / 10　雪窗闲卧 / 13　化成寺六首(其一、其四) / 15　山中懒睡四首 / 21　西湖 / 25　泰山高次王内翰司献韵 / 28　忆诸弟 / 38　赠扬伯 / 40

第二卷

正德元年末,阳明先生入诏狱,后被贬为贵州龙场驿丞。在此期间,他写下了诸多诗篇,有愤懑不平,有凄楚哀怨……他那宽广的心胸气度,最终让一切磨难如"浮云过太空"!

有室七章 / 47　屋罅月 / 52　阳明子之南也,其友湛元明歌《九章》以赠,崔子钟和之以《五诗》,于是阳明子作《八咏》以答之八首(其一、三、四、八) / 55　一日怀抑之也,抑之之赠,既尝答以三诗,意若有歉焉,是以赋也 / 63　赴谪次北新关喜见诸弟 / 67　泛海 / 70　杂诗三首 / 73

◈ 第三卷 ◈

在龙场的日子,阳明先生盖草堂,躬耕田间,授徒讲学,为解决阿贾阿札叛乱而奔波,更没有放弃对学问的苦苦探求与思索,这才有了石破天惊的"龙场悟道"。

萍乡道中谒濂溪祠 / 83　游岳麓书事 / 86　南游三首 / 96　天心湖阻泊既济书事 / 101　去妇叹五首 / 107　七盘 / 115　移居阳明小洞天三首 / 118　谪居粮绝请学于农将田南山永言寄怀 / 125　观稼 / 127　诸生夜坐 / 130　龙冈漫兴五首 / 134　老桧 / 144　试诸生有作 / 147　南霁云祠 / 149　题施总兵所翁龙 / 153　冬至 / 157　雪夜 / 160　春行 / 162　家僮作纸灯 / 165　春日花间偶集示门生 / 167　再试诸生 / 170　诸生 / 173　瘗旅歌

二首／175　观傀儡次韵／179　赠陈宗鲁／182
醉后歌用燕思亭韵／185

◈ 第四卷 ◈

阳明先生自贵州赴任庐陵县令，经湖南到江西，一路讲学论道，传播心学。他在庐陵、北京、滁州等不同地方为官，所到之处都成了讲学中心。

溆浦山夜泊／193　过江门崖／196　辰州虎溪龙兴寺闻杨名父将到留韵壁间／200　武陵潮音阁怀元明／203　沅江晚泊二首（其一）／206　睡起写怀／208　三山晚眺／211　再过濂溪祠用前韵／213　游瑞华二首（其二）／218　立春日道中短述／220　别方叔贤四首（其四）／222　香山次韵／224　别湛甘泉二首（其一）／226　与徽州程毕二子／229　赠别黄宗贤／231　四明观白水二首（其一）／235　杖锡道中用张宪使韵／240　书杖锡寺／242　寄浮峰诗社／246　梧桐江用韵／249　栖云楼坐雪二首（其一）／253　琅琊山中三首（其二）／255　送守中至龙盘山中／259　送蔡希颜三首（其一）／262　别希颜二首（其一）／265　别易仲／268　郑伯兴

3

谢病还鹿门雪夜过别赋赠三首（其一）／272　诸用文归用子美韵为别／275　送惟乾二首（其一）／278　林间睡起／281　山中示诸生五首（其五）／285　滁阳别诸友／287

《第五卷》

阳明先生在南京为官，到江西剿匪，平定了宸濠之乱，此时期的诗歌表达他内心的纠结。他认清了官场的险恶，渴望归隐山林，但是又无法全身而退。

次栾子仁韵送别四首（其三）／295　送徽州洪侹承瑞／298　题王实夫画／302　题岁寒亭赠汪尚和／304　别族太叔克彰／306　送诸伯生归省／308　病中大司马乔公有诗见怀次韵奉答二首（其二）／312　六月五章（其一）／314　守文弟归省携其手歌以别之／316　寄冯雪湖二首（其一）／321　游清凉寺三首（其三）／324　寄潘南山／326　四箴（其一）／329　丁丑二月征漳寇进兵长汀道中有感／332　喜雨三首（其一）／335　桶冈和邢太守韵二首（其一）／338　回军九连山道中短述／340　送德声叔父归姚／342　示宪儿／346　书草萍驿二

4

首(其一)/349　寄江西诸士夫/352　杨邃庵待隐园次韵五首(其五)/355　过鞋山戏题/358　芙蓉阁/361　劝酒/363　太平宫白云/365　有僧坐岩中已三年诗以励吾党/368　重游开先寺戏题壁/371　啾啾吟/374

◇ 第六卷 ◇

阳明先生晚年蛰居绍兴五六年,他的心学日趋成熟,讲学成了他生活的全部,此时期的诗歌多是咏叹"良知"。

月下吟三首(其一)/383　月夜二首(其二)/386　后中秋望月歌/390　贾胡行/392　归兴二首(其二)/395　月夜二首(其二)/398　咏良知四首示诸生(其四)/402　天泉楼夜坐和萝石韵/403　嘉靖丙戌十二月庚申始得子,年已五十有五矣。六有、静斋二丈昔与先公同举于乡,闻之而喜,各以诗来贺,蔼然世交之谊也,次韵为谢,二首(其一)/406　别诸生/408　复过钓台/412　谪仙楼/416　游海诗(其一)/419

第一卷

阳明先生的童年时代，在故乡余姚度过，他十一岁时来到京师，其后二十余年间，辗转于两地之间，在京师与士大夫交游，在龙山结社吟诗，在阳明洞中养生修炼，从"少喜任侠"到"溺于辞章"又"溺于神仙"，终究回到了儒学正途。

咏金山

金山一点大如拳,打破维扬水底天。
醉倚妙高台上月,玉箫吹彻洞龙眠。

据阳明先生弟子钱德洪所撰《阳明先生年谱》(以下简称《年谱》)记载,这首诗是阳明先生十一岁时所作。当时是宪宗成化十八年(1482),父亲王华已高中状元,祖父竹轩翁(王伦)带着他一同赴京。祖孙二人路过镇江金山寺,地方官员设宴招待,酒酣耳热之际自然要赋诗。满腹诗书的祖父或许是老了,或许是醉了,竟然思虑甚久未能成篇,而一旁的小阳明却将这首七绝脱口而出,引起满座惊叹。

这首诗确实充满奇思妙想。金山是镇江名胜，山上有寺，遍布慈寿塔、观音阁、法海洞、中泠泉等景致，风貌绝佳，历来文人墨客吟咏不绝。阳明此诗却别出机杼，不做工笔描摹而重泼墨写意。金山本是扬子江中一个小小岛屿，小阳明仿佛站在半空中俯视。在奔腾而下、奔涌不息的长江波涛中，金山好像造物者之手留下的一个特殊印记。前两句诗想象奇特、意

明·钱德洪《阳明先生年谱》

各种关于阳明先生之传记、戏说纷纷籍籍，然最忠于事实的莫过于先生嫡传弟子钱德洪所撰《阳明先生年谱》。

4　吾心自有光明月：王阳明诗歌欣赏

境开阔,让人不禁感叹小小孩童竟有如此胸襟气度!后两句诗又从远景拉至近景,酒至微醺,来到山顶妙高台上,凭栏临风,月影婆娑,不知何处飘来一缕空灵的箫音,只怕连石洞深处酣眠的神龙也要被唤醒了吧。此时此景,似已非复人间,直教人有乘风归去之意。这一联竟隐隐流露禅意,是为金山寺庙宇梵音所感,还是幼年的阳明先生已经开始对禅机感兴趣了呢?

传说阳明先生呱呱落地的时候,祖母岑太夫人梦见神人于云中鼓吹相送,祖父就为他起名为"云",如今余姚阳明故居瑞云楼也是因此得名。承载着祖父厚望的王云,到五岁还不会说话,直到有一位高僧点拨道:"好个孩儿,可惜道破。"祖父才为他改名守仁,字伯安。此后小阳明不但能开口说话,而且能轻松诵读诗书。原来此前祖父读书的时候,他都已经默默地记下来了,着实是天资聪颖!幼年的阳明在诗书传家的氛围中接受了良好的启蒙教育,这是他一生充满哲思文采,创下传奇功业的基石。

蔽月山房

山近月远觉月小，便道此山大于月。
若人有眼大如天，还见山小月更阔。

这首诗同样作于阳明先生十一岁赴京途中的金山夜宴中。小阳明以《咏金山》技惊四座，却难免引起怀疑：是不是王伦老先生早早写好了诗句，故意让孙儿在此大出风头呢？毕竟一个年方十一岁的孩子，能有如此捷才，实在让人难以置信。于是，座中有好事者要来加试了，要求他即席写一首《蔽月山房》。小阳明毫不犹豫，随口又吟出这四句诗来。

金山并无"蔽月山房"一景，应该是"水月山房"之误。不过这其实关系不大，因为此诗重点并不在于写景，而是大打机锋，以哲理禅趣见长。人在山中，难以窥见此山全貌，只觉四周群峰叠嶂，无处不是此山；而天边一轮皓月，隔着不知几千几万里的距离，映入眼中只是白玉盘一般大小。如此看来，自然大的是山，小的是月。可是，如果能跳出身在山中的局限，设想人在宇宙中某个视角去平视此山、此月，自然就会看得清清楚楚、明明白白，原来小的是山，大的是月。如果更往深处想一步，那么山与月孰大孰小，又有何可执着的呢?在茫茫宇宙中,山也好,月也好,都是微小如浮尘的存在。这不正是庄子所说的"小大之辩"吗?人世间的荣辱得失亦是如此,为一时一事纠结的时候,把得失看得很重,而真正走出来以后,再去冷静看待,才明白孰轻孰重,再深一层去想又觉无所谓轻重。

当年苏轼的《题西林壁》揭示了"不识庐山真面目,只缘身在此山中"的哲理,阳明此诗更进一步,点明只有跳出此山,方可对山势了然于心。语句虽浅显平易,其中蕴含的道理却颇可回味,充满了思辨的理趣。十一岁的小阳明,莫非就已经常常思考宇宙、人生这样的深奥命题了吗?

这首《蔽月山房》和上一首《咏金山》,遣词造句都还有几分稚嫩,也没有什么刻意的技巧,胜在天真。它们都不见于阳明的各种诗文集,不过,弟子钱德洪和邹守益分别在《年谱》和《王阳明先生图谱》中有所记载,冯梦龙在通俗小说《皇明大儒王阳明先生出身靖乱录》中也大加渲染:"坐客谓竹轩翁曰:'令孙声口,俱不落凡。想他日定当以文章名天下。'先生曰:'文章小事,何足成名?'众益异之。"在阳明看来,读书不是为了获取功名,而是为了学做圣贤,这才是"第一等事"。可见,人生须立志,才会有励志的人生啊!

【梦中绝句】

卷甲归来马伏波，早年兵法鬓毛皤。
云埋铜柱雷轰折，六字题诗尚不磨。

明世宗嘉靖七年（1528），阳明先生平定思田之乱，又大破八寨、断藤峡，当时他的身体状况非常糟糕，于是向朝廷上《乞养病疏》，迫切希望能够返回家乡。途经广西横州时，阳明先生拜谒了乌蛮滩上的伏波将军庙，并作《谒伏波庙二首》，其一云："四十年前梦里诗，此行天定岂人为。"并自序云："此予十五岁时梦中所作。今拜伏波祠下，宛如梦中。兹行殆有不偶然者，因识其事于此。"由此可知，这首《梦中绝句》作于成化二十二年（1486）。

十五岁，正是少年阳明沉迷军事的时候。据《年谱》记载，阳明曾在这一年"出游居庸三关，即慨然有经略四方之志"，此次边塞之行持续了一个多月，他四处考察山川形势，寻访少数民族部落所在，思考防御之策，途中还"逐胡儿骑射"。后来湛若水说阳明先生年轻时曾"初溺于任侠之习，再溺于骑射之习"（《阳明先生墓志铭》），确非虚言。当时明王朝的边患和流民起义不断，阳明对军事问题产生了关注，才会有梦中拜谒伏波将军庙并赋诗纪念的举动。

伏波将军,即汉代名将马援,他追随光武帝刘秀屡立战功,先后平定羌族和交趾,征讨匈奴和乌桓,最终病死疆场。"老当益壮""马革裹尸"这两个著名的成语都是出自马援之口,这种爱国精神和战斗豪情深深感染了少年阳明。"卷甲归来"指的是马援平定交趾之乱后凯旋;"皤"是白色的意思,此时他长年征战,已经鬓发斑白。马援班师之际,立铜柱为汉界,并刻上"铜柱折,交趾灭"六个大字。阳明先生感慨,即使铜柱倒下,这六个铿锵有力的字迹也不会磨灭,它象征着马援的赫赫战功,在历史的烟云中永远不会被遗忘。

冥冥中似有天意,在生命接近终点的时候,阳明来到伏波庙,四十年前的少年豪气和梦里诗句从记忆深处涌起,让他久久不能平静。隔着一生的坎坷磨难和金戈铁马,此时的阳明先生,是欣慰,是忧愤?一切都化作一声长叹。而时光倒流到四十年前,十五岁的阳明,在这首《梦中绝句》中袒露的胸怀气度和报国之志,或许可以解释一介文弱书生何以能够指挥若定、战功卓著吧。

雨霁游龙山次五松韵二首

晴日须登独秀台,碧山重叠画图开。
闲心自与澄江老,逸兴谁还白发来?
潮入海门舟乱发,风临松顶双鹤回。
夜凭虚阁窥星汉,殊觉诸峰近斗魁。

严光亭子胜云台,雨后高凭远目开。
乡里正须吾辈在,湖山不负此公来。
江边秋思丹枫尽,霜外缄书白雁回。
幽朔会传戈甲散,已闻南檄授渠魁。

这两首诗作于孝宗弘治九年(1496)秋天。《年谱》记载,当年二月先生会试再次落榜,却不以为意,声称"世以不得第为耻,吾以不得第动心为耻"。随后他回到家乡余姚,与当地一班名士在龙泉山结社唱和,留下了不少诗作。

诗题中的"龙山",就是余姚的龙泉山,《光绪余姚县志》卷二对龙泉山的描述是:"在秘图山(阳明祖居地)西一里许……山巅有葛仙翁井,山腰有微泉,未尝竭,名龙泉……中峰高处有石,曰绝顶石,后名祭忠台。"如今的龙泉山公园依然是余姚市中心的一处胜迹，园内有著名的余姚四先贤（严子陵、王阳明、朱舜水、黄宗羲）纪念碑，山腰还有阳明先生昔年讲学之地中天阁。

"五松"则是余姚名士魏瀚，号五松，有诗才，与海盐张宁、慈溪张琦、嘉兴姚绶齐名，人称"浙江四才子"。《年谱》中说魏瀚虽成名已久，但对阳明非常推崇："致仕方伯魏瀚平时以雄才自放，与先生登龙山，对弈联诗，有佳句辄为先生得之，乃谢曰：'老夫当退数舍。'"二十五岁的阳明，在诗歌创作上已经小有名气，这得益于他在京师求学期间对诗文的兴趣和钻研。阳明先生后来回忆在太学时期"驰骛于举业辞章"（《程守夫墓碑》），在诗文创作上投入了不少时间和精力，也结识了一帮同道中人互为唱和。这两首次韵的七律，相较前面几首少年时代的作品，在技巧上显然更为成熟。

这两首诗写故乡山水之美，抒林下悠游之志。第一首首联写登上龙泉山顶的独秀台远眺，青山叠翠如图画一般。此处的独秀台即祭忠台，英宗时期翰林侍讲刘球因弹劾宦官王振而被迫害致死，乡人在龙泉山顶祭祀他，山顶陈列祭品的巨石因而被命名为祭忠台。颔联则落到魏瀚身上，此公宦海浮沉后得以归老故园，日日与姚江相伴，诗兴大发，此时又与阳明一起登山吟咏。二人并肩立在山巅，看姚江水奔流入海，江中百舸争流一派繁忙，越发显得他二人如松间的闲云野鹤。到了夜间，宿在山下的龙泉寺阁院中，觉得漫天星斗仿佛触手可及。末二联未免夸张，姚江流经慈溪入海，《万历绍兴府志》卷七《山川志》载，当时龙泉山距入海口尚有四十余里，目力恐不能及。今日龙泉山的海拔也不过67.4米。而在阳明先生笔下，龙泉山山势高峻，视野开阔，颇有气势。

　　第二首提及的严光也是余姚乡贤，即东汉著名的隐士严子陵。严光少年时与光武帝刘秀一同游学，刘秀登基后他却不愿为官，隐居在富春江畔，常常在江边垂钓。龙泉山上有严子陵祠，祠中有高节亭，即"严光亭子"；"云台"用的也是汉代典故，汉明帝把邓禹等二十八位名将的画像放置在南宫云台以示追念，云台遂成为后世武将向往的荣耀之地。"严光亭子胜云台"，流露出阳明不愿为世俗功业所束缚、追求逍遥自适的心态。雨后登临，看故乡湖山秀丽，正需要我们这样的文士吟诗作赋来为之增色，而湖山如此多娇，也不负魏瀚这样的名公时时探访。正是深秋时节，如火的枫叶片片飘落，经霜而来的白雁带回远方的音信：北边幽朔一带骚扰入侵的鞑靼屡屡被击退，南边的巨盗也被平定了。最后一联还是流露了阳明关心时局和民生的心迹，他并非全然忘怀世事。

　　此时的阳明先生正当盛年，虽然经历了两次科场失利，但并没有因此意气消沉。一方面，他像当时绝大多数读书人一样走科举之路以为进身之阶，却不把科举作为人生的终极目标。十八岁那年，他去拜会了名儒娄谅，深受其"圣人必可学而至"之言的激励，幼时读书学做圣贤的志向更加明确，自然不会困于科场的一时得失。另一方面，他正处在"溺于辞章之习"的阶段，徜徉于故乡山水之间，呼朋唤友结社吟诗，这何尝不是人生乐事！所以这两首诗写景壮阔，抒情洒脱，整体气韵生动，细看色彩明丽、用典贴切、对仗工巧，显示了高超的诗艺，堪为阳明龙泉结社期间的代表作。

雪窗闲卧

梦回双阙曙光浮，懒卧茅斋且自由。
巷僻料应无客到，景多唯拟作诗酬。
千岩积素供开卷，叠嶂回溪好放舟。
破虏玉关真细事，未将吾笔遂轻投。

这首诗也是阳明龙泉结社时期的作品。既名"雪窗"，自然是写在冬天；虽云"闲卧"，却隐隐表达了不平之气。开头说"梦回双阙",应当是包含了两层意思。"双阙"指宫殿、祠庙、陵墓等建筑两边高台上的楼观,常常借指京城。如曹植《赠徐干》"聊且夜行游,游彼双阙间",杜甫《承闻河北诸道节度入朝欢喜口号绝句》"意气即归双阙舞,雄豪复遣五陵知",都是如此。此时阳明身在家乡余姚,父亲王华仍在京城任上,他梦见京城,是想念父亲,也是挂念国事。夜间虽不平静,但天亮之后,无所事事高卧草堂,却又觉得远离京城的喧嚣,真切地感受到了自由的快乐。闲居在幽深的巷子里,想必也不会有什么不速之客上门打扰,而故乡景致美不胜收,只待与同道中人一一游历、酬唱。"景多"二字,道出了对家乡山水的喜爱,趁着这段时间,正好一一赏玩。《雨霁游龙山次五松韵二首》以及《次魏五松荷亭晚兴》《春晴散步》等"归越诗",正是对这段悠闲生活的记录。"积素"就是积雪,南朝谢惠连《雪赋》中就有"积素未亏,白日朝鲜"之句,意为积雪尚未消融,在日光下显得格外鲜明。山上积雪皑皑,好似展开了一幅洁白的书卷供诗人吟咏题写;山间的小溪流水潺潺,又令人想要泛舟而下。中间二联描画了江南明净的雪后风光,尽显阳明归于田园、纵情山水的闲情逸致,他似乎已经完全忘怀世事了。其实不然,一个饱读诗书、立志成圣的青年,怎么会甘心就此终老林泉呢?尾联就流露出他内心的躁动了:听说边关仍不平静,鞑靼、瓦刺这些大明朝的严重危险,什么时候才能完全平息呢?"玉关"

指的自然是玉门关,是河西走廊西端的边关,位于如今甘肃敦煌西北方向,历来是兵家重地,更是历朝边塞诗中出现频率极高的地名,泛指北方的边关。阳明先生自幼对军事很感兴趣,他少年时习骑射、学兵法、考察边疆,成人后更"留情武事,凡兵家秘书,莫不精究",以至"每遇宾宴,尝聚果核列阵势为戏"(《年谱》)。阳明满腔从军报国、平定边患的壮志,且对自己的军事才能高度自信,才有"破虏玉关真细事"的豪言。"未将吾笔遂轻投"用班超典故,《后汉书·班超传》记载:"家贫,常为官佣书以供养。久劳苦,尝辍业投笔叹曰:'大丈夫无他志略,犹当效傅介子、张骞立功异域,以取封侯,安能久事笔砚间乎?'"可是现在还不是效法班超投笔从戎的时候,为什么呢?是留恋乡土、沉迷诗文之趣,还是觉得国是日非难以有所作为?恐怕二者兼而有之吧。不过我们知道,阳明先生最终还是选择了入世,百死千难未尝有悔,显示了儒者的担当。

化成寺六首(其一、其四)

化城高住万山深,楼阁凭空上界侵。

天外清秋度明月，人间微雨结浮阴。
钵龙降处云生座，岩虎归时风满林。
最爱山僧能好事，夜堂灯火伴孤吟。

化城天上寺，石磴入星躔。
云外开丹井，峰头耕石田。
月明猿听偈，风静鹤参禅。
今日揩双眼，幽怀二十年。

  化城寺是佛教圣地九华山的开山祖寺。相传唐代新罗僧人金乔觉，二十四岁时东渡而来，在九华山东崖岩洞中苦修多年，当地信众遂集资为他修建禅院，即化城寺。《民国九华山志》卷三有相关记载："化城寺，在天台峰西南。九华九十九峰，独此处于山顶得平地，有溪有田，四山环绕如城。唐至德初，诸葛节等买僧檀公旧地，为金地藏建。建中二年，郡守张岩请额，为地藏道场。"

  阳明先生此次游九华山，是在弘治十四年（1501）秋天。《王文成公全书》将《化城寺六首》列入"归越诗"，认为这组诗是在弘治十五年（1502）"以刑部主事告病归越并楚游作"。而据束景南先生考证，弘治十四年八月，阳明在刑部云南司主事任上，奉命去直隶、淮安等府审决重犯。他从京师沿淮安、凤阳、南京、芜湖、池州等地南下，一路公干的同时不忘游山玩水、寻访名胜、吟诗作赋，约在九月下旬来到九华山。在九华山，阳明先生畅游山水名胜，寻访蔡蓬头、实庵和尚等佛、道高人，写下了洋洋洒洒的《九华山赋》《化城寺六首》《李白祠二首》《双峰》《莲花峰》等诗作。《化城寺六首》组诗由三首七律、三首五律构成，这里是其中的第一首和第四首。

明·王阳明《王文成公全书》

诗文集。三十八卷。明王阳明撰，明钱德洪原编，明谢廷杰汇集。成书于明隆庆六年(1572)。王阳明的著作大都见于此书。

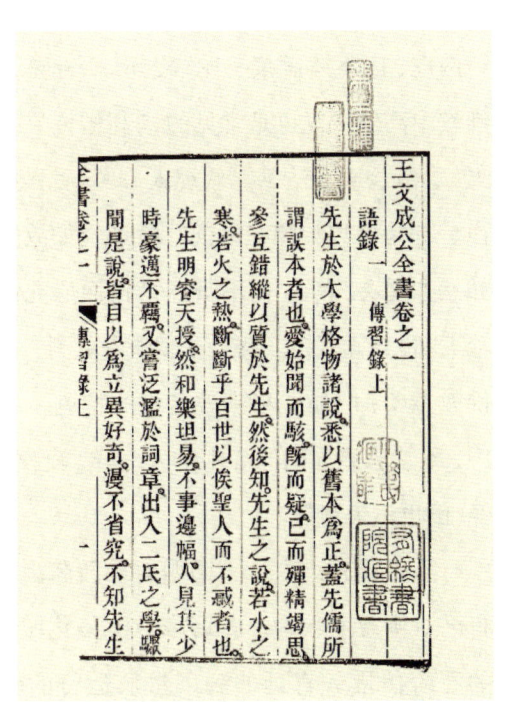

第一卷 17

第一首七律首联极写化城寺之高峻,在万山丛中,高耸入云,云雾缥缈中的楼阁仿佛凭虚凌空,让人浮想联翩:莫非这是上界仙人的居所?微雨后的深山,仍有湿气浮动,而一轮明月已高悬天际,清辉一片,不似在人间。此联所写尚是实景,而颈联则全为虚写。"钵龙""岩虎"均为带有禅味的意象,"钵"是僧人常用的器具,在佛教故事中亦被用来降龙、养龙。如慧皎《高僧传》中有涉公事迹:"涉公者,西域人也……以苻坚建元十二年至长安,能以秘咒咒下神龙。每旱,坚常请之咒龙,俄而龙下钵中,天辄大雨,坚及群臣亲就钵中观之,咸叹其异";岑参《太白胡僧歌》亦有"窗边锡杖解两虎,床下钵盂藏一龙"之句。"岩虎"泛指山中的猛虎,佛教中高僧伏虎也是常见的,《高僧传》中竺昙猷即是一例:"竺昙猷。或云法猷。敦煌人……后移始丰赤城山石室坐禅。有猛虎数十蹲在猷前。猷诵经如故。一虎独睡。猷以如意扣虎头,问:'何不听经?'俄而群虎皆去。"山中似有龙吟虎啸,以至风起云飞,更显幽深莫测。这一联巧妙地引入佛教意象,凸显九华佛教名山的特色。诗人在这样的氛围中,不禁感慨如能像寺中僧人一样,夜夜孤灯相伴,吟诗诵经,倒也不失清静。

  第四首五律表达了阳明对佛教名山的倾慕,也袒露了自己对佛教的兴趣。首联依然渲染化城寺高居山顶,寺外的石阶仿佛一直延伸到了星辰运行的轨迹。"丹井""石田"均为九华山相关的典故。"丹井"是取水炼丹之井，相传东晋葛洪曾在九华山炼丹，《民国九华山志》卷六："葛洪，字稚川，句容人。家贫好学，以儒知名，学道得仙，著《抱朴子》一百一十六篇。尝炼丹于九华，今卧云庵北，有葛仙丹井。""石田"本意是指多石而不可耕种之田，九华山顶多石，本非良田，但地藏曾有发石得土而食的故事，《民国九华山志》卷三："释地藏……其徒且多，无以资岁，藏乃发石得土，其色清白，不碜如面，而共众食。"地藏从石头下面挖出的土，众人吃起来和面一样，完全没有掺杂砂石的口感，显示了佛家的神通。"听偈""参禅"是僧家常事，但"猿听偈""鹤参禅"就足以渲染佛教气息之浓郁了，这也是前人常用的手法。唐代皮日休《题支山南峰僧》云："池里群鱼曾受戒，林间孤鹤欲参禅"；陈德诚《游南雁荡诗》亦云："金鼎雨花猿听偈，石门迎月鹤参禅"。阳明袭用前人故典，称赞化城寺高僧说法，感化众生，自己来到此地，也有双眼重开、心目更明的感觉，二十年来深埋心底的佛禅之兴再度萌发，体悟佛法进入更高、更深入的境界。

  阳明先生自称"自幼笃志二氏"。他八岁时随父亲到海盐，寓居资圣寺杏花楼；十一岁入京后又长期住在"第一丛林"大兴隆寺、皇家道观朝天宫附近，常出入于佛、道场所；甚至新婚之夜与道士谈论养生之论而"对坐忘归"，有很深的佛、道情结。阳明好友湛若水在《阳明先生墓志铭》中说他"初溺于任侠之习,再溺于骑射之习,三溺于辞章之习,四溺于神仙之习,五溺于佛氏之习",亦弟子亦朋友的黄绾也说他"少喜任侠,长好词章、仙、释"(《阳明先生行状》),都验证了这一点。此次阳明在九华山停留数月之久,是他寻佛问道念头的一次集中爆发。同期所作的《九华山赋》,就是一篇游仙赋,"把这次九华山之游写成了一次自己上天入地求索大道的'游仙'历程。尤为奇特的是他把求'佛'与求'仙'结合起来,运用大量的佛教僧侣故事与道家神仙故事,营造了一个仙佛的天地境界,他的'游仙'的上下求索包含了对佛道与仙道的双重追求"。(束景南《阳明大传:"心"的救赎之路》第166页)

《化城寺六首》同样流露了阳明对仙、佛境界的向往,既羡慕高僧"山深绝世哗""夜堂灯火伴孤吟"的生活,又不时发出"夜深忽起蓬莱兴,飞上青天十二楼""独挥淡麈拂烟雾,一笑天地真无涯"的感触。弘治十五年(1502)春,他完成审囚公务后返回时再游九华,又写下了《无相寺三首》《题四老围棋图》《芙蓉阁二首》等诗作。《芙蓉阁二首》之一写道:"青山意不尽,还向月中看。明日归城市,风尘又马鞍",阳明对九华山可谓情有独钟。他喜爱的不止九华山水、名人古迹,更是"长遨游于碧落,共太虚而逍遥"(《九华山赋》)的佛道氛围。三十岁的阳明先生,虽有成圣之志,但兴趣广泛、心性未定,尤其是经历了"格竹"失败,加之体弱多病,对静坐、导引等养生之术的沉迷持续了相当一段时间。

山中懒睡四首

竹里藤床识懒人,脱巾山麓任吾真。
病夫已久逃方外,不受人间礼数嗔。

扫石焚香任意眠,醒来时有客谈玄。
松风不用蒲葵扇,坐对青崖百丈泉。

古洞幽深绝世人,石床风细不生尘。
日长一觉羲皇睡,又见峰头上月轮。

人间白日醒犹睡,老子山中睡却醒。
醒睡两非还两是,溪云漠漠水泠泠。

这四首绝句作于弘治十五年(1502)秋。阳明先生这一趱决狱审囚，劳心劳力，北上归途中就已抱恙，在扬州休养了数月。回京复命以后，他又埋头整理案牍、苦读经史，病势又沉重起来。黄绾在《阳明先生行状》中说："差往淮甸审囚，多所平反。复命，日事案牍，夜归必燃灯读《五经》及先秦、两汉书，为文字益工。龙山公恐过劳成疾，禁家人不许置灯书室。俟龙山公寝，复燃，必至夜分，因得呕血疾。"过于勤奋辛劳，损害了阳明的健康，他的肺病自此终身未愈。八月，阳明向朝廷上《乞养病疏》，获得批准后离京归越，开始近两年的休养，这期间他对佛道之说的兴趣达到了顶峰。

弘治九年（1496）阳明回乡，也是为了完成父亲交付的任务：移家绍兴。他回到余姚秘图山祖居后，不时前往绍兴寻访昔年王羲之故居未果，最终确定东光相坊为新居之地。新居落成后，阳明又到会稽山中寻访能够导引修炼的秘境。他在《来雨山雪图赋》中曾经描述自己顶风冒雪在山间寺中寻求洞天的情形，经过一番周折以后，选定了"距越城东南二十里"的阳明洞，自号"阳明山人"。时隔数年，再次回到绍兴的阳明，迫不及待地"筑室阳明洞中，行导引术"（《年谱》），开始了他的道教养生实践。《山中懒睡四首》写的就是这段时间养病、论道、修炼的"山人"生活。

既然远离朝堂，就不用再拘于行迹，阳明先生自称"病夫""懒人"，不去理会人间"礼数"，他脱去头巾儒服，过着率性逍遥的日子。他在僻处深山的阳明洞旁搭起茅屋，在

明·王阳明《王阳明先生文集》

阳明先生在孟子思想的基础上,提出了新的思想"致良知"。"致良知"中的"知"并非我们所说的知识,而是人本身的善良。

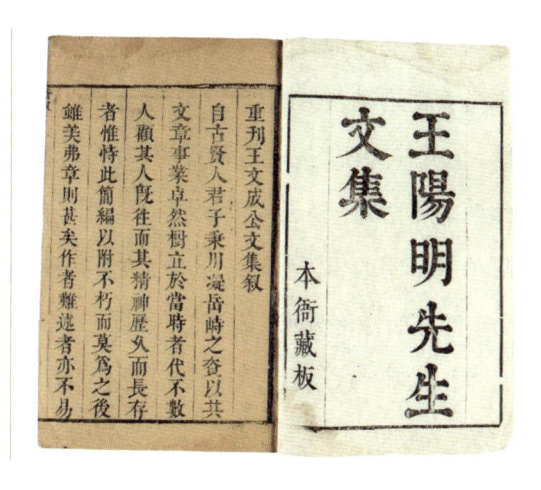

竹林中铺设藤床。"古洞幽深绝世人,石床风细不生尘",既是说山中环境清幽洁净,也是说此处不会有红尘中的俗人来打扰,与他终日相伴的只有松风、明月、潺潺溪流、百丈清泉。这样的山中岁月,让他感到适意,仿佛羲皇时代的人。羲皇,即伏羲,传说中的"三皇"之一。后人想象上古时期人民生活和谐安逸、无所纷争,令人向往。陶渊明《与子俨等疏》就说:"五六月中,北窗下卧,遇凉风暂至,自谓是羲皇上人。"

"人间白日醒犹睡,老子山中睡却醒",道出了阳明先生的世人皆醉我独醒的清高心态。他在京中见到众多庸庸碌碌之辈，每日奔忙不过为稻粱谋，虽生犹死，虽醒犹睡；而自己虽看似日日高卧，但并非无所用心，虽睡犹醒，在苦苦探求大道真谛。"醒睡两非还两是，溪云漠漠水泠泠"，则更进一步，是睡是醒，哪里有鲜明的界限？是是非非、生生死死，哪里有绝对的区分？世事如泠泠流水、漠漠浮云变幻无常，宇宙间又有什么是永恒的呢？这最后一首，分明是把读者带入了庄周梦蝶的意境，齐物我、等生死，不再执着是非毁誉。

这段时间，阳明先生的确在道家世界中徜徉。"扫石焚香""坐对青崖""有客谈玄"，就是他的日常。焚香静坐以平息杂念，正是庄子所谓"坐忘"的修炼方式。《庄子·大宗师》虚构了孔子和颜回的一段对话，颜回说："堕肢体，黜聪明，离形去知，同于大通，此谓坐忘。"静坐入定，超越形体的局限而至虚空的境界，遂能物我两忘。阳明复行"导引"之术，通过呼吸吐纳以炼气，以求达到庄子所云"无听之以耳而听之以心，无听之以心而听之以气"的状态，也就是以"气"而不是以感官来感知世界，才能真正体认"道"。黄绾称阳明先生的修炼取得了良好的成效："为长生久视之道，久能预知。"（《阳明先生行状》）《年谱》中也说："久之，遂先知。一日坐洞中，友人王思舆等四人来访，方出五云门，先生即命仆迎之，且历语其来迹。仆遇诸途，与语良合。众惊异，以为得道。"先生不仅知道四位友人要来见他，连他们在路上的言行都一清二楚，简直像开了天眼一般，实在令人惊叹。

王思舆等人，就是能与阳明先生"谈玄"之客。王思舆，字文辕，山阴人，读书不拘泥章句，好静坐修行，正与当时的阳明投契。无论是生活方式还是往来友朋，他们都可以说是世外高人的做派了。这四首语言浅显、格调清幽的诗作，正是阳明溺于神仙时期的生动写照。

西 湖

灵鹫高林暑气清，竺天石壁雨痕晴。
客来湖上逢云起，僧住峰头话月明。
世路久知难直道，此身那得尚虚名。
移家早定孤山计，种果支茅却易成。

此诗作于弘治十六年（1503）。钱德洪《年谱》称阳明修道日久，正当能预见未来时，却突然觉悟"此簸弄精神，非道也。又屏去"，放弃了继续导引修炼。这年二月间，阳明先生来到了杭州继续养病,"往来南屏、虎跑诸刹"。杭州本是人间天堂,西湖风光举世无双,周边又遍布古刹丛林,为阳明静养、习禅提供了绝好的环境。在杭州的大半年里,阳明多次游览西湖,也留下不少和西湖有关的诗篇,如《寻春》《西湖醉中漫书二首》等,这首《西湖》也是其中之一。

由"暑气清""雨痕晴"可知,此诗作于夏末雨后。"灵鹫"即灵山,在古印度摩揭陀国王舍城之东北,因山中多鹫得名,一说因山形像鹫头而得名。如来曾在此讲《法华》诸经,故佛教以为圣地。此处"灵鹫"指灵隐寺旁的飞来峰,相传1600多年前印度僧人慧理来杭州,看到此峰惊奇地说:"此乃天竺国灵鹫山之小岭,不知何以飞来?"因此称为飞来峰,又名灵鹫峰,山上遍布五代以来的佛教石窟造像。"竺天"意为竺国、佛国,指灵鹫峰一带诸多寺庙、佛像等景观形成浓郁的佛教氛围。在草木葱茏的清幽禅寺中,夏日的暑热仿佛都消散了,雨过天晴后石壁上的水痕也不见了,阳明又来到湖上,月下听高僧谈禅说法。这一联写得极清极幽,大有任他红尘十丈、众生喧嚣滚烫,我自听风赏月、不问人间短长的出世之感。何以如此呢?颈联给出了答案:"世路久知难直道,此身那得尚虚名。"阳明先生于弘治五年(1492)乡试中举,此番再来杭州重游西湖,在《西湖醉中漫书二首(其一)》中发出"十年尘海劳魂梦"的感叹。尤其是自弘治十二年(1499)中进士以来,他在仕途上历练日久,深感官场黑暗腐败,正直之士难有作为,既然如此,虚名何益!不如早做打算,在西湖择地隐居,搭起茅屋,种植果树,不亦乐乎!"早定孤山计"用宋代林逋故事,《宋史·隐逸传上·林逋传》云:"林逋,字君复,杭州钱塘人……初放游江淮间,久之归杭州,结庐西湖之孤山,二十年足不及城市。"林逋在孤山种梅养鹤,有"梅妻鹤子"之誉,至今西湖孤山仍有放鹤亭、林和靖墓等景点。阳明先生来到西湖、到访孤山,自然会想起曾在此隐居的林和靖,不由兴起移家西湖、浪迹云水、不问世事的念头。

阳明先生这一时期溺于佛禅,有自身疾病的影响,也有对朝政失望带来的疲累厌倦的影响,最根本的原因,还是他精神世界的彷徨无依。虽然他在诗作中屡屡表达归隐林下乃至逃禅世外的想法,但内心深处还是不能割舍对"圣学"的眷念求索。《年谱》中记录了一段逸事:"有禅僧坐关三年,不语不视,先生喝之曰:'这和尚终日口巴巴说甚么!终日眼睁睁看甚么!'僧惊起,即开视对语。先生问其家。对曰:'有母在。'曰:'起念否?'对曰:'不能不起。'先生即指爱亲本性谕之,僧涕泣谢。"当头棒喝,正是佛家常见的机锋,可是用以感化禅僧的还是儒家的"爱亲"之说,其实也反映了他思想上的矛盾。从结社龙泉到往来越、杭养病时期,阳明先生的诗文真实地反映了他思想上的游移和困惑。

泰山高次王内翰司献韵

欧生诚楚人，但识庐山高。

庐山之高犹可计寻丈，若夫泰山，仰视恍惚，吾不知其尚在青天之下乎？其已直出青天上？

我欲仿拟试作《泰山高》，但恐培塿之见，未能测识高大，笔底难具状。

扶舆磅礴元气钟，突兀半遮天地东。
南衡北恒西泰华，俯视伛偻谁争雄？
人寰茫昧乍隐见，雷雨初解开鸿蒙。
绣壁丹梯，烟霏霭霴；海日初涌，照耀苍翠。
平麓远抱沧海湾，日观正与扶桑对。
听涛声之下泻，知百川之东会。
天门石扇，豁然中开；幽崖邃谷，襞积隐埋。
中有遁世之流，龟潜雌伏，餐霞吸秀于其间往往怪谲多仙才。
上有百丈之飞湍，悬空络石穿云而直下，其源疑自青天来。
岩头肤寸出烟雾，须臾滂沱遍九垓。
古来登封，七十二主；后来相效，纷纷如雨；玉检金函无不为，只今埋没知何许？

但见白云犹复起，封中断碑无字，天外日日磨刚风。

飞尘过眼倏，超忽飘荡，岂复有遗踪！

天空翠华远，落日辞千峰。

鲁郊获麟，岐阳会凤；明堂既毁，闷宫兴颂。

宣尼曳杖，逍遥一去不复来，幽泉鸣咽而含悲，群峦拱揖如相送。

俯仰宇宙，千载相望，堕山乔岳，尚被其光，峻极配天，无敢颉颃。

嗟予瞻眺门墙外，何能仿佛窥室堂？

也来攀附蹑遗迹，三千之下，不知亦许再拜占末行。

吁嗟乎！泰山之高，其高不可极。半壁回首，此身不觉已在东斗傍。

这首长诗作于弘治十七年（1504）九月，在阳明先生诗集中可谓别具一格。那年他应山东巡按监察御史陆偁的邀请出任山东乡试主考官，结束了悠游山水、谈玄学禅的生涯，于七月到达济南。他对这次山东之行充满向往，在《山东乡试录》的序文中说："山东，古齐、鲁、宋、卫之地，而吾夫子之乡也。尝读夫子《家语》，其门人高弟，大抵皆出于齐、鲁、宋、卫之叶，固愿一至其地，以观其山川之灵秀奇特，将必有如古人者生其间，而吾无从得之也。"齐鲁大地激发了他对儒家孔孟之道的热情。在乡试顺利结束且取得了"得人最盛"的成功之后，九月，阳明先生往游曲阜和泰山。清代金石家孙星衍在《泰山石刻记》中记载："《泰山高次王内翰司献韵》，弘治十七年甲子九月既望，余姚阳明山人王守仁识。隆庆二年四月朔，王简重刊。"《乾隆泰安县志》卷九则云："王守仁《泰山高》诗碑，弘治时正书，穆宗隆庆二年王简重刻。在文庙明伦堂中，南向。"可知此诗具体创作时间是弘治十七年九月十六日，在当时已经被刻成诗碑，立于文庙之中。王内翰，据束景南先生考证，应为王瓒，字思献，永嘉人，弘治九年中进士，授翰林院编修，故称其"王内翰"。王瓒与王华、王阳明父子都很熟悉，此次同登泰山，阳明此诗乃次韵之作，即依王瓒所作诗韵脚而唱和。

　　吟咏泰山的诗作历代不绝，李白在天宝年间也写过《游泰山六首》，而杜甫的《望岳》更是名篇。登临巍巍泰山，阳明的情绪非常激动，一口气写了七首诗，其中《登泰山五首》是一组五古，《游泰山》是一首五律，而这首《泰山高》则为杂言古体，写得豪宕放逸、激情澎湃。乍看这首长诗，神似李白的《蜀道难》，而阳明先生自己却说是仿欧阳修的《庐山高》，故而开篇即云"欧生诚楚人，但识庐山高"。战国时楚地疆域广阔，秦汉时分为西楚、东楚、南楚，欧阳修是江西庐陵人，庐陵属于南楚之地。此句意指欧阳修在楚地见到庐山，以为已经很高了，但庐山之高"犹可计寻丈"，寻为八尺，丈为十尺，都是古代常见的计量单位，既然可以用具体的单位来衡量，那么高度终究有限。至于泰山，"我"仰视着它，仿佛已经穿入缥缈的云端，恍惚不知到底有多高，是在青天之下呢，还是已经高耸于云天之外？这自然有夸张的成分，泰山最高峰玉皇顶实际海拔1545米，并不以高峻闻名，但其在中华文化中的地位，确实极为尊崇、无可替代。阳明先生说，我想要仿照欧阳修的《庐山高》试作一首《泰山高》，又担心自己见识浅陋，难以表现泰山的高深森严气象。"培塿"本意为小土丘，"培塿之见"则是指见识不够高明。至此为长诗的第一部分，交代写作缘起。

第二部分则极尽铺陈之能事，着力表现泰山雄奇的气派。"扶舆"，又作扶于、扶与，盘旋升腾之意；"磅礴"有广博无边、气势盛大之意；"元气"则指天地间的自然之气。这一句说仿佛天地间的自然之气都汇聚在泰山，也就是杜甫《望岳》所云"造化钟神秀"。泰山聚天地元气，于平原上拔地而起，高耸入云，遮蔽了东边的一半天地。南岳衡山、北岳恒山、西岳华山，在它面前都只能弯腰俯首，不敢与其争锋。站在泰山顶上俯瞰人间，一片朦胧，若隐若现，风雷激荡，打破这一片混沌的鸿蒙状态，露出泰山的真实面目。"绣壁"指山壁上遍布植被而显色彩斑斓，"丹梯"就是上山的阶梯，

"霭霼"即云雾弥漫。这一句说泰山笼罩在云雾之中,山壁、山路都隐隐约约;而待朝阳从海上升起,即照亮了苍翠群峰。平坦的山麓逶迤环抱着海湾,日观峰是泰山著名景点,最适合观赏日出,正对着传说中的日出之地扶桑。波涛下泄的轰鸣之声,果然印证了百川东流汇聚至海的道理。到了山顶的天门,感觉豁然开朗,而幽深的山谷间层层堆积、掩埋了无数岩石草木。在这样的山中,有多少遁世高人,龟潜雌伏,吸风饮露,他们都是不同寻常甚至怪异诡谲的神仙方士。"龟潜"指像龟一样善于潜藏,即龟遇到危险时,会将四足都缩进壳里;"雌伏"指退守隐藏,《东观汉记·赵温传》有云:"大丈夫当雄飞,安能雌伏!""餐霞吸秀"指道家吸风饮露的修炼方式,《庄子·逍遥游》中的神人就是如此:"藐姑射之山,有神人居焉,肌肤若冰雪,绰约若处子。不食五谷,吸风饮露,乘云气,御飞龙,而游乎四海之外。"泰山上有自百丈之高倾泻而下的瀑布,飞流穿过巨石和云雾,势不可当,难道它的源头远在青天之上?"肤寸"原为长度单位,一指宽为寸,四指宽为肤,比喻细小的事物。"九垓"意为九州,自中央至八极之地,如晋葛洪《抱朴子·审举》云:"今普天一统,九垓同风。"山上的烟雾从岩石缝隙升腾而起,须臾之间聚集成团、遍布四方。这一大段一气贯注,以泼墨大写意的笔法,描绘了泰山壮阔的风光和云蒸霞蔚的变幻之美,写得大气磅礴、酣畅淋漓。从空间上,上至青天,远连沧海;

从时间上，上溯鸿蒙，直接目前，打破时空的界限感，又穿插以神话传说，更富有沧桑厚重的韵味，真可谓笼天地于笔端，抚古今于一瞬。

　　第三部分转入对历史的反思。"登封"即登山封禅，即在泰山之巅筑土为坛，报天之功；在泰山下梁父山辟场祭地，报地之德。远古时代已有封禅的传说，秦始皇、汉武帝也都有泰山封禅之举，后世帝王更是以泰山封禅为至高无上的盛典。《管子·地数》云："封于泰山，禅于梁父，封禅之王，七十二家。"司马相如《封禅文》也说："继《韶》《夏》，崇号谥，略可道者七十有二君。"自此之后，效仿者众，接踵而至，竟至"纷纷如雨"。"玉检"是盛封禅文书的盒子，"金函"是装封禅文书的金匣，司马彪《封禅论》中说："自秦始皇、孝武帝封泰山，本由好仙、信方士之言，造为石检印封之事也。"后来历代帝王纷纷模仿，然而纵使"玉检金函无不为"，如今又在何处呢？可见，阳明先生对于帝王好神仙求长生也好，图霸业祭天地也好，其实都颇不以为然。他后来在《答顾东桥书》中就说："封禅之说，尤为不经，是乃后世佞人谀士所以求媚于其上，倡为夸侈，以荡君心而糜国费。盖欺天罔人，无耻之大者，君子之所不道……"《史记·封禅书》有云："封禅祠，其夜若有光，昼有白云起封中。"封坛上的云气被认为是祥瑞，而如今封坛上白气犹存，却只见断碑残碣，言下之意是那些封禅的帝王，早已消失在历史的烟云中。

"刚风"即道家所谓"罡风",《抱朴子·杂应》云:"上升四十里,名为太清。太清之中,其气甚刚,能胜人也。"在日复一日的暴风猛烈吹打之下,石碑上的文字都已消磨殆尽,历代帝王的往事都如灰尘过眼,飞速消散在风中,哪里还有一丝遗迹!"天空翠华远,落日辞千峰",可谓一语双关:天子仪仗以翠羽为车盖装饰,故曰"翠华";落日西沉,封禅的车队渐渐远去,只见暮色中苍茫的群山,象征着帝王的身影和功过是非都终将消逝。相对于上一部分刻画泰山的气魄,到此一缕深沉苍凉的感慨飘荡在字里行间。

神仙之说不可信,霸业宏图也转瞬即空,宇宙之间什么才是永恒的呢?第四部分给出了阳明先生心中的答案。"鲁郊获麟"用孔子典故。《春秋·哀公十四年》云:"春,西狩获麟。"杜预注:"麟者仁兽,圣王之嘉瑞也。时无明王,出而遇获,仲尼伤周道之不兴,感嘉瑞之无应,故因《鲁春秋》而修中兴之教。绝笔于'获麟'之一句,所感而作,固所以为终也。"鲁哀公十四年西狩获麒麟,孔子以为不详,故《春秋》绝笔于此。"岐阳"即岐山之阳,《诗·鲁颂·閟宫》云:"后稷之孙,实维大王,居岐之阳,实始翦商。"郑玄注:"大王自豳徙居岐阳,四方之民咸归往之,于时而有王迹。"《国语·周语上》云:"周之兴也,鸑鷟鸣于岐阳。"鸑鷟即凤的别称,周太王从豳地迁到岐山南面,四方人民都来投奔,有凤鸣于岐山之上。凤鸣岐山遂成为王道兴盛的象征。明堂是周代天子接见诸侯的殿堂,后来指帝王朝会、祭祀、庆赏等大典举行的地方。泰山附近有周明堂、汉明堂,俱已毁损不存,意为周、汉王朝的辉煌已不可复见。閟宫本意为神庙,"閟宫兴颂"说的是《诗经·鲁颂·閟宫》歌颂鲁僖公中兴鲁国之功,将其比为泰山:"泰山岩岩,鲁邦所詹。"这里连续四个短句,连用典故,感叹古代历史兴亡变迁。"宣尼曳杖"出自《礼记·檀弓上》:"孔子蚤作,负手曳杖,消摇于门,歌曰:'泰山其颓乎!梁木其坏乎!哲人其萎乎!'既歌而入,当户而坐。子贡闻之,曰:'泰山将颓,则吾将安仰?梁木其坏,哲人其萎,则吾将安放?夫子殆将病也。'"这首《曳杖歌》以泰山将倾倒、梁木将折断,来比喻哲人的生命即将走到尽头,故云"逍遥一去不复来"。于是幽泉流动仿佛含悲哭泣,群峰亦拱手相送,拜别伟大的圣贤。"堕山"即狭长的小山,"乔岳"即高山。隔着千年的光阴,纵览宇宙之间,虽然圣人已经远去,但无论高山低谷都仍然沐浴着他的光辉。"颉颃"本意指鸟上下翻飞,引申为抗衡、比肩。泰山高耸云天,没有其他的山可以与其相提并论。这是把孔子比喻为泰山,其地位尊崇、影响深远,非他人所能及。于是阳明先生感叹,他此时只能在圣人门墙之外远远看一眼,什么时候才能登堂入室窥见圣学真谛呢?这两句都用《论语》典故。《论语·子张》云:"子贡曰:'譬之宫墙,赐之墙也及肩,窥见家室之好。夫子之墙数仞,不得其门而入,不见宗庙之美、百官之富。得其门者或寡矣。'"《论语·先进》云："由也升堂矣，未入室也。"后来人们就以得列门墙代指进入某一学派，以登堂入室代指理解、掌握了学派的核心思想。"攀附"，这里是追随之意。"蹑"意为寻求，如今"我"也要追随孔子，追寻当年孔子的遗迹，不知能否在孔夫子的三千弟子之后，再占一个末席？啊呀，泰山之高，高不可攀，"我"在半山上回首相望，原来已经身在东斗之旁了！道家将天分为东、南、西、北、中五斗，泰山在东，故曰在东斗之旁。这既是在赞叹泰山之高，更是在推崇孔子的地位，标志着此时的阳明先生，已经从溺于神仙、佛禅的阶段走了出来，回归儒学，重新开始探索成圣之道。

这首《泰山高》可以说是阳明先生早期诗作中"第一大篇"，不仅篇幅长达五百余字，更是写得饱含激情、气势如虹，写景、抒怀熔为一炉，澎湃的生命激情与泰山的阳刚之美相得益彰，深沉的历史反思与力图复兴儒学的雄心壮志交相辉映。从表现手法上看，全诗大开大阖、不拘一格，三言、四言、五言直至九言、十一言，参差错落，韵脚频繁转换，更夹杂大量散文化的句式，形成了整体极为奔放的语言风格。明代陆时雍《诗镜总论》评李白七古为"驰走风云，鞭挞海岳"，这八字也完全可以形容阳明先生此诗。而诗中运用夸张、对比手法，对泰山山势和气势的表现，以我观物带来强烈的主观色彩，刻意求新求奇的意象群，也颇有韩孟诗派

"笔补造化"的遗风,即使置于唐人诗集中,也不遑多让。

  李白《蜀道难》寓有世道坎坷难行的愤懑,欧阳修《庐山高》亦有不愿沉沦荣利的独善之志,而阳明先生此诗也绝不是仅仅咏泰山之高、之峻、之美,显然更有崇尚儒学的寄托在其中。从林下复归仕途,阳明长期以来的困惑似乎在山东孔孟之乡一扫而空,思想豁然明朗,认识到佛、道之空虚缥缈、无补于世。他在同时所作的《登泰山五首》中反复陈说:"藐矣鹤山仙,秦皇岂堪求?金砂费日月,颓颜竟难留""掷我《玉虚篇》,读之殊未了",对自己一度沉迷的道教修炼之术持怀疑态度,对历代帝王追求长生更是予以否定。与此同时,阳明先生举起了儒学大旗。钱德洪在《年谱》中说阳明主持山东乡试时提道:"其策问议国朝礼乐之制:老佛害道,由于圣学不明;纲纪不振,由于名器太滥;用人太急,求效太速。"可见此时,他不仅主张重振纲纪、复兴儒学,更关切朝政,想要廓清积弊,用世之心已经盖过了林下之念。弘治九年(1496)以来,从家乡的龙泉山到九华山、西湖,再到泰山,既是先生行踪,也是先生心迹。《泰山高》是他这段时间诗歌创作的巅峰,也是思想回归正统的一篇宣言。

忆诸弟

久别龙山云,时梦龙山雨。
觉来枕簟凉,诸弟在何许?
终年走风尘,何似山中住。
百岁如转蓬,拂衣从此去。

《王文成公全书》将此诗编入"京师诗八首",称乃"弘治乙丑年改除兵部主事时作",说阳明先生自济南主持乡试回京后改任兵部武选清吏司主事是在弘治十七年,而非十八年(乙丑),这个说法有误。此诗大约是作于弘治十八年(1505)秋天。

"诸弟"指阳明同父异母的几个弟弟,陆深《海日先生行状》云:"先生元配赠夫人郑氏……继室赵氏,封夫人。侧室杨氏。子四人:长守仁,郑出,南京兵部尚书,封新建伯。次守俭,杨出,太学生。次守文,赵出,郡庠生。次守章,杨出。一女,赵出,适南京工部都水郎中同邑徐爱。"海日翁是王华晚年自号,他的原配是阳明生母郑氏,郑氏去世后又续娶赵氏,纳妾杨氏。作为长子的阳明先生,有守俭、守文、守章三个弟弟,还有一个妹妹,妹夫正是他的得意弟子徐爱。当时,他的这几个弟弟都在故乡,所以诗中念亲和思乡之情相交融。

"龙山"即故乡余姚的龙泉山,既是他幼时常常嬉戏玩耍的地方,也留存着青年时期结社吟诗的美好记忆。多年未曾再至故乡登临龙山,然而龙山的风雨却常常在他梦中出现,思乡之情未尝一日不萦绕心头。"簟"是竹席,李清照的《一剪梅》有"红藕香残玉簟秋"之句。深秋时节,枕簟生凉,愁思又起,他想起了远在家乡的弟弟们,他们现在都还好吗?像"我"这样常年奔波劳碌,何如在山中读书、高卧那样逍遥自在啊!想人生短短百年,好似风中飘转的蓬草,他多希望能够就此拂衣而去。李白的《侠客行》有云:"事了拂衣去,深藏身与名。"先生何尝不愿如此!然而,既然已经复返儒途,身为朝廷官员,国事如此,他又如何能潇洒离去呢?

束景南先生在《阳明大传:"心"的救赎之路》中,详细考证了阳明先生这一年的行迹和心境。一方面,他在京师与一班文士酬唱往来议论朝政,卷入了朝中的政治纷争,父亲王华也遭到弹劾,被迫上奏章乞休。这年五月,武宗即位,政局混乱,阳明在这样的形势中深感厌倦无力,才会有"何似山中住"的感叹。另一方面,他对故乡余姚一直有很深的眷念,他对龙泉山的林泉草木都饱含深情,曾终日流连其间而不厌。与这首《忆诸弟》差不多时候,他还写下了一首《忆龙泉山》,开门见山地说"我爱龙泉寺",一个"爱"字直白地道尽了乡情,昔年"尽日坐井栏,有时卧松下"的生活场景也让他时时回想。除却山水风光,余姚更值得称道的是深厚的历史文化底蕴。相传此地是舜的出生地,秦时已设余姚县,历来人文荟萃,是东南文献名邦。北方源远流长的太原王氏家族,辗转迁移,西晋末年王导渡江居金陵,成为乌衣王氏的始祖;王导的堂侄王羲之又迁往绍兴;乌衣王氏中的一支在南宋末年来到余杭,再迁上虞达溪,最后定居在余姚秘图山,数世隐居不入仕,直到王华高中状元,这个家族终于迎来了荣耀的时期。故乡和宗族,都是阳明先生始终难以忘怀的情结。那一年秋天,他在京师的政治旋涡中浮沉不由己的时候,一定常常想起少年时候和诸弟在龙泉山读书弈棋的时光吧,终是故乡的怀抱温暖了游子孤寂的心。

赠扬伯

扬伯慕伯阳,伯阳竟安在?
大道即吾心,万古未尝改。
长生在求仁,金丹非外待。
缪矣三十年,于今吾始悔。

诸扬伯有希仙之意，吾将进之于道也。于其归，书扇为别。阳明山人伯安识。

这也是"京师诗八首"之一，同样作于弘治十八年（1505）。这一年其实是阳明先生生命中极为重要的一年。按照《年谱》的说法，这一年他与湛若水订交"共以倡明圣学为事"，同时"门人始进"，先生开始了收徒讲学，他的学术思想和教育实践都进入了一个新的阶段。这首《赠扬伯》历来也受到重视，被视为阳明先生思想转变的重要标志。

诗后有小注，表明了创作之由。诸扬伯即诸俑，阳明先生原配夫人诸氏之弟，这一年他进京会试落第。他流露出对仙道的兴趣，临别之际，阳明先生书此诗于扇面，现身说法，规劝他不要沉湎于神仙之说。此诗有阳明先生手书扇面真迹存世，收藏于日本定静美术馆。《王文成公全书》作"赠阳伯"，字句也有异于此，当以真迹为准。

"伯阳"即魏伯阳，东汉时人，《参同契》的作者。据葛洪《神仙传》记载，魏伯阳乃"高门之子，而性好道术，不肯仕宦，闲居养性，时人莫知其所从来"，所著《参同契》是现存最早系统阐述炼丹理论的著作。诸扬伯仰慕魏伯阳，自然是因为向往炼丹服食、长生不死之说。阳明先生对此发出质问："伯阳竟安在？"传说中的魏伯阳已仙去，既然是不死之身，如今又在哪里，谁人曾见过呢？可见长生之说终属虚妄，

第一卷　41

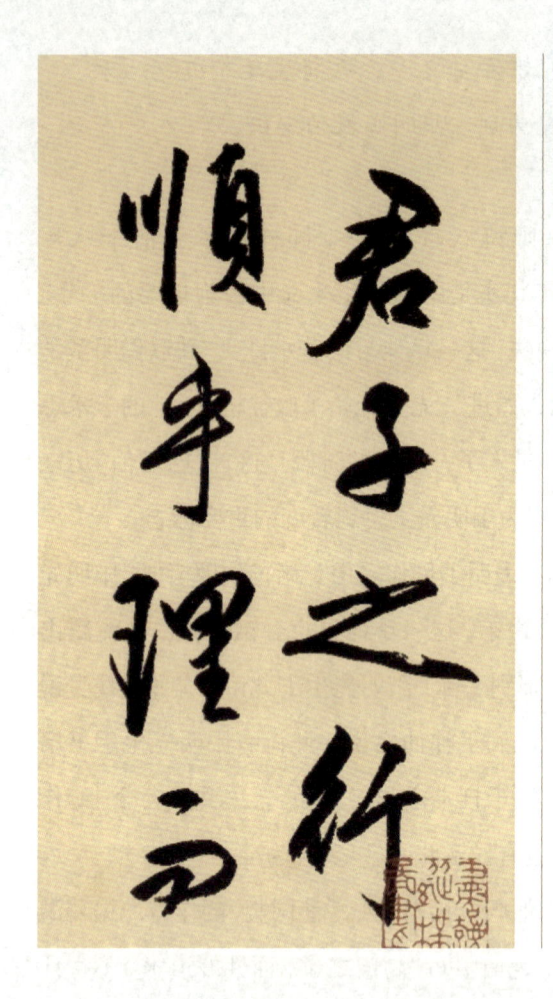

明·王阳明《矫亭说（局部）》

《赠扬伯》历来受到重视，被视为阳明先生思想转变的重要标志，它与其父所作的《矫亭说》一文之精神互放光彩。

大可不必幻想通过丹药求长生。"大道即吾心"，意为真正值得探求、追寻的"道"在自己心中，是万古不会改变、不会磨灭的。宋代陆九渊心学认为"心即理"，"宇宙便是吾心，吾心便是宇宙"，此心此理万古不变："千万世之前，有圣人出焉，同此心同此理也；千万世之后，有圣人出焉，同此心同此理也。"可见，此时阳明先生心学思想已经萌发。

"长生在求仁，金丹非外待"，再次否定了道家外丹之说。葛洪《抱朴子·金丹》："夫金丹之为物，烧之愈久，变化愈妙。黄金入火，百炼不消，埋之，毕天不朽。服此二物，炼人身体，故能令人不老不死。"此说迷惑了多少世人！阳明先生认为凭借外物不能达到长生，真正永垂不朽的只有"仁"，也就是儒家之"理"，与人心同在。

"缪矣三十载，于今吾始悔"，是以自己的心路历程来劝告扬伯。阳明在《答人问神仙》中曾说："仆诚生八岁而即好其说，今已余三十年矣"；《传习录上》言："吾亦自幼笃志二氏，自谓既有所得，谓儒者不足学。其后……始自叹悔错用了三十年气力。"阳明先生这一年三十四岁，"三十年"是略夸张的说法，意思是"我"已经被神仙之说蒙蔽了近三十年，如今才悔悟昔年之过，回归到儒家正途。"你"也不要再沉迷下去了，不要像"我"一样荒废三十年的宝贵光阴。

从另一个角度来看，阳明作此诗未尝不是自勉。儿时"读书做圣贤"的宏愿，在经历"格竹"失败后，一度黯淡，才有多年的溺于佛、道。而今他不但悟外道之非，连辞章之学也一并放弃了，要开始全心全意"图为第一等德业"，宣称"吾将进之于道也"，向着成圣的目标进发。所以不难发现，这首诗的字句平实,毫不雕饰,纯是说理,不见情趣,落入玄言诗、性理诗一流,从诗艺的角度而言,算不得上乘。王世贞《明诗评》批评阳明先生晚年作诗"如武士削发,纵谈玄理,伧语错出,君子讥之",就是针对此类"理障"之作而言的。当然,阳明先生以理入诗,也不乏情、景、理浑融一体的佳作,如《中秋》《碧霞池夜坐》等。

第二卷

正德元年末那个寒冷的冬天,阳明先生在不见天日的诏狱中煎熬了好一段时日,死里逃生后被贬为贵州龙场驿丞。在狱中和赴谪途中,他写下了诸多诗篇,有愤懑不平,有凄楚哀怨。友朋的同情宽慰给他温暖、慰藉,他那宽广的心胸气度最终让一切磨难如"浮云过太空"!

有室七章

有室如簾,周之崇墉。室如穴处,无秋无冬。

耿彼屋漏,天光入之。瞻彼日月,何嗟及之!

倏晦倏明,凄其以风。倏雨倏雪,当昼而蒙。

夜何其矣,靡星靡粲。岂无白日?寤寐永叹。

心之忧矣,匪家匪室。或其启矣,殒予匪恤。

氤氲其埃,日之光矣。渊渊其鼓,明既昌矣。

朝既式矣,日既夕矣。悠悠我思,曷其极矣!

这一组四言诗作于正德元年（1506）。这一年的年尾，可以说是阳明先生生命中的至暗时刻。武宗即位后，荒淫独断，宠信以刘瑾为首的"八虎"群阉，引起了朝中正直大臣的反感。他们愤而纷纷上书弹劾，集体抗争却以失败告终，刘健、谢迁等内阁重臣罢归。南京诸言官仗义执言，连上奏章要求武宗"斥权阉，正国法，留保辅，托大臣，以安社稷"。刚愎暴戾的武宗皇帝非但不纳谏，反而将一干言官捉拿下狱。阳明先生当时只是一个小小的兵部主事，但他忧心国事，在朝野上下风声鹤唳之际毅然上《乞宥言官去权奸以章圣德疏》，其结果是："疏入，亦下诏狱。已而廷杖四十，既绝复苏。"（《年谱》）

"诏狱"就是锦衣卫的大狱，是真正的人间地狱，环境之恶劣自不待言，其中种种毒刑更是骇人听闻。而"廷杖"，则是在朝堂之上对大臣公开施以杖刑，是精神和肉体的双重折磨。阳明挨过了廷杖，拖着重伤的身体在诏狱中苦苦煎熬。这段时间他一共写了十四首"狱中诗"，《有室七章》就是其中的七首。

这一组四言诗显然是仿《诗经》而作，虽称七章，其实浑然一体。前四章重在表现诏狱环境的恶劣，后三章则表现自己忧愤深重的心境。"有室"之"室"指的自然就是牢房。"簴"是古代挂钟磬的架子上的立柱，束景南先生认为是"籠"字之误；"崇墉"是高墙之意；"窒"则是封闭之意。首章直言身处囚笼一般的牢房中，四周都是高墙，逼仄压抑，终日困守其中，感觉不到外界的气候变化，仿佛与世隔绝。

第二章写牢房屋顶破漏，或云"屋漏"指牢房的天窗，总之是有一线微弱的天光从屋顶射入，让人得以遥望到日月，感叹不能沐浴在日月之光下。"瞻彼日月"出自《诗经·邶风·雄雉》"瞻彼日月，悠悠我思"；"何嗟及之"则出自《诗经·王风·中谷有蓷》"啜其泣矣，何嗟及矣"。这一章是进一步表现牢房生活的黯淡、苦闷，给人带来极大的精神痛苦。

第三章写牢房内光线忽明忽暗，变化无常，难辨昼夜。"凄其以风"出自《诗经·邶风·绿衣》"絺兮绤兮，凄其以风"，意为冷风凄凄。此时正当十一月，岁末寒冬，外面雨雪交加，阴冷的牢房里面即使白天也是灰蒙蒙的。

第四章"夜何其矣"出自《诗经·小雅·庭燎》"夜如何其？夜未央"。晚上又如何呢？"靡星靡粲"，即不见灿烂星光。难道没有白天吗？可是在牢房里感觉不到太阳的光芒和温暖，"我"只有日夜忧心长叹。"寤寐"出自《诗经·周南·关雎》"窈窕淑女，寤寐求之"。"寤"是醒，"寐"是睡，代指日夜。这一章是写牢狱生活日夜煎熬，忧心如焚。

第五章"心之忧矣"出自《诗经·小雅·沔水》"心之忧矣，不可弭忘"。"匪家匪室"意为这里不是我的家。为何沦落到在牢房中忧愁度日呢？"启"是开端的意思，可以引申为得罪之由；"殒予"即杀我；"恤"意为怜惜、顾惜。这一句的意思是我得罪了朝中权臣,所以他们要毫不手软地杀死我。这里阳明先生的愤懑之情已经溢于言表了。

第六章"氤氲"本意指烟云之气弥漫笼罩,此处指一线光照中灰尘飞舞。于是阳明意识到"日之光矣",外面的太阳出来了。"渊渊"是鼓声,出自《诗经·小雅·采芑》:"伐鼓渊渊,振旅阗阗。"他听到鼓声隐隐传来,才知道外面天已经大亮了。这里隐约有振奋精神之意。

第七章"朝既式矣"说的是白天渐渐又过去了。"日既夕矣"出自《诗经·王风·君子于役》"日之夕矣,羊牛下来",意为夕阳西下,夜晚到来。他从早到晚枯坐在牢房中,时间过得仿佛极其缓慢。"曷其极矣"出自《诗经·唐风·鸨羽》"悠悠苍天,曷其有极"。这里指"我"的忧思绵绵无尽。

这七章四言短诗,反复诉说牢狱生活的痛苦,无论是环境的阴暗破败,还是与世隔绝的孤独,都让人难以承受,更不用说还有对国事的忧愤和前景未卜的忧惧。"狱中诗"中一首《读易》,写阳明与狱友林富等人研读、讨论《周易》,从中汲取精神力量。想必先生也能从诗歌中得到慰藉,千百年前《诗经》中的句子引起了他深刻的共鸣,于是有了《有室七章》。此诗不仅采用《诗经》的四言句式,用词古雅,甚至大量袭用《诗经》原句,更重要的是继承了《诗经》的比兴传统。其中的很多句子,从字面意思看是在说牢房的阴暗、时间的流逝、光线的变化等,实际无一不是对现实的隐喻和自身情绪的抒发。

如洞穴一般阴暗、寒冷、闭塞的牢房，就是隐射当时极度混乱、压抑的朝堂。武宗耽于淫乐，刘瑾为首的宦官集团把握朝政，势焰熏天、骄纵跋扈，连内阁重臣都被逐离朝，令正直之士倍感无力。即便如此，还是有"天光入之"，像薄彦徽、蒋钦、戴铣等人拍案而起弹劾刘瑾，好比暗夜中的一道微光。文人的风骨也好，官员的担当也好，朝廷的形势也好，都因此还保留着一线希望。可是，武宗冥顽不灵，将他们全部打入诏狱，戴铣、蒋钦先后被杖死。"瞻彼日月，何嗟及之"，是说朝臣的一腔忠诚感动不了君心。那寒冬里一阵阵呼啸的冷风，那连日绵绵不断的雨雪，那没有一丝星光浓黑的夜，既是正德元年冬天的实景，更是武宗登基后令人窒息的政治环境。先生忍不住发出"心之忧矣，匪家匪室"的哀叹，发出"或其启矣，殒予匪恤"的控诉！

如果就此沉沦，就没有后来的"真三不朽"的圣贤了。越是这样艰难困苦的境遇，越是能看出一个人的意志和信念。"氤氲其埃，日之光矣"，意为纵使灰尘漫天飞舞，但也正映出光的存在；"渊渊其鼓，明既昌矣"，是说远方传来隆隆的鼓声，一切尘埃、一切魑魅魍魉，总会被荡涤殆尽；"朝既式矣，日既夕矣"，意为纵使黑夜漫长，总有天亮的时候。这是先生从《周易》中习得的智慧，是从先哲的身上感受到的力量。

《狱中诗十四首》体裁多样，除了《有室七章》为四言诗，还有《读易》《屋罅月》《见月》《不寐》《别友狱中》五首五古，有《天涯》《岁暮》二首七律。无论何种形式，都发自肺腑，以情动人，真正体现了"诗可以兴，可以观，可以群，可以怨"的儒家文艺观。

【屋罅月】

幽室不知年，夜长昼苦短。
但见屋罅月，清光自亏满。
佳人宴清夜，繁丝激哀管。
朱阁出浮云，高歌正凄婉。
宁知幽室妇，中夜独愁叹。
良人事游侠，经岁去不返。
来归在何时？年华忽将晚。
萧条念宗祀，泪下长如霰。

这首《屋罅月》也是"狱中诗"之一，亦是作于正德元年（1506）十二月。如果说《有室》一望即知是仿《诗经》而作，那么《屋罅月》则显而易见是在仿《古诗十九首》。全诗以思妇口吻,抒发哀怨之情,实则别有寄托。

"罅"是缝隙、裂缝的意思,"屋罅月"意为屋角缝隙中照射进来的月光。"夜长昼苦短"翻用《古诗十九首·生年不满百》"昼短苦夜长"之句,意为闺中幽居的思妇终日闭门不出。"夜长昼苦短"本是冬天的自然现象,也是思妇的心理感受,白天她还可以有具体事务聊以打发时间,漫漫长夜却是难熬,只见那屋角的一缕清冷月光,由此感知月圆月缺、时光流逝。与思妇孤独凄清的境遇形成强烈反差的,是豪门夜宴上的歌女舞姬,她们演奏着各式乐器,发出或清越或激昂或哀婉的声音,那仿佛高入云间的华丽楼阁上,飘出阵阵歌声,在夜空中传出很远很远。这一段描写夜宴场景的诗句,是糅合《古诗十九首》中《东城高且长》和《西北有高楼》的诗意:"燕赵多佳人,美者颜如玉。被服罗裳衣,当户理清曲。音响一何悲,弦急知柱促。""西北有高楼,上与浮云齐。交疏结绮窗,阿阁三重阶。上有弦歌声,音响一何悲!"那么宴会上欣赏歌舞的,又是何人呢?会不会思妇所思念的对象也在其中呢?

这些纵情享乐的人,哪里知道幽室中思妇的寂寞和痛苦呢?夜深了,思妇却仍然辗转难眠,自怜自伤,不禁发出忧愁的叹息。"良人"即丈夫,闺中怨妇哀怨之由,就是因为丈夫是游于四方、行侠仗义之人,一去经年不返,留下她独自咀嚼孤独的滋味。良人啊，他什么时候才会回来呢？"我"美好的青春年华恐怕就要逝去了。"年华忽将晚"脱胎于《古诗十九首》中《行行重行行》"思君令人老，岁月忽以晚"诗句。"宗祀"指祭祀祖宗，代指家族、家庭。想到家族面临后继无人、分崩离析的局面，在这样冷落萧条的氛围中，思妇终于无法抑制悲伤，泪下如雨。这个结句也让人联想到《古诗十九首》中《明月何皎皎》的结尾："出户独彷徨，愁思当告谁！引领还入房，泪下沾衣裳。"

《古诗十九首》是东汉末年的一组文人五言诗，其抒情主人公多为游子思妇，抒发他们的离别相思之苦、人生失意之悲，情感真挚，意境浑融，刘勰在《文心雕龙》中将其誉为"五言之冠冕"。阳明先生这一首《屋罅月》，虽然字句和意象出自《古诗十九首》，但他所塑造的思妇形象，其实是自我的象征。他所要表达的，自然不是什么相思闺怨之情，而是忠君恋阙之志。

屈原在《离骚》中自比美人，以男女之情喻君臣之义，开创了中国古典诗歌"香草美人"的传统。比如，曹植的《七哀诗》就以"君若清路尘，妾若浊水泥。浮沉各异势，会合何时谐？"来倾诉与曹丕兄弟君臣反目，以致沦落、不得用的失意。《屋罅月》中被遗忘、被辜负而只能独居幽室的思妇，仍在苦苦等候"良人"的归来，仍以宗族为重而感到忧心，就是虽然遭遇打击迫害但仍不能忘怀国事的先生的自我写照。

而那个离家在外、声色犬马、完全不体恤顾念妻子的所谓"良人",自然就是被"八虎"蛊惑而不辨忠奸、只知寻欢作乐的正德皇帝了。此诗虽然是伤心"良人"别有怀抱,但怨而不怒、哀婉动人,也与《古诗十九首》相仿佛。

阳明子之南也,其友湛元明歌《九章》以赠,崔子钟和之以《五诗》,于是阳明子作《八咏》以答之八首(其一、三、四、八)

君莫歌《九章》,歌以伤我心。
微言破寥寂,重以离别吟。
别离悲尚浅,言微感逾深。
瓦缶易谐俗,谁辨黄钟音?

洙泗流浸微,伊洛仅如线。
后来三四公,瑕瑜未相掩。
嗟予不量力,跛鳖期致远。
屡兴还屡仆,惴息几不免。

道逢同心人，秉节倡予敢。
力争毫厘间，万里或可勉。
风波忽相失，言之泪徒泫。

此心还此理，宁论己与人。
千古一嘘吸，谁为叹离群？
浩浩天地内，何物非同春！
相思辄奋励，无为俗所分。
但使心无间，万里如相亲。
不见宴游交，征逐胥以沦。

忆与美人别，惠我云锦裳。
锦裳不足贵，遗我冰雪肠。
寸肠亦何遗？誓言终不渝。
珍重美人意，深秋以为期。

正德元年（1506）十二月，阳明先生终于出狱，被贬为贵州龙场驿丞。他离京南下的时候，众多好友纷纷作诗相送，诗题中的湛元明、崔子钟就是其中的两位。湛元明即湛若水，号甘泉，广东增城人，心学家陈献章亲传弟子，也是阳明心学路上的知己。崔子钟即崔铣，与湛若水同为弘治十八

陽明先生墓誌銘

甘泉湛若水撰

甘泉子挈家閉關於西樵烟霞之洞故友新建伯陽明王先生之子正億以其岳舅禮部尚書久庵黄公之狀及書來請墓銘曰公知陽明公者也非公莫能狀公者也非公莫能銘甘泉子曰吾又何辭焉乃發狀而謹按之讀世系狀云曰公出於龍山狀元大宗伯公華大宗伯公出於贈禮部侍郞竹軒公天叙竹軒公出於太學生贈禮部侍郞槐里公傑槐里公出於遜石公與準厥有禮易之傳遜石公出於祕湖漁隱公彦達祕湖出於性常公綱有文武長才與括蒼劉伯溫友善仕爲廣東參議死難也推其華胄遙遙派於晉高士羲之光祿大夫覽曰公其有所本之矣夫水土之積也厚其生物必蕃有以也夫讀誕生狀云曰其祖姚岑太淑人有赤子乘雲下界天樂道之之夢公乃誕焉是名曰雲蓋徵之矣神僧言之遂改今名曰然則陽明公始神授歟其異人矣六年乃言十一年聞一齋聖人可學之語曰吾有所啟之矣讀贅術狀云云曰初溺於任俠之習再溺於騎射之習三溺於詞章之習四溺於神仙之習五溺於佛氏之習正德丙寅始歸正於聖賢之學會甘泉子於京師語人曰守仁從宦三十年未見此人甘泉子語人亦曰若水泛觀於四方未見此人遂相與定交講學一宗程氏仁者渾然與天地萬物

——

陽明先生墓誌銘

一

明·湛若水《陽明先生墓誌銘》

該文錄於民國十年（1921）六月初版《陽明與禪》。嶺南人氏湛若水與王陽明齊名，他們是至交好友，志同道合，連墓誌銘都互相寫。

年(1505)进士,是阳明与甘泉的共同好友。

湛若水与阳明先生在弘治十八年相识,两人一见如故,湛若水为阳明所作的墓志铭中说:"正德丙寅,(阳明)始归正于圣贤之学。会甘泉子于京师,语人曰:'守仁从宦三十年,未见此人。'甘泉子语人亦曰:'若水泛观于四方,未见此人。'遂相与定交讲学。"(《阳明先生墓志铭》)他们两位的友谊,是建立在共同的学术志趣之上的。他们在京师共倡圣学,互相切磋,在士人中引起了很大的反响。阳明先生先后入狱、被贬,湛若水在赠别的《九章》中表示了同情和不平,称其"以直终见伤";对二人相与讲学、不久就要分离感到悲伤和留恋:"生别各万里,言之伤我心";更勉励先生继续心学之路上的求索:"愿言崇明德,浩浩同无涯"。于是,阳明先生作《八咏》以为酬答,在表达友情的同时,也在探讨二人共同关注的心学之理。

《八咏》是八首五言古诗,这里选取了其中的一、三、四、八四首。第一首和第二首主要是表明酬答之意,第一首首句"君莫歌《九章》,歌以伤我心"是酬答湛若水,第二首首句"君莫歌《五诗》,歌之增离忧"是酬答崔铣,这二首可以视为《八咏》的第一组。

第一首是以对湛若水倾诉的口吻:"在离别之际的宴席上,请不要唱起你为我送行的《九章》,那会让我感到无尽的悲伤。""微言"指精妙高深的言论,是说"你送我的《九章》

里面有很多精深微妙的言论，又包含着朋友之间因为离别而感到的悲伤。离别之悲容易理解，而你那些论心学的言论才让我最为感动，引起我深入的思考"。"瓦缶"指陶制的打击乐器，喻指平庸肤浅的音乐；而"黄钟"指青铜制的打击乐器，多为庙堂雅乐所用，喻指高雅庄严的音乐。他说："那些庸俗肤浅的音乐容易得到一般人的喜爱，而又有谁能倾听、理解深奥庄严的古乐呢?"这里的"瓦缶"和"黄钟"显然不仅仅指音乐，更象征着当时流行的程朱理学和被排斥的心学思想。大多数俗儒没有独立思考的能力，只有湛若水堪称知音，两人在宣扬心学一途上志同道合、携手同行。

第三、四、五、六首是第二组，主要是与湛若水讨论心学。第三首先生回顾儒学发展历程，表明自己复兴圣学的决心。"洙泗"即洙水与泗水，二水在春秋时候属于鲁国，孔子在洙泗之间聚徒讲学，《礼记·檀弓上》有云："吾与女事夫子于洙泗之间"，后世就以"洙泗"代指孔子及其儒家学术；"伊洛"则是伊水与洛水，河南西部的伊水东流，与洛河汇合，古人多以伊洛指称洛阳，宋代理学名家程颐、程颢兄弟就是洛阳人，讲学于伊洛之上，其学说被称为伊洛之学，简称洛学。"浸微"是日渐衰微的意思；"如线"意为虽未断绝，但很微弱。自孔子以来，儒家思想的影响力不断在削弱；二程以来更是微弱如线，随时都有可能断绝。"后来三四公"泛指北宋二程以后的理学家，他们的学说各有短长，优点和缺点都很明显，没有能够承担起复兴圣学的重任。阳明先生后来在《朱子晚年定论》中也再次阐明了这个观点："洙泗之传，至孟子而息。千五百余年，濂溪、明道始复追寻其绪。自后辩析日详，然亦日就支离决裂，旋复湮晦。"在这样的情况下，他自不量力，虽然跛足却还坚持前行，屡次跌倒又屡次站起来，害怕得不敢喘息，但还是勉力而为。幸好在艰难探索的路上，遇到了湛若水这样的同心之人。"同心"之言出自《周易·系辞上》"二人同心，其利断金；同心之言，其臭如兰"。正如湛若水在《九章·黄鸟》中所说"自我初识君，道义日与寻。一身当三益，誓死以同襟"，二人有感于儒家正统学说的深重危机，故相约共同振兴其说。"节"是古代使臣所持的符节，"秉节"意为手持符节，有保持节操、坚守使命之意。"倡予"意为互相支援、互相呼应，《诗经·郑风·箨兮》有"叔兮伯兮，倡予和女"之句。"毫""厘"均为极小的计量单位，意指极其细微的地方。"力争毫厘间"就是指在尽力去辨析先贤学说每一处微小的地方，一步一步或许能够积累万里，有望达到高深的境界。遗憾的是，"风波"忽至，打乱了"我们"的计划，使"我"再也不能像设想的那样和"你"一起讨论、宣扬心学，想到这里，"我"不禁潸然泪下。弘治十八年（1505）以来，阳明先生"门人始进。学者溺于辞章记诵，不复知有身心之学。先生首倡言之，使人先立必为圣人之志。闻者渐觉兴起，有愿执贽及门者。至是专志授徒讲学"(《年谱》),门生聚集意味着学术影响力日益扩大,又恰遇到湛若水这样的同道中人,更是让先生觉得如鱼得水,正要在学术上大展宏图,然而不到一年就被政治上的风波强行打断,心中的遗憾可想而知。

第四首开篇即云"此心还此理",再次表明自己的心学立场。陆九渊强调:"心即理",认为"人皆有是心,心皆具是理,心即理也。"(《与李宰书》)湛若水的老师陈白沙也持同样观点:"终日乾乾,只是收拾此理而已。此理干涉至大,无内外,无终始,无一处不到,无一息不运。会此,则天地我立,万化我出,而宇宙在我矣。"(《翰林院检讨陈公献章传》)此心即此理,无论你我,人人皆是如此,正如湛若水所云:"见在心者,人在本心,古今贤愚之所同有。"(《白沙子古诗教解》)"嘘吸"即吐纳,《庄子·天运》云:"风起北方,一西一东,有上彷徨,孰嘘吸是?""离群"即离开友人、群体,《礼记·檀弓上》云:"子夏投其杖而拜曰:'吾过矣!吾过矣!吾离群而索居,亦已久矣!'"这一句意思是说,千古一瞬,不要为被迫分离而叹息不止。我们还是同处在浩浩无涯的宇宙之中,可以一同沐浴春光。此句从表面上看,是王勃"海内存知己,天涯若比邻"之意,既是劝慰朋友也是劝慰自己,空间的距离不能隔阻彼此情感和思想的交流,更深一层意思则是在阐发"宇宙即吾心"的理念,认为宇宙以元气呼吸吐纳间化育万物,生生不息。表达希望"你我"都不要为世俗之见所影响,能够互相牵挂、互相砥砺,不要放弃当年共倡圣学的理想。只要"我们"的心在一起,没有隔膜,纵然相隔万里,又何妨?"宴游交"指那些以利益相交的人,在一起追欢逐乐而已。如韩愈《柳子厚墓志铭》所云:"今夫平居里巷相慕悦,酒食游戏相征逐,诩诩强笑语以相取下。"这些人怎么样了呢?"胥"是都的意思,他们都沉沦堕落了。言下之意是说,"我们"不是这样的酒肉朋友,而是以道相交,友谊必定可以长久地保持下去。

这一组诗的七、八两首为一组,又重新回到赠别酬答的主题,但又不是直接抒写,而是模仿东汉张衡的《四愁诗》,以"美人"喻湛若水。美人于临别之际,"惠我云锦裳","惠"是赠送之意,"云锦裳"是用云彩图案丝织布料制成的衣服,非常名贵,同时古人也常常用云锦代指精美的诗文。此句一语双关,既是仿照《四愁诗》"美人赠我锦绣段"之意,也是实写湛若水临别赠以诗文。锦绣衣裳不足为贵,弥足珍贵的是"你"用一片光明磊落的真心与"我"相交。"冰雪肠"即一片冰心之意,形容心地纯洁光明,也是古诗中习见的。"寸肠"即寸心,"我"用什么来回报"你"的馈赠、"你"的情谊呢?唯有始终不辜负"我们"的初衷,一起将揄扬圣学的事业进行下去。"我"很珍惜"你"的心意,如今是春寒料峭的时分,让"我们"约定在深秋相会吧。

《八咏》虽为一组诗,如上述其实可以分为三组,风格有差异。主体部分其三、四、五、六四首重在说理，尤其是五、六两首论心物关系，频繁使用哲理概念，让读者仿佛在读玄言诗，未免枯燥。第一组的一、二两首和第三组的七、八两首则重在抒写离愁和君子之谊，相对于第一组的直抒胸臆，第三组采用比兴寄托的手法，显得更为缠绵哀婉。由此也可见，阳明先生早期诗歌是博采众长、风格多样的。

【一日怀抑之也，抑之之赠，既尝答以三诗，意若有歉焉，是以赋也】

一日复一日，去子日以远。
惠我金石言，沉郁未能展。
人生各有际，道谊尤所眷。
尝嗤儿女悲，忧来仍不免。
缅怀沧洲期，聊以慰迟晚。

迟晚不足叹，人命各有常。
相去忽万里，河山郁苍苍。
中夜不能寐，起视江月光。

中情良自抑，美人难自忘。

美人隔江水，仿佛若可睹。
风吹蒹葭雪，飘荡知何处？
美人有瑶瑟，清奏含太古。
高楼明月夜，惆怅为谁鼓？

  这一组三首诗和《八咏》一样也属于"赴谪诗"。诗题中的"抑之"指汪俊，字抑之，江西弋阳人，弘治六年（1493）会试第一。《明史》本传称其人"行谊修洁，立朝光明端介。学宗洛、闽。与王守仁交好，而不同其说。学者称'石潭先生'"。汪俊是个光明磊落的人，信奉程朱之学，虽然与阳明先生学术思想不同，政治立场却是一致的，对阳明先生遭贬自是持同情的态度，因此也有诗赠别。阳明先生作《答汪抑之三首》以答谢，诗寄出后却又觉得"意若有所歉"，感到意犹未尽，于是又作此三首。

  第一首说时间一天天过去，"我"离"你"越来越远了，即《古诗十九首》所谓"行行重行行""相去日以远"之意。"你"赠"我"金玉良言，可是"我"心情沉郁，还是没有舒展。人生际遇各有不同，"我"最为看重的是朋友间的道义。"儿女悲"意指侧重于个人情感的悲伤，如梅尧臣《醉中留别永叔子履》："但愿音尘寄鸟翼，慎勿却效儿女悲。""我"曾经也嗤笑离别时候过于悲伤的小儿女情态，但真正面对这种状况的时候还是不免忧伤难解。"沧洲"为水边之地，指隐居之所。阮籍《为郑冲劝晋王笺》云："然后临沧洲而谢支伯，登箕山以揖许由。"这里的意思是幸好"我们"相约一同归隐，共度晚景，尚可聊以宽慰自己。

第二首开篇强自宽慰，不要为年华流逝、老之将至而叹息悲伤，生命本来自有规律，生老病死都是不可抗拒的。然而想到如今和"你"相距万里，中间隔着苍茫的山川河流，"我"还是因此夜不能寐，在江边的月色下久久徘徊。"我"虽然尽力抑制情感，但还是感到难以忘怀心中的"美人"。这里的"美人"，自然是指汪俊。以美人喻君子，也是古诗中习见的手法。

第三首承接而下，描述"美人"的形象。"她"与"我"隔江相望，若即若离，近在眼前却又仿佛遥不可及。风吹过丛丛蒹葭，残羽如同片片洁白的雪花飘过，不知将要飞向何方？这让读者不由会联想到著名的《诗经·秦风·蒹葭》："蒹葭苍苍，白露为霜。所谓伊人，在水一方。"前两句凄清的景致、徘徊的身影、迷离的思绪，与《蒹葭》如出一辙。末两句写"美人"鼓瑟的情形，"她"演奏的是古代的清音，然而美人鼓瑟的意向，多用来抒写闺怨或离愁。如李商隐的《锦瑟》，美人在如此皎洁的月色之下，独坐高楼，演奏出如此惆怅动人的音乐，又是为了谁呢？此诗后半段又显然脱胎自

《古诗十九首》中《西北有高楼》之"西北有高楼,上与浮云齐……上有弦歌声,音响一何悲……一弹再三叹,慷慨有余哀。"

这一组诗在艺术表现上最明显的特点,就是联(连)章体。清代张玉穀《古诗赏析》卷八评论曹植《赠白马王彪》说:"连章诗,通长观之,原是一章。"此诗亦是如此。不仅二、三两首的首句都是承接上一首末句而来,情感也是一气贯注的:从抒写离别的忧愁,到勉强开解,终不能忘情。

诗中反复出现的"美人"意象也值得深究一番。第二首末句的"美人"是指酬答的对象汪俊,第三首中的两处"美人"却别有所指。"美人隔江水"从字面意思上看,可以说还是指汪俊,但若结合"仿佛若可睹",则又似乎不是这么简单。《诗经·秦风·蒹葭》中那个"宛在水中央"的"伊人",令人百般追寻而不可得,她究竟是现实中的一位佳人,还是某种象征?她可以是贤人,可以是爱人,也可以泛指理想境界。阳明先生此处的"美人"同样如此,或许是他所向往的清明的政治环境,或许是他所探求的圣学真谛,总之是他苦苦追求而不得、让他彷徨忧伤又欲罢不能的对象。因此先生感叹自己仿佛风中的芦苇,飘荡无所归依。"美人有瑶瑟"的"美人"则是先生自比,那个携瑟上高楼、演奏古代雅乐却无人欣赏的"美人",就是一片忠心上书武宗皇帝却反遭下狱、廷杖、流放的阳明先生的化身。"美人"意象在此组诗中不是孤立的，而是与"蒹葭""瑶瑟""高楼""明月"等形成了一个象征系统，传达出追求、惆怅、哀怨等情思。

阳明先生的所谓"赴谪诗"中，不少是酬答友朋之作，除了赠湛若水、崔铣的《八咏》，赠汪俊的两组共六首五古，还有《忆昔答乔白岩因寄储柴墟三首》《梦与抑之昆季语湛崔皆在焉觉而有感因纪以诗三首》《草萍驿次林见素韵奉寄》《夜泊石亭寺用韵呈陈、娄诸公因寄储柴墟都宪及乔白岩太常诸友》等。这一方面自是因为先生交游广阔，也说明当时还是有很多正直士大夫对先生的遭遇予以同情，更重要的是先生实在是情难自禁，满腔的愤懑不平、失意忧伤、孤独落寞，只有向这些友人反复倾诉，方能排解一二。

赴谪次北新关喜见诸弟

扁舟风雨泊江关，兄弟相看梦寐间。
已分天涯成死别，宁知意外得生还！
投荒自识君恩远，多病心便吏事闲。
携汝耕樵应有日，好移茅屋傍云山。

历来贬谪题材的文学，情绪多为怨愤、悲戚，而阳明先生此诗标题中却有一"喜"字，天涯逐臣，前路茫茫，喜从何来？原来是他途经杭州，见到了亲人。正德二年（1507）二月，父亲王华出任南京吏部尚书，二弟守俭也从北京国子监"转学"到南京国子监。三月，阳明先生到达杭州的时候，三弟守文正来杭参加乡试，于是和守俭一起前来迎接兄长。历经极为凶险的磨难后，兄弟相见，自是且喜且叹。

"北新关"又称北关，位于京杭大运河、西塘河、余杭塘河交汇处，是明代京杭大运河上的七大税关之一。阳明先生是从水路来杭的，所以首句就说"扁舟风雨泊江关"。这满天风雨，既是当时的天气实况，也是先生这段时间所经历的政治风雨；这一叶扁舟，既是先生乘坐的交通工具，也是自身风浪中浮沉的写照。正因为劫后余生，此刻兄弟相见，竟有"犹恐相逢是梦中"之感，这也是人之常情。杜甫《羌村三首》写动乱后见到妻子儿女，也是"夜阑更秉烛，相对如梦寐"。颔联进一步表现相见的不易和惊喜。"已分"即自以为，阳明自以为此去天涯万里，再也没有相见之日，谁料还能生还，死别成了生离。颈联"投荒"指将要被贬到偏远蛮荒之地。如黄庭坚《雨中登岳阳楼望君山》有云："投荒万死鬓毛斑，生出瞿塘滟滪关。"被贬之后，他自己清楚远离政治中心，公事清闲，虽身体多病，心情却要闲适得多。这是他在安慰诸弟，不要过多为自己担心。尾联透露了阳明先生当时的心境，他已经厌倦了官场上的争斗，想要和家人一起躬耕避世，与青山白云为伴，远离是非。

经过这一番磨难，阳明先生领教了刘瑾等权阉的嚣张气焰，更让他无可奈何的是武宗的不辨忠奸、肆意妄为，尤其是得知自己被列入所谓"奸党"名单，简直是心灰意冷，早年就有的退隐山林之念又再度萌发。他到杭州以后，先后在净慈寺、胜果寺静居养病，不时发出"山中幽事最能知""洗心兼得远尘埃"的感慨。后来在赶赴龙场途中，他也常常想着"扁舟心事沧浪旧，从与渔人笑独醒""移家便住烟霞壑，绿水青山长对吟"。但即便如此，阳明先生的贬谪诗整体格调并不消沉。

此诗命意、句式与韩愈《左迁至蓝关示侄孙湘》极为相似。素以刚直耿介著称的韩愈，在面对"一封朝奏九重天，夕贬潮州路八千"这样巨大而突然的变故时，虽有"欲为圣明除弊事，肯将衰朽惜残年"的无怨无悔，但还是流露出"好收吾骨瘴江边"的凄楚、悲观心态。相对而言，阳明先生此作更为从容豁达，他已经走出了最初遭遇横祸的惶恐、迷茫，支撑他度过这段低谷期的，正是友朋亲故的同情与宽慰。当然，还有他自己始终不曾放弃的对学术的思考与追求。

泛　海

险夷原不滞胸中，何异浮云过太空。
夜静海涛三万里，月明飞锡下天风。

这首七绝知名度很高：一方面是写得实在是好，短短二十八字，却有光风霁月、海阔天空之境；另一方面是其中包含了一段公案，引得后人纷纷猜想。

"夷"意为平坦、平安，"滞"意为阻塞，无论险阻还是平坦，都不会阻塞在"我"心中那些人生的起起伏伏、苦乐悲喜，就好像天空中飘浮的云彩变化不定、转瞬即逝。这本是前人诗歌中常用的意象。如杜甫《可叹》云："天上浮云似白衣，斯须改变如苍狗。古往今来共一时，人生万事无不有。"心学家陈献章《次韵秋兴感事录寄东所》云："短檠非世业，破笠是家风。回首唐虞际，浮云点太空。"但后两句的气魄和意境就非同一般了。"锡"为锡杖，即僧人所持的禅杖。"飞锡"原本指僧人持锡杖云游四方，后神化为掷锡杖飞行，《释氏要览》卷下云："今僧游行，嘉称飞锡。此因高僧隐峰游五台，出淮西，掷锡飞空而往也。若西天得道僧，往来多是飞锡。"月光下的海面平静无波，"我"泛一叶轻舟远遁三万里，就像高僧执锡杖凭空飞行一般。无论顺境、逆境,所谓功过得失,都不放在心上,夜静时分万籁俱寂,沐浴在皎洁的月光下,像《逍遥游》中的列子一样御风而行,衣袂飘飘,清风拂面,无拘无碍,何等潇洒!

日本著名阳明学家、《王阳明大传:知行合一的心学智慧》作者冈田武彦先生,曾将此诗与朱熹《醉下祝融峰作》相比。朱熹诗云:"我来万里驾长风,绝壑层云许荡胸。浊酒三杯豪气发,朗吟飞下祝融峰。"朱熹写的是自己登上祝融峰后荡气回肠的感受,也是展现长期困扰自己的学术难题被破解后豁然开朗的心境,确实与此诗有异曲同工之妙。但无论是意境的开阔、造语的新奇,还是飘逸洒落的风格,《泛海》都要胜出一筹。

只是读者难免奇怪,先生此际在杭州西湖边的胜果寺养病,且是戴罪之身,将要去遥远的贵州龙场去做一个小小驿丞,这趟泛海之旅又是怎么回事呢?钱德洪说:"先生至钱塘,瑾遣人随侦。先生度不免,乃托言投江以脱之。因附商船游舟山,偶遇飓风大作,一日夜至闽界。"(《年谱》)黄绾《阳明先生行状》中也说:"瑾怒未释。公行至钱塘,度或不免,乃托为投江,潜入武夷山中,决意远遁。"《皇明大儒王阳明先生出身靖乱录》更是绘声绘色地讲了一个惊险万分的故事:两名腰悬利刃的大汉如何闯入胜果寺、如何挟持他来到荒郊野外,阳明先生如何在两名邻人的帮助下灌醉杀手、如何留下绝命诗和告终辞、如何伪造投江现场、又如何潜往海上来到武夷山,其间还穿插了荒山古寺遇虎、遇到二十年前故人等情节,堪称一段精彩的传奇。

然而,深知阳明的湛若水却揭穿了事实,他在《阳明先生墓志铭》中写道:"人或告曰:'阳明公至浙,沉于江矣,至福建始起矣……甘泉子闻之笑曰:'此佯狂避世也。'故为之作诗,有云:'佯狂欲浮海,说梦痴人前。'及后数年,会于滁,乃吐实。彼夸虚执有以为神奇者,乌足以知公者哉!"湛若水认为以阳明先生的性格,这是他故意制造舆论,想要借以脱身,这个猜测后来也得到了先生本人的证实。束景南先生推测,阳明当时是想要制造身死假象,避居武夷山修炼,但终究是顾虑一旦暴露会拖累父亲,只能无奈地北归,准备省亲后赴龙场。

事虽然是虚事,诗却实在是好诗。想必阳明先生作此诗之际,满心也是想着从此摆脱罗网、不受羁绊,因而恨不得生出双翅,一夜渡海,奔向多年来向往的山林生活。虽然是掩人耳目之作,其中洋溢的情感却是真实的,所以才能感动后来每一颗渴望自由的心灵,成为脍炙人口的名篇。

杂诗三首

危栈断我前,猛虎尾我后。
倒崖落我左,绝壑临我右。
我足复荆榛,雨雪更纷骤。
邈然思古人,无闷聊自有。
无闷虽足珍,警惕忘尔守。
君观真宰意,匪薄亦良厚。

青山清我目,流水静我耳。
琴瑟在我御,经书满我几。
措足践坦道,悦心有妙理。
顽冥非所惩,贤达何靡靡?
乾乾怀往训,敢忘惜分晷?
悠哉天地内,不知老将至。

羊肠亦坦道,太虚何阴晴?
灯窗玩古《易》,欣然获我情。
起舞还再拜,圣训垂明明。
拜舞讵逾节?顿忘乐所形。
敛衽复端坐,玄思窥沉溟。

寒根固生意，息灰抱阳精。

冲漠际无极，列宿罗青冥。

夜深向晦息，始闻风雨声。

正德三年（1508）正月，阳明先生踏上了赴龙场的漫漫征途，一路上随走随吟，或怀友朋，或赏风光，或仰先贤。这三首《杂诗》，则纯是途中所感，不仅是羁旅行役之感，更是心有所悟之感。

第一首写途中的险阻。"危栈"是指高崖上的栈道，"倒崖"则是耸立欲倾倒的山崖，"绝壑"则是深不可测的断谷，前有高险难行的栈道，后有猛虎尾随，左边是悬崖，右边是绝壁，这真是陷入了绝境！"荆榛"意为丛生灌木，通常用来形容荒芜的景象，如曹植《归思赋》云："城邑寂以空虚，草木秽而荆榛。"本来已处四下无路的境地，再加上荆棘丛生、雨雪交加，足见路途之艰险卓绝。这或许是阳明先生赴谪路上某一处真实经历过的，显然还是一种隐喻，读者很容易联想到这是先生的政治处境。那些危崖绝壁、荆棘雨雪，还有从旁窥伺的猛虎，正是朝中作乱的一帮宵小之辈。在这种情况下，经历了风浪的阳明先生，不再是一味愤怒、抨击，而是找到了自我排解的方式。"邈然"是高远的样子，也可以引申为神态高远淡然，如陶渊明《咏贫士》其五云："袁安困

明·王阳明《行草手札(局部)》

正德三年(1508)正月,阳明先生踏上了赴龙场的漫漫征途,所作的《杂诗三首》表达的途中所感,如他的《行草手札》起落有致。

积雪,邈然不可干。"阳明先生说,我想到远古的那些贤人,他们是怎样在困境中坚守的呢?"无闷"出自《周易·乾卦·文言》:"遁世无闷,不见是而无闷。乐则行之,忧则违之。"字面意思是没有苦闷烦恼,常常指隐居遁世或致仕退休这些不问世事之人那种闲散旷达的心境,如嵇

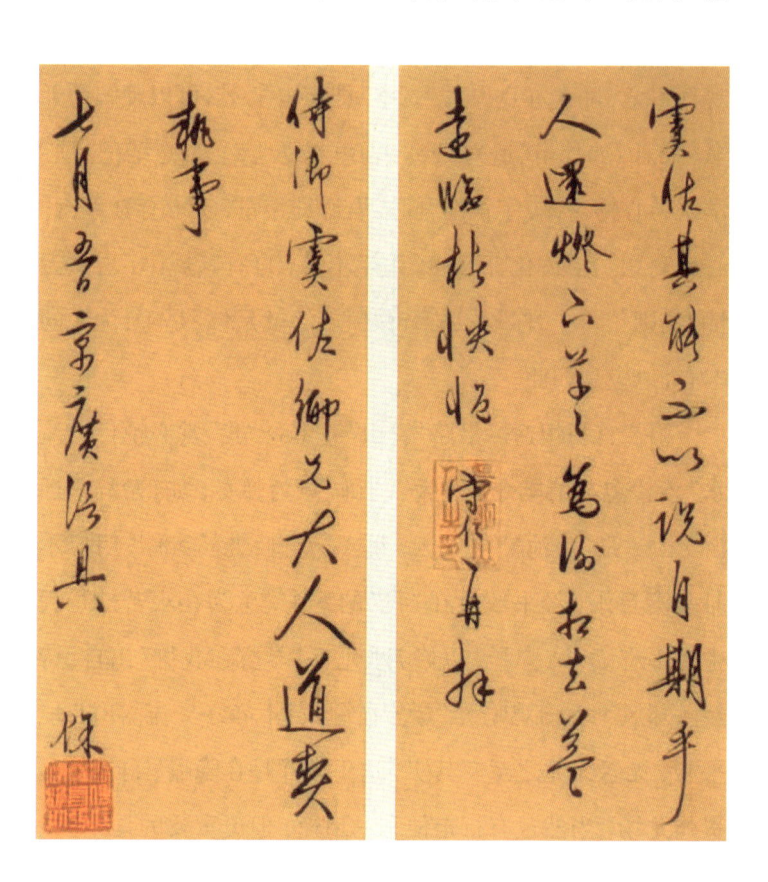

康《与山巨源绝交书》云："达能兼善而不渝，穷则自得而无闷。"白居易《刑部尚书致仕》亦云："全家遁世曾无闷，半俸资身亦有余。"这一句是说"我"从古代贤人身上，学习遁世"无闷"，勉力做到在如此绝境中坦然处之。可是，"无闷虽足珍，警惕忘尔守"，"守"指操守，达到"无闷"境界虽然不易，也不要轻易放弃自己内心的坚持。在阳明先生看来，虽然身处困境需要遁世无闷的精神来获得一时的解脱，但也要随时存念不忘本心。那么本心又是什么呢？末句说"君观真宰意，匪薄亦良厚"，"真宰"即宇宙主宰，可以理解为天命、天意，如杜甫《遣兴》云："吞声勿复道，真宰意茫茫。"心学认为心物一体，宇宙即吾心，吾心即宇宙，宇宙有真宰，此心有真意。宇宙化育万物，生生不息，自有其规律，看似无情，实则仁善。"你"看那宇宙之心，终就是仁、是善，为人的本心，也应是如此。

第二首写坦途。沿路"青山"苍翠令"我"赏心悦目，"流水"泠泠愈显清幽令我平静。"御"意为弹奏，如《楚辞·远游》云："张《咸池》奏《承云》兮，二女御《九韶》歌"，"我"不时弹奏音乐，经书放置在"我"的案头，意为在艰苦的行程中也不忘读书、弹琴，以修养身心。"琴瑟在我御"出自《诗经·郑风·女曰鸡鸣》："琴瑟在御，莫不静好"，流露出心境平和、无怨无尤之意。其实，这里同样是在隐喻，自钱塘至贵州龙场，当然也有行走便利的坦途，但更重要的是，诗人找到了令自己忘怀挫折、获得平静的方式：青山流水是自然美景，可以悦目娱心，也可从中体悟宇宙自然之"道"；弹琴、读书，既可以打发寂寞的时光，更是修身养性的良方。"措足"即立足、置身，行走在平坦的大道上，本来已经感到身心放松，更令我愉悦的是"妙理"，即不断加深自己对"道"的体认，不断深化自己对心学的理解，从而获得更高层次的快乐。冥顽不灵的小人，没有得到应有的惩罚；朝中的贤达显宦们，为何如此萎靡懦弱？在这样的时候，该当如何自处？"乾乾"与"靡靡"相对，意为刚健自强。《周易·乾卦》有"天行健，君子以自强不息"之句，又云"君子终日乾乾，夕惕若厉，无咎"，意思是说，君子当刚健有为、自强不息。"晷"原意是日光、日影，日晷是古人用来计时的工具，"晷"遂有时间、光阴之意，"惜分晷"即珍惜一寸光阴的意思。越是在艰难时刻，越是要不忘古训，珍惜光阴、奋发图强。所以末句说"悠哉天地内，不知老将至"，"悠哉"是忧思绵绵之意，如《诗经·周南·关雎》云："优哉游哉，辗转反侧"，江淹《休上人怨别》云："西北秋风至，楚客心悠哉"；"不知老将至"出自《论语·述而》："其为人也，发愤忘食，乐以忘忧，不知老之将至。"阳明先生意思是说牢记古训，奋发有为，体认天理吾心，因得"道"而快乐，忘记了现实的忧愁磨难。

  第三首更深入一层，险阻也罢，坦途也罢，都不必介怀，所谓"道在险夷随地乐"（《睡起写怀》），所以他说"羊肠亦坦道"。"太虚"指宇宙，也是人心，宇宙本体哪有阴晴变化？风云雷电都是外在的表象，一时的得失悲欢也不会影响到本心的光明纯净。灯下、窗前潜心研读《周易》，深得我心，因而感到欢欣鼓舞。读到会心之处，忍不住手舞足蹈，想到《周易》中前贤古训把道理讲得如此清晰明了，又再三下拜表示叹服。"我"这副又是起舞又是下拜忘乎所以的样子，是不是失态了，逾礼了？非也，实在是与古人心意相通，自己感到学有所感、有所悟而无比快乐，所以"我"忘却行迹满心欢喜。此刻贬谪途中的阳明先生，心情非但不沮丧、不愤懑，反而是雀跃的乃至狂喜的，何以至此？不仅仅是读书的快乐，本质是读书有所得感到自己无限接近"道"的快乐，正如陶渊明《读山海经》其一所说的"俯仰终宇宙，不乐复何如？"。既有所得，就要抓住灵感继续深入思考，于是下半段写静坐沉思。"敛衽"即整理衣襟，整理好衣服端坐下来，表示态度的恭敬虔诚，然后开始进入"玄思"。东晋许询《农里诗》云："亹亹玄思得，濯濯情累除"，进入这种沉浸深思的状态后，不为俗情所累，心境光明澄澈，得以窥见深奥的天机。静坐是阳明先生非常重视的功夫，弘治年间他在家乡阳明洞中修炼，静坐入定后甚至能够预知即将发生的事情，可见先生早年就常常静坐沉思且有所得；后来他又受到白沙心学影响，把"默坐澄心，体认天理"作为座右铭。弟子王畿在《滁阳会语》中记录了阳明先生静坐的感受："自谓

'尝于静中内照形躯如水晶宫,忘己忘物,忘天忘地,与虚空同体,光耀神奇,恍惚变幻,似欲言而忘其所以言,乃真境象也'。"(《王畿集》卷二)这段记载正可与"玄思窥沉溟"相印证。"寒根固生意,息灰抱阳精"这一句颇不易解,因为其中直接使用了好几个道教的术语。据束景南先生考释,"寒根"当为"灵根"之误,"灵根"指丹田,陈撄宁《黄庭经讲义》云:"灵根乃人身脐下之命根也";"固生意"即是将精气聚集在丹田内封存;"息灰"指静坐状态中万念俱消、心如死灰,《庄子·齐物论》云:"形固可使如槁木,而心固可使如死灰乎?""阳精"一指太阳,此处指元气,董德宁《悟真篇正义》云:"阳精者,坎中元气,谓之阴里阳精,乃立命之根基,炼丹之枢要也。"这一句是在描述静坐时的身心状态,感觉到自身元气的流动,而万念不起、物我合一。"冲漠"即冲虚、太虚,"际"意为达到,入定后那种虚空状态达到了"无极",不知有"我",只见幽深苍冥中漫天星斗罗列,也就是所谓"忘己忘物,忘天忘地,与虚空同体"。"晦息"指静坐久后呼吸渐渐柔和安定,意味着可以慢慢回复到动的状态了,这时方才听到外面风雨的声音。正如此前他在《又游牛峰寺四绝句》其三中所说:"池边一坐即三日,忽见岩头碧树红",在静坐时候完全是心游太虚,无限接近于"道",根本感受不到外界的喧嚣。

这三首五古,前两首把贬谪途中的羁旅之感与心的感悟相结合，道路有崎岖有平坦，以此喻示人生有起有落，探求真理的历程也总是一波三折，这里语言也平实浅易，很好理解。第三首却显得非常艰涩，一味说理而形象性不足，对普通读者来说，不仅难以理解，也难以得到美感。但是，这对于理解阳明先生心学思想的形成，却是非常重要的参考。从此诗中关于心物一体的议论，不难判断"龙场之悟"此际已现端倪。

第三卷

在龙场的日子，阳明先生学着自己动手耕种，在当地人的帮助下盖起了草堂。勉强解决了生计问题之后，先生又开始授徒讲学，为解决阿贾阿札叛乱而奔波，更没有放弃对学问的苦苦探求与思索，这才有了石破天惊的"龙场悟道"。

【萍乡道中谒濂溪祠】

木偶相沿恐未真，清辉亦复凛衣巾。
簿书曾屑乘田吏，俎豆犹存畏垒民。
碧水苍山俱过化，光风霁月自传神。
千年私淑心丧后，下拜春祠荐渚蘋。

阳明先生出发奔赴龙场的时候，故友倪宗正赠诗劝慰他道："山水于君直有分，乾坤随处是清游"（《送王阳明谪官》），希望他忘却天涯逐臣的悲苦，沿途游赏山水以排遣忧思。阳明先生也确实如此，赴谪途中他畅游名山大川，凭吊前贤遗迹，吟诗作赋不绝。进入江西境内后，他在草萍驿、玉山东岳庙、南昌石亭寺、袁州仰山与宜春台等地均有诗作。到了萍乡，先生又专门拜谒了濂溪祠，故有此诗。

"濂溪"是北宋理学名家周敦颐的号。《昭萍志略》卷二记载："濂溪祠，在县东芦溪市。宋周子濂溪为镇监税，名士多从之游，后人立祠桥东。"可见，濂溪祠是当地人为了纪念曾在此任职、讲学的周敦颐而建，对于阳明先生来说，是一处有着特殊意义的场所。

首联写濂溪祠中的周敦颐塑像。"木偶"指祠堂中供奉的木质雕像，阳明先生以为未必就是周敦颐真实的样貌，但是其人清正凛然的气质品性却能通过端正的衣冠反映出来，令人肃然起敬。颔联写周敦颐在此地的实绩，"簿书"是官署中的文书簿册；"曾屑"意思是勤勉辛劳，如《汉书·王莽传上》云："晨夜屑屑，寒暑勤勤，无时休息"；"乘田吏"原本是春秋时候鲁国主管畜牧的小吏，孔子曾经担任此职，如《孟子·万章下》云："（孔子）尝为乘田矣。"赵岐注曰："乘田，苑囿之吏也，主六畜之刍牧者也。"阳明先生是以孔子担任乘田吏类比周敦颐担任镇监税，虽然都是地位不高的低级职务，但他们都兢兢业业、勤于政事。"俎豆"是古代祭祀、宴飨时盛放食物的两种礼器，后来指代礼器，因此又具有祭祀之意，如《论语·卫灵公》云："俎豆之事，则尝闻之矣；军旅之事，未之学也"；"畏垒民"用《庄子》典故，《庄子·庚桑楚》云："有庚桑楚者……居三年，畏垒大壤。畏垒之民相与言曰：'庚桑子之始来，吾洒然异之。今吾日计之而不足，岁计之而有余。庶几其圣人乎！子胡不相与尸而祝之，社而稷之乎？'"畏垒山民祭祀至人庚桑楚，阳明先生以此类比芦溪百姓建濂溪祠以祭祀周敦颐，他们都以自己的政绩赢得了地方百姓的爱戴和纪念。这一联连用孔子和庚桑楚的典故，陈述周敦颐在萍乡的事迹，颈联则对此发表议论。"过化"谓圣人所到之处都能感化人民、精神长存，如《孟子·尽心上》曰："夫君子所过者化，所存者神，上下与天地同流。""光风霁月"是北宋黄庭坚《濂溪诗》序中对周敦颐人品高洁磊落的赞誉，出自："舂陵周茂叔，人品甚高，胸中洒落如光风霁月。"这一联的意思是说，周敦颐所过之处，碧水青山都受到感化，更不要说黎民百姓了，黄庭坚"光风霁月"的评语实在是传神！"私淑"是未得到直接传授但私心非常敬仰信服的意思，如《孟子·离娄下》曰："予未得为孔子徒也，予私淑诸人也。""心丧"是说老师去世后弟子守丧，不穿丧服但内心存有哀悼之意，如《礼记·檀弓》曰："事师无犯无隐，左右就养无方，服勤至死，心丧三年。""春祠"即春祭，"荐"意为敬献，"渚蘋"指江边的蘋草。尾联是说，千载而下，"我"以私淑弟子的身份，为周敦颐服心丧，献上江边的蘋草作为祭品，进入濂溪祠祭拜先贤。

阳明先生在此诗中高度评价了周敦颐的人品，抒发了对他的崇敬之情，并以私淑弟子自命。周敦颐是北宋五子之首、理学鼻祖，阳明先生此刻对他的推崇，一方面是表达自己"吾将进之于道"（《赠扬伯》）的立场，表达与佛、道决裂而回归儒学的态度；另一方面，他也确实视周敦颐为心学开山祖师，因为周敦颐的根本思想是"主静"，阳明先生提出的"默坐澄心""静悟天机"可以经由陈白沙、陆九渊一直上溯到周敦颐，"为他自己的心学接上了儒脉正宗心传的道统"。（束景南《阳明大传——"心"的救赎之路》第 463 页）

游岳麓书事

醴陵西来涉湘水，信宿江城沮风雨。
不独病齿畏风湿，泥潦侵途绝行旅。
人言岳麓最形胜，隔水溟蒙隐云雾。
赵侯需晴邀我游，故人徐陈各传语。
周生好事屡来速，森森雨脚何由住。
晓来阴翳稍披拂，便携周生涉江去。
戒令休遣府中知，徒尔劳人更妨务。
橘洲僧寺浮江流，鸣钟出延立沙际。
停桡一至答其情，三洲连绵亦佳处。

行云散漫浮日色，是时峰峦益开霁。
乱流荡桨济倏忽，系楫江边老檀树。
岸行里许入麓口，周生道予勤指顾。
柳溪梅堤存仿佛，道林林壑独如故。
赤沙想象虚田中，西屿倾颓今冢墓。
道乡荒址留突兀，赫曦远望石如鼓。
殿堂释菜礼从宜，下拜朱张息游地。
凿石开山面势改，双峰辟阙见江渚。
闻是吴君所规画，此举良是反遭忌。
九仞谁亏一篑功，叹息遗基独延伫。
浮屠观阁摩青霄，盘据名区遍寰宇。
其徒素为儒所摈，以此方之反多愧。
爱礼思存告朔羊，况此实作匪文具。
人云赵侯意颇深，隐忍调停旋修举。
昨来风雨破栋脊，方遣圬人补残敝。
予闻此语心稍慰，野人蔬蕨亦罗置。
欣然一酌才举杯，津夫走报郡侯至。
此行隐迹何由闻？遣骑候访自吾寓。
潜来鄙意正为此，仓率行庖益劳费。
整冠出迓见两盖，乃知王君亦同御。
肴羞层叠丝竹繁，避席兴辞恳莫拒。
多仪劣薄非所承，乐阕觞周日将暮。

黄堂吏散君请先，病夫沾醉须少憩。
入舟暝色渐微茫，却喜顺流还易渡。
严城灯火人已稀，小巷曲折忘归路。
仙宫酣倦成熟寐，晓闻檐声复如注。
昨游偶遂实天假，信知行乐皆有数。
涉躐差偿夙好心，尚有名山敢多慕！
齿角盈亏分则然，行李虽淹吾不恶。

  这是阳明先生存世作品中篇幅最长的一首诗。从江西进入湖南境内后，阳明经醴陵至长沙，在长沙停留了八天，其间往游著名的岳麓书院，他在《答文鸣提学》中说："病齿兼虚下，留长沙八日。大风雨绝往来，间稍霁，则独与周生金者渡橘洲，登岳麓。"因为身体不适，他在长沙停留时间较久，但又遇到风雨交加的天气，不便出行，幸而趁着雨歇游览了岳麓书院，为此专门写了三首长诗，这是其中之一，另外两首是《涉湘于迈岳麓是尊仰止先哲因怀友生丽泽兴感伐木寄言二首》。从诗题就能看出，两者各有侧重，后者重点在于"仰止先哲""怀友"，而这一首重在"书事"，叙事的成分较多。

  第一部分写游览岳麓之前。"信宿"意思是连宿两夜，泛指两三天，如郦道元《水经注·江水》曰："流连信宿，不觉忘返。"阳明先生从醴陵西行渡过湘江来到长沙，为风雨所阻,在长沙这座江滨之城停留了几天。此时他牙痛发作,又畏惧寒冷阴湿的气候,再加上连日阴雨、道路泥泞、行人断绝,实在不是出游的好时机。"溟蒙"是昏暗、朦胧的意思,听说岳麓山是长沙的名胜,奈何隔着湘江看去模糊不清,隐于云雾之中。"需"此处是等候的意思,"需晴"就是等待天晴。"赵侯"是赵维藩,时任长沙知府,要尽地主之谊,邀请阳明待天气晴好后同游岳麓;"徐陈"指徐守诚、陈凤梧两位,他们都是阳明于弘治年间在刑部任职时候的同僚,当年他们就都是刑部"西翰林"群体的中坚,一同讲学作文、议论朝政、锐意进取,徐守诚、陈凤梧此时都在长沙为官,听说昔年志同道合的好友经过,自然是频频传话邀约;"周生"是周金,长沙府学诸生,携自己的书稿来拜访阳明先生,先生还特意写了一首《长沙答周生》勉励他虔心向学、注重品性,这位周生也屡屡来邀。"森森"是浓密众多的样子;"雨脚"指密集的雨点,如杜甫《茅屋为秋风所破歌》曰:"床头屋漏无干处,雨脚如麻未断绝。"阳明先生对岳麓山本来就很向往,再加上诸多友朋的盛情,想必也是按捺不住了,奈何阴雨绵绵不绝,雨势还不小,以致迟迟不能成行。

  第二部分写游览的经过,是全诗的重头部分。"披拂"是分开、散开的意思。这天早晨,阳明先生见到阴云散开、天气好转,便带着周生一起渡江,直奔岳麓而去。临行,还不忘告诫从人不要告诉知府赵维藩,以免劳烦地方长官,更不要妨碍其公事。湘江中的橘子洲好像浮在水面上，洲上有寺，寺中僧人鸣钟表示欢迎，又站在沙岸边迎接，阳明先生也特意停下船桨，以答谢寺僧的盛情。橘子洲是江中泥沙淤积而成，据《方舆胜览》记载，唐宋之前"湘江中有四洲，曰橘洲、织洲、誓洲、泉洲……望之若带，实不相连"。随着泥沙不断堆积，到明代时已经连成牛头洲、水陆洲（即橘子洲，洲上有水陆寺）和傅家洲三洲。崇祯《长沙府志》还记录了民间"三洲连，出状元"的谶语。所以阳明先生说"三洲连绵"，在江水中好像连成一线，仿佛漂浮在水面上，风景甚好。这时天公作美，天边浮云散开，日光透过云层照射下来，两岸山峦也越发清晰地呈现在眼前。先生的心情也愈加迫切，幸好江流中船行进迅速，似乎倏忽之间就已横渡湘江了，于是将船系在江边的老檀树上，终于可以登岸了。

步行里许后，阳明先生一行来到岳麓山脚下的入口，周生一路上频频为他指引介绍。"柳溪""梅堤"皆是岳麓山名胜，朱熹的《奉同张敬夫城南二十咏》就曾写到，昔年朱熹、张栻游赏过的柳溪、梅堤依稀还是当时的模样；"道林"是道林寺，五代时所建；"林壑"是山林幽谷，杜甫的《岳麓山道林二寺行》有"玉泉之南麓山殊，道林林壑争盘纡"之句，他笔下的道林寺旁山林清幽，景色也依然如故。"赤沙"即赤沙湖，杜甫的诗中也曾写到，如今已不见踪迹；"西屿"是岳麓书院西边的小山，是当年朱熹、张栻讲学、游玩之地，张栻《城南杂咏二十首·西屿》曰："系舟西岸边，幅巾自来去。岛屿花木深，蝉鸣不知处。"朱熹的《奉同张敬夫城南二十咏·西屿》和之曰："朝吟东渚风，夕弄西屿月。人境谅非遥，湖山自幽绝。"让他们日日流连其间的西屿已经不复存在，荒芜一片，竟成墓地。"道乡"指道乡台，本是北宋时邹浩的号，他因直言得罪蔡京而被贬，路过长沙时，知州温益为讨好蔡京，不许邹浩在此停留，邹浩只得冒着风雨渡江，岳麓寺的僧人得知后，点着火把列队迎接。后来张栻为纪念这段故事，在岳麓山上筑台，朱熹为之刻石命名为"道乡台"。"赫曦"原意是日出光明，这里指赫曦台，朱熹《云谷山记》曰："予名岳麓山顶曰'赫曦'，张伯和父为大书台上。"道乡台全貌已不存，徒留高台遗迹高耸突兀，赫曦台也只剩巨石形状如鼓了。"释菜"指释菜礼，古人入学时祭祀先圣先师的典礼，如《礼记·月令》曰："（仲春之月）上丁，命乐正习舞，释菜。"郑玄注曰："将舞，必释菜于先师以礼之。"来到当年朱熹、张栻讲学的殿堂，应当行释菜之礼，下拜以示恭敬和追念。这一大段写游踪，似乎全是写景，但细细看来，处处景致都是昔年先哲遗迹。先生是在游玩山景，还是在追怀先哲发思古之幽情？更多的应该是后者吧。就如他在《涉湘于迈岳麓是尊仰止先哲因怀友生丽泽兴感伐木寄言二首》其二中说的那样："缅思两夫子，此地得徘徊""陟冈采松柏，将以遗所思；勿采松柏枝，两贤昔所依。缘峰践台石，将以望所期；勿践台上石，两贤昔所跻。"岳麓山上的一草一木，都是朱、张二子曾见过、经过、题咏过的，自然有了特别的意义。

接下来回到现实。"凿石开山面势改，双峰辟阙见江渚"，指凿开清风峡的双峰，使岳麓山直面湘江，能够看到江中的洲渚。这一改变地势的规划出自吴君，即吴世忠，也是阳明先生故友。吴世忠在《题岳麓书院诗序》中剖白自己的心迹说："今学者承朱张之教，而天下坐享道学讲明之功，顾乃使其遗址荒榛如此，不亦可为人文世道之叹也哉！"但他凿山、重建岳麓书院的举动，却遭到当时人的猜忌和非议。一个"反"字，让阳明先生的不平之意跃然纸上。他不由感叹"九仞谁亏一篑功"，此句语出《尚书·旅獒》："为山九仞，功亏一篑。"吴世忠规划的宏图终究是功亏一篑，如今"我"久久伫立在凿石开山的遗址上，只能叹息而已。"浮屠"指佛教寺庙，"你"看那遍布海内各名胜地的寺庙，往往修建得极其壮观，"我们"儒家一向排斥佛教徒，可是在建造、保存著名建筑这方面却远不及"他们"，难道不应该感到惭愧吗？"告朔羊"用孔子典故，《论语·八佾》云："子贡欲去告朔之饩羊。子曰：'赐也！尔爱其羊，我爱其礼。'""告朔"是古老的礼俗，诸侯在每月朔日（初一）行告庙听政之礼，向天地祖宗禀告后人所作所为，告朔时要杀一只羊献祭。到春秋末期，这一古礼已经不被重视，鲁国国公不再亲自去宗庙"告朔"，但还是会杀一只羊献祭。子贡认为既然如此，连羊也不必再杀了,孔子说:"子贡啊,你珍惜那只羊,我珍惜的是古代的礼仪制度。"阳明先生这里借用这一典故,表示对吴世忠的支持,认为他扩建书院的举动如同孔子希望保留"告朔"之礼一样,是通过外在的形式来传承内在的精神,绝不是徒有其表的"文具",即装点门面的虚文。幸好"我"听说知府赵维藩也支持吴世忠,且颇为用心,在其中周旋调停,让凿石开山的事情很快又重新启动。昨晚风雨之中岳麓书院的屋顶有所损坏,就遣泥瓦匠人前来修补,"我"对此深感欣慰。"圬人"就是泥瓦匠,如《左传·襄公三十一年》云:"司空以时平易道路,圬人以时塓馆宫室",杜预注云:"圬人,涂者";"野人"即荒野之人,指山中的乡民。到了吃饭的时候,乡人准备的各种野菜也已经罗列出来,"我"正开心地要举杯小酌,就听船夫来报告说知府来了。阳明先生不由奇怪,"我"为了不惊扰地方而分明刻意隐藏行迹,知府何以得知呢?原来,他专门遣人去"我"的寓所了。这下仓促之间置办宴席更加破费了,先生似乎颇感无奈。为了不失礼,他赶紧整理衣冠前去迎接,意外地见到两辆车盖,原来时任长沙推官的王教也一同前来了。于是佳肴珍馐一一呈上,丝竹音乐也演奏起来。对这样隆重的排场,"我"这样才薄德浅的人深感不能承受,于是离席起立,恳切地表示感谢。待到乐曲终了,酒席散去,已是日暮时分。这一段写游山后宴饮的情形,先生感受到了朋友们的深厚情谊。"黄堂"是太守衙中的正堂，代指太守；"病夫"则是先生自谓。宾主尽欢后太守请先回，"我"这个扶病之人喝了酒之后，恐怕还得稍事休息，缓一缓，才好动身。

最后一部分写归程。待先生登船时候已经很晚了，暮色四合，好在一路顺利渡过湘江。夜晚的长沙戒备森严，人迹稀少，"我"带着几分醉意，几乎都找不到回去的小路了。"仙宫"指阳明先生暂住的寿星观，明时设有驿站。回到住处以后一夜酣眠，早晨起来又听到外面大雨如注从屋檐上倾泻下来的声音，不由感叹昨日真是老天赐予的大好机会，使"我"得以畅游一番，原来一切皆有定数，强求不得啊！这次侥幸的岳麓之行，稍稍满足了"我"长期以来喜好游山玩水的夙愿。天下还有那么多的名山大川，"我"虽然倾慕，但是哪里还敢有过多的想法呢？"齿角"指象牙、犀角、鹿角之类，喻指事物之高低贵贱；"盈亏"本指月之圆缺、天道之消长，也可指人事的得失成败。无论是自然界的日月运行，还是人世间的悲欢离合，都是有规律的，不必强求。"行李"这里指行程，如杜甫《赠苏四傒》云："别离已五年，尚在行李中"；"淹"是淹留之意；"恶"则为畏惧之意。虽然行程迟滞，但"我"也不害怕。言下之意是说，虽然仕途不顺，人在贬谪的苦旅之中，但"我"也并不感到困顿、畏惧。

这首五百余字的长诗，分明是一篇游记散文，很容易让读者联想到韩愈的《山石》、苏轼的《游金山寺》这类唐宋诗

清·吴历《湘江秋月夜》

游岳麓书院归程时，阳明先生登船时已经很晚了，好在一路顺利渡过湘江。

中纪游的名篇。全诗以自己的行踪为线索，从游览前的期待到终于成行的喜悦、途中的种种见闻感慨、地方长官的盛情招待，再到返程的顺利而生庆幸之心，按时间顺序一一展开铺叙。虽是游记，重心却并没有落在写景上，毕竟所游之地不是什么普通的山水，而是朱熹、张栻这样的先哲讲学之地，是极富儒家文化内涵的名山，处处都是先哲遗存，草木山石都令人怀想起当年的光景，令人油然而生向往之心。阳明先生作为后学，自然有志于继承先哲之志，要让遗迹更好地留存下去，让精神更好地传承下去，所以针对吴世忠扩建书院遭非议，先生发了一通议论，也倾吐了他继承道统、弘扬圣学的决心。虽然处于逆境之中，但阳明先生其志不改，他拜谒濂溪祠，寻访岳麓山朱、张故地，在精神上与前贤先哲建立联系，从中寻求指引与鼓舞。

此诗虽长篇大论，但一气贯注，夹叙夹议，用典古雅，造语力避平易，颇有韩孟诗派遗风，尤其是章法结构，更是承韩愈"以文为诗"的手法。叙事之中议论风生，既有对时事的关切，也有对自己内心信念的表达，又似杜甫《自京赴奉先县咏怀五百字》之神韵。可见，阳明先生作诗，可谓转益多师、博采众长，故能卓然有所成就。

南游三首

元明与予有衡岳、罗浮之期，赋《南游》，申约也。

南游何迢迢，苍山亦南驰。
如何衡阳雁，不见燕台书？
莫歌澧浦曲，莫吊湘君祠。
苍梧烟雨绝，从谁问九疑？

九疑不可问，罗浮如可攀。
遥拜罗浮云，奠以双琼环。
渺渺洞庭波，东逝何时还？
生人不努力，草木同衰残。

洞庭何渺茫，衡岳何崔嵬。
风飘回雁雪，美人归未归？
我有紫瑜佩，留挂芙蓉台。
下有蛟龙峡，往来兴云雷。

《王文成公全书》将《南游三首》编在"赴谪诗五十五首"之三，也就是阳明先生刚刚离开京师时所作。束景南先生据诗意考辨，认为应是先生南下至湖湘经洞庭湖所作，时在正德三年（1508）二月。

诗前小序交代了作诗缘起，这三首诗是写给好友湛若水（元明）的。阳明在京师时与湛若水有衡岳、罗浮之约。衡岳在湖南，是阳明赴贵州龙场必经之地；罗浮在广东，是湛若水的家乡。阳明离开京师时，湛若水赋《九章》赠别，其中《北风》一章就说："君若访五峰，愿留共君住"；阳明回赠的《八咏》也说："珍重美人意，深秋以为期"。因为先生中途有武夷山之行，湛若水也未能如愿归乡，二人深秋在湖湘重会的愿望落空。如今先生行至湘水，想起前约，有感而作此诗，即以首句前二字为诗题。

第一首写行至湖湘境内，怀念故友。"我"南行之路漫漫，终于来到与"你"期约相会的湖湘之地，见茫茫群山仿佛也像"我"一样往南而去。鸿雁传书本是寻常典故，但传说中衡阳有回雁峰，大雁至此不再南翔，书信也到达不了衡阳之南，故北宋黄庭坚《答黄几复》有"我居北海君南海，寄雁传书谢不能"之句。"燕台书"用燕昭王典故，战国时燕昭王筑黄金台以招徕天下贤士，此处阳明用"燕台"代指京城，"燕台书"就是身在京城的湛若水写的书信了。"衡阳雁"对"燕台书"，极为工切，"我"还未过衡阳，已经没有收到京师来的书信了，感叹二人别后音讯不通。"澧浦"即澧水之滨，澧水源自湖南湖北交界之处，"浦"是水边、水岸的意思，"澧浦曲"特指屈原《九歌》中的《湘君》《湘夫人》二曲。《湘君》有云："君不行兮夷犹，蹇谁留兮中洲……捐余玦兮江中，遗余佩兮澧浦。"《湘夫人》则云："沅有芷兮澧有兰，思公子兮未敢言……捐余袂兮江中，遗余佩兮澧浦。"《湘君》《湘夫人》分别以舜和娥皇、女英的口吻，互相倾诉期盼相会而不得的忧伤哀怨之情，与阳明先生此时思念好友不得相见的愁绪正好吻合。因此说"莫歌澧浦曲，莫吊湘君祠"，是怕见到湘君祠、听到《湘君》《湘夫人》的乐曲，更添愁思伤感。"苍梧"即苍梧山，相传舜崩于此。《山海经·海内经》有云：

"南方苍梧之丘,苍梧之渊,其中有九嶷山,舜之所葬,在长沙零陵界中。"《史记·五帝本纪》也说:"(舜)南巡狩,崩于苍梧之野。""九疑"即九嶷山,代指舜。苍梧山被茫茫烟雨隔断,"我"如何去向舜问道呢?这是暗用屈原《离骚》典故,《离骚》中屈原有陈辞重华(即舜)的举动:"依前圣以节中兮,喟凭心而历兹。济沅湘以南征兮,就重华而陈词。"表示先生亦如当年屈原一样,要向前贤追问天道人事。

第二首"九疑"之问既不可行,那"罗浮"山可否一登?罗浮山在广东东江北岸,道教称之为"第七洞天",也是一个有着浓厚传奇色彩的地方。柳宗元的《龙城录》中描述了隋代赵师雄入罗浮山梦遇梅花仙女的故事,留下了"罗浮梦"这个绮丽、朦胧的典故。罗浮山远在广东,阳明先生虽然向往却不能一至,也只能遥拜,并以一对玉环为祭品祭奠舜帝。洞庭湖烟波浩渺,湖水东流而去,不知何时才能返回?由洞庭逝水一去不回,阳明先生感慨光阴亦是如此,流年似水,"我"辈若不努力奋进,终将与草木同朽。

第三首写洞庭湖水浩浩汤汤,一碧万顷,何其广阔!南岳衡山巍巍矗立,高耸入云,何其壮观!回雁峰是衡山七十二峰之一,相传大雁飞至衡阳而止,来年春天再北上,回雁峰由此得名。李白《送陈郎将归衡岳诗》云:"衡山苍苍入紫冥,下看南极老人星。回飙吹散五峰雪,往往飞花落洞庭。"阳明先生此处化用李白诗意:待春风吹散回雁峰顶的积雪，你是不是要回来了呢？"美人"仍是指湛若水，阳明先生问"美人归未归"，意思是元明老朋友啊，"你"还会回乡路过此处与"我"相见吗？思念之情，堪称热切。"瑜"为美玉；"芙蓉台"指衡山芙蓉峰，也是七十二峰之一，峰峦俊秀，远处眺望宛如芙蓉。古人以玉比德，象征品行高洁坚贞，以玉相赠则代表思念与爱慕，如《诗经·秦风·渭阳》云："我送舅氏，悠悠我思。何以赠之？琼瑰玉佩。"阳明先生说，"我"把紫色的玉佩留在高高的芙蓉台上，期待若水"你"的到来。衡山一带流传着八百蛟龙护南岳的传说，又相传湘江水底有蛟龙之宫，蛟龙得水则能兴风作浪，故云"下有蛟龙峡，往来兴云雷"。这是希望和老友相聚之后，好像蛟龙得水，彼此能够碰撞出更璀璨更热烈的思想火花吧！

　　湛若水是阳明先生生平第一知己，这三首诗隔空寄语，情谊深厚。两位思想家的交谊建立在共同的志趣之上，不拘形迹，不在朝夕，却心心念念，铭记不忘。同时，全诗字里行间，似乎还有另一位诗人的身影若隐若现，无论是澧浦、苍梧、九疑、洞庭这些熟悉的地名，还是香草美人的比兴手法，都指向了屈原。也是，既然来到长沙，怎能不想到这位楚地杰出的诗人呢？在洞庭湖凭吊屈原之后，阳明先生曾作《吊屈平赋》，自序说："正德丙寅，某以罪谪贵阳。取道沅、湘，感屈原之事，为文而吊之。""感屈原之事"显而易见是感其忠君恋阙、至死不渝，又愤其忠而见谤、惨遭流放，这何尝不是先生自况?所以他哪怕身处逆境,也以屈原的坚贞、高洁自勉,但那种举世皆浊我独清的孤独感还是笼罩着他:"日西夕兮沅湘流,楚山嵯峨兮无冬秋。累不见兮涕泗,世愈隘兮孰知我忧!"或许正因为如此,他在沅湘之地才格外思念湛若水吧!而且这三首诗,写得绮丽凄迷,好似染上了洞庭的烟波水汽,也很有《九歌》余韵。

天心湖阻泊既济书事

挂席下长沙,瞬息百余里。
舟人共扬眉,予独忧其驶。
日暮入沅江,抵石舟果圮。
补敝诘朝发,冲风遂龃龉。
暝泊后江湖,萧条旁罾罟。
月黑波涛惊,蛟鼍互睥睨。
翼午风益厉,狼狈收断汜。
天心数里间,三日但遥指。
甚雨迅雷电,作势殊未已。
溟溟云雾中,四望渺涯涘。

篙桨不得施，丁夫尽嗟噫。
淋漓念同胞，吾宁忍暴使？
馆粥且倾橐，苦甘吾与尔。
众意在必济，粮绝亦均死。
凭陵向高浪，吾亦讵容止？
虎怒安可撄，志同稍足倚。
且令并岸行，试涉湖滨沚。
收舵幸无事，风雨亦浸弛。
逡巡缘沚湄，迤逦就风势。
新帆翼回湍，倏忽逝如矢。
夜入武阳江，渔村稳堪舣。
籴市谋晚炊，且为众人喜。
江醪信漓浊，聊复荡胸滓。
济险在需时，徼幸岂常理？
尔辈勿轻生，偶然非可恃。

在洞庭湖凭吊屈原、寄诗湛若水之后，阳明先生继续他的南下之路，从洞庭乘舟抵达天心湖。天心湖在湖南龙阳县与沅江县之间，《湖南通志》"龙阳县"条说："天心湖，在县东南六十里，接沅江县界，东连洞庭湖。""沅江县"条也说："天心湖，在县西北四十里，龙阳、沅江二县受资水会于此,入洞庭湖。"阳明先生在天心湖经历了一番波折,好在最终脱困。诗题中"既济"二字可谓一语双关,表面意思是说终于顺利渡过天心湖,深层意思是对应《周易·既济卦》:"既济,亨,小利贞。"《象》曰:"水在火上,既济。君子以思患而预防之。"意思是君子要有忧患意识,时刻做好应对困难的准备,才能化险为夷。

"挂席"即扬帆之意,如孟浩然《晚泊浔阳望庐山》云:"挂席几千里,名山都未逢。"自洞庭湖扬帆顺流而下沅江,速度飞快,"瞬息百余里"虽然夸张,却生动地描画了"轻舟已过万重山"的情形。面对如此顺利的行程,船夫们都喜笑颜开,阳明先生却有隐忧,一个"独"字显出先生不同流俗的见识:过于顺利的事态,往往蕴含着风险。果不其然,傍晚时分小舟在沅江中撞到石头而损坏。"敝"是破败之意;"诘朝"是清晨,如《左传·僖公二十八年》云:"戒尔车乘,敬尔君事,诘朝将见。"杜预注云:"诘朝,平旦。""龃龉"意为抵触、不合,引申为不平、不顺。修补了损坏之处,第二天清晨重新出发,又遭遇大风导致船只再次损坏,真是祸不单行。

"后江湖",据《嘉庆沅江县志》,"在沅水趋县归宿处",晚上阳明先生只得泊舟在此,四周萧条冷落,不见人烟,只有层层山丘静静矗立。"蛟"乃蛟龙;"鼍"乃鳄鱼;"睥睨"原意是斜视,表示傲视或厌恶。当晚月光也不明亮,越发显得夜色深沉,水面波涛起伏,让人不由揣测,莫非是水底的蛟和鼍两种凶兽互不相容，在争斗不休，兴起了阵阵风浪。"翼"通"翌"；"汜"是由干流泛出又汇合到干流的支流，如《尔雅·释水》云："水决复入为汜。"第二天中午风浪更大了，只得仓促、狼狈地将船停到已经断流的支流河道中去。眼看天心湖只在数里之外，然而船困在断流中三天都只能遥遥相望。雪上加霜的是，连日狂风暴雨、电闪雷鸣，愈演愈烈，没有停息的样子。在一片昏暗、茫无边际的水雾之中，一行人也只能四顾茫然。

在这样恶劣的环境中，竹篙也好，船桨也好，都完全派不上用场，船夫们束手无策，只有叹气。"我"看着他们身受风吹雨淋，念着都是同胞兄弟，也不忍心强行使唤他们。"饘粥"本意是稀饭，此处泛指简单的食物；"倾橐"即倾囊，全部拿出来，阳明先生表示要和船夫们同甘共苦，把自己所有的食物都拿出来同享。同时他也号召大家同舟共济，一起想办法摆脱困境，否则等食物耗尽，只怕都要死在这荒滩上。"凭陵"本意是登临其上，引申为冒犯、凌驾、超越，如唐代高适《燕歌行》有"胡骑凭陵杂风雨"之句。船夫们要迎着巨浪驾船前行，"我"又岂能阻止？"虎怒安可撄"，用《孟子》典故，《孟子·尽心下》云："有众逐虎，虎负嵎，莫之敢撄"，意思是说，众怒如虎，不可触犯，大家同仇敌忾对抗风浪的心足以依赖。"沚"是水中的小块陆地，如《诗经·秦风·蒹葭》云："溯游从之，宛在水中沚。"先生令船夫暂且沿岸行驶，试着渡过靠近岸边的小块陆地。过了一会儿，就收桨住舵查看，幸好安全无事。这时风雨也渐渐减弱，最艰难的一关总算过去了。

"逡巡"指徘徊不前之意，这里是说小心谨慎地行进；"湄"是岸边，如《诗经·秦风·蒹葭》云："所谓伊人，在水之湄。"孔颖达疏曰："谓水草交际之处，水之岸也。"这一句是说船沿着岸边、就着风势缓慢迂回地行驶。"新帆"借代换了新帆的船只；"翼"此处用作动词，作为羽翼即辅助、凭借之意，如《汉书·扬雄传下》云："不阶浮云，翼疾风，虚举而上升。""回湍"是回旋的激流，换过帆的小船借助急流，速度快得像离弦之箭一般，终于脱困。

湖南境内并没有"武阳江"，据束景南先生考证，乃"武阳港"之误。武阳港在龙阳县，《嘉庆常德府志》卷五《山川考二》载："（龙阳县）武阳港，县东三十里。"好不容易脱险后，船只晚上在武阳港的渔村停靠。"舣"即舣舟，泊船之意；"籴"即买，停好船之后，到岸上采买物资准备晚饭，众人一起庆贺。"醪"指汁渣混合的浊酒；"漓"则是指酒味淡薄。江边渔村农家自酿的酒，虽然又浑浊又淡薄，但劫后余生喝起来也觉得别有风味，甚至能荡尽胸中的杂念。惊魂稍定之后，先生回想起来，还是觉得船夫们的做法太过冒险。"需"是等待之意；"徼幸"即侥幸，意思是说要渡过难关，还是应该等待合适的时机，而不是凭借侥幸。"你们"还是不要轻视生命,不要总是把希望寄托在偶然上。

这也是一首叙事诗,描述沅江上数度遇险的经过,月黑风高、电闪雷鸣、巨浪滔天的恶劣自然形势,众人嗟叹、哀号的狼狈情形和奋力一搏侥幸成功的劫后余生之叹,写得极有画面感。在这惊心动魄的情境下,也凸显出诗人的自我形象:"舟人共扬眉,予独忧其驶",在众人毫无察觉的时候,他已经感受到危机即将到来,这来源于见微知著的观察力和儒者先天下之忧而忧的担当意识;"且令并岸行,试涉湖滨沚",当众人慌成一团、束手无策的时候,他镇定自若地提出切实可行的解决办法,依稀可见日后战场上指挥若定的风采;"淋漓念同胞,吾宁忍暴使?馆粥且倾橐,苦甘吾与尔",纵在危急关头,他也不肯逼迫船夫豁出性命冒险,反而是拿出粮食与他们分享,这是"民胞物与"的仁者之心;"尔辈勿轻生,偶然非可恃",是对世人的谆谆告诫,遇事不能只凭一腔孤勇,更不能全靠运气,而是要稳扎稳打、择机而动,这是在官场和世事中历练出来的处世智慧。富有忧患意识和仁爱之心、临事镇定勇于担当、事后善于反思,显示了一位政治家、军事家、思想家卓越的综合素质。在生动叙事基础上最后所发的议论,也就显得切实而富有说服力,比起纯粹概念的反复言说辨析,可以避免曲高和寡,也无损于诗歌的形象性。

去妇叹五首

楚人有间于新娶而去其妇者。其妇无所归,去之山间独居,怀缱不忘,终无他适。予闻其事而悲之,为作《去妇叹》。

委身奉箕帚,中道成弃捐。
苍蝇间白璧,君心亦何愆!
独嗟贫家女,素质难为妍。
命薄良自喟,敢忘君子贤?
春华不再艳,颓魄无重圆。
新欢莫终恃,令仪慎周还。

依违出门去,欲行复迟迟。
邻妪尽出别,强语含辛悲。
陋质容有缪,放逐理则宜。
姑老藉相慰,缺乏多所资。
妾行长已矣,会面当无时。

妾命如草芥,君身比琅玕。
奈何以妾故,废食怀愤冤?

无为伤姑意，燕尔且为欢。
中厨存宿旨，为姑备朝餐。
畜育意千绪，仓卒徒悲酸。
伊迩望门屏，盍从新人言！
夫意已如此，妾还当谁颜？

去矣勿复道，已去还踌躇。
鸡鸣尚闻响，犬恋犹相随。
感此摧肝肺，泪下不可挥。
冈回行渐远，日落群鸟飞。
群鸟各有托，孤妾去何之？

空谷多凄风，树木何潇森。
浣衣涧冰合，采苓山雪深。
离居寄岩穴，忧思托鸣琴。
朝弹《别鹤操》，暮弹《孤鸿吟》。
弹苦思弥切，巘岏隔云岑。
君聪甚明哲，何因闻此音？

这一组诗《王文成公全书》编在"居夷诗"之首，门人韩柱、徐珊编校的《居夷集》也被收录在卷二中。但从诗序"楚人"云云来看，当时阳明先生应该还在湖南境内，尚未到达贬所。小序中交代，先生是亲眼见到一个弃妇无所归依的悲惨遭遇，为她感到悲伤而作此五首诗。"间"有替代之意；"适"则指女子出嫁，如《孔子家语·本命》云："女年十五许，有适人之道。"楚人因娶新欢而弃旧妇，弃妇无所归依，只能在山间独居，但仍对前夫眷恋难忘，最终也没有别嫁。虽然说，作诗的缘起是实有其事的，但先生未尝没有借他人酒杯浇自己心中块垒的意思。

全诗以弃妇第一人称自叙。第一首第一句就说明了自己的遭遇："委身"即托身，一般指女子嫁人；"箕帚"即畚箕和扫帚，泛指家务，"奉箕帚"是嫁为人妇的常见说法，如唐蒋防《霍小玉传》云："某有一女子，虽拙教训，颜色不至丑陋，得配君子，颇为相宜。频见鲍十一娘说意旨，今亦便令永奉箕帚。""中道"即中途；"弃捐"即舍弃、抛弃。弃妇嫁给丈夫本想托付终身，谁料中途就遭到抛弃。是什么原因造成这样的呢？"苍蝇间白璧"，以苍蝇喻奸佞，以白璧喻自身。"间"是毁坏的意思，如《诗经·小雅·青蝇》云："营营青蝇，止于樊。岂弟君子，无信谗言。营营青蝇，止于棘。谗人罔极，交乱四国。营营青蝇，止于榛。谗人罔极，构我二人。"郑玄笺曰："蝇之为虫，污白使黑，喻佞人变乱善恶也。"故曹植《赠白马王彪》云："苍蝇间白黑，谗巧令亲疏"；陈子昂《宴胡楚真禁所》亦云："青蝇一相点，白璧遂成冤。""愆"是过错之意,弃妇至此还是在为丈夫开脱,说他是受到了奸人的蒙骗才这么做的。"素质"即本色,"我"本是贫家出身的女子,本色质朴,不会卖弄风姿,唯有自叹薄命,哪里敢忘记丈夫的贤德?言下之意是说,"我"只能自认命苦,不敢抱怨丈夫喜新厌旧。"春华"即春花,花儿凋谢之后不再鲜艳,比喻女子的青春逝去不再美丽;"魄"指月亮初升或将要沉没时的微光,如苏轼《游金山寺》曰:"是时江月初生魄",月缺难圆,喻指婚姻破裂,夫妻难以重合。"恃"是依靠;"令仪"是美好的仪态,引申为合乎礼仪的举止;"周还"即周旋,指行礼时进退揖让的动作,如《孟子·尽心下》曰:"动容周旋中礼者,盛德之至也。"弃妇告诫新人不要只凭借美色,而是要注意保持美好的品行。

第二首"依违"是犹豫、徘徊的意思,如刘向《九叹·离世》云:"余思旧邦,心依违兮。""迟迟"则是缓慢的样子,如《诗经·小雅·采薇》云:"行道迟迟,载渴载饥。"弃妇被迫离家的时候,非常留恋不舍。邻家的老妇人都出来送行,和她们告别的时候勉强说出的话语饱含悲伤。"陋质"出自曹植《出妇赋》:"以才薄之陋质,奉君子之清尘。""缪"是错误的意思,"我"姿容不佳、才质浅陋,被抛弃、驱逐是理所应当的。"姑老"即姑公,指丈夫的父母;"藉"是依靠、凭借的意思,这位弃妇非常善良,她满腹委屈,却不能倾诉,还要把过错都揽到自己身上,同时也放心不下公婆,担心他们衣食有所匮乏、生活或有不便，希望邻居们多多关照。最后她向所有人告别，姿态也非常决绝，"我"这就走了，从此后会无期！

可是她的心里还是放不下。第三首道尽自己无辜被弃的辛酸。"琅玕"是似玉的石头，非常贵重，弃妇说，"我"的命贱如草芥，而君子你的命贵如金玉，为什么要因为"我"而满怀忧愤以至于无心饮食呢？直到此时弃妇还在体贴丈夫，希望他不要因此而受到影响。她劝丈夫不要让婆婆伤心，好好和新婚妻子生活，由此可以推测，弃妇被弃的原因是不得婆婆的欢心。"中厨"是厨房；"旨"是美味，"宿旨"则是隔夜准备好的美食，如《礼记·王制》云："五十异粻，六十宿肉，七十贰膳，八十常珍，九十饮食不离寝。"孔颖达疏曰："六十宿肉者，转老，故恒宿肉在帐下，不使求而不得也。"就是说，日常生活中要考虑到老人的饮食需要，要给他们提供较精细和有营养的食物，且考虑到老年人消化不佳，宜少食多餐，所以要经常提前就准备好饮食。看，这个弃妇是多么贤惠，她遵从礼制，总是为婆婆提前准备好饮食以备随时取用，被逐出家门时还在操心。"畜育"即养育，如《诗经·小雅·蓼莪》曰："父兮生我，母兮鞠我。抚我畜我，长我育我。"想到奉养公婆，弃妇百感交集、思绪万千，也许这些年她受了太多的委屈吧，现在仓促被逐，也只能自己徒劳地悲伤。"伊迩"意为不远，如《诗经·邶风·谷风》曰："不远伊迩，薄送我畿。""门屏"意为门和屏风，"我"看着不远处曾经的家门，如今恐怕再也不容"我"踏进一步,"我"又怎么还能够去和新人说句话呢?"当谁颜"就是对着谁的脸,丈夫已决心驱逐"我","我"又有什么脸面去见人呢?这里给读者留下了想象的空间,弃妇想和新人说什么呢?是有什么放心不下的事情要交代吗?还是要告诉她一些注意事项,不要重蹈覆辙?

第四首写她纵然万般不舍,终究还是要离去。弃妇徘徊良久,再三犹豫,去而复返。这时家里的鸡鸣声还能听得见,家中的狗还恋恋不舍地跟随着"我",这番情景更让"我"痛彻心扉,泪下如雨,挥之不尽。这里隐约也有对比之意,家里的狗尚且恋旧,可人却如此无情!"我"绕过山冈,这时已是黄昏日暮,群鸟纷纷结伴归巢,它们尚有归处,"我"一个孤零零的弃妇,该去往何方呢?这两句化用陶渊明诗句,"山气日夕佳,飞鸟相与还"(《饮酒》其五)和"众鸟欣有托,吾亦爱吾庐"(《读山海经》其一),再次以鸟与人形成对比。虽口不发怨言,但弃妇遭遇的悲惨不堪、前夫一家的无情无义,通过对比昭然若揭。

第五首写弃妇实在走投无路,无奈之下最终来到了山中,在幽谷中栖身。"空谷"让人联想到杜甫《佳人》"绝代有佳人,幽居在空谷"之句,杜甫笔下的佳人也是一位遭遇不幸的弃妇,她发出"但见新人笑,哪闻旧人哭"的哀叹,但依然保持高洁的情操:"天寒翠袖薄,日暮倚修竹。"阳明先生诗中的弃妇也是如此,山谷中风雨凄凄,树木连天蔽日而显得清幽阴冷。在这种恶劣的环境中,她坦然自若,在结冰的涧水中浣洗衣服,到冰雪覆盖的深山中采摘茯苓。她离群索居,寄居在山洞里,以弹琴寄托忧思。阮籍《咏怀诗》其一说:"夜中不能寐,起坐弹鸣琴",以琴寄情本是文人雅士之举,可见这个弃妇本身有良好的音乐素养和高雅的志趣。她清晨弹奏《别鹤操》,傍晚弹奏《孤鸿吟》,这些都是著名的琴曲。《乐府诗集》卷五十八《琴曲歌辞》云:"《别鹤操》,崔豹《古今注》曰:'《别鹤操》,商陵牧子所作也。娶妻五年而无子,父兄将为之改娶。妻闻之,中夜起,倚户而悲啸。牧子闻之,怆然而悲,乃援琴而歌。后人因为乐章焉。'"《别鹤操》本来就是一曲婚姻不幸中的男女所发的哀歌;《孤鸿吟》据束景南先生考证,或为古曲《飞鸿吟》,如《伯牙心法》云:"按是曲,盖所以写秋鸿之飞鸣耳……夫以秋气凛冽,天道肃杀行焉,而鸿去彼乐土,适我南国,是以其声哀痛凄惨。"弃妇所演奏的,都是那些极度忧伤凄凉的曲子,越发使自己心情郁结,更加悲切地思念前夫。"巀屼"是高峻的山峰,如刘向《九叹》曰:"登巀屼以长企兮,望南郢而窥之。""云岑"是云雾缭绕的意思,虽然"我"的思念那么绵长、热切,可是丈夫就像被层层云雾和重重山峰所隔绝,他听不到琴音,也感受不到"我"的思念,真是"弦断有谁听"!"何因"应是"何由"之误,丈夫向来耳聪目明,是明智通达的君子,怎样才能使他听到"我"的琴声,理解"我"的苦衷呢?

这一组诗虽然分为五首，实则可以视为一首长诗，叙事虽简练，但完整地呈现了弃妇中道被弃、艰难离家、幽居空谷、弹琴倾诉的全过程，其中更运用比喻、对比等手法，或以景传情，或直抒胸臆，哀婉悲切、怨而不怒。诗中所塑造的弃妇形象非常美好，她勤勉、温顺、恪守礼教，情操高洁，可是仍然避免不了被抛弃、被驱逐的命运，着实令人同情。

弃妇诗是中国古典诗歌的常见题材，在《诗经》中就有《谷风》《氓》咏叹弃妇之不幸，汉乐府中的《上山采蘼芜》《白头吟》也是此类名篇。后来文人所作弃妇诗，多以弃妇自比，感叹怀才不遇或是忠而被谤，如曹植的《七哀》、李白的《去妇词》、杜甫的《佳人》等，阳明先生"狱中诗"之一的《屋罅月》也是如此。在即将进入贬谪之地贵州的时候，阳明先生听闻了楚地弃妇的故事，再次援笔写下这一组五言古体诗，是因为对弃妇的同情，更是因为"同是天涯沦落人"，在弃妇身上看到了自己的命运。

全诗自始至终，弃妇没有一句抱怨丈夫，反而是挂念着他、体贴着他、为他开脱，她也不对婆婆口出恶言、对新人怒目以视，只是反复哀叹自己的不幸，间或把矛头指向离间夫妻感情的奸人。这里的夫妻关系，毫无疑问就是当朝正德皇帝与阳明先生自己的关系，那颠倒黑白的小人是刘瑾和他的党羽，他认为皇帝本身是没有过错的，只是被欺瞒、被蒙骗了，即使自己被冤枉、被放逐，也丝毫不会心生怨念，只是痛恨奸臣误国,然后反复陈说自己的孤忠,反复表达对朝廷的眷念,这才是封建臣子的本分,才符合"怨悱而不怒"的中和之美。这种在宦海风波中遭受打击后以弃妇自比的苦衷,也是非常典型的封建士大夫之贬谪心态。

七　盘

鸟道萦纡下七盘,古藤苍木峡声寒。
境多奇绝非吾土,时可淹留是谪官。
犹记边烽传羽檄,近闻苗俗化衣冠。
投簪实有居夷志,垂白难承菽水欢。

阳明先生从湖南进入贵州境内后,经平溪、兴隆、清平至七盘,这是他到达龙场前的最后一站。七盘即七盘坡,在平越卫东南五里,《明一统志》卷八十八《平越卫》记载:"(七盘坡)高峻崎岖,盘回七里,坡下有溪。"可见,此地地势颇为险峻。

首联极写道路的险峻和环境的恶劣:山中一片古藤枯

树，寒风呼啸而过，道路还很险峻。"鸟道"是只有鸟才能飞过的道路，人要通行想必是很艰难的，李白《蜀道难》亦有"西当太白有鸟道，可以横绝峨嵋巅"之句；"萦纡"则是盘旋曲折的意思，白居易《长恨歌》有云："黄埃散漫风萧索，云栈萦纡登剑阁。"这样的地方，虽然也别有一种奇绝之美，但和"我"的故乡真是大不相同。王粲的《登楼赋》曾说："虽信美而非吾土兮，曾何足以少留"，何况这里并非风土优美的地方！但"我"却不得不在这里淹留，因为此等险山恶水正适合"我"这样戴罪之人。颔联"时"是适合之意，如《孟子·万章下》云："孔子，圣之时者也。"赵歧注曰："孔子时行则行，时止则止。"

颈联"边烽"即边疆烽火；"羽檄"指紧急军情，古代军事文书上插鸟的羽毛以示紧急。据束景南先生考据，此处阳明先生"犹记"的战事，是正德二年（1507）贵州凯里香炉山苗民作乱，朝廷下诏令贵州总兵李昂率兵平乱，贵州宣慰使安贵荣也领兵一同平叛。"衣冠"本意只是指衣服和帽子，但其象征意义却非同小可，通常指士大夫，又进一步用来指称礼乐教化，所谓"苗俗化衣冠"就是用中原的文明礼教来教化、感化苗人，具体当是指香炉山之乱平定后朝廷采取改土归流的措施，就是由中央政府委派官员取代当地土司进行管理。

尾联"投簪"指扔下固定发髻的簪子，不再戴冠，意为弃官归隐；"夷"指少数民族，身在荒僻少数民族地区，其"志"何在呢？《论语·子罕》中说："子欲居九夷。或曰：'陋，如

明·王阳明《何陋轩记(局部)》

《何陋轩记》是王阳明经典之作,贬谪龙场期间,他居住在一间漏风漏雨的破屋中,但他深信"君子居之,何陋之有",遂写下此帖。

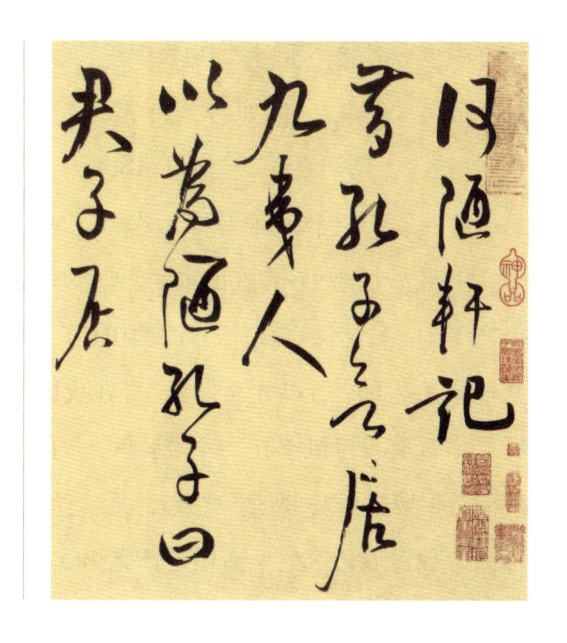

之何?'子曰:'君子居之,何陋之有?'"虽然古时候少数民族地区文明程度不及中原,但孔子认为只要君子居之,力行教化,终究会改变这种状况。阳明先生也是怀孔子居夷教化之志,所以虽然一度有弃官归隐的想法,最终还是来到龙场,希望能教化此地人民。所以,他后来在龙冈书院建何陋轩,并作《何陋轩记》以表明自己的志向:"夷之民方若未琢之璞,未绳之木,虽粗粝顽梗,而椎斧尚有施也,安可以陋之?斯孔子所为欲居也欤?"当然,先生心中也有遗憾,"垂白"即白发下垂,意为年老;"菽水欢"是孝敬父母安享天伦,如《礼记·檀弓》云:"孔子曰:'啜菽饮水尽其欢,斯谓之孝。'"他想到家乡年迈的祖母和受到自己牵连的父亲,不能在他们膝下尽孝,又不由感到无奈。

阳明先生的故乡在江南水乡,他也曾旅居京师,公干至山东等地,虽然阅历较广,但南国的风土人情对他来说还是非常陌生的,所以才会发出"身在夜郎家万里"(《罗旧驿》)、"远客日怜风土异"(《沅水驿》)的感慨,接近贵州贬所的诗中屡次提及"蛮烟""瘴云浮""蛮烟瘴雾",可见他对深入少数民族地区的生活还是怀有担忧的,这也是人之常情。先生的过人之处,在于很快就调整好了自己的心态,把前路未卜的忧惧、仕途蹭蹬的困顿、不能尽孝的遗憾都暂时放下,立下效法先贤、教化夷民的宏大志向。正是因为有此胸襟抱负,阳明先生在贵州构建书院,讲学不辍,吸引了众多学子前来,为当地的教育做出了杰出的贡献。

移居阳明小洞天三首

古洞闷荒僻,虚设疑相待。
披菜历风磴,移居快幽垲。

营炊就岩窦，放榻依石垒。
穹室旋薰塞，夷坎仍扫洒。
卷帙漫堆列，樽壶动光彩。
夷居信何陋，恬淡意方在。
岂不桑梓怀？素位聊无悔。

童仆自相语，洞居颇不恶。
人力免结构，天巧谢雕凿。
清泉傍厨落，翠雾还成幕。
我辈日嬉偃，主人自愉乐。
虽无荣戟荣，且远尘嚣聒。
但恐霜雪凝，云深衣絮薄。

我闻莞尔笑，周虑愧尔言。
上古处巢窟，抔饮皆污樽。
冱极阳内伏，石穴多冬暄。
豹隐文始泽，龙蛰身乃存。
岂无数尺椽，轻裘吾不温。
邈矣箪瓢子，此心期与论。

龙场，这个因阳明先生悟道而被广为人知的地方，在当时是一个毫不起眼的驿站,在贵阳西五十里,也就是今天的贵州修文县城所在地。明太祖洪武年间,彝族女政治家奢香夫人设水西九驿,以加强水西地区与中原的联系交流,龙场驿正是九驿之一。阳明先生跋涉千里来到这里,面临的是非常艰苦的生存环境。钱德洪《年谱》中说:"龙场在贵州西北万山丛棘中,蛇虺魍魉,蛊毒瘴疠,与居夷人鴂舌难语,可通语者,皆中土亡命。旧无居,始教之范土架木以居。"这样的描述有点夸张了,但龙场也绝对不是什么山温水暖、政通人和的宜居之地。阳明先生初到时,只能住在临时搭建的茅草屋中,他写了一首《初至龙场驿无所止结草庵居之》,诗中说道:"草庵不及肩""开棘自成篱,土阶漫无级",草屋低矮仅可及肩,以荆棘为篱,夯土为台阶,可以说是极其简陋了。然而先生还是觉得,在漫长疲惫的旅程之后能有这样一个栖身之所,已经不错了。

随后,阳明先生寻得一处山洞,名曰东洞。《贵州通志》卷五中说:"阳明洞,在龙冈山半岩下,高敞深广,各二三丈,顶石如凿,旧名东洞。明王守仁谪居龙场,游息其中,更名'阳明小洞天',书于石,嵌洞中。"先生为此特意作《始得东洞遂改为阳明小洞天》以记之。稍做修葺后,先生从草庵移居至洞中,因此又有了这三首诗。

第一首开头"阒"即"闭",关闭。古洞位置较偏,长期无人,"崖穹洞萝偃,苔滑径路涩"(《始得东洞遂改为阳明小洞天》)一句呈现出一片荒僻的景象。此洞宽敞幽静,适合读书、静坐,好像是专门为"我"而设,一直在等"我"到来一般。"披莱"是分开野草,"磴"是石头台阶,"垲"则是干燥之意。这一句是说,"我"分开遍布的草莱,走过石头台阶,进入洞中,觉得微风吹拂、干燥清幽,感到非常快意。"窦"是孔洞,就着岩石上的孔洞安排烧水做饭,把床榻铺设在垒起的石块上;"穹"通"穷",是尽的意思;"窒"就是塞的意思;"旋"是快的意思。《诗经·豳风·七月》曰:"穹窒熏鼠,塞向墐户。"郑玄笺曰:"穹,穷;窒,塞也。"孔颖达疏曰:"言穷尽塞其窟穴也。""夷"是平坦,"坎"是不平。这一句是说,把漏风的缝隙赶快都塞起来,无论是平坦还是凹凸不平的地方,都给它打扫干净。这一系列极富生活气息的动作下来,无人的荒洞也变得宜居了。于是,先生又把书卷都随意地堆放进去,把茶杯、茶壶也都摆放好,这个简陋的山洞似乎也有了书房的气息,仿佛有了光彩。"信"是确实的意思,这一句是说,这样身在夷乡也确实没有觉得有多艰苦,关键在于自己清心寡欲、宁静淡泊,就能找到乐趣。"桑梓"是故乡,如《诗经·小雅·小弁》曰:"维桑与梓,必恭敬止",朱熹集传解释道:"桑梓二木。古者五亩之宅,树之墙下,以遗子孙给蚕食、具器用者也,桑梓父母所植。""素位"即现在所处的地位,如《礼记·中庸》曰:"君子素其位而行,不愿乎其外",意思是根据自己现在所处的位置行事,不追求分外的东西。清代梁章钜《退庵随笔·官常一》中说:"士君子到一处,便思尽一处职业,方为素位而行。"末句阳明先生是在告诫自己,虽然思念家乡亲人,但现在朝廷把自己贬谪到这里,就要在这里做好自己的本分,不作他想,也不生追悔之心。

第二首写童仆的对话。阳明先生赴龙场并非孤身上路,而是从家里带了几个随从。他们也跟随先生来到洞中,似乎对这里的环境也颇满意:住在这个山洞里也不算糟糕,这儿好像一处天然房屋,省得花费人力去搭建,也不用费心去雕琢装饰;而且这里景致真不错,清澈的山泉就从做饭之处附近流过,洞外苍翠的树木形成天然的帷幕;他们每天在这里可以嬉戏、休憩,主人也能做他自己喜欢的事情而心情愉悦。"棨戟"是有缯衣或油漆的木戟,为古代官吏所用的仪仗,出行时作为前导,后来也列于门庭,作为官宦之家的标志。如《后汉书·舆服志上》云:"公以下至二千石,骑吏四人,千石以下至三百石,县长二人,皆带剑,持棨戟为前列。"《旧唐书·张俭传》又云:"唐制三品以上,门列棨戟。""聒"是吵闹的意思。童仆们都觉得先生在这里做驿丞,虽然官职卑微,没有显赫的排场,但能远离尘嚣、不受打扰,其实挺好的。他们唯一担心的是,到了寒冬霜雪天气,恐怕山林中寒冷,他们的衣衫被絮都很单薄,怕是难熬啊。这些童仆长期跟着先生,似乎也受到感化风雅起来:他们不是很介意生活环境的简易，而能懂得欣赏山林清幽风景；他们不羡慕官场的繁华虚荣，而能理解先生追求清静。不过，他们还是担心在这里将要经历严寒酷暑的煎熬，毕竟常人不能不食人间烟火啊。

第三首写先生的反应。听到童仆的对话，"我"不仅莞尔，自愧考虑问题反而没有他们周到。这其实是反语，意思是"我"不是没想到，其实是并不担心他们所担心的生活问题。"处巢窟"是说住在洞穴中、树上，如《礼记·礼运》云："昔者先王未有宫室，冬则居营窟，夏则居橧巢"；"污樽"是掘地为坑储酒；"抔饮"就是用手捧着喝，如《盐铁论·散不足》云："古者污樽抔饮，盖无爵觞樽俎"，因为没有酒器，只好以这样的方式饮酒。这一句是说上古时期百姓巢居穴处，用手在地上捧起水喝，意思是那时的条件比我们现在还要艰苦得多，可是人们不是照样活下来了吗？"沍"是寒冷之意；"阳内伏"则是说天气寒冷到了极致，阴极而阳生，而且冬天石洞里面往往比外面要温暖，所以不要过于担心过冬的问题。"豹隐"语出《列女传·陶答子妻》："妾闻南山有玄豹，雾雨七日而不下食者，何也？欲以泽其毛而成文章也，故藏而远害。"南山中的黑豹隐于雾雨之中，以使身上的皮毛出现花纹，在此期间不下山觅食以免出现意外。后世遂以"豹隐"喻隐居不仕、韬光养晦，如骆宾王《秋日送侯四得弹字》云："我留安豹隐，君去学鹏抟。""龙蛰"则出自《周易·系辞下》："尺蠖之屈，以求信也；龙蛇之蛰，以存身也",指贤人君子暂时蛰伏待机而动。这一句是说,君子洁身自好,既然时局如此,不如就在此处蛰伏下来等待时机。"榱"是房椽,指代房屋;"轻裘"指又轻又暖的裘皮衣服,常常用来指富贵的生活,如杜甫《秋兴八首》其三曰:"同学少年多不贱,五陵裘马自轻肥。""我"也不至于没有数尺房舍居住,但是哪怕身着轻裘住在里面,"我"也没有觉得有多暖和,意思是并不在意物质条件。那他在乎的是什么呢?"箪瓢子"语出《论语·雍也》:"贤哉,回也! 一箪食,一瓢饮,在陋巷,人不堪其忧,回也不改其乐。""箪瓢子"就是指像颜回这样安贫乐道的君子,颜回已经远不可及,"我"在乎的是当今还有没有这样的贤人,可以和"我"一起论道。

苏轼《定风波》中有"此心安处是吾乡"的名句,阳明先生这三首诗,堪称此句最好的注脚。乡关万里举目无亲,身为谪臣前途未卜,先生处之泰然。他能够看到美丽的风景,能安心读书、饮酒、思考,能遵从儒家安贫乐道的传统,在艰苦的生活中,也能发现乐趣并保持心态的平和,这是难能可贵的本事。更难得的是,先生没有被打击得一蹶不振,而是在独善之时并不放弃兼济之志,他以"豹隐""龙蛰"的姿态,等待着生命的转机。

【谪居粮绝请学于农将田南山永言寄怀】

谪居屡在陈,从者有愠见。
山荒聊可田,钱镈还易办。
夷俗多火耕,仿习亦颇便。
及兹春未深,数亩犹足佃。
岂徒实口腹,且以理荒宴。
遗穗及鸟雀,贫寡发余羡。
出耒在明晨,山寒易霜霰。

在迁居阳明洞解决了住的问题后,摆在阳明先生面前的另一个难题是吃饭问题。此诗标题就已点出他当时的困境:"谪居粮绝。"当时正值春荒,先生采取的对策是自己动手耕种,这在他三十多年的人生中恐怕还是头一回,所以才要"永言寄怀",即作诗以抒怀抱,用《尚书·尧典》"诗言志,歌永言"之意。"请学于农"则出自《论语·子路》:"樊迟请学稼,子曰:'吾不如老农。'请学为圃,曰:'吾不如老圃'。""南山"的意象就更有意味了,诗中并未出现"南山"字样,可见这并非实际的地名或是某山之南的意思。陶渊明诗中有"种豆南山下"(《归园田居》其三)、"悠然见南山"(《饮酒》其五)之句,显然先生是自比为昔年躬耕田园的陶渊明。

首句依然是用典,"在陈""愠见"出自《论语·卫灵公》:"在陈绝粮,从者病,莫能兴。子路愠见曰:'君子亦有穷乎?'子曰:'君子固穷,小人穷斯滥矣。'"孔子的意思是说,君子遇到困境能够坚持操守,也就是贫贱不能移。阳明先生到龙场以后,已经屡次遇到断粮的困境了,所以他的从人也有所不满。先生虽不以为意,但饭总是要吃的,于是预备自己开荒种地。"钱"和"镈"都是农具,山上的荒地应该还可以开垦为田地,农具之类的应该也不难置办。"火耕"是较为原始的一种耕作方法,烧去草木后就地种植作物,当时乡民还采用火耕的方式,先生觉得学习起来也挺容易的。

既然客观条件都具备,那就行动起来吧。趁着现在春天还没有结束,赶紧整理出数亩田地来,应该就足够"我们"去耕种了。"我们"在这里种地,难道仅仅是为了填饱肚子吗?"荒宴"意为沉湎于宴乐,意思是说通过躬耕,知稼穑之艰难,从而不会有沉湎于宴饮的豪奢习气。收获之后,田中遗留的少量稻穗,还可以让鸟雀来啄食。"羡"是剩余之意,就是多余的粮食能够周济贫苦孤寡的人。这是阳明先生在畅想耕种能够带来的好处,不仅可以解决自己主仆的吃饭问题,又能惠及其他贫苦乡民,甚至连鸟儿都能得到沾溉,仿佛上古时期人民辛劳质朴生活的再现。"耒"是一种翻土的农具,阳明先生打定主意，明天一早就带着工具去翻土开荒，唯一担心的就是山中天气寒冷，恐怕有霜甚至冰雹。陶渊明《归园田居》其二中说："常恐霜霰至，零落同草莽"，农事是受到天气情况制约的。先生想到这一点，又开始担心起来，毕竟理想中的田园牧歌，和现实中的面朝黄土背朝天，还是大有不同的。

这首诗的语言非常浅显平易，并无什么艰深的句子，但是先生跃跃欲试的声口却非常生动，也包含着质朴的道理。正如陶渊明所说："人生归有道，衣食固其端。孰是都不营，而以求自安。"（《庚戌岁九月中于西田获早稻》）此诗的风格也绝似陶诗，不假雕琢，明白如话，却又事理浑融、韵味深长。在缺衣少食的困顿中，靠双手刀耕火种，既能解决生存问题，也能在劳动中得到教育，这本是士大夫应做的功课。更何况，自食其力是人格独立、精神自由的基本前提，于是先生坦然地开始了他的劳动实践。

观 稼

下田既宜稌，高田亦宜稷。
种蔬须土疏，种蓣须土湿。

寒多不实秀，暑多有螟螣。
去草不厌频，耘禾不厌密。
物理既可玩，化机还默识。
即是参赞功，毋为轻稼穑。

  此诗名为"观稼"，意思是观察种植农事。"稼"即种植谷物，《诗经·魏风·伐檀》有云："不稼不穑，胡取禾三百廛兮？"先生既然已经决定要躬耕南亩，自然要开始学习农事知识，观察就是一个最基本的途径和方法。
  全诗六句可以分为两个层次。第一部分四句，写作者观察到的现象和总结出来的规律。"下田"是位置低的田，因为地势低，一般水分比较充足；"稌"是稻子；"高田"则是位置高的田，一般比较干燥；"稷"是粟。第一句说低处湿度大的田适合种植稻子，高处干燥的田则适合种植粟。"蔬"自然是蔬菜；"蓣"是薯类作物，种植蔬菜土壤需要疏松一点，而种植薯类作物的土壤要湿润一点。"实"是结果实；"秀"是开花；"螟"和"螣"都是害虫，如《诗经·小雅·大田》云："去其螟螣，及其蟊贼"，《毛传》注曰："食心曰螟，食叶曰螣"，所以说"螟"是专门蛀食稻心的害虫，"螣"是啃食苗叶的害虫。这一句是说，天气如果偏冷，庄稼很难开花结果；天气偏热的话，又容易出现病虫害。第四句说为庄稼去除杂草要不厌其烦,种植禾苗要尽量密集一点。

从这四句诗来看,阳明先生确实是下大功夫认真观察了农事活动,也确实掌握了一些规律。不同作物有不同的生长环境,需要不同的土壤条件,在不同的气候条件下,要注意避免不同形式的灾害,更重要的是,要持续投入时间和精力,去精心呵护作物的成长,所谓稼穑艰难,在这四句诗中得到了生动的体现!透过这四句诗,我们仿佛看到了农夫一年到头辛勤劳作的场景,看到了他们插秧、除草、杀虫、收割的身影。

最后两句是全诗的第二部分,是写观稼中得出的启示。通过观察,先生不仅掌握了相关的农事知识,更提炼出了深刻的道理。"物理"即事物之理,即万事万物存在和运行的规律;"玩"即玩味,引申为体味、钻研;"化机"即变化的枢机,宇宙万物变化发展生生不息的规则;"识"是认识、体认的意思。这一句是说,通过观察可以体认植物生长的规律,了解宇宙运行的法则。"参赞"是协助、辅助之意;"稼"是种植,"穑"是收获,"稼穑"泛指农业生产劳动。最后一句是说,不要看轻农业生产,劳动可以帮助我们认识到宇宙化育万物之功,从而体认天道运行的规律。

"毋为轻稼穑",一方面是强调农业生产的重要性,表明阳明先生虽然身为士大夫,并不轻视农事,而是提倡自食其力,反对不劳而获;另一方面,是强调通过观察、实践来体认天理,也就是"格物致知"。《朱子语类》卷十五《大学上》云:"格物穷理,有一物便有一理",阳明先生此时应该还是认同朱熹这一说法的。

诸生夜坐

谪居澹虚寂,眇然怀同游。
日入山气夕,孤亭俯平畴。
草际见数骑,取径如相求。
渐近识颜面,隔树停鸣驺。
投辔雁鹜进,携榼各有羞。
分席夜堂坐,绛蜡清樽浮。
鸣琴复散帙,壶矢交觥筹。
夜弄溪上月,晓陟林间丘。
村翁或招饮,洞客偕探幽。
讲习有真乐,谈笑无俗流。
缅怀风沂兴,千载相为谋。

在龙场安顿下来，温饱问题暂时不那么迫切了之后，阳明先生着手践行"居夷"之志。在当地官员和百姓的帮助下，他建起了龙冈书院，开始授徒讲学。先生曾作《龙冈新构》二首，诗前小序云："诸夷以予穴居颇阴湿，请构小庐。欣然趋事，不月而成。诸生闻之，亦皆来集，请名'龙冈书院'，其轩曰'何陋'。"由此可知，先生建成龙冈书院之后，当地的读书人就聚集到他身边来了。《诸生来》一诗也写道："门生颇群集""讲习性所乐"，诸生慕名而来求教，先生亦以教育弟子为乐。这首《诸生夜坐》写的就是讲学之乐。

首句即交代了先生当前的心境。谪居的生活清静淡泊，先生得以常常静坐修心，他因此感叹"坐久尘虑息，澹然与道谋"（《水滨洞》）。不过，有时也难免觉得寂寞，思绪飞向远方，想念着远方的同道之友。第二句显然是取法陶渊明诗句，"日入山气夕"化自"山气日夕佳，飞鸟相与还"（《饮酒》其五），"孤亭俯平畴"化自"平畴交远风，良苗亦怀新"（《癸卯岁始春怀古田舍二首》其二）。这一句写薄暮时分，雾气渐起，登上附近山上的亭子，看到原野平阔。虽然纯是写景，但由于袭用了陶诗，自然就把读者带入了陶渊明笔下清新悠远的田园。

这时先生看到远处的草树丛中，有数人骑马而来，他们一路找寻路径，好像是奔着这边过来了。等这些人慢慢靠近，先生也看清了他们的样貌，看到他们隔着树丛就停止前进了,原来是诸位学生来了。先生本来是有些落寞的,学生们的到来冲淡了他的伤感,气氛顿时热烈起来。

"投辔"即放下缰绳;"雁鹜进"意为像大雁和鸭子那样排着队依次行进;"榼"是盛酒食的器皿;"羞"通"馐",即美食。学生们陆续走近,手里拿着器皿,各自都带来了佳肴。"蟢"即"蜡","绛蟢"就是红色的蜡烛,大家分别入席坐下,烛影摇红,在盛满清酒的杯中浮动。有人弹起了琴,有人打开了书卷,有人开始玩投壶的游戏,席间觥筹交错,伴着琴声、读书声、笑乐声,真是热闹非凡。这几句写师生济济一堂,喧闹的场景与此前的冷清形成了鲜明的对照,越发显出此刻的欢乐。

阳明先生由此回顾这段和学生们一起度过的时光。他们晚上沿着小溪漫步赏月,清晨登上林中的山丘远望,在自然中得到了心灵的平静;有时他们被附近村寨中的老翁邀请去饮酒,有时他又带着学生们深入山中探幽寻胜。这些学生给阳明先生带来了极大的慰藉,让他虽然远离家乡和故友,却仍然感受到了人间的温情,更重要的是,让他在穷乡僻壤仍然可以治学论道,颇有"我道不孤"之感。

在讲道论学中感受到"真乐",又无"俗流"来叨扰,这样的生活不正是孔夫子当年的理想吗?所谓"风沂兴",源于《论语·先进》中有一段非常著名的故事:曾点描绘自己理想的生活图景是"莫春者,春服既成,冠者五六人,童子六七人,浴乎沂,风乎舞雩,咏而归"。意思是说,暮春时节,和朋友们到沂河里洗洗澡,在舞雩台上吹吹风,一路唱着歌儿回来。孔子慨叹"吾与点也",因为这体现了一种洒脱自得的生活态度。阳明先生用这个典故,表达自己虽然身处逆境,依然能像曾点一样怡然自得,不以物喜不以己悲。所谓君子忧道不忧贫,自孔子以来,千载而下,真正的"士"所谋求的,永远是无关现实利益得失的"道"。

阳明先生在哲学家、军事家之外,又有一重教育家的身份,讲学是他一生心之所向,他对教育也有自己独到的方法和体会。龙场地处荒远,文教自然远远不及故乡和京师发达,然而面对一心向学的青年,阳明先生还是倾注了满腔的热忱。从他这段时间的《诸生来》《诸生夜坐》《试诸生有作》等诗作中可见,在龙场的日子有很多是和学生们一起度过的,他也从中感受到了真切的快乐。

从这首诗中,也可以一窥先生的教育方式。他并不拘泥于章句,也不是只会严肃地坐而论道。他和学生们总是能够打成一片,和他们一起游山玩水、饮酒谈笑,又能在潜移默化中启发他们、感化他们。直至晚年,先生依然维持着与诸多门人如此亲近的关系。钱德洪在《年谱》中记载:嘉靖三年(1524)八月,先生宴门人于天泉桥,"中秋月白如昼,先生命侍者设席于碧霞池上,门人在侍者百余人。酒半酣,歌声渐动。久之,或投壶聚算,或击鼓,或泛舟。先生见诸生兴剧,退而作诗,有'铿然舍瑟春风里,点也虽狂得我情'之句"。时年先生五十三岁,但这番盛况与十八年前在龙场的情形并无二致。

龙冈漫兴五首

投荒万里入炎州,却喜官卑得自由。
心在夷居何有陋?身虽吏隐未忘忧。
春山卉服时相问,雪寨蓝舆每独游。
拟把犁锄从许子,谩将弦诵止言游。

旅况萧条寄草堂,虚檐落日自生凉。
芳春已共烟花尽,孟夏俄惊草木长。
绝壁千寻凌杳霭,深崖六月宿冰霜。
人间不有宣尼叟,谁信申枨未是刚?

路僻官卑病益闲,空林惟听鸟间关。
地无医药凭书卷,身处蛮夷亦故山。
用世谩怀伊尹耻,思家独切老莱斑。

梦魂兼喜无余事,只在耶溪舜水湾。

卧龙一去亡消息,千古龙冈漫有名。
草屋何人方管乐,桑间无耳听咸英。
江沙漠漠遗云鸟,草木萧萧动甲兵。
好共鹿门庞处士,相期采药入青冥。

归与吾道在沧浪,颜氏何曾击柝忙?
枉尺已非贤者事,斫轮徒有古人方。
白云晚忆归岩洞,苍藓春应遍石床。
寄语峰头双白鹤,野夫终不久龙场。

先生在龙场的生活似乎已经步入了正轨,衣食住行都有了着落,但是他的内心始终是不平静的,这一组《龙冈漫兴》正是他当时万般思绪的记录。这五首诗应当是作于龙冈书院落成之后。"漫兴"是随意吟咏、不刻意构思之意。

第一首总括贬谪生涯。"投荒"即被贬至荒远之地,柳宗元《别舍弟宗一》有云:"一身去国六千里,万死投荒十二年。"黄庭坚《雨中登岳阳楼望君山二首》其一亦云:"投荒万死鬓毛斑,生入瞿塘滟滪关。""炎州"泛指南方地区,出自《楚辞·远游》:"嘉南州之炎德兮,丽桂树之冬荣。"虽然不幸遭贬来到南方瘴疠炎热之处，却也因官职卑微摆脱了案牍劳形，落得一个身闲心自在。如司空图《南至四首》其四云："一任喧阗绕四邻，闲忙皆是自由身。"这首联十四个字，看似平平无奇，实则"无一字无来处"。颔联进一步表达先生坦然自若、不改初心的志向，身虽居夷地，心有所寄，故不觉其陋；虽官卑位低，但不敢忘却忧国忧民的儒者情怀。"吏隐"指不隐于山林而隐于官场，如宋王禹偁《游虎丘》云："我今方吏隐，心在云水间。"但阳明先生是被迫居于龙场驿丞之位，被迫远离政治中心，他何曾一日忘却国事民生！"卉服"本意是草编的衣物，此处借代身穿草衣的当地居民，春天的时候他们常常来看望问候先生；"蓝舆"是竹轿，冬天雪落的日子，先生就每每乘着竹轿独自漫游。"许子"指许由，晋皇甫谧《高士传》有云："许由隐于沛泽之中，尧以天下让之，乃而遁于中岳，颍水之阳，箕山之下。又召为九州长，由不欲闻之，洗耳于水滨。"阳明先生认为许由不受尧让天下，甚至听到类似的言语都要去洗洗耳朵，是真正不汲汲于富贵的隐士，所以打算要像他一样归隐而去过简朴的生活，只是此时还只能蛰居书院讲学论道。"弦诵止言游"，用孔子弟子言偃典故，言偃字子游，故曰"言游"，他曾为鲁国武城宰，弦诵而治。古代学《诗经》，配乐而歌为弦歌，无乐而朗读为诵。"弦诵"泛指传授文艺，子游在担任武城地方官员的时候用礼乐教化民众，取得了很好的效果，得到孔子的肯定。阳明先生以子游弦诵治理武城，类比自己在龙场收徒讲学教化民众。尾联是说自己现在姑且学习言游在龙场论道，但终究是要学许由归隐山林、不问世事的。一个"谩"字，一个"拟"字，出处之间取舍已经非常明确了。

　　第二首写先生在龙场度过的时光。"旅况萧条"是说谪居在此，境况自然是萧条冷落的，只能栖身在简陋的草堂，草堂的屋檐有缝隙，傍晚的时候反倒阴凉。即使环境不佳，先生总能找到聊可称道之处。刚到龙场的时候是三月暮春时节，不知不觉之中，美丽的春天已随着繁花谢去而消逝，转眼到了五月初夏时分，惊觉草木葱茏茂盛。颈联写龙场附近独特的景致。"寻"是古代计量单位，八尺为一寻，"千寻"形容极高或极长，如刘禹锡《西塞山怀古》云："千寻铁索沉江底，一片降幡出石头。"这一句说极高的山崖绝壁高耸，似乎隐入茫茫烟霭中，而山崖常年的积雪到六月也还没有融化。尾联感叹先生的遭遇。"宣尼叟"指孔子，西汉平帝元始元年追谥孔子为褒成宣尼公；"申枨"则是孔子的弟子，《论语·公冶长》有云："子曰：'吾未见刚者。'或对曰：'申枨。'子曰：'枨也欲，焉得刚。'"意思是孔子说，自己没有见到刚直的人。有人说，申枨可以算是一个。孔子不认可，他说，申枨还有欲望，怎么刚正得起来？阳明先生不禁想到，如果世间没有孔子这样的智者，谁会相信申枨不是一个刚正的人呢？言外之意是，自嘲像申枨一样还是不能忘却世事，不能做到无欲则刚。尾联在全诗中乍看有些突兀，所抒之情与前文所写之景有些割裂，其实反映了先生矛盾的心境：一面告诫自己不要再执着于国事，反正一腔孤勇却落得个廷杖流放的下场，还不如挨过贬谪生涯早日归隐；另一方面却又无法割舍忠君恋阙的情怀，依然为混乱的朝政而忧心忡忡、辗转难安。

第三首写他身居南荒，思念故乡。先生在天高皇帝远的龙场担任一个小小的驿丞，本来就没有多少公事，又因患病而愈加懒散悠闲。"间关"是鸟鸣的声音，白居易的《琵琶行》有"间关莺语花底滑"之句，是说安静的树林中传来数声鸟鸣，反而更显清幽。这里缺医少药，阳明先生在《却巫》中也感叹"卧病空山无药石"，只好借读书排遣。这里当有两层意思：其一是读医书，从中寻找治身病之方，阳明先生在《药王菩萨化珠保命真经序》中说："予谪居贵阳，多病寡欢。日坐小轩，检方书及释典……按方书，诸病之生，可以审证而治。"还有一层隐藏的深意是说，通过读书，忘却现实烦忧，治愈心病。也因为如此，即使身居夷地，也像在家乡一样，并没有漂泊无依之感。"故山"就是故乡的山水，自然也可以指代故乡。颈联连用两个典故。"伊尹"是商汤名臣，名挚，《左传·襄公二十一年》记载："伊尹放太甲而相之，卒无怨色。"杜预注曰："太甲，汤孙也，荒淫失度。伊尹放之桐宫三年，改悔而复之，而无恨心。"伊尹流放了昏君太甲，等他改悔之后再复迎为君。阳明先生是说，自己也像伊尹一样希望能够正君之失，却没有做到，所以虽然有用世报国之心，却愧对伊尹这样的先贤。"老莱"即老莱子，是春秋时候楚国人，汉刘向《列女传》中说："老莱子孝养二亲，行年七十，婴儿自娱，著五色彩衣。尝取浆上堂，跌仆，因卧地为小儿啼。"这就是二十四孝中"斑衣戏彩"的故事。既然在政治上难有作为，那么就希望能向老莱子一样尽孝，侍奉在祖母、父亲身边。此时能让先生魂牵梦绕的，也没有什么其他的闲事了，只有家乡的山水。"耶溪"即若耶溪，是浙江绍兴境内的溪流，风景优美，富有诗情画意，曾使历代的文人雅士流连忘返，如李白《送王屋山人魏万还王屋》诗云："遥闻会稽美，且度耶溪水"，陆游《醉中登避俗台》诗亦云："剡曲烟波菱蔓滑，耶溪风露藕花开"；"舜水"即余姚江，发源于宁波余姚大岚镇。若耶溪和姚江，代表着故乡余姚和后来移居的绍兴，先生在遥远的南国，梦中常常飞越千山万水，在故乡的山水之间徜徉，灵魂得到栖息和安稳。

  第四首和第五首则是承接前三首而下，集中表达先生归隐之念。第四首先生由"龙冈"之名，联想到大名鼎鼎的诸葛亮。诸葛亮曾隐居南阳卧龙岗，号卧龙先生。"一去亡消息"是说，自刘备三顾茅庐请到诸葛亮出山后，诸葛亮为了蜀汉事业鞠躬尽瘁、死而后已，再也没有返回。如今时移世易，卧龙岗名声犹在，但早已物是人非，故曰"漫有

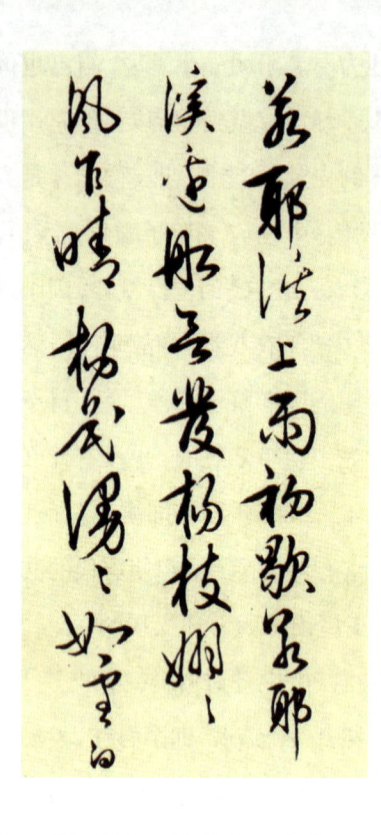

明·王阳明《若耶溪送友诗稿（局部）》

若耶溪和姚江，代表着阳明先生的故乡余姚和后来移居的绍兴，先生在遥远的南国，常常梦回故乡的山水。

名"。"草屋"是诸葛亮在卧龙岗所居的草堂，如今里面再也没有人自比管仲、乐毅了。管仲是春秋时候齐国之相，对内大兴改革、富国强兵，对外尊王攘夷、九合诸侯，辅佐齐桓公成为春秋五霸之首。乐毅是战国时代燕国人，拜燕上将军，辅佐燕昭王振兴燕国。《三国志·蜀志·诸葛亮传》曰："亮躬耕陇亩，好为《梁父吟》。身长八尺,每自比于管仲、乐毅,时人莫之许也。""桑间"在濮水之上,属于卫国,男女常在此幽会,故多淫靡之乐。《礼记·乐记》云:"桑间濮上之音,亡国之音也。"《吕氏春秋·音初》亦云:"世浊则礼烦而乐淫,郑卫之声,桑间之音,此乱国之所好,衰德之所说。""咸英"即《咸池》与《六英》,是雅乐正音的代表,如《淮南子·齐俗训》云:"《咸池》《承云》《九韶》《六英》,人之所乐也。"阳明先生感叹,听惯了桑间淫靡之音的人,不懂得欣赏正统雅乐,隐隐表露了对如今君王昏庸、奸佞横行的不满。颈联写想象中的卧龙岗如今的荒凉景象,江边的沙洲上云雾蒙蒙一片苍茫,人烟稀少,只有鸟儿栖息;草木在风中摇晃发出阵阵萧索、凄凉的悲音,让人仿佛看到了当年的刀光剑影,听到了战马嘶鸣。"庞处士"即庞德公,东汉著名隐士,隐居在鹿门山,采药以终。"青冥"则是幽远的天空,"入青冥"就是隐居。阳明先生感慨,诸葛亮为什么不相约庞德公一起,归隐山中,采药为生,何苦要出山辅佐刘备,竭忠尽智也无力回天?显然,先生是借此表达对朝廷的失望,既然事不可为,那么不如归去。

最后一首进一步陈述先生归隐的想法,用了大量的典故。首联"归与""沧浪"分别用《论语》《孟子》典故。《论语·公冶长》云:"子在陈曰:'归与!归与!吾党之小子狂简,斐然成章,不知所以裁之。'"意思是,孔子在陈国,感慨自己的学生们虽然志向远大，但做事情还比较粗疏，"我"还是回去吧。其实是周游列国后明白己道不行，不如回鲁国去教育学生。"沧浪"出自《孟子·离娄上》："沧浪之水清兮，可以濯我缨；沧浪之水浊兮，可以濯我足。"此后，人们就用沧浪指隐居之地。这一句的意思是说，"我"像孔子一样起了回家的念头，觉得寄情山水才是"我"想要的生活。"颜氏"是孔子弟子颜回，著名的贤人；"击柝"意为打更巡夜，意为颜回安贫乐道不愿做官，自然不会忙于巡更这样的琐事，自己却不能像颜回一样，还要屈居驿丞卑官。颔联又用《孟子》和《庄子》典故。《孟子·滕文公下》曰："枉尺而直寻，宜若可为也。"朱熹集注："枉，屈也；直，伸也。八尺曰寻，所屈者小，所伸者大也。""枉尺直寻"就是损小求大、以屈求伸。阳明先生认为这不是贤者所当为，正如王安石在《上运使孙司谏书》中所说："枉尺直寻而利，古人尚不肯为，安有此而可为者乎？"先生觉得自己忍辱充当小吏，在旁人看来是暂时屈己以求再起，但自己内心并不认可如此枉尺直寻的举动，也就是不愿再蛰伏下去了，迫切想要寻求解脱。"斫轮"出自《庄子·天道》，轮扁批评齐桓公死读圣人书说："臣也以臣之事观之。斫轮，徐则甘而不固，疾则苦而不入。不徐不疾，得之于手而应于心，口不能言，有数存乎其间。臣不能以喻臣之子，臣之子亦不能受之于臣，是以行年七十而老斫轮。古之人与其不可传也死矣，然则君之所读者，古人之糟粕已夫!"意思是,真正精妙的东西是不可言传的,古人的经验再好,自己不去实践、体会、感悟,都是徒劳的。由此可见,先生此际已经明了真正的大道须要在"行"中用心悟出。既然对现状不甘不愿,先生就不禁想起故乡的阳明洞,想到在山中静坐养生、论道谈玄的生活。白云悠悠,思绪绵绵,阳明洞中的石床,想必已经长满了苔藓吧!是不是也在等着"我"回去呢?"我"寄信给峰头飞过的双白鹤,"我"不会在这里久久停留。"双白鹤"用虞世南《飞来双白鹤》诗意:"飞来双白鹤,奋翼远凌烟。双栖集紫盖,一举背青田。飑影过伊洛,流声入管弦。……无因振六翮,轻举复随仙。"鹤为高超远举之禽,常常被视为隐士的象征。阳明先生诗中多次使用"双鹤"的意象,如《雨霁游龙山次五松韵》中的"风临松顶双鹤回",《登螺矶次草泉心刘石门韵二首》其一中的"好携双鹤矶头坐",均是表达以鹤为友、携手归隐之意。"野夫"是先生自称,"双白鹤"可以视为那些曾一起谈玄论道的同好,先生以向昔日故交寄语的方式,直白地表明了自己的心迹。

这一组七律,从意思来看是环环相扣、一气贯注的,从回忆贬谪路途写起,写到在龙场的生活和感受,厌倦之感日显,思乡之情日深,归隐之念日切,最后终于喊出"野夫终不久龙场"!全组诗用典密集,对仗工稳,下字贴切,颇有杜甫《秋兴八首》的神韵,也反映了先生中年诗风的变化。

阳明先生早年一度"溺于辞章",着力博采众长、钻研诗艺，诗风相对富于变化，甚至不免逞才使气。但到龙场之后诗风发生了明显的变化，正如清代诗人钱谦益所说："居夷以后，讲道有得，遂不复措意工拙，然其俊爽之气，往往涌出于行墨之间。"（《列朝诗集》）此时他虽无意于工巧，但由于阅历日渐丰富，学养日渐深厚，胸襟日渐博大，对现实人生的思考也更为深刻，表现在诗歌创作中就是情志、笔力、风骨更上一层楼，尤其是这一时期的七律，炼字、对仗、用典都很精到，又不见斧凿痕迹，代表了"居夷诗"的最高水准。《龙冈漫兴五首》之外，随后所作的《老桧》《试诸生有作》《南霁云祠》《冬至》《雪夜》《春行》《再试诸生》等，皆为阳明诗的精品。

老　桧

老桧斜生古驿傍，客来系马解衣裳。
托根非所还怜汝，直干不挠终异常。
风雪凛然存节概，刮摩聊尔见文章。
何当移植山林下，偃蹇从渠拂汉苍。

这是一首咏物诗，在此前先生诸作中并不多见。诗题为"老桧"，自然是咏桧树。其实，读者从中不难发现先生的自我形象。

桧，也叫桧柏、刺柏、圆柏，是一种常绿乔木，木材坚实，有香气。阳明先生所咏这株桧树，长在龙场驿站之旁，看来有些年头了，故曰"老桧"。这个"老"字用得好，不仅是表达树龄长，更让读者对它产生木质刚硬、老而弥坚的联想；一个"斜"字写出了老桧傲岸的神韵，似有白眼看人之姿态。然而驿站每有官员往来，就把马匹拴在树上，脱下的衣服也顺手搭在树上。在旁人看来，这大概是最寻常不过的事情了。可是，阳明先生却为老桧鸣起了不平："我"很同情你、怜惜你，因为"你""托根非所"，长得不是地方，要承受这些本不属于自己的负担。先生也很敬佩这株老桧，因为它"直干不挠"，始终保持树干笔直，绝不肯弯曲，不同于那些寻常的树，显得格外有风骨。"直干"二字其实也是有来处的，苏轼《王复秀才所居双桧二首》有云："凛然相对敢相欺，直干凌云未要奇。"先生仿佛是在与老桧对话，俨然把它当成一个有风骨有气节却遭遇不幸的朋友了。

颈联继续以拟人手法展开。"凛然"是严肃的样子；"节概"即气节、气概，如《汉书·杨恽传》云："有段干木、田子方之遗风，凛然皆有节概"；"刮摩"亦作刮磨，原意是摩擦刮削，引申为打磨；"文章"原意是漂亮的花纹。这一联是说，老桧经历过风雪依然挺立,而且树干显现出美丽的纹路,仿佛一位风骨凛然之人,它的美好品质是经历一番磨难淬炼出来的。尾联则表达祝愿。"何当"是何时方能的意思;"偃蹇"是高耸的意思,如《离骚》曰:"望瑶台之偃蹇兮,见有娀之佚女",王逸注曰:"偃蹇,高貌。""渠"即"他","从渠"就是"任他";"汉苍"即苍天。这两句是说,什么时候才能让这株老桧远离驿站喧闹,把它移植到深山,让它自由自在地生长,直至高耸入云天呢?

中国古代的咏物诗,一定不是以形似为最高追求,而是重比兴寄托。阳明先生咏老桧,自然并不在意老桧的外在形貌,而是在它身上寄托了自己的身世之感。可以说,先生就是老桧,老桧就是先生。老桧不幸长在迎来送往的驿站旁,不得其所,正如先生遭贬来到龙场,不得施展抱负;老桧经历风霜,依然风节凛然不肯弯曲,正如先生面对权奸,不肯同流合污;老桧渴望移植到深山,远离尘世喧嚣,正如先生盼望脱离宦海,归乡隐居。所以此诗名为咏物,实则咏怀,在老桧形象上寄托的,是不向黑暗现实低头的傲气和归隐山林的意愿。

试诸生有作

醉后相看眼倍明，绝怜诗骨逼人清。
菁莪见辱真惭我，胶漆常存底用盟。
沧海浮云悲绝域，碧山秋月动新情。
忧时谩作中宵坐，共听萧萧落木声。

根据《年谱》记载，正德三年（1508）先生在龙场还经历了一场无妄之灾："思州守遣人至驿侮先生，诸夷不平，共殴辱之。守大怒，言诸当道。毛宪副科令先生请谢，且谕以祸福。先生致书复之，守惭服。"具体说来，就是思州太守派来的一位官员，到龙场驿站见到阳明先生，竟要求他下跪接待。龙场的少数民族乡民与先生已经建立起亲密的友谊，书院诸生更是尊重先生，他们自然不能容忍这样的侮辱，群情激愤之下就殴打了这个官员。思州太守因此勃然大怒，时任贵州按察副使兼贵州提学副使的毛科要求阳明先生去向长官谢罪。毛科或许是好意，担心先生得罪了地方官员，日子更加不好过。不过先生并没有屈服，他写信给毛科说明事情原委，并表示义不受辱，真相大白后太守"惭服"。先生虽然捍卫了自己的尊严，但无端受辱，总有不平之意，这首诗就作于这样的背景之下。

"醉后相看"说的应该是先生因愤懑而饮酒浇愁,诸生相伴,师生相顾,越发觉得眼明心亮、情谊相投;"绝怜"是十分爱惜的意思;"诗骨"即诗人风骨,如孟郊《戏赠无本》云:"诗骨耸东野,诗涛涌退之";"逼人清"意为清正之气逼人。这一句是说"我"的诗人风骨正气凛然不可侵犯,学生们也都很爱惜("我")的名声。"菁莪"原意是茂盛的莪蒿,如《诗经·小雅·菁菁者莪》云:"菁菁者莪,在彼中阿。既见君子,乐且有仪。"先生以"菁莪"起兴,抒发化育英才之乐。《毛诗序》有云:"《菁菁者莪》,乐育材也。君子能长育人才,则天下喜乐之矣。"故后世以"菁莪"指代人才。阳明先生认为,太守派来的官员侮辱他,也就是侮辱整个书院,侮辱全体学子,所以说"菁莪见辱"。虽然师生一体,但此事因"我"而起,所以"真惭我","我"感到愧对书院、愧对学生。但师生的感情绝不会因此而受到影响。"胶漆"即如胶似漆,喻情谊深厚、不可分割。如邹阳《狱中上书》云:"感于心,合于意,坚如胶漆";白居易《和寄乐天》亦云:"贤愚类相交,人情之大率。然自古今来,几人号胶漆?"师生情谊牢不可破,何须盟誓?诗的前半部分,先生其实都是在表达对学生的感激,感激他们对自己的维护,在逆境中的温情令先生在愤慨之余,也感到一丝欣慰。

但心中的郁结并不是很快就能一扫而空的。"沧海浮云"是先生自比,意为自己飘零至此,如空中浮云无所依托,在此"绝域"中愈感悲凉。但先生也绝非顾影自怜、不能自拔,他还是试图振奋精神,故对句云"碧山秋月动新情"。此时碧空如洗,月明如画,浮云终将散去,人生的波折总会过去。"中宵"即夜半、深夜,如辛弃疾《贺新郎·同父见和再用韵答之》曰:"我最怜君中宵舞。"因为忧念时事,师生在深夜依然难以入眠,相对而坐,无须多言,且一起倾听秋风吹落木叶的声音。颈联借景抒情,写景意象阔大,境界澄明,抒情悲喜交加,终归平静。尾联则以动衬静,余韵悠长,含不尽之意,宛如一声深沉的叹息,久久回荡在读者心中。

南霁云祠

死矣中丞莫谩疑,孤城援绝久知危。
贺兰未灭空遗恨,南八如生定有为。
风雨长廊嘶铁马,松杉阴雾卷灵旗。
英魂千载知何处?岁岁边人赛旅祠。

贵阳的南霁云祠又名忠烈庙,在城内忠烈桥前。南霁云是唐代名将,是张巡的部将,安史之乱中,张巡、许远死守睢阳,直至弹尽粮绝。南霁云奉命突围,向贺兰进明求救。贺兰贪生怕死,不肯出师相助,南霁云自断一指而去。睢阳城陷后,南霁云和张巡一同遇害。《思南府志》记载:"南霁云,子承嗣,在贵州作官有政绩,时人为立生祠,承嗣辞,命祀其父,因此建黑神庙以永祀南将军。"阳明先生来到贵阳,凭吊南霁云将军而作此诗。

"中丞"指官拜御史中丞的张巡,"莫谩疑"是不要随意猜疑的意思。这一句诗要结合韩愈《张中丞传后叙》来理解:"城陷,贼以刃胁降巡,巡不屈,即牵去,将斩之。又降霁云,云未应。巡呼云曰:'南八,男儿死耳,不可为不义屈!'云笑曰:'欲将以有为也。公有言,云敢不死?'即不屈。"在叛军劝降南霁云的时候,他没有立即表态,张巡急了,高声激励他不要有不义之举,南霁云的反应是"笑曰",活脱脱刻画出他临危不惧、谈笑自若的英雄风采。阳明先生也借鉴了韩愈的笔法,首句似乎是以南霁云的口吻在说:"好吧好吧,我就去死吧!中丞你不要怀疑我,我是那样贪生怕死的人吗?"其实不用说读者也知道,因为"孤城援绝久知危",他们死守孤城并无援军,南霁云早已料到城破之后的结局。

"贺兰"即贺兰进明,他不肯出兵,又欣赏南霁云的英勇,想要留下他效力,南霁云根本不接受他的拉拢,《张中丞传后叙》中也有一段精彩的描述:"云知贺兰终无为云出师意,即驰去。将出城，抽矢射佛寺浮图，矢着其上砖半箭，曰：'吾归破贼，必灭贺兰！此矢所以志也。'"可惜南霁云终究没有能够杀退贼兵，没有再来找贺兰进明算账的机会，先生因此感叹"贺兰未灭空遗恨"；南霁云排行第八，故张巡呼之"南八"，先生也亲切地称他"南八"：南八啊南八，你如此神勇忠烈，如果能够活下来，一定会有更大的作为，可惜……这一联的感情色彩极为强烈，一个"空"字，一个"定"字，道尽了英雄壮志难酬的悲愤、后人扼腕叹息的惆怅。

诗的前半段追忆南霁云的事迹，后半段则着重写此时来到南霁云祠的所见所感。"铁马"是屋檐下悬挂的风铃，又可以让读者联想到当年战场上的金戈铁马；"灵旗"是祠庙中飘扬的祭祀灵幡，又似乎关联着昔日阵前招展的战旗。这一联，也因这两个双重含义意象的使用，而把现实与历史交织到了一起，亦真亦幻，悲壮中又含苍凉：先生立于南霁云祠，听着风雨中叮当作响的铁马，看着松杉林中阵阵阴风吹起的灵旗，仿佛穿越到安史之乱中的睢阳城外，杀声震天中眼见南霁云跃马横刀的英姿。先生不禁感叹"英魂千载知何处"？谁还记得南霁云，还记得他那未酬的壮志？"边人"是边地之民，也就是贵州当地的人民；"赛"是祭祀、祭赛，如张籍《江村行》曰："一年耕种长苦辛，田熟家家将赛神"；"旅"意为陈列祭品，如《周礼·春官·大宗伯》曰："国有大故，则旅上帝及四望"，郑玄注曰："旅，陈也，陈其祭事以祈焉。"这一联说，英魂并不寂寞，至少边地的人民，年年岁岁还不忘陈设祭品追念他。

先生为什么来到贵阳？又为什么在南霁云祠发出如此感叹？还是与时局有关。《年谱》中说："已而宋氏酋长有阿贾、阿札者叛，宋氏为地方患，先生复以书诋讽之。安悚然，率所部平其难，民赖以宁。"这里的"安"是贵州宣慰使安贵荣，"宋氏"则是贵州宣慰同知宋然，两人都是世居贵州的土司，相互之间矛盾很深。宋然所辖的部落酋长阿贾、阿札发动叛乱，朝廷命总兵施瓒出兵镇压，由安贵荣协助。但安贵荣并不积极配合，称病拖延。安贵荣在先生初到龙场时，曾遣人送来米、肉，帮助先生修建房屋，也向先生求教过。所以，阳明先生给安贵荣写信，恳切地分析利害，劝安氏不要消极平叛，最终说服了他。但平叛战事并不顺利，正是在这样的形势下，阳明先生受邀来到贵阳，他毕竟曾任兵部主事，贵州的官员们希望他能出谋划策为平定叛乱参谋，所以先生才能离开龙场来到贵阳。既然来到贵阳，自然要去此地声望极高的南霁云的祠堂凭吊一番。想到南霁云、张巡、许远等人杀身报国的忠义，再看看眼下贵州的官员们各谋私利不肯尽心平叛，先生如何能不愤慨！他希望多一些南霁云这样舍生忘死的忠臣烈士，少一些贺兰进明这样只求保命的懦夫，能让战乱尽快结束，让百姓过上安生的日子。此诗借古讽今、情寓于景、议论风生，确为佳作。

题施总兵所翁龙

君不见所翁所画龙,虽画两目不点瞳。
曾闻弟子误落笔,实时雷雨飞腾空。
运精入神夺元化,浅夫未识徒惊诧。
操蛇移山律回阳,世间不独所翁画。
高堂四壁生风云,黑雷紫电日昼昏。
山崩谷陷屋瓦震,雨声如泻长平军。
头角峥嵘几千丈,倏忽神灵露乾象。
小臣正抱乌号思,一堕胡髯不可上。
视久眩定凝心神,生绡漠漠开麟峋。
乃知所翁遗笔迹,当年为写苍龙真。
只今旱剧枯原野,万国苍生望沾洒。
凭谁拈笔点双睛,一作甘霖遍天下!

　　这是一首题画诗。题目中涉及两个人,一个是施总兵,是画的主人;另一个是所翁,是画的作者。施总兵,就是前文提到的总兵施瓒,正德二年(1507)以怀柔伯充任总兵镇守贵州,鄂尔泰《贵州通志》卷十九载:"施瓒,通州人,正德初,以世伯总兵贵州,军政修举,苗蛮畏服。雅好文章,命工绘《七十二候图》，王守仁为之序。"可见，这位施总兵是一个风雅的人物。所翁，即南宋画家陈容，以画龙名世，《图绘宝鉴》记录："陈容，字公储，自号所翁……诗文豪壮。善画龙，得变化之意，泼墨成云，噀水成雾，醉余大叫，脱巾濡墨，信手涂抹，然后以笔成之，或全体，或一臂一首，隐约而不可名状者，曾不经意而得，皆神妙。"陈容传世之作不多，施瓒有幸收藏了一幅陈所翁所画龙，阳明先生为之题写了此诗。

诗的第一部分写传言中所翁画龙的种种神奇之处。"君不见"是乐府古体诗常见的开头，领起下文，听闻所翁画的龙，虽然画了双目，但都没有点出瞳仁。他的弟子曾经误以为老师忘记了，落笔为龙添上了瞳仁，结果当时就电闪雷鸣、风雨大作，纸上之龙腾空而起，化作真龙飞去。这里先生是用了《历代名画记》中张僧繇"画龙点睛"的典故，借以表现所翁画龙的高超技巧，所画之龙活灵活现，几近真龙。"运精"即运用精神、精心构思；"入神"则是达到出神入化的境界，唐代张怀瓘《画断》中提出画有"神""妙""能"三品，所翁画龙无疑是能达到"神品"的境界；"元化"即大化、造化；"浅夫"是见识浅薄之人。这一句说所翁画龙精妙入神、巧夺天工，一般人不能真正领悟其中之功力，只能徒劳地感到惊诧。其实世间不只所翁画龙如此，万事万物都当运精入神，方能夺造化之工，先生用愚公移山的故事来说明这一点。《列子·汤问》在愚公与智叟的对话之后交代了故事的结局:"操蛇之神闻之,惧其不已也,告之于帝。帝感其诚,命夸娥氏二子负二山,一厝朔东,一厝雍南。"愚公不惜以子子孙孙世代劳作的志诚感动天帝,移山的目标很快达成,这就是所谓"精诚所至,金石为开"吧。"律"是律管,用竹或铜制,古代用做测季节变化的工具,引申为节候、时令之意;"回阳"指阳气回返,古人认为天地间阴阳二气盈虚消长,夏至时候阳气尽而阴气始生,冬至时候阴气尽而阳气始生,这本是自然规律,愚公移山使得节候返阳,正是"夺元化"的表现。

第二部分六句写对所翁所画龙的观感。明明是在室内高堂中欣赏画作,却感到四周突然风起云涌、电闪雷鸣,白日昏昏如夜,巨大的声浪好像山谷崩裂,屋顶上的瓦都片片震碎;暴雨倾泻而下,如同长平之战中秦军的攻势一样,不可阻挡。这两句诗极尽夸张,竭力表现风云突变、地动山摇的气势,好像画上的巨龙就要破纸而出,令读者不禁悚然。接下来两句,仿佛龙真的活了,它身长千丈,头角峥嵘,倏忽出没,时而隐没在风云之中,时而又露出本像。"乾象"指《周易·乾卦》"飞龙在天"之象,正是所翁画作呈现的场景。"小臣正抱乌号思,一堕胡髯不可上"用黄帝故事,《史记·封禅书》曰:"黄帝采首山铜,铸鼎于荆山下。鼎既成,有龙垂胡髯下迎黄帝。黄帝上骑,群臣后宫从上者七十余人,龙乃上去。余小臣不得上,乃悉持龙髯。龙髯拔,堕,堕

第三卷　155

黄帝之弓。百姓仰望，黄帝既上天，乃抱其弓与胡髯号。故后世因名其处曰鼎湖，其弓曰乌号。"当年黄帝铸鼎炼丹，丹成而有龙来迎接，莫非所翁画的，就是这条龙？先生仿佛看到了来不及登上龙背的小臣，再也不能抓着龙髯攀缘而上，只能抱着黄帝遗落的弓号啕。这几句充分运用想象，把眼前静止的画面和传说中黄帝升天的场景重叠起来。先生深深地凝视着画作，陷入自己的想象之中，良久才回过神来。原来没有风雨、没有雷电，也没有神龙隐现、黄帝在群臣簇拥之下升腾而去，眼前只有"生绡"一片。"生绡"是未经漂煮的丝织品，可以用来作画。引发观者神飞天外、驰骋想象的，是生绡上所绘烟云漠漠中嶙峋峥嵘的龙形。先生由此可以判定，施总兵所收藏的这幅画，是陈所翁的真迹，而传说中所翁画龙的"神妙"也确实令人倾倒。

诗的最后四句，又回到现实。如今天下大旱、田地枯焦，万国百姓都盼望着天降甘霖，万物都能受到沾溉。此时，谁能拿起画笔为画中神龙点上双睛，让它活过来，遍洒雨露、拯救苍生呢？联想画作主人施瓒的身份，就会觉得先生最后这两句诗颇具深意。施总兵"雅好文章"，也有很高的艺术鉴赏力，他把自己珍藏的名画真迹拿出来请阳明先生共同品鉴，先生也确实非常欣赏这幅画的艺术水准。但是，先生还是要提醒施总兵，现在并不太平，阿贾、阿札的叛乱还没有平息，万民还在水火之中，身为贵州总兵，还是要以国事为先啊。

虽然曲终奏雅,但全诗的主体还是在品评画作。先生此作,也像所翁画龙一样,酣畅淋漓、力透纸背。所翁画龙精妙之处,并不在一鳞一爪,所以先生也并没有对画作的细节进行描绘,而是着力表现画中苍龙行风作雨的气势,笔法飘忽,亦如神龙见首不见尾。画与诗,可谓相得益彰。

冬 至

客床无寐听潜雷,珍重初阳夜半回。
天地未尝生意息,冰霜不耐鬓毛催。
春添衮线谁能补,岁晚心丹自动灰。
料得重闱强健在,早看消息报窗梅。

阳明先生于正德三年(1508)春天来到龙场,经夏复历秋,转眼到了这一年的冬至时节。这个冬至夜,先生辗转难眠,一方面是因为冬雷阵阵,另一方面也是心绪难宁。"客床无寐"交代了此时的境况,索性静心倾听夜半的雷声,感受"冬至一阳生"的物候微妙变化。冬至是一年中白昼最短、夜晚最长的日子,然而也预示着接下来白昼一天比一天长。古人认为,宇宙运行遵循阴阳消长的规律,气候变化体现着阴消阳长、阳消阴长、阳极而生阴、阴极则生阳,故有夏至一阴生、冬至一阳生的说法。这个冬至,夜半的惊雷,正是阴极阳生之兆,所以先生说"珍重初阳夜半回"。宇宙万物,生生不息。即使是在寒冬夜半,也能感受到生机流动,只是人却耐不住冰霜,鬓发变白,日渐苍老。不过,先生所感只怕还不止如此,《传习录上》曰:"仁是造化生生不息之理,虽弥漫周遍,无处不是,然其流行发生,亦只有个渐,所以生生不息。如冬至一阳生,必自一阳生,而后渐渐至于六阳。若无一阳之生,岂有六阳?阴亦然。惟有渐,所以便有个发端处,惟其有个发端处,所以生。惟其生,所以不息。"人心之"仁",也像宇宙间的阴阳之气,生生不息,然而也要有个"发端处"。这个"发端处"是什么呢?且看下文。

"衮"为古代帝王所着绣有龙形图案的衣服,"补衮"字面意思是补缀衮服,实际指大臣补君之阙的职责,如《诗经·大雅·烝民》曰:"衮职有阙,维仲山甫补之。"司马光《谢门下侍郎表》亦曰:"逮事仁皇,备员谏省,容逆鳞之愚直,无补衮之嘉谋。"冬至时分,春气萌发,新年该有新气象,谁能拿起针线为帝王补衮呢?谁能正帝王之失让朝廷复归正轨呢?"心丹"即丹心,"自动灰"是古人以律管占验节气

明·王阳明《传习录》

《传习录》由王阳明的门人弟子对其语录和信件进行整理编撰而成。"传习"一词出自《论语》中的"传不习乎"一语。

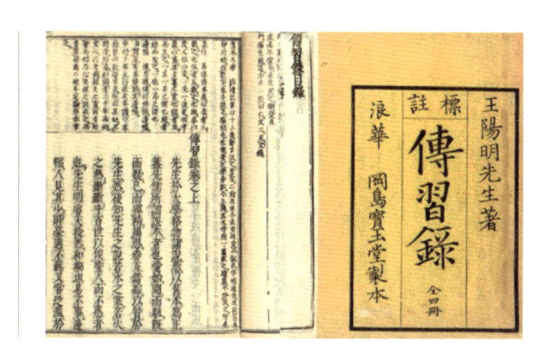

的方法：烧苇膜成灰，分置十二律管中，放密室内，某一节候至，相应律管中的葭灰即自行飞出。所谓"心丹自动灰"，就是说"我"的一颗光明澄澈之心，也和天地节候一起律动，在这一阳初生之际，若有所感。莫非，这就是悟道那一刻的记录？

"重闱"即重重门闱，通常指深宫，也可以指父母或祖父母，如何景明《寿罗山胡侍御》云："更喜绣衣经故里，遥看彩服拜重闱。"阳明先生想到在遥远故乡的父亲王华、祖母岑太夫人，想必他们身体依然强健，此刻也已经看到春梅绽放报知春的消息吧？《传习录上》云："父子、兄弟之爱，便是人心生意发端处，如木之抽芽，自此而仁民，而爱物，便是发干生枝生叶……孝弟为仁之本，却是仁理从里面发生出来。"仁的"发端处"，便是出于天性的孝悌之情，所以先生自然而然想到家中年事已高的祖母和父亲，祝愿他们平安健康。

雪　夜

天涯久客岁侵寻，茅屋新开枫树林。
渐惯省言因病齿，屡经多难解安心。
犹怜未系苍生望，且得闲为白石吟。
乘兴最堪风雪夜，小舟何日返山阴？

有道是"每逢佳节倍思亲"，尤其是到年终岁末辞旧迎新之际，在外的游子总是渴望能够归家团聚。正德三年（1508）岁暮的一个雪夜，先生在龙场写下这首七律，表达思乡之情。

首句即云"天涯久客岁侵寻"，短短七个字包含四层惆怅：其一，身在异乡，是为"客"，漂泊无依之感挥之不去；其二,远在天涯,归乡不易,只能遥寄思念给故乡的亲人;其三,客居已"久",亦不知何日可归;其四,岁月"侵寻","侵寻"是渐渐的意思,在一日复一日的客居中,时光不知不觉流逝,转眼已是岁末,"逝者如斯夫",而功业未就,学问未大成。如此复杂思绪交织萦绕,叫人如何能够安然入睡!于是夜静时分,先生打开了茅屋,面向一片枫林,静静欣赏雪景。

回顾正德元年(1506)以来所经历的种种坎坷,先生已经看淡了。他说因为"病齿",也就是牙痛而渐渐习惯了"省言"。先生确有牙病,此前经过长沙所作《游岳麓书事》也提到"病齿畏风湿",但话越来越少恐怕不仅仅是因为牙痛,更深层的原因还是觉得多说无益吧。下句说,他饱经忧患之后,也学会了"安心"。苏辙《春深三首》其二尾联道:"三十年前诵《圆觉》,年来虽老解安心",苏轼《定风波·南海归赠王定国侍人寓娘》亦云:"此心安处是吾乡","安心"本是一种通透的人生境界,心无挂碍、随遇而安,也是先生此刻的状态。

如果说还有什么遗憾的,那就是没有能够成为天下苍生所寄望的人,也就是说,没有能够实现济苍生、安社稷的理想。不过这也无可奈何,自己终究改变不了什么,那就珍惜这难得的清闲,且作白石之吟吧。"白石"是白色的石头,常常指隐士或方士所服食的丹药,如韦应物《寄全椒山中道士》曰:"涧底束荆薪,归来煮白石"。所谓"白石吟",当是指吟咏表现神仙隐逸之趣的诗词,如姜夔《余居苕溪上与白石洞天为邻潘德久字予曰白石道人且以诗见畀予以长句报贶》曰:"南山仙人何所食?夜夜山中煮白石。世人唤作白石仙,一生费齿不费钱。"

尾联用王子猷雪夜访戴的典故,《世说新语·任诞》云:"王子猷居山阴,夜大雪,眠觉,开室,命酌酒,四望皎然。因起彷徨,咏左思《招隐》诗。忽忆戴安道。时戴在剡,即便夜乘小舟就之。经宿方至,造门不前而返。人问其故,王曰:'吾本乘兴而行,兴尽而返,何必见戴?'"昔年王子猷所经历的雪夜,和当下何其相似!于是,先生也想像王子猷那样乘兴而行,驾起一叶扁舟,快快回到绍兴老家去。尾联的典故呼应了诗题,更巧妙的是,王子猷即王徽之,是王羲之的第五子,而余姚王氏源自绍兴王氏,王羲之正是绍兴王氏的始祖,王华、王阳明都自认为是王羲之的后人。用先祖典故,表达思亲之情,意蕴更为悠长。

【春 行】

冬尽西归满山雪,春初复来花满山。
白鸥乱浴清溪上,黄鸟双飞绿树间。

物色变迁随转眼，人生岂得长朱颜！
好将吾道从吾党，归把渔竿东海湾。

据束景南先生考证，此诗作于正德四年（1509）正月初一。新年伊始，先生即赶赴贵阳，还是为了与当地官员商议出兵平定阿贾、阿札叛乱的事情，忧国之情，可想而知。

或许是因为新年，此诗的格调还是比较轻快的。首联说"冬尽西归""春初复来"，浓缩了先生在龙场与贵阳之间几度往返奔波的行程。龙场在贵阳的西北方向，上次从贵阳返龙场的时候，还是隆冬时节，满山积雪；现在又从龙场赴贵阳，已是新春到来，满山野花盛开了。

颔联写途中所见景致，白鸥在清澈的小溪中沐浴戏水，黄莺双双从林间绿树中穿行。这一联写得清新灵动，"白""清""黄""绿"系列鲜艳色彩，构成了明丽的背景，白鸥、黄莺或栖或飞，都在这明媚春光中自由自在尽情戏耍，整个画面好似一幅南国春景图，动静相宜，生机勃勃。这一联，很容易让读者联想到杜甫《绝句》中"两个黄鹂鸣翠柳，一行白鹭上青天"的句子，色彩、意象、构图都非常相似。先生自到龙场，多忧少乐，笔下也少有如此色彩明亮、节奏轻快的诗句，是龙场的春色格外迷人让他沉醉，还是终于可以有报效国家的机会让他振奋？或许兼而有之吧。

不过很快,先生又恢复了一贯的冷静和理性。颈联针对冬去春来的变化发出议论。"物色"指自然的景物声色,如刘勰《文心雕龙·物色》云:"春秋代序,阴阳惨舒,物色之动,心亦摇焉。""朱颜"指美好的容颜,如李煜《虞美人》云:"雕栏玉砌应犹在,只是朱颜改。"自然界的景色本来就在不断变迁,转眼就是另一番模样,人生亦是如此,年轻美好的容颜很快逝去,岂能长久?

于是短暂的喜悦和振作似乎又被抑制住了,情感低沉下来。尾联又连用《论语》和《庄子》典故表达厌弃宦途、渴望归隐。"吾道"是指儒家孔孟之道,如《论语·里仁》云:"子曰:'参乎!吾道一以贯之。'""吾党"即吾辈、同道,如韩愈《山石》曰:"嗟哉吾党二三子,安得至老不更归。""把"是握的意思,阳明先生故乡近东海,故曰"归","我"要归去东海边的故乡,像任公子那样手握鱼竿垂钓。《庄子·外物》有云:"任公子为大钩巨缁,五十犗以为饵,蹲乎会稽,投竿东海,旦旦而钓,期年不得鱼。已而大鱼食之,牵巨钩,錎没而下,骛扬而奋鬐,白波若山,海水震荡,声侔鬼神,惮赫千里。任公子得若鱼,离而腊之,自制河以东,苍梧以北,莫不厌若鱼者。"李白《猛虎行》也曾用此典:"我从此去钓东海,得鱼笑寄情相亲。"尾联上句说"我"要去和志同道合的人一起讲学论道,下句则表示归隐故乡的意愿。可见他的理想,就是回到故乡,读书讲学,悠游林下。"讲习有真乐,谈笑无俗流。缅怀风沂兴,千载相为谋。"(《诸生夜坐》)"归与吾道在沧浪,颜氏何曾击柝忙。"(《龙冈漫兴五首》)先生当时诗作中曾反复表达这样的愿望,想必他在心里已经无数次勾勒过这幅自己理想中的生活图景了吧。

家僮作纸灯

寥落荒村灯事赊,蛮奴试巧剪春纱。
花枝绰约含轻雾,月色玲珑映绮霞。
取办不徒酬令节,赏心兼是惜年华。
何如京国王侯第,一盏中人产十家!

先生贵阳之行来去匆匆,元夕之日即返回龙场。这个元宵佳节过得分外不易,白天在风雪中跋涉,晚上回到驿站也是冷冷清清。先生作《元夕二首》,叹惜自己如此良宵只能"独向蛮村坐寂寥",不复前年京师元夕"月傍苑楼灯彩淡"的热闹,也无往常"堂上花灯诸弟集"的团圆场面。好在还有心灵手巧的家僮,试做纸灯,聊以应景,于是有了这首诗。

元宵是传统佳节,最重要的习俗就是灯会。然而在这个冷落萧条的荒村,观灯竟成了一件稀罕的事情。"赊"通"奢",意为奢侈、难得;"蛮奴"指当地的仆人,或许是先生到龙场后新收的家仆,他试着裁剪春纱制作花灯,展示了灵巧的手艺。

经过一番精心制作,成品纱灯果然非常精致美丽。春纱上的花枝图案绰约多姿,朦朦胧胧好像隔着一层轻雾;窗外皎洁的月色映照在灯纱上,灯月交辉,如同一片绮丽的晚霞。这一联字面非常工巧,"花枝"与"月色"映照,"轻雾"与"绮霞"渲染,"绰约"与"玲珑"共赏,极写月夜花灯光影流转之美。

"酬"是应酬、对付之意;"令"是美好的意思。如此大费周章,自己动手取材制作花灯,不仅仅是为了元宵佳节应景,也是为了珍惜美好时光,哪怕在艰苦的环境下也尽量让自己开心快乐。先生这样的想法,其实就是当代人所注重的所谓"仪式感",形式本身并不重要,重要的是在某个时刻通过某种形式表达自己对生活的态度。反之亦然,有没有在某个时刻履行某种形式并不重要,重要的是当时的心境。正如先生后来在《中秋》一诗中所说:"吾心自有光明月,千古团圆永无缺。山河大地拥清辉,赏心何必中秋节。"

尾联笔锋一转,展开了冷峻的批判。虽然先生盛赞蛮奴巧思、花灯精美,但实际上这里条件有限,能做出来的灯自然比不上京城里面那些王侯将相家里的灯。那些灯价格不菲，一盏花灯的造价抵得上十户中等人家的资产！这一句诗显然脱胎自白居易《买花》的末句："一丛深色花，十户中人赋"，《买花》是白居易《秦中吟十首》之一，是其讽喻诗的代表，全诗极写长安城达官贵人对牡丹花的追捧，最后一句卒章显志发出尖锐的批评。阳明先生此诗也是到最后突发议论，眼下自身境遇的寥落倒也无妨，借家僮一双巧手也可苦中作乐。可是自正德皇帝以下，满朝权贵竞相奢靡的作风，置民生疾苦于耳后，这才真是叫人愤愤不平。北宋黄庭坚曾经评价杜甫："老杜虽在流落颠沛，未尝一日不在本朝……忠义之气，感发而然。"杜甫纵然身不在朝中，心还是时时刻刻记挂国事民生，先生何尝不是如此！

春日花间偶集示门生

闲来聊与二三子，单夹初成行暮春。
改课讲题非我事，研几悟道是何人？
阶前细草雨还碧，檐下小桃晴更新。
坐起咏歌俱实学，毫厘须遣认教真。

隋·展子虔《游春图（局部）》

《春日花间偶集示门生》一诗作于正德四年（1509）春，写阳明先生与龙冈书院诸学生一起春游，情形和图中描绘的一般春光明媚。

此诗作于正德四年（1509）春天。天气渐渐和暖之后，先生偶与龙冈书院诸学生一起游春。这首七律既是纪游，也是阐释自己的教育理念。

首联用《论语·先进》中曾皙的典故。暮春时节，终于可以换上轻便的夹衣，闲来无事，姑且与二三弟子一起，闲行至山中游赏一番。这份悠闲自得，无异于曾皙所云"莫春者，春服既成，冠者五六人，童子六七人，浴乎沂，风乎舞雩，咏而归",是连孔子都向往的画面。

颔联写闲行之间,先生一边观赏春景,一边也在和学生交流。"改课""讲题"是寻常书院中习见的情形。所谓"课"即课业,是为了应对科试而做的练习,如《金史·选举志一》曰:"凡学生会课,三日作策论一道,又三日作赋及诗各一篇。三月一私试,以季月初先试赋,间一日试策论。""改课"就是批改学生所作课业文章。"讲题"即讲解经题经义。"改课""讲题"都是为了应对科举考试,先生认为"非我事"。也就是说,他教育学生的重点并不在于让他们学会应试文章。他所关注的,是"研几""悟道",即探求精微之理,了悟孔孟之道。

颈联写景,又不纯是写景。台阶前生长的小草,经过雨水洗刷之后,颜色更加青碧,正如王维所云:"渭城朝雨浥轻尘,客舍青青柳色新"(《送元二使安西》);屋檐下盛开的桃花,在晴日的阳光下,更显鲜妍明媚。碧草红花,微雨暖阳,正是一幅美好的春景图。看似寻常的春景之中,也蕴含着自然界万事万物自得其所、应时生长的规律,体现了宇宙间流转不息的生机,正如程颢《秋日偶成》所云:"闲来无事不从容,睡觉东窗日已红。万物静观皆自得,四时佳兴与人同。"正因为"闲",所以能够"静观"万物,心有所得。

尾联点题教导门生,现在"我们"这样在林间花前闲行、歌咏、谈论,都是学问,而且是"实学",是可以经世致用的学问,所以毫厘之间都要较真,真正弄明白。阳明先生从来都是主张教育方式灵活,在日常生活之中,随处可以化育人心,不一定非要拘泥于刻板形式。钱德洪就曾经总结:"盖先生点化同志,多得之登游山水间也。"(《年谱》)寓教于乐,既传播了知识、交流了观点,又陶冶了情操、促进了感情,师生之间常常能够互相激发,其乐融融。他的教育目标,也不是要让学生去科场博取功名,而是要他们以悟道、成圣为追求。科举是当时读书人的进身之阶,先生并不是反对科举,而是反对读书人以举业为终身事业,忽略了修身、悟道,也反对为了科举去做烦琐章句,把学问都做僵化虚浮了。先生少年时代就曾立志做圣贤,也相信"良知人人皆有""满街都是圣人",希望人人都能致良知、成圣人,这也是终其一生热衷讲学的最大动力。

再试诸生

草堂深酌坐寒更,蜡炬烟消落绛英。
旅况最怜文作会,客心聊喜困还亨。
春回马帐惭桃李,花满田家忆紫荆。
世事浮云堪一笑,百年持此竟何成?

正德三年（1508）秋，先生曾作《试诸生有作》，到了正德四年（1509）春，又作《再试诸生》，应当分别是应书院秋试、春试之时而作。此诗重点并不在于考校诸生的经过，而是写春试后夜间自己所感，本质还是一首咏怀诗。

首联营造了整首诗的氛围，奠定了基调。独坐"草堂"，更深夜静，又经"深酌"，喝了不少酒，人在这样的情境下往往容易抚今追昔、感慨丛生。看着堂上的红烛静静燃烧，青烟阵阵飘起又渐渐散去，流淌着红色的烛泪，先生又想到了自己的处境，何时才能摆脱目前的困顿呢？

颔联"旅况"即羁旅的处境。先生自到龙场，人在异乡的漂泊无依之感始终挥之不去，该如何排遣呢？"怜"即爱，先生最爱以文会友。《论语·颜渊》有云："君子以文会友，以友辅仁。"先生在龙场诗作很多，也花很多时间与学生讲学论道，他是遵循君子之道，更重要的还是发自肺腑以诗言志，就像司马迁所说"发愤著书"，以文字为舟渡过人生低谷。所谓"客心"，即迁客之心；"困"是困顿、艰难；"亨"是通畅、顺利。人生变化无常，"困"和"亨"总会互相转化。既然如此，虽为迁客，还是要保持良好的心态。

颈联"马帐"引用汉代马融故事。《后汉书·马融传》云："融才高博洽，为世通儒，教养诸生，常有千数……善鼓琴，好吹笛，达生任性，不拘儒者之节。居宇器服，多存侈饰。常坐高堂，施绛纱帐，前授生徒，后列女乐，弟子以次相传，鲜有入其室者。"后世遂以"马帐""绛帐"指代讲习授业之所。出句是说自己不能像汉代大儒马融那样博学，愧对诸位门人。对句则用汉代田氏兄弟之典，南朝梁吴均《续齐谐记·紫荆树》云："京兆田真兄弟三人，共议分财。生资皆平均，唯堂前一株紫荆树，共议欲破三片。翌日就截之，其树即枯死，状如火然。真往见之，大惊，谓诸弟曰：'树本同株，闻将分斫，所以憔悴，是人不如木也。'因悲不自胜，不复解树。树应声荣茂，兄弟相感，合财宝，遂为孝门。"田氏兄弟和紫荆花就成了孝悌之情的象征，此处先生因见到堂前紫荆而思念家乡的亲人。

　　王维《酌酒与裴迪》道："世事浮云何足问"，尾联中先生也有同感。近年来他看尽世事变幻、人情冷暖，白云苍狗何足挂齿，只是困守此地，人生短短百年，恐怕终将一事无成。相对于王维"不如高卧且加餐"的态度，先生还是要更积极一些，还是有时不我待的紧迫感，终究是不甘心啊！人常道"酒后吐真言"，这是先生此刻心底最真实情绪的流露。

诸 生

人生多离别，佳会难再遇。
如何百里来，三宿便辞去？
有琴不肯弹，有酒不肯御。
远陟见深情，宁予有弗顾？
洞云还自栖，溪月谁同步？
不念南寺时，寒江雪将暮？
不记西园日，桃花夹川路？
相去倏几月，秋风落高树。
富贵犹尘沙，浮名亦飞絮。
嗟我二三子，吾道有真趣。
胡不携书来，茅堂好同住。

此诗名"诸生"，观诗意似乎与诗题无关，而是在怀念一位志趣相投、感情深厚的友人。这位朋友近期与先生频繁往来，但先生还是难以抑制思念之情，故作此诗。

离别是人生常态，欢乐的聚会可遇不可求。这个道理先生自然是明白的，但他还是希望朋友能够多留几日，尽量延长这欢聚的时光。毕竟见一面并不容易，"你"奔波百里而来,怎么住了三天就匆匆离去呢?

接下来,先生写朋友辞去后的生活,似乎一切都索然无味了。"有琴不肯弹"化用邵雍《代书寄友人》"棋逢敌手才堪着,琴少知音不愿弹"之句,其渊源来自陶渊明抚无弦琴、俞伯牙钟子期高山流水遇知音的故事。《晋书·隐逸传》曰:"(陶渊明)性不解音,而畜素琴一张,弦徽不具,每朋酒之会,则抚而和之,曰:'但识琴中趣,何劳弦上声!'"陶渊明抚无弦琴,虽无琴音,但识琴趣。琴只可对知音之人、解趣之人弹奏,方为不负,所以钟子期死后,俞伯牙终身不复抚琴。下句意思相同,"酒逢知己千杯少",既然知己不在身旁,手边纵使有酒,也没有畅饮一番的兴趣了。"你"远道而来看望"我",足见"你"对"我"的深情,"我"难道会不顾念"你"吗?

自"你"走后,"我"在云雾缭绕的阳明小洞天中独自栖息,月夜谁能伴"我"在溪边漫步呢?"你"还记不记得"我们"同游南寺时候,暮色四合雪满寒江?"你"还记不记得"我们"在西园居住的时候,桃花盛开布满道路两旁?可见,这位朋友确实是先生的密友,曾多次在不同季节前来探望先生,龙场的很多地方都留下了他们携手同游的足迹。转眼间几个月又过去了,光阴流转到了秋天,高树上的叶子被风吹落,"我"又想起了"你"。

富贵利禄如同尘沙,浮名亦如空中飞絮,这些都是不可久恃的,只有和志同道合的二三友人,一起探求吾道才是真趣,才能令人长久地追求并获得真正的快乐。先生僻处龙场,能有这样一位朋友时时往来,实为幸事。所以他又忍不住发出邀请:"你何不携书而来,我们在草堂同住几日,又可以一起游赏山林、谈文论道了。"

这位能够让阳明先生念兹在兹的友人,不知为何人。束景南先生认为他就是余姚人胡洪,弘治九年(1496)参加会试时即与先生相识,此时正任贵州参议,先生其时有《艾草次胡少参韵》《凤雏次韵答胡少参》《鹦鹉和胡韵》《次韵胡少参见过》《与胡少参小集》等诗记二人这段时间的交往,可见两位老乡的确往来密切。其实无论何人,在这样的处境中能够时来探望,都能给先生极大的慰藉,让他感念在心。这首诗语言质朴,不假雕琢,但真情自然流露,自有动人之处,尤其是一连串的问句,对友人的盼望、思念之情溢于言表,展现了先生温情脉脉的一面。

癃旅歌二首

连峰际天兮,飞鸟不通;
游子怀乡兮,莫知西东。

莫知西东兮，维天则同。
异域殊方兮，环海之中；
达观随寓兮，奚必予宫？
魂兮魂兮，无悲以恫。

与尔皆乡土之离兮，蛮之人言语不相知兮。
性命不可期，吾苟死于兹兮，率尔子仆来从予兮。
吾与尔遨以嬉兮，骖紫彪而乘文螭兮，登望故乡而嘘唏兮。
吾苟获生归兮，尔子尔仆尚尔随兮，无以无侣悲兮。
道傍之冢累累兮，多中土之流离兮，相与呼啸而徘徊兮。
飧风饮露，无尔饥兮。朝友麋鹿，暮猿与栖兮。
尔安尔居兮，无为厉于兹墟兮！

这两首骚体诗见于《瘗旅文》之末。"瘗"意为埋葬，"瘗旅"则是埋葬命丧中途的旅人。《瘗旅文》开篇即云："维正德四年秋月三日，有吏目云自京来者，不知其名氏，携一子一仆，将之任，过龙场，投宿土苗家。"不料两日之内，这父子主仆三人先后殒命，先生"念其暴骨无主"，遂携二童仆一起安葬了不幸的三人,并作文以祭之,文末附以二诗。

　　第一首相对短小,先生对亡魂说:"这里群峰连绵高耸入云,连飞鸟都难以逾越这重重山峦;游子虽然眷念故乡却不得已来到这里,一时竟不辨西东。"这既是说异乡人初来乍到在陌生的环境中难觅方向,也是隐喻人在遭遇变故时往往一时不知所措。不过先生很快就宽慰道,虽然不知身在何处,但无论如何还是在同一个天地,虽然是偏远的"异域殊方",但毕竟还在四海之内。"异域""殊方"是相对中原地区而言的,《史记·孟子荀卿列传》曰:"中国名曰赤县神州……中国外如赤县神州者九,乃所谓九州也。于是有裨海环之,人民禽兽莫能相通者,如一区中者,乃为一州。如此者九,乃有大瀛海环其外,天地之际焉。"故"环海"即华夏中国。"达观"即通达乐观、顺应自然;"随寓"即随处皆可居住,即随遇而安之意,人活着要安于各种境遇,死后又何必一定要魂归故里?所以亡灵啊亡灵,"你"不要再悲痛不已了!

　　第二首篇幅略长,先生以自身经历劝慰亡魂:"我"和"你"一样啊,都是被迫离开故乡来到这蛮荒之地,和此地的人言语不相通。在这里也不知道能否保全性命,如果"我"也死在这里,那"你"带着"你"的儿子和仆人跟随"我"吧,"我们"一起遨游嬉戏,驾着紫色斑纹的猛虎,还有那身上有彩色花纹的螭龙,登上高处遥望故乡,为"我们"共同的不幸唏嘘叹息。如果"我"侥幸能够生还故乡,还有"你"的儿子、

"你"的仆人追随着"你","你"也不要因为没有陪伴的人而悲伤。"你"看啊,那道路两旁的累累坟冢,里面埋葬着的多半是自中原流落而来的人,他们一起徘徊不去,发出尖厉的呼啸之声。亡灵啊亡灵,"你"吸风饮露,不要让自己挨饿;"你"和糜鹿为友,与猿猴同栖息,不要让自己孤单;"你"在此安息吧,不要成为作祟的厉鬼为害一方!

这两首骚体诗,以与亡魂对话的形式展开,在死后的世界中驰骋想象,带有楚辞的浪漫色彩。虽是安魂曲,作者并没有过于沉溺哀伤之中,而是尽力劝慰亡魂,接受客死异乡的命运,是先生冷酷、缺乏同情心吗?自然不是。

在《瘗旅文》中,先生已经充分表达了对吏目等三人命运的哀悼和悲惜,为他们的不幸"嗟吁涕洟",再三表示"呜呼伤哉"。这里有一种兔死狐悲、同病相怜的痛切,更有对旁人之不幸自然而发的怜悯之情。最后先生说:"自吾去父母乡国而来此,二年矣,历瘴毒而苟能自全,以吾未尝一日之戚戚也。今悲伤若此,是吾为尔者重,而自为者轻也。吾不宜复为尔悲矣。吾为尔歌,尔听之。"他是在节制悲伤之情,是在开解亡灵,也是在告诫自己,不要被不幸的命运击垮,要以达观的态度渡过难关。故明代理学家陈几亭评价《瘗旅文》道:"文中足见先生之仁,又可见先生之智。皆言老而贪生,继而招死,然先生则未然,先生乃忘己之死,哀人之死。先生重人轻己乎?非也。若因犯权佞、进忠言而死,此乃命也,顺其而已。若因期冀远处之升斗而死,此乃愚也,岂不哀哉!故先生乃是忘己之死,哀人之死,非重人轻己也。"(冈田武彦《王阳明大传:知行合一的心学智慧》第301页)先生并不畏死,但要死得其所,因而不愿意把性命轻掷在龙场,对吏目等三人"以五斗而易尔七尺之躯",他虽不能认同,但仍然寄予真挚的同情,体现了儒者的仁爱之心。

至今,在贵阳市修文县谷堡乡哨上村蜈蚣坡山腰,还有"三人坟"遗迹。清乾隆八年(1743),时任山东通判的孙谔捐资筑墓立碑,并作诗以纪:"主仆扶男来瘴地,可怜同日葬幽云。史书已失三人姓,驿路犹存一尺坟。魂叫青枫天欲暮,骨缠白草昼常曛。蜈蚣坡下伤无限,痛哭当年瘗旅文。"1985年,贵州省人民政府将"三人坟"列为省级文物保护单位;1996年,修文县文物管理所重修了坟茔,并重刻《瘗旅文》大碑竖于坟后垭口处。游人至此,不仅是凭吊那没有留下姓名的三位过客,也是缅怀阳明先生的遗风。

观傀儡次韵

处处相逢是戏场,何须傀儡夜登堂?

繁华过眼三更促，名利牵人一线长。
稚子自应争诧说，矮人亦复浪悲伤。
本来面目还谁识？且向樽前学楚狂。

"傀儡"即木偶，先生所观，当是自唐宋时期就已经盛行的傀儡戏。所谓"次韵"，又称"步韵"，即按照原诗的韵和用韵的次序来和诗。可见，当时应该是有人和先生一起观看傀儡戏并有诗作，先生依韵而和成此诗。偏远的贵州地区上演的木偶戏，自然没有江南园林中戏班子的表演精致、优美，但先生所关注的并不是戏演得如何，而是戏场上的众生百态，由此对世道人心发出辛辣的讽刺。

首联即开宗明义直接点出主题：如今世上处处都是戏场，人人都在演戏，要想看戏，其实不必一定要等到夜晚傀儡戏开场。人生如戏，亦是常言。如宋代游九言《沁园春·五十五自述》曰："空回首，叹世间名利，傀儡开场"；元代汪元亨《沉醉东风·归田》亦曰："乞骸骨潜归故山，弃功名懒上长安。经数场大会垓，断几状乔公案。葬送的皓首苍颜，傀儡棚中千百番，总瞒过愚眉肉眼。"本是老生常谈，先生这里用了一个"何须"，便增添了几分讽刺意味。这人世间一幕幕尔虞我诈，一次次翻云覆雨，一场场炎凉变迁，还看得不够吗？还想不明白吗？何必还要到那傀儡场上看戏！

颔联写荣华富贵如过眼云烟,转瞬即逝,转眼人生就到了尽头。"三更"是半夜十一点到翌日凌晨一点。俗话说"阎王要你三更死,谁敢留人到五更",古人认为三更即夜半时分是阴气最重的时候,阎王派众小鬼出来索命。"三更促"就是到了夜半三更被鬼差催促,意味着将要一命归西了。人们短暂的一生中,往往被名利所牵缠,为了追名逐利而四处奔波、身不由己,就好像被提线牵制的木偶一般。这一联写的既是戏台上的情形,也是人生的常态。

颈联写观众看戏的感受。天真的孩子自然是好奇的,他们看了戏就会感到新鲜,争相表达惊诧;矮人看戏则是不明就里,悲喜随人。《朱子语类》卷二十七曰:"正如矮人看戏一般,见前面人笑,他也笑。他虽眼不曾见,想必是好笑,便随他笑。"只有纯真的孩童,看到戏场上的诸般世态会惊讶、会感叹,世故的大人早已麻木,更有些人则浑浑噩噩。戏看不明白,人也活不明白。先生这句诗,仿佛是站在云端,看戏、看人、看人看戏。戏台上演得热闹,看戏的人也热闹,看看戏的人,看出门道。

人啊,看戏看进去了,就分不清什么是真、什么是幻;逢场作戏习惯了,就不知道自己究竟是谁了,不要说别人,就连自己都忘了自己的本来面目。"本来面目"原为佛家禅语,指人本心、本性,后来就常常用来指事物的原貌、本来的样子,如苏轼《老人行》曰:"一任秋霜换鬓毛,本来面目长如故。"先生所谓"本来面目",就是他强调的"良知"。《传习录下》云:"不思善不思恶时认本来面目,此佛氏为未识本来面目者设此方便。本来面目,即吾圣门所谓良知。"世人如果一味做戏,不按自己良知指引行事,便是迷失本性。然而如今,又有几人能做到不趋炎附势、争名夺利呢?所以先生只能"且向樽前学楚狂"了。《论语·微子》曰:"楚狂接舆歌而过孔子曰:'凤兮凤兮,何德之衰?往者不可谏,来者犹可追。已而已而,今之从政者殆而!'孔子下,欲与之言,趋而避之,不得与之言。"楚狂接舆遂成为佯狂避世的代表,如李白《庐山谣寄卢侍御虚舟》曰:"我本楚狂人,凤歌笑孔丘。"阳明先生是说,世事浑浊如此,好像一幕荒唐的闹剧,他既然不愿意同流合污,只能像那楚狂接舆一样,高蹈避世了。

赠陈宗鲁

学文须学古,脱俗去陈言。
譬若千丈木,勿为藤蔓缠。
又如昆仑派,一泻成大川。

人言古今异,此语皆虚传。
吾苟得其意,今古何异焉?
子才良可进,望汝师圣贤。
学文乃余事,聊云子所偏。

正德四年(1509)闰九月,阳明先生被起用为庐陵知县。束景南先生推测,这年各地灾异不断,武宗被迫下诏求"言士",先生因在平定阿贾、阿札叛乱中建言立功,得以起用,即将结束贬谪生涯。当年被逐南下时,视龙场为畏途,如今要离开了,先生却又有些恋恋不舍,他尤其放心不下的,是龙冈书院和后来在贵阳文明书院的学生们。他写下了三封《与贵阳书院诸生书》以及《将归与诸生别于城南蔡氏楼》《诸门人送至龙里道中二首》等诗作,还有这首《赠陈宗鲁》。

陈宗鲁,即陈文学,鄂尔泰《贵州通志》卷十八有关于他的记载说:"陈文学,字宗鲁,贵阳人。究心理学,少事王守仁。正德丙子乡举,知耀州,调简不赴。旋里,杜门不预世事,静对圣贤,或临古帖,或与客谈诗论文,随意所适,恬如也。"由此可知,陈宗鲁是一个淡泊名利、醉心诗文的读书人。先生在《与贵阳书院诸生书》二中曾提到了陈宗鲁,又专门写了一首诗赠别,想必他是先生比较中意的弟子吧。

这首诗的主旨是谈文,或许是陈宗鲁向先生讨教为文之道,得到了先生如此回复。弘治年间先生初入仕途时,在京师与李梦阳等"前七子"相交,也是诗文复古大潮中的一员。如今再度论文,开篇即扬起复古的大旗,"学文须学古",这里包含两层深意。其一,学习古文是指学习秦汉古文,并通过学习古文学习古道,正如韩愈在《题欧阳生哀辞后》中所云:"愈之为古文,岂独取其句读不类于今者邪?思古人而不得见,学古道则欲兼通其辞;通其辞者,本志乎古道者也。"其二,"古文"与"时文"相对,先生希望学生不要把心思都花在作时文、应举业上面,还是要好好琢磨写真正的好文章。所以又说"脱俗去陈言",学习古文在于学古人的精神,不在于文字皮毛,尤其要少写套话、陈言,也就是韩愈说的"惟陈言之务去"(《答李翊书》)。

文章归根到底是要表情达意,不必太过拘泥文字等细节,就像千丈长的巨木,如果树干上爬满了藤蔓,就会影响它的生长,所以为文不要过多雕琢;如果思想充实,自然气盛言宜,就像昆仑高山上奔流而下的溪流,汇聚成大江大河。

人们都说古今时势不同,所以文章不同,作文方法也就不同,其实这样的话都是虚假的宣传。先生觉得只要"得其意",古今文章之法并无不同。《庄子·外物》曰:"筌者所以在鱼,得鱼而忘筌;蹄者所以在兔,得兔而忘蹄;言者所以在意,得意而忘言。"只要能表达出想要表达的"意",古今言语不同,又有什么可在意的呢?

先生所谓"意",也就是他所强调的圣贤之道。所以他谆谆告诫陈宗鲁,以"你"的才华应该会有进步,希望"你"以圣贤为师。文章乃余事,既然"你"爱好辞章,那"我"姑且就"你"请教的问题说上几句,但终究还是希望"你"从学文转向学道,那才是正途。

这是一首五言古体诗,文字非常质朴,全诗除了两个比喻,没有更多技巧,几乎浅显如白话,非常直白地表达了先生对文学的看法和对学生的期望。此时他早已不是当年意气风发的少年,"溺于辞章",热衷挥洒才气,他的兴趣和目标已经完全转到了"圣学"领域。

醉后歌用燕思亭韵

万峰攒簇高连天,贵阳久客经徂年。
思亲谩想斑衣舞,寄友空歌《伐木》篇。
短鬓萧疏夜中老,急管哀丝为谁好。
敛翼樊笼恨已迟,奋翮云霄苦不早。
缅怀冥寂岩中人,萝衣薜佩芙蓉巾。
黄精紫芝满山谷,采石不愁仓廪贫。

清溪常伴明月夜,小洞自报梅花春。
高闲岂说商山皓,绰约真如藐姑神。
封书远寄贵阳客,胡不来归浪相忆?
记取青松涧底枝,莫学杨花满阡陌。

先生赴庐陵途中写下这首诗,诗题云"用燕思亭韵",是说此诗用宋代马存《燕思亭》诗韵脚。马存是一位不甚知名的诗人,其《燕思亭》也不是名作,先生为何要依韵作诗呢?这里有必要先来看看马存的《燕思亭》诗:

李白骑鲸飞上天,江南风月闲多年。纵有高亭与美酒,何人一斗诗百篇?主人定是金龟老,未到亭中名已好。紫蟹肥时晚稻香,黄鸡啄处秋风早。我忆金銮殿上人,醉著宫锦乌角巾。巨灵摩山洪河竭,长鲸吸海万壑贫。如倾元气入胸腹,须臾百媚生阳春。读书不必破万卷,笔下自有鬼与神。我曹本是狂吟客,寄语溪山莫相忆。他年须使襄阳儿,再唱铜鞮满街陌。

原来马存此诗吟咏的对象是唐代大诗人李白。马存,字子才,元祐三年中进士,授镇南节度推官。他赴任途中,经贵州燕思亭,想到当年李白流放夜郎也曾经过此地,感慨而作《燕思亭》诗。此时阳明先生又经此地,想到李白其人其事、马存其人其诗,冥冥中不知何故,异代才人的命运在这个偏远的小亭中发生交集,让先生为之痛饮高歌。

先生此诗可以分为三个段落。第一段回顾他在龙场这一年多的生活。这里环境特殊,与家乡和京师大不相同,给先生留下深刻印象,故开篇说"万峰攒簇高连天"。这里群山连绵高耸,好像遮天蔽日一般,"我"就在这里客居经年。这一年中,"我"对亲人、朋友的思念始终萦绕心头,却无由得见。"斑衣舞"用老莱子典故,《伐木》篇用《诗经》典故,又都在呼应他在贬谪期间的诗作,《龙冈漫兴五首》其三有云:"用世谩怀伊尹耻,思家独切老莱斑",南下湖湘时有《涉湘于迈岳麓是尊仰止先哲因怀友生丽泽兴感伐木寄言二首》。一个"谩"字,一个"空"字,表达了先生思念又不能相见的无力感受。先生到这里虽然时间不长,但是心理感受却非常漫长,头发变得稀疏苍白,人仿佛一夜老去。那离别的宴席上,急管哀弦是为谁奏响?意思是挽不回这一年多虚度的时光。"我"好像被迫收敛羽翼、困在笼中的鸟儿,如今终于冲出牢笼可以振翅高飞,只是遗憾已经耽误了太久!

第二段呼应马存原诗,再现李白的风采。"我"深切怀念那在山中清修的高人,"冥寂"即玄深静默,如郭璞《游仙诗》其三曰:"绿萝结高林,蒙茏盖一山。中有冥寂士,静啸

明·张宏《画山水》

阳明先生赴庐陵途中经过贵州燕思亭,写下《醉后歌用燕思亭韵》一诗,画中的亭子与当年李白、马存所经的燕思亭一般幽僻。

抚清弦。"所谓"冥寂士"就是避世清修的隐士,李白也是此道中人,其《春陪商州裴使君游石娥溪》云:"萧条出世表,冥寂闭玄关。""萝衣""茝佩""芙蓉巾"都是隐士的穿着,均来自《离骚》中的描述。"黄精""紫芝"都是道家所谓仙草,服之能延年益寿以至长生,如嵇康《答难养生论》曰:"岂若流泉甘醴,琼蕊玉英,金丹石菌,紫芝黄精,皆众灵含英,独发奇生。""采石"指收集各种矿石,用以炼制丹药;"仓囷"原意是圆形的仓库,此处指道家用来贮藏丹药经书的石仓。像李白这样的求道之人,披女萝,佩芙蓉,在山中采药修炼,幽深的山中遍地黄精、紫芝,很快就积满仓库。

山中的岁月清幽自在,夜间伴着明月在清澈的溪流旁漫步;洞中不知岁月流逝,自有梅花探入来报春的消息。何必一定要说商山四皓才是世外高人,李白这样的不就是传说中藐姑射之山绰约的仙人吗?这两句诗写得真有出世之韵,意境清冷高远。"清溪""明月""梅花"都是李白诗歌中常用的意象,组合在一起把读者带进李白诗歌飘逸优美的境界,对"岩中人"的生涯油然而生向往之心。

最后一个段落是寄语贵阳诸生。此刻先生已经离开贵阳,所以说"封书远寄贵阳客"。"浪"是徒劳无益的意思,纵然"我们"彼此挂念、时刻相忆,但也无济于事,"你们"何不来相会呢?最后两句点明全诗主旨:你们要学习那涧底挺拔的青松,不要学漫天飞舞轻薄的杨花。"青松""杨花"

也是古诗中常见的意象,本身就包含着特定的意味,如左思《咏史八首》其二曰:"郁郁涧底松,离离山上苗……世胄蹑高位,英俊沉下僚。"王安石《送逊师归舒州》亦曰:"看吹陌上杨花满,忽忆岩前蕙帐空。"先生这句话的意思并不深奥,寄望却非常深厚,希望学生们要立志、坚守,不要追名逐利而迷失本心。

燕思亭,如今已经不知在何处,湮没在历史的烟尘之中,而李白、马存、王阳明三位不同时代的诗人,在这里穿越时空的情感交流,却永远流传了下来,堪称一段佳话。

第四卷

阳明先生自贵州赴任庐陵县令,经湖南到江西,一路讲学论道,传播心学。他在庐陵、北京、滁州等不同地方为官,所到之处都成了讲学中心。阳明先生将讲学与徜徉山水相结合,他带领学生游四明山其实也是讲学之旅。

溆浦山夜泊

溆浦山边泊,云间见驿楼。
滩声回远树,崖影落中流。
柳放新年绿,人归隔岁舟。
客途时极目,天北暮阴愁。

正德五年(1510)正月,三十九岁的阳明从贵州龙场出发,往江西庐陵去赴任。经过湖南,这一天他到达了溆浦县(今属湖南省怀化市)。屈原曾在溆浦生活了九年,写下了《离骚》《九歌》《涉江》等著名的诗篇。阳明来到溆浦,自然是浮想联翩,感慨良多。他创作此诗,正是抒发自己经过此地时的复杂心情。

首联说他到了溆浦。"溆浦山",溆浦县境内的大溆山。船行溆江,夜里停泊在溆浦山边。船一靠岸,阳明需要去寻找驿站,希望得到适当的补给和休整。溆浦驿站建在高高的溆浦山上,从船上看去,自然是"云间见驿楼"。

颔联写远处的景色。溆江有三十个滩,溆浦山脚下是著名的珑玲滩。由于山高滩急,发出轰鸣的流水声。据说珑玲滩的水声颇有特点:初晴时,滩声小;久晴时,滩声大;阴雨天,则无声。珑玲滩的滩声在远处江边的树林里回响,溆浦山高耸山崖的影子倒映在流淌的溆江中。此两句一是从听觉上写滩声,一是从视觉上写崖影,用词精巧,对仗工整,描写出一幅阔大的场景。另外,这两句与前面的"云间见驿楼"相呼应,突出了溆浦山之高。因为山高,滩声才会有回声,崖影才会倒映到江中。这里的"落"字用得好,写出崖影倒映到流动的溆江中的动感。

颈联写近处的景色。春天已经来临,河边柳树绽放出新绿。阳明经过龙场磨难,不仅收获了人生的大悟,而且事业上也出现了转机。他就像那江边绽放新绿的柳树,终于有机会施展自己的才华。他所乘坐之船,是从冬天走到春天,是一只"隔岁舟"。阳明急急忙忙地回到船上,说明他对即将到任的庐陵县令工作还是充满期待。

尾联是写天色也是写心境。一般旅行之人常有这样的心态，总是不断地向前方眺望，希望早一点到达自己的目的地。"天北"本指北边的天际，在此借指先生所要达到的地方——江西庐陵，也借指朝廷所在地——北京。"天北暮阴愁"，表面上是写景，实际表达了先生对前途的忧思。此时的朝廷，大奸臣刘瑾并没有被除掉，他的一班爪牙还在横行霸道，先生的事业以及国家的前途实属难料。

这首诗从头到尾都没有提到屈原，但阳明来到溆浦，不能不想到屈原。屈原来到溆浦，是受贬谪而来。他在此盘桓数年，也是希望国君能够醒悟，自己能够再度受到重用。阳明此时到溆浦的经历，与屈大夫极其相似。屈原最终不能得到重用，也让先生对自己的前途不敢有过多的期待。一句"天北暮阴愁"，道出他此时既有期待又有忧思的复杂心情。正是由于想到屈原，才使他的心情变得如此复杂。

这首诗最值得称道的是借眼前之景，抒心中之情。写景非常注意层次安排，先是写远处景色，再写近处景色，最后又推至远方，纵横驰骋，收放自如。所关注的景色，全是作者心境的外射，客观景色着上了人的主观情感。

过江门崖

三年谪宦沮蛮氛，天放扁舟下楚云。
归信应先春雁到，闲心期与白鸥群。
晴溪欲转新年色，苍壁多遗古篆文。
此地从来山水胜，它时回首忆江门。

阳明的船过了溆浦山，很快就到了江门崖。江门崖在湖南省泸溪县境内，在溆江汇入沅江的入口处，两岸悬崖峭壁，自古以来就是一个风景名胜地。先生坐在船上，经过此地，看到此处美好的风景，此时心情愉悦，故作此诗。

首联交代先生的行程。阳明于正德三年（1508）三月到龙场驿，正德四年（1509）九月升庐陵知县，正德五年（1510）正月来到泸溪，算起来应该有三个年头了，所以称"三年谪宦"。"沮蛮氛"是受沮抑而居于蛮夷之乡。先生乘船从贵州到湖南，贵州地势高，船顺流而下。这里的"天放扁舟下楚云"与李太白的"千里江陵一日还"非常相似，既写船走得快，又写自己心情好。"天放"二字用得妙，粗读出人意料，细想极有味道。"天"突出贵州地势的高，"天放"反映先生当时愉快的心情。他在龙场那样艰苦的环境中活了下来，而且还悟得了圣人之道。此时他赴任庐陵知县,事业上可以大展拳脚,学术上可以弘扬心学,心情自然不会差。"楚云"就是指楚湘地界,只是这"云"字与前面的"天"字相呼应,足以见阳明有着无限的想象力。诗的开首两句,一抑一扬,一个是"沮",一个是"放",形成鲜明的对比,衬托出诗人此时愉快的心情,为全诗定下快乐的基调。

　　颔联写先生此时的心境。到了秋天,大雁要飞向南方。相传到了湖南的回雁峰,大雁便不再向南飞。等到第二年春天,它们要飞回北方。阳明先生根据行船的速度,猜想自己到达庐陵,比春天往回

明·王阳明《铜陵观铁船歌(局部)》

阳明先生的船过了溆浦山,到了江门崖,他在船上看到美景心情愉悦,如《铜陵观铁船歌》书法般开放舒展、气象开阔。

第四卷　197

飞的大雁应该还要早一些。在船上,阳明先生有一颗平常心,期望与白鸥为群。也就是说,他希望白鸥能够一直伴他飞行。这两句写鸟颇有深意。中国人自古以来都特别羡慕天上的飞鸟,它们可以自由自在地翱翔蓝天。更重要的是,古人常以"鸢飞戾天,鱼跃于渊"来形容"天理"无处不在,无处不是活泼泼。这两句诗同是写鸟,却有分别。"归信应先春雁到",是虚写远处的大雁,是作者想象中的大雁;"闲心期与白鸥群",是实写眼前的白鸥,是听其声、见其形的白鸥。虚实结合,体现了阳明先生此时愉快的心情。

颈联写江门崖特有的景色。低头看,是"晴溪欲转新年色"。这一句内涵异常丰富,值得咀嚼。新年正月,春天到了,潕江两岸已经染上新年的绿色。当时刚好是晴天,空气好,光线好,两岸的"新年色"都倒映在溪水之中。此处是潕江汇入沅江的入口处,水面变宽广了,水势变缓了,水体也变清澈了,整个水面就像一面镜子,努力地将倒映的两岸"新年色"移送到先生的眼中。这一个"转"字用得妙不可言,不仅写出美妙的景色,也写出阳明当时欣喜的心情,真亏他想出来。抬头看,是"苍壁多遗古篆文"。"苍壁"是对上一句"新年色"的补充。江门崖遗留有大量古人的摩崖石刻,"古篆文"不是实写那些摩崖石刻都是篆书字体写成,而是用来强调这些摩崖石刻有些年头,显得古老苍劲。两句诗一俯一仰之间,既写到江门崖的美丽的自然风光,又写出江门崖的深厚的人文底蕴。正是由于此处有如此的风光,然后历史上才会有许多遗留的摩崖石刻。阳明此时心情好,所看到的都是美景。

尾联抒发先生的喜爱之情。有了前面的景色描写作为铺垫,自然而然就有了最后这两句。"山水胜"是以眼前的江门崖的风光为证,"从来山水胜"是以遗留的摩崖石刻为证。显而易见,这一句总收前文。江门崖的美景给阳明留下深刻印象,让他难以忘怀,所以他说"它时回首忆江门"。先生陶醉在江门崖迷人的风光中,最后一句直接抒发了自己对此处的喜爱之情。这与王维的名诗《山居秋暝》的最后一句"王孙自可留"一样,表达了同一种意思。

阳明先生这首诗抒写了观赏江门崖风光的愉悦心情。自古以来,悲苦易写,欢愉难状。欢愉之情易于宣泄,很难写出层次。这首诗阳明写自己愉悦心情富有层次。先是用"三年谪宦"来作为铺垫,以过去的"沮"来反衬今日之"放"。接着写所见之景,将自己欢快之情寓于景中。最后直抒胸臆,直接表达自己的喜爱之情。整首诗用词讲究,将欢喜之情蕴含于客观描写之中。

辰州虎溪龙兴寺闻杨名父将到留韵壁间

杖藜一过虎溪头，何处僧房是惠休？
云起峰头沈阁影，林疏地底见江流。
烟花日暖犹含雨，鸥鹭春闲欲满洲。
好景同来不同赏，诗篇还为故人留。

辰州即今湖南省怀化市沅陵县。沅陵县境内有虎溪山，山上有龙兴寺（也称隆兴寺）。阳明由泸溪县来到沅陵县。此地"人士朴茂，质与道近"，阳明对此颇为高兴，在龙兴寺凭虚阁讲学一个多月。杨名父，字子器，号柳塘，浙江慈溪人，成化二十三年（1487）考取进士。这一年阳明父亲王华任会试同考官，算得上是杨子器的"座师"。阳明应该很早就与杨子器相识。杨子器弘治八年（1495）做高平知县，编《高平县志》，曾请阳明作序。故诗中称杨子器为"故人"。杨子器听说阳明在龙兴寺讲学，就想从长沙赶过来，大家叙叙旧，讲学论道。阳明得知杨子器要来，特地题诗于墙以等待他。

"杖藜一过虎溪头，何处僧房是惠休？""杖藜"是挂着藜木杖行走的意思。阳明此时三十九岁,按道理走路不用拄着拐杖。偏偏他用了"杖藜"来开头,"杖藜"是一个典故。原宪与子贡都是孔子的学生。有一次,有钱的子贡穿着华丽的衣裳前来,贫穷的原宪穿戴着破旧的衣帽、拄着杖藜来见自己的同门。子贡嘲笑原宪,被原宪驳得哑口无言。《庄子·让王》和《史记·货殖列传》都说到这件事。从此以后,古代那些清贫的文人常以原宪自比,以"杖藜"入诗。阳明在此用"杖藜"一词,自然是意味深长。他走过虎溪头,当然是到龙兴寺来讲学。惠休是南朝宋齐间著名诗僧,常被人借指善文之诗僧或得道之高僧。这里用"何处僧房是惠休"一问,是希望能够与有学养的人谈学论道。阳明题诗于墙,是要留给老朋友杨子器看的,他所渴望的谈学论道的人,当然是指杨子器。他盼望杨子器早一点到来。

为欢迎杨子器的到来,阳明还用四句诗,向他描绘辰州此时的美景。"云起峰头沈阁影",写抬头向上看,山顶上升腾起云雾,山上建筑物的影子好像在慢慢下沉。"沈"同"沉",这个词用得好,写出了云雾的动感。"林疏地底见江流",写低头向下看,从树之间的缝隙里看到山脚被沉江缠绕。这两句是写远景,一上一下,描绘出一个阔大的世界。有关"烟花",李太白《送孟浩然之广陵》有"烟花三月下扬州"之句,一般将此处的"烟花"解释为烟柳与琼花。阳明在此借用"烟花",泛指一般的树与山花。"烟花日暖犹含雨",

是说天虽然越来越暖和,但是由于云雾的原因,眼前的树枝与山花还是湿漉漉的。"鸥鹭春闲欲满洲",是指鸥鸟和鹭鸶太多了,它们在春天里安闲地飞来飞云,想要占满整个鹰翅洲。这两句是写近景,一静一动,刻画出虎溪山的活力。

有上面四句诗写景作为铺垫,下面两句诗便自然流出。"好景同来不同赏,诗篇还为故人留",意思是说,"我"到了这个地方,这么好的景色与"我"一同到来,可惜"你"却不能与"我"一起共同欣赏。"我"只好在诗歌中将其描画出来,将这首诗留给老朋友"你"了。最后两句采用轻松的笔墨,以调笑的口吻,点明作诗缘由。此处的"为故人留",与前面"何处僧房是惠休"之问相呼应,再次表达渴望老朋友杨子器早点到来。

这首诗很有意思。阳明的本意是希望老朋友早一点到来,大家好在一起讲学论道。为了表达自己的热情,诗中描写了讲学当地的美景。此诗将景色描写得越美,越能表现阳明的期盼之情。

武陵潮音阁怀元明

高阁凭虚台十寻,卷帘疏雨动微吟。
江天云鸟自来去,楚泽风烟无古今。
山色渐疑衡岳近,花源欲问武陵深。
新春尚沮东归楫,落日谁堪话此心?

阳明离开了沅陵,来到武陵。武陵县(今常德市武陵区)有一个潮音阁,也叫观音阁,在二圣寺内。阳明在二圣寺潮音阁停留一月有余,与蒋信、冀元亨、王文鸣、胡珊、刘观时等人讲学。湛若水(1466—1560),字元明,号甘泉,广东增城甘泉都人,明代著名思想家、哲学家、政治家、教育家、书法家。弘治十八年(1505),阳明与湛甘泉结识于北京,二人成为好朋友,相约共同弘扬圣学。他们俩本来约定共游南岳衡山。这次阳明走近衡山,自然想起好朋友湛甘泉,故作此诗。

"高阁凭虚台十寻,卷帘疏雨动微吟。""高阁"指潮音阁;"凭虚"指凌空而起。古代八尺为一寻,"十寻"不是实指,是用来夸张潮音阁之高。诗歌一开始就描写潮音阁的凌空突起,形容它高耸入云。正是由于所处如此之高,阳明才好登高望远。他卷起窗帘，看到窗外淅淅沥沥地下着小雨，一下子激起了他的诗兴。开始两句交代了作诗的缘由。

"江天云鸟自来去，楚泽风烟无古今。""江天"指沅江与天交接处；"云鸟"指高飞入云的鸟；"楚泽"指古楚国的云梦泽，古人多借用指古代楚地；"风烟"既指自然中的风云，也指人类社会中的风云。这两句诗是说，天边高空中的鸟儿自由自在地飞翔，云梦楚地自古及今一直上演着风云诡谲的大戏。这里表面上是写眼前之景，其实寓含着阳明对社会、对人生的思考。历史自古到今不断地上演，个人就像那天边的飞鸟自由自在地飞翔。

"山色渐疑衡岳近，花源欲问武陵深。""衡岳"指南岳衡山。看到远处的山形，他越来越怀疑离南岳衡山已是很近。阳明不禁想起以前与好友湛甘泉有同游衡山的约定。"花源"指桃花源。最早的桃花源见于陶渊明的《桃花源记》，后来世外桃源便成了读书人心中的理想之地，也成为读书人心中理想社会的代名词。武陵人附会陶渊明的《桃花源记》，说武陵县西南三十里有桃源山，也叫武陵山，山上有洞叫桃源洞，也叫桃花洞、桃花源、秦人洞。这种说法不可信，故而阳明才会有"欲问"。"花源欲问武陵深"意思是说，要想在武陵寻找到真的桃源，又觉得幽深渺茫，杳不可知。阳明在此不是真的想要与湛甘泉去游玩南岳衡山，他只是想起以前他与湛甘泉相约共倡圣学于天下，而如今要实现这个理想却显得那么的虚无缥缈。

"新春尚沮东归楫,落日谁堪话此心?"最后两句又回到现实之中。这里的"新春"是指农历二月。阳明本来是要向东进发,往庐陵去上任,但是却被风雨所阻,不能坐船东归。他在《沅江晚泊二首》中提到"雷雨满江喧日夜,扁舟经月住风涛",可以为此作证。"落日"本指傍晚的夕阳,这里指飞快流逝的时光;"此心"是指共倡圣学于天下的心。"落日谁堪话此心",意思是说,时光过得飞快,"我"此时想要倡明圣学于天下的心还值得向谁倾诉呢?以问话作结,与题目中的"怀元明"相呼应。很明显,阳明的"谁堪话此心"是指向湛甘泉的。他是在自己心中,将自己的心事向好友湛甘泉倾诉。大概也只有湛甘泉才能明白他此时的心迹吧。

这是一首抒情诗,阳明抒发自己特定情境中的心情。诗中也有叙事和写景,但叙事和写景都是为抒情服务。诗中运用形象化的描写和化用典故,使全诗蕴藉含蓄,意在言外,让人展开无限联想。

沅江晚泊二首（其一）

去时烟雨沅江暮，此日沅江暮雨归。
水漫远沙村市改，泊依旧店主人非。
草深廨宇无官住，花落僧房自鸟啼。
处处春光萧索甚，正思荆棘掩岩扉。

阳明离开武陵县，来到沅江县（原属常德府，今湖南省益阳市辖县级市）。两年前，阳明到龙场，经过沅江，这次算是重回沅江。看到沅江一带，满目萧条，物是人非，一片荒凉，阳明不禁感到震惊，心中生起无尽酸楚，于是作诗二首。这是其中的第一首，可见阳明的一片爱民忧国之心。

正德三年（1508），阳明到龙场去时，也是在一个雨天的傍晚停泊在沅江县。这次回到沅江县，还是一个雨天的傍晚。"去时烟雨沅江暮，此日沅江暮雨归"，这两句诗很有意思，似乎是将几个字颠来倒去地说。阳明用这种方式，强调时间只有两年，变化却如此之大，给人以物是人非之感。

"水漫远沙村市改，泊依旧店主人非。"意思是说，大水漫过远处的沙堤，村庄和集市为避水而改换了地址；船还是停靠在原来的旧店,但店的主人已不是原来的主人。"廨宇"是指官舍、官署。"草深廨宇无官住,花落僧房自鸟啼"意思是说,官署没有官员居住,里面长满了深草;寺庙的僧房任由花开花落,鸟儿在其中随意鸣叫。这四句诗没有直接写大水如何汹涌疯狂,而是写大水给社会给百姓带来全方位的破坏的结果。大水虽然可恶,更可恶的是掌权者对此无所作为。

"处处春光萧索甚,正思荆棘掩岩扉。"诗的最后是写灾民的心理。现在明明是明媚的春天,但是到处却是一派萧条荒凉,正让人忧愁的是门前长满的荆棘。大水漫过以后,带来现实的改变,给人们的心理造成创伤。到处长满荆棘,粮食歉收,以后日子将怎么过呢?阳明不仅写自己的所见所闻,而且与当地灾民有过交流,因而了解他们此时的心理。

从这首诗中,可以看出阳明的"明明德"与"亲民"密不可分。阳明心学的修身功夫不是悬空地去明心见性,而是将自己爱国爱民之心生发出来,来致自己的"良知"。诗的语言朴素,只是如实描写,几乎不用典故。这才是真性情的流露。

睡起写怀

红日熙熙春睡醒,江云飞尽楚山青。
闲观物态皆生意,静悟天机入窅冥。
道在险夷随地乐,心忘鱼鸟自流形。
未须更觅羲黄事,一曲沧浪击壤听。

这首诗作于阳明前往长沙的途中。据束景南先生看来,诗中所谓"睡"者,实指静坐修炼。在这一段时间里,阳明一直指导学生"静坐密室,悟见性体",他自己也是"与诸生静坐僧寺,使自悟性体"。"写怀"是写自己静坐所获得的体验。这是阳明的一首有关静坐的心悟诗。

诗的首联是摹写先生静坐后的敏锐感受力。"熙熙"形容光明的样子。阳明静坐,进入窅冥状态。醒来以后,他的感受力特别强。他感到太阳是那么的鲜艳,那么的明亮。湘江上没有一点儿云彩,两岸的楚山显得分外青翠。这里的"红日"与"楚山"应该是阳明"春睡醒"所看到的真实景物,只是此时他对所见之物感到格外亲切,仿佛它们已经融入自己的生命之中。其实人人都有这种敏锐的感受力,它就是人人具有的"良知"。日常生活中,人们多出入于名利场,整日里都在分别、比较、计算,总是昏昏沉沉,感受力也变得迟钝。中国人提倡修身,是要恢复自己本有的敏锐力。古人重视静坐,也是要人少一些胡思乱想,来恢复自己的敏锐力。

诗的颔联是写先生悟到的哲理。各人去静坐,有时能"入窅冥",有时不能"入窅冥",这要看各人的因缘际会。"入窅冥"指人进入窅冥状态。人进入窅冥状态,达到无我,内外两忘,与周围世界融为一体。此时人并非槁木死灰,人的生命恰恰实现了自由自在,能够按照合理的方式来绽放自我。这就是"天机",也就是天道,也就是自然的机运。阳明所说的"静悟天机",不是说有一个"天机"在那里,要人去悟那"天机",而是人的生命本身呈现出"天机"。此时的人看物当然是"闲观",即不带一点儿私心杂念地观看事物。如此来看事物,看到的都是事物内在的勃勃生机。譬如说,我们看一棵树,不只是看到树干、树枝、树叶,更重要的是看到流淌在树干、树枝、树叶里面的树的生命力。万物的"生意"也就是万物都能按自己合理的方式来绽放自我。

诗的颈联是教人如何去行动。既然观到了"生意",悟得了"天机",那么,人不管是在顺利的时候,还是在艰难的时候,都不要执着于外在的物象,而应该知行合一,去顺道而行,去顺应自己内心而有所作为,因为"心即理""心即道"。这样去行动,每时每刻都可以获得快乐。这里的"心忘鱼鸟"是在反用一个典故。古人非常看重《诗经》中的两句诗"鸢飞戾天，鱼跃于渊"，认为它形象地体现了天道活泼泼的本性。阳明在此是让人们忘记那些鸟与鱼，不要执着于鱼鸟之象，它们不过是天道的"自流形"。

诗的尾联是批评通行的修身方法。通行的修身方法也就是朱子学的修身方法。朱子学认为，人要修身成为圣人，先要知道圣人是怎么做事说话，然后学着去做圣人。这里的"羲黄"是指伏羲和黄帝，两位都是中国文化中最古老的圣人。阳明的意思是我们修身做圣人，不必去寻找伏羲和黄帝的事迹，没有必要照着他们的样子学做圣人。照着圣人的事迹去做圣人，这是在向外求做人的标准，做人的标准应该在人的自身。最后一句"一曲沧浪击壤听"用到两个典故。古代有一首《沧浪歌》，《孟子》和《楚辞》都有记载。歌中唱道："沧浪之水清兮，可以濯我缨；沧浪之水浊兮，可以濯我足。"古代还有一首《击壤歌》，王充的《论衡》与皇甫谧的《帝王世纪》都有记载。据传唐尧时有一位老者，边用脚踏着大地，边唱着歌，真是快活。旁观者说："尧的德治真是伟大啊！"而他说："吾日出而作，日入而息，凿井而饮，耕田而食，尧何力于我哉？"阳明用这两个典故来说明：人应该根据具体情况，采用适合自己的方式生活，一切都要听从自己的内心，要率性而为。

这是一首哲理诗。诗歌作为文学作品，强调的是以情来感动人，以形象来打动人。用诗歌来宣扬哲理，往往使诗歌变成道德说教的传声筒，会减损诗歌的文学感染性。阳明冒这样的风险，一是他要积极宣传他的心学。诗歌是当时文人了解彼此的重要载体，通过诗歌将自己的修身所得传播出去，与他人共享，有助于心学的传播。二是他对自己的诗歌表现充满自信。这首诗先是写个人感受，其次分析其中哲理，接着讲自己的行为，最后告诫世人正确的修身方法。整首诗一气贯通。诗歌虽然宣扬了自己静坐所悟的哲理，但都是诉之于形象，让人回味无穷。

三山晚眺

南望长沙杳霭中，鹅羊只在暮云东。
天高双橹哀明月，江阔千帆舞逆风。
花暗渐惊春事晚，水流应与客愁穷。
北飞亦有衡阳雁，上苑封书未易通。

"三山"是指长沙附近的岳麓山、云阳山和鹅羊山。正德五年(1510)三月上旬,阳明先生舟行乔江,经乔口,入湘江,遥望长沙诸山,写下此诗。在这首诗中,阳明抒发了自己忧国忧民之心情。

"南望长沙杳霭中,鹅羊只在暮云东。"诗的开头两句交代了时间和地点。向南望去,长沙隐藏在缥缈的云雾中;向东看去,鹅羊山就在傍晚的云里。起首的两句诗既是"杳霭",又是"暮云",给我们描画了一个阴沉沉的氛围,为全诗定下一个沉闷的基调。

"天高双橹哀明月,江阔千帆舞逆风。"接下来两句描绘的是这样的画面:一轮明月挂在高空,船上摇动的双桨发出吱呀的叫声,仿佛是发出了哀叹;宽阔的湘江水面上,有上千只船帆在逆风中舞动。这样的画面是发前人之所未发,我们只有联系阳明的心境,才能理解它所表达的含义:"天高""明月"代表阳明的一颗忧国忧民之心,"千帆舞逆风"隐指混乱的朝廷政治乱局。当时奸臣刘瑾并没有被打倒,一班乱臣把持着朝政,为所欲为,倒行逆施。阳明空怀一颗忧国忧民的心,只能发出忧心的哀叹。

"花暗渐惊春事晚,水流应与客愁穷。""花暗"指花已经过了盛开期,渐渐变得暗淡;"春事晚"本是"晚春事",是指时令已进入春末。这句话表面是写季节的变化,实指时光匆匆,但是对于国事,作者却无能为力,空耗大好时光,有一种时不我待的紧迫感。此时作者内心的忧愁,就如同眼前的湘江之水一样，绵绵不绝。"水流应与客愁穷"所表达的意思，与李煜的"问君能有几多愁？恰似一江春水向东流"是相同的，但不像李煜那么直白，而是更加含蓄。这两句诗将无形的人的内心感受，具体化为眼前的景物。

"北飞亦有衡阳雁，上苑封书未易通。"秋天大雁南飞，到了衡阳的回雁峰，便不再南飞。到了春天，它们才飞回北方。现在已经是晚春，所以说"北飞亦有衡阳雁"。作者表面说大雁，其实是在说自己。"上苑"指皇家园林。阳明以大雁北飞回归上苑，来比喻自己遭放逐而要回归朝廷，遭贬后能得到起用。"封书"本指大臣所上的密封奏章，这里比喻阳明被起用入朝的消息。这一次阳明是以建言立功的"言士"的身份被起用的，但是受到朝中小人的阻夺，被改任为庐陵知县，最终不能入朝。因此，他说"封书未易通"。

这一首诗抒发了作者忧国忧民之思，最突出的特点是含蓄。作者借眼前之景，含蓄地表达了自己深沉的忧郁。

再过濂溪祠用前韵

曾向图书识面真，半生长自愧儒巾。

斯文久已无先觉，圣世今应有逸民。
一自支离乖学术，竟将雕刻费精神。
瞻依多少高山意，水漫莲池长绿蘋。

周敦颐（1017—1073），字茂叔，号濂溪，北宋著名思想家、文学家、教育家，被尊称为"理学派开山鼻祖"。全国不少地方有纪念周濂溪的祠堂。阳明这次拜谒的濂溪祠在江西省萍乡市芦溪县。他两年前去贵州龙场时路过此地，拜谒过濂溪祠，写过一首《萍乡道中谒濂溪祠》。这次是往江西庐陵任知县路过此地，是第二次拜谒濂溪祠，阳明采用前一首诗的韵，创作了此诗。阳明经过龙场的这一番磨炼后，对圣人之学有了新的认识。他写这首诗，似乎是有意向濂溪先生汇报自己的学习心得。

"曾向图书识面真，半生长自愧儒巾。""识面真"是指认识圣学的真面目；"儒巾"是指儒生戴的头巾，是孔孟儒学传人的象征；"半生"是指阳明龙场悟道之前，当时他三十七岁，可以称为"半生"。龙场悟道以后，阳明自认为得圣学之真谛，这就可以无愧于"儒巾"了。诗的首联两句是说，"我"曾经想通过读书去弄懂圣学的真谛，但是半辈子过去了，"我"没有弄懂圣学的真谛，只能是长时间愧对头上戴着的儒巾。在这里，阳明是用自己的人生经历来表明，通过读书很难获得圣学的真谛。

"斯文久已无先觉，圣世今应有逸民。""斯文"一词源于《论语》。《论语》记载："子畏于匡，曰：'文王既没，文不在兹乎？天之将丧斯文也，后死者不得与于斯文也；天之未丧斯文也，匡人其如予何！'"这里的"斯文"是指孔孟儒学的真血脉。"先觉"一词源于《孟子》。《孟子》引伊尹之言说："天之生民也，使先知觉后知，使先觉觉后觉也。"这里的"先觉"是指真正懂得孔孟之学的人。"圣世"即圣代，太平盛世，这里是暗暗讥讽明武宗之世。"逸民"一词源于《论语》。《论语》记载："逸民：伯夷、叔齐、虞仲、夷逸、朱张、柳下惠、少连。""逸民"本指节行超逸的人，这里暗指阳明自己。颔联两句是说，孔孟儒学的真血脉已经好长时间没有人觉知到，像"我们"这个时代也应该有节行超逸的人。在阳明看来，孔孟儒学的真血脉就是心学。心学的精神自孟子以后，就不得其传。直到周濂溪出现，圣学的真血脉才被续上。在两年前的《萍乡道中谒濂溪祠》中，阳明说"千年私淑心丧后"，实际上就是肯定周濂溪在儒学史上的崇高地位。

"一自支离乖学术，竟将雕刻费精神。"颈联两句是批评当时流行的程朱理学。"一自"二字形容当时人全都去学习程朱理学的情状；"支离"是分散、分裂、烦琐杂乱的意思。阳明常常用"支离"来批评程朱理学。程朱理学强调读书明理，多流于烦琐的章句训诂，只在册子上钻研，来比较用词的异同，以此来揣摩圣人之道。阳明认为，这实际上破碎了大道，违背了孔孟之道。"雕刻"是雕琢、雕凿的意思。在阳明看来，程朱理学的这种追求圣学的方法，是人为的雕凿，是白白地浪费精力和时间。

"瞻依多少高山意，水漫莲池长绿蘋。""瞻依"是瞻仰与皈依的意思。"高山"语出《诗经》。《诗经》有诗曰："高山仰止，景行行止。"这里的"高山意"是指周濂溪学术的真意。"莲池"指种莲的池塘。周

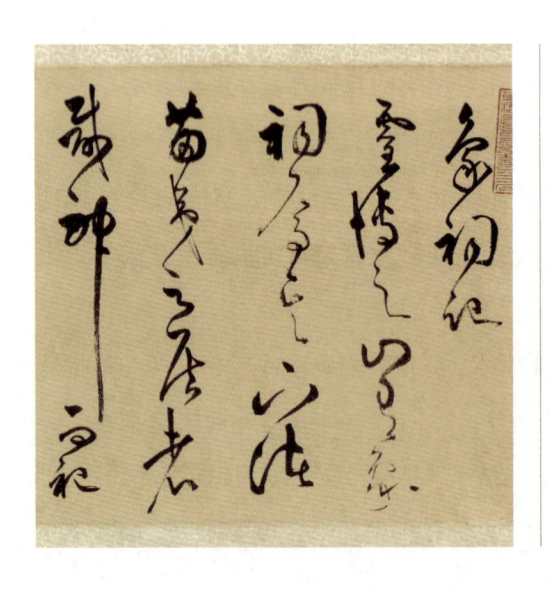

明·王阳明《象祠记（局部）》

阳明先生第二次拜谒濂溪祠，作此诗似乎是有意向濂溪先生汇报自己的心得，和他在龙场悟道后写下的《象祠记》一文都是其心学思想的体现。

濂溪的《爱莲说》非常有名。一般濂溪祠均有莲池，种植莲花，以象征濂溪先生光风霁月的高洁品格。"蘋"指水草。尾联两句是说，到濂溪祠来瞻仰先生的人很多，又有多少人真正明白先生的学问？你看那大水漫过的莲池，上面长满了绿绿的蘋草。最后一句"水漫莲池长绿蘋"写得好，表面上是写眼前所见之景，实则另有深意。濂溪祠的莲池应该生长莲花，结果却"长绿蘋"。濂溪之学提倡的是心学，但是大多数人看不到这一点，只从濂溪的图书中看出别的东西。

阳明龙场悟道，悟到圣人之学即心学，心学之要在"知行合一"。他不断宣传自己龙场所悟。但是，当时的知识分子大都从小接受程朱理学的熏陶，朝廷也是将程朱著作作为科举考试的指定教材，阳明传播心学受到巨大阻碍。这次拜谒濂溪祠，他将周濂溪当作自己为学的知音，向他表白自己对圣学的理解。整首诗一气贯通。前四句是说自己追求圣人之学不容易，后四句是批评程朱理学之错，指出当时很少有人真正理解濂溪之学。

游瑞华二首（其二）

万死投荒不拟回，生还且复荷栽培。
逢时已负三年学，治剧兼非百里才。
身可益民宁论屈，志存经国未全灰。
正愁不是中流砥，千尺狂澜岂易摧！

瑞华山在庐陵县北五里，上有瑞华观、瓣寺。据束景南先生的观点，正德五年（1510）三月十八日，阳明到庐陵任，一直埋头知县政事，"簿领终年未出郊"。八月刘瑾伏诛，十月阳明治理庐陵初见成效，即将赴京入觐述职。在入京之前，阳明放下手中的职事，往瑞华一游，以缓解一年来之紧张情绪，也有告别庐陵之意。此时阳明期望在政治上大展拳脚，于是创作诗两首。这是其中的第二首，表达了他一心为国为民的政治抱负。

"万死投荒不拟回，生还且复荷栽培。""投荒"即贬谪，被流放到荒远之地；"拟"是打算；"荷栽培"是被提拔任用，指阳明被任命为庐陵知县和进京入觐。此两句是说，"我"被流放到贵州龙场，有可能死一万次，本不打算活着回来，没想到不仅能活着回来，还受到了栽培任用。这是写自己目前的生存状况，强调自己的运气好。其实不是阳明运气好，而是他有强大的内心，能挺过那些艰难岁月。

"逢时已负三年学，治剧兼非百里才。""逢时"是遇到好的时机，指刘瑾被诛，党锢解禁；"三年学"是指在龙场三年的官场历练学习，阳明在龙场三年，经历龙场悟道，在圣学方面当然是突飞猛进，但他认为自己的官场历练学习方面有所欠缺；"治剧"指处理繁重难办事务；"百里才"是能治理方圆百里的才能，这里是指胜任知县的才能。这两句诗的意思是，现在遇到好的时机，但是"我"在龙场被耽误了三年的政治学习，在处理繁难事务时，"我"甚至没有治理好一个县的才能。显而易见，这是阳明谦虚的说法。他本来就将庐陵县治理得很成功，接下来还要到北京去汇报。但是，中国文化历来提倡谦卑，说自己时当然要谦虚。

"身可益民宁论屈，志存经国未全灰。正愁不是中流砥，千尺狂澜岂易摧！""益民"是有益于百姓；"经国"是治理国家。后四句诗是说，只要"我"的存在有益于百姓，哪里还用去计较自己受过的委屈？"我"的经邦治国的志向从来就没有动摇过。"我"只担心自己不是国家的中流砥柱，狂涛巨浪又怎么可以轻易将"我"摧毁！这四句诗一气呵成，用谦抑的语气，表达了豪情万丈的誓言。从中我们可以看出，此时的阳明对未来的政治生涯充满着期待和憧憬。

整首诗虽只有八句，但抒情有波澜，结构安排抑扬顿挫。开头两句说自己运气好,这是扬。三、四两句却说自己无才,这是抑。最后四句一气呵成,将自己的内心愿望全盘托出,使读者感受到阳明真挚的赤子之心。

立春日道中短述

腊意中宵尽,春容傍晓生。
野塘冰转绿,江寺雪消晴。
农事沾泥犊,羁怀听谷莺。
故山梅正发,谁寄欲归情?

据束景南先生考证,正德五年(1510)年十月,阳明由庐陵赴京入觐述职,即在十月升南京刑部四川清吏司主事。十一月至南京赴刑部任。十二月因杨一清推荐,升吏部验封清吏司主事。十二月上旬,先离南京归越省亲。十二月下旬,自越赴京。阳明在赴京途中,于正德六年(1511)立春写下了这首诗。"短述",即短吟。古诗有长吟,有短吟。立春作为一个重要的节令,会让人注意一些景物变化,阳明借此短诗,抒发了自己在途中的思乡之情。

"腊意中宵尽,春容傍晓生。""腊"本是一种祭祀,古人年终岁末用来祭祀百神祖先。后来,古人以腊月称农历十二月。"腊意"即冬意,冬天的寒冷之意。"春容"指春天的容貌。开头两句是紧扣"立春"节令而写,寒冷的冬天随着立春前一天的夜晚而消失,春天的景象随着立春这一天的早晨而诞生。立春就预示着冬天已去,春天到来。这是一年新的开始,一切都有了新的希望。

"野塘冰转绿,江寺雪消晴。"此两句是写立春所带来的自然界变化。野外池塘里结的冰慢慢地融化,水也变成绿色;江边寺庙里的雪在晴天阳光照射下,也慢慢消融。立春到来,有很多征候,阳明在此选中写池塘里的冰和寺庙里的雪,大概与当时政治形势有关。刘瑾等奸臣把持朝政,对于明政府无异是严冬。现在奸人已除,明政府的春天已来临。

"农事沾泥犊,羁怀听谷莺。"此两句是写立春所带来的人事变化。春天来了,人们要下地做农事,小牛犊身上沾满了泥土。在路上行走的羁旅之人,也要听一听山谷里飞莺的歌唱。这里写出立春后到处是一片繁忙的景象,人人都为着希望而奔忙。

"故山梅正发,谁寄欲归情?"由上一句的"羁怀"自然引出先生自己。阳明作为行走之人,他也有自己的"羁怀",他想到故乡山上的梅树大概正在盛开吧,不知道还会有谁寄梅花,来安慰"我"这颗想要回家的心灵?最后一句诗突发奇想,想象着有谁会寄家乡的梅花,来安慰自己?这是一种深层的表达方式,表达了自己的思乡之情。

这毕竟是一首短述小诗,写自己在立春这个节令里的所见所思,语言相对来说比较浅显通畅,充满着春意。

别方叔贤四首(其四)

道本无为只在人,自行自住岂须邻?
坐中便是天台路,不用渔郎更问津。

方献夫(1485—1544),初名献科,字叔贤,号西樵,广东省广州府南海县(今广东省佛山市南海区)人。当时为吏部郎中,位置在阳明之上,却拜阳明为师。正德六年(1511)九月,因病请假,回西樵闭门读书。阳明作诗四首,与方叔贤告别。这是其中的第四首,无非是强调心学修养的要领。

"道本无为只在人,自行自住岂须邻?"在阳明看来,人的生命在自由自在的状态下,自然会按照最适合自己的方式来发挥自身的生命潜力。这种合适的方式就是"道",也叫"理"。这"道"或者说"理",是由生命本身呈现出来的,因此阳明称之为"心即理""心即道"。"道"本身不需要加上人为的干预,它始终伴随人的生命,应该行动的时候自会行动,应该停住的时候自会停住。不是说有一个东西叫"道",人将"道"当作自己的邻居,参照着"道"来决定我们是行动还是停住。总之,这两句诗告诉我们人的生命的本来面目,人的生命本身是自足自洽的、自我圆满的,做人的标准来源于人的生命本身。

"坐中便是天台路,不用渔郎更问津。""坐"是静坐;"天台路"是一个典故。刘义庆在《幽明录》中记载,东汉时的刘晨、阮肇进天台山采药,遇到两位仙女,留他们住了半年,等他们回到家中,子孙已经过去七世。后世就以"天台路"比喻成仙之路。此处的"天台路"借指成圣之路。"渔郎问津"也是一个典故,源于陶渊明的《桃花源记》。这里的"渔郎问津"也是借指寻问成圣之路。这两句诗告诉我们成圣的功夫。人只要通过静坐的方式,就可以达到生命的自由自在,这样生命中自有一条成圣人之路,用不着像《桃花源记》中的打鱼人向别人去寻问渡口。最后一句明显有批评程朱理学之意。程朱理学以知识为先,强调读书明理,从书本上获得成圣方法,然后依此方法修身成圣。这就像那"渔郎问津"。程朱修身方法是不相信人自身的标准,而是向外追求，这当然与阳明心学有着根本的区别。

值得注意的是，阳明龙场悟道以后，曾采用不同的口号来传播他的心学。最早，他提出"知行合一"的功夫，结果引起众说纷纭，传播效果不好；接着，他改提静坐功夫，但发现这容易引发人喜静厌动之病；最后，他提"致良知"的功夫，终于觉得这个口号很好，学者一听就明白，又没有什么后遗症。阳明创作此诗的时候，还是在提倡静坐的时候，所以他说"坐中便是天台路"。

香山次韵

寻山到山寺，得意却忘山。
岩树坐来静，壁萝春自闲。
楼台星斗上，钟磬翠微间。
顿息尘寰念，清溪踏月还。

正德七年（1512）年正月，阳明与徐爱、黄绾、顾应祥、王道等弟子，一起游历了香山寺，并创作了三首与香山相关的诗，这是其中的一首。所谓"次韵"是古体诗词写作的一种方式，按照原诗的韵和用韵次序来和诗。顾应祥率先写了一首登玉岩的诗，阳明便是按他的诗的韵和用韵次序写了这首和诗。

"寻山到山寺，得意却忘山。"诗开头两句是说，"我们"寻着香山来到香山寺，明白了此处取名香山的用意，而忘了香山本身。一般人认为，香山之所以取名香山，是因为其形似庐山香炉峰。但是，阳明却认为，"香"是佛教之象征，预示着佛教的禅定。一句"得意却忘山"，含蓄地点出全诗有关"香"的主题，下面的诗句全是围绕"香"字的此义而展开。

"岩树坐来静，壁萝春自闲。"颔联是说，在山岩树下坐，很快便进入静坐状态；看悬崖峭壁上的萝藤，在春风里自由自在地生长。这两句是写白天在香山的观感，到处是那么宁静而又充满生机。人在这个环境中，很容易进入佛教所希求的那个禅定状态。禅定不是追求死一般的安静，而是在安静中透露着勃勃生机。这是写香山的"香"。

"楼台星斗上，钟磬翠微间。""星斗"指天上星辰；"翠微"泛指青翠的山。这两句是说，香山寺的楼台那么高，仿佛在天上的星辰之上；寺里的钟磬之声那么洪亮，在远处山谷里久久回荡。这两句是写晚上的香山寺景色，既有视觉感受，又有听觉回应，写出了香山寺超凡脱俗的特质。在这样的氛围中，人容易忘记自我而融入其中。这是写香山寺的"寺"。

"顿息尘寰念，清溪踏月还。""尘寰"指尘世，"尘寰念"是迷恋尘世的心。尾联两句是说，人来到香山和香山寺，马上就消除了迷恋世俗的心；循着清脆的山溪水声，"我们"在月光下走回住所。这是写香山、香山寺的"香"对人的影响，人的心灵在这次香山之行中受到了一次洗涤。

阳明这首诗不是单纯写景，而是将游山玩水与人的品行修养结合起来。在阳明学派看来，游山玩水也是一种讲学的方式，人在游山玩水中可以使心灵得到净化。整首诗始终围绕香山的"香"而生发，将一切景物描写都统一到这个主题上来，使整首诗形成一个相互呼应的生命体。

别湛甘泉二首（其一）

行子朝欲发，驱车不得留。
驱车下长阪，顾见城东楼。
远别情已惨，况此艰难秋！
分手诀河梁，涕下不可收。

车行望渐杳，飞埃越层丘。

迟回歧路侧，孰知我心忧！

据束景南先生考证，正德七年（1512）二月七日，湛甘泉奉命出京，出使安南（今越南），去封安南王。阳明送别好朋友湛甘泉，作诗二首。这是第一首，抒发了朋友分手时依依不舍的离别之情，感人至深。

"行子朝欲发，驱车不得留。驱车下长阪，顾见城东楼。""行子"是指湛甘泉。诗开头四句是说，湛甘泉出使到安南，早上就要出发，而且驾车不得停留。湛甘泉的车子和王阳明的车子都慢慢走下长长的坡道，大家回过头来看到北京城东的门楼。一个共同回头看的动作描写，表示送别者与被送者都意识到，真正分别的时候已经到了，两人都不忍心分别。湛甘泉曾在诗中写道："下直长安西，三二骨肉交。骨肉谁忍割？矧此多危途。"他是将自己与王阳明的交往认作"骨肉交"。这四句写了分别的时间、地点和大家的举动，空气中弥漫着难舍难分的情分。

"远别情已惨，况此艰难秋。"接下来指出分别的背景是"艰难秋"。束景南先生描述他们这次分别时的国家形势："其时北有鞑靼频频入侵，南有安南蠢蠢欲动，朝中权佞奸臣危政，全国十三省流民骚动。"阳明在给他父亲王华的家

书中称明王朝已到"病革临绝之时"。他在第二首诗中称湛甘泉是"奉命危难际",湛甘泉自己也写诗称"多危途"。在这种背景下,湛甘泉出使安南,王阳明来送别,双方都有生死诀别之感。

"分手诀河梁,涕下不可收。车行望渐杳,飞埃越层丘。"真正分手时的情景让人撕心裂肺。"不可收"是指眼泪收止不住。他们在护城河的桥上分手,大家都止不住流下眼泪。"层丘"是指高高的山丘。分手以后,湛甘泉远行的车子越走越远,慢慢地看不到车的影子,只看到车后面扬起的尘埃飞越过高高的山丘。

明·唐寅《金昌送别图(局部)》

正德七年(1512)二月,阳明先生送别好友湛甘泉出京,依依不舍的之情与图中柳丝一般柔长,远山一般连绵。

这四句诗写他们分别时的情景，特别具有画面感，给我们描绘了一幅好友郊外送别图。

"迟回歧路侧，孰知我心忧！"最后两句，作者抒发自己送别友人后的心情。阳明送别湛甘泉以后，长时间地徘徊在分手的路口，他问："此时又有谁知道我内心的忧愁？"这里阳明用了一个典故。《诗经·王风·黍离》写道："彼黍离离，彼稷之苗。行迈靡靡，中心摇摇。知我者，谓我心忧；不知我者，谓我何求。悠悠苍天，彼何人哉？"阳明此时的忧愁是，不仅担心好朋友湛甘泉此去的艰辛和危险，更担心国家的前途与命运，还担心自己少了一个知心朋友一起切磋琢磨。

这是一首送别诗，整首诗语言质朴，浅显易懂，很少采用典故，不讲究辞藻，突出的是真情实感的抒发。

与徽州程毕二子

句句糠秕字字陈，却于何处觅知新？
紫阳山下多豪俊，应有吟风弄月人。

据束景南先生考证,此诗作于正德七年(1512)三月。熊世芳时任徽州知府,重建紫阳书院。徽州学生程曾、毕珊收集紫阳书院的文献,刻印《紫阳书院集》,请阳明作序。阳明作《紫阳书院集序》,并赠送这首诗。

"句句糠粃字字陈,却于何处觅知新?""粃"通"秕"。"糠粃"即糟粕,是酿酒剩下的渣滓。前两句是说,古代的经典句句话都是糟粕,每个字都是陈旧的话,那么到哪里去寻找新知呢?阳明此言几乎是振聋发聩。在中国古代,四书五经在读书人心目中居有神圣的地位,阳明怎么能说它们是"糠粃"呢?阳明从心学的立场出发,认为四书五经不过是记录圣贤的心体。后人阅读古人四书五经,应该以自己的心,去体会古人的心,在自己的心体上用功夫,要得意而忘言,没有必要计较古书里的每一句话、每一个字。程朱理学所提倡的为学功夫,就是要人在字句上下功夫。阳明认为,程朱理学如此教人,使人"失之支离琐屑"。徽州过去是朱子讲学的重镇,紫阳书院曾是朱子所创。因此,此诗有针对性地劈头提出这两句。

"紫阳山下多豪俊,应有吟风弄月人。""紫阳山",在徽州歙县。朱子曾在此讲学。后人为纪念他,建紫阳书院。"吟风弄月",本意是吟弄风月、悦情适心。儒家学者赋予吟风弄月新的含义。程明道曾说:"自再见周茂叔后,吟风弄月以归,有'吾与点也'之意。"由此可见,儒家学者是要以自己的心,去体物观道,风、月等自然景物与人的品德修养息息相关。这两句诗是说,徽州这个地方本来就是人杰地灵,有很多豪杰之士,其中应该会有特立独行之人。阳明在此对徽州学子提出希望,希望大家不要只是去钻研故纸堆,而要更多向自我内心去探求,从自我心性出发,去做修身功夫。

阳明作为一个思想家,他的诗歌很多都是讨论学理,很容易流于道德说教。但是,这首短诗只有四句话,在说理的同时,还注意句式的转换,用一个反问句,使我们读起来一点儿也不觉得枯燥。

赠别黄宗贤

古人戒从恶,今人戒从善。
从恶乃同污,从善翻滋怨。
纷纷嫉媢兴,指谪相非讪。
自非笃信士,依违多背面。
宁知竟漂流,沦胥亦污贱。
卓哉汪陂子,奋身勇厥践。

拂衣还旧山，雾隐期豹变。
嗟嗟吾党贤，白黑匪难辩。

黄绾（1477—1551），字宗贤，号久庵，又号久翁、石龙，浙江黄岩人。正德七年（1512）九月，黄宗贤谢病辞官，要回天台。黄宗贤回天台的真正原因，是明武宗朝廷内外糜烂，天下将要大乱。黄宗贤、王阳明、湛甘泉等人都打算告病隐退，到民间去讲学论道。黄宗贤首先抽身，阳明写《别黄宗贤归天台序》和这首诗，送给黄宗贤作为告别。

"古人戒从恶，今人戒从善。从恶乃同污，从善翻滋怨。"诗歌一开始就提出一个矛盾的现象。"古人戒从恶"好理解，因为"从恶乃同污"。"今人戒从善"却让人不解，为什么提倡"从善"反而滋生了怨恨？阳明创立心学，主张人人具有"良知"，人只要按自己的"良知"做事说话，就可以成为圣人。阳明以"良知"教人，这就是劝人从善。但是，就在他传播的过程中，遭到程朱学派的学人强烈攻击，诬其学为"禅学"，将学习心学定性为"从恶"。

"纷纷嫉媢兴，指谪相非讪。"这是具体形容阳明心学遭受攻击的状况。"嫉媢"即嫉妒；"指谪"即指责；"非讪"即非诋谤毁。阳明心学明显与程朱理学不同。阳明在北京弘扬心学，自然得罪了北京的大部分读书人。北京的官员大都从小就熟读程朱著作,科举考试以程朱著作为指定教材,这些读书人已经习惯了程朱理学的思维方式。他们一听到阳明心学,马上就群起而攻之,各尽诋毁之能事。一些跟随阳明学习的人,都遭到劝诫。阳明的学生如王道,最后真的背叛阳明而去。

"自非笃信士,依违多背面。""笃信"是坚定地相信;"依"是依顺、依从;"违"是反对、违背。这里的"依违"是一个偏义词,义在"依"上,是依顺、信从之意;"背面"指违背、背离。这两句诗的意思是说,自己对于程朱理学本来就不十分相信,所以自己的观点多与他们不同。从这里也可以看出,阳明虽然遭到围攻,但他对于自己觉悟到的心学,仍然笃信不疑。

"宁知竟漂流,沦胥亦污贱。""宁知"相当于岂知,怎么会知道;"漂流"意为漂泊、流浪,这里指被流放到贵州龙场;"沦胥"即沦丧、沉沦。王阳明说,我也没有想到自己会贬谪他乡、漂流远方,最终沦落到如今卑贱低微的地步。他将自己当下的处境说得如此悲惨,是为了反衬那些攻击者的肆无忌惮,同时也为下文礼赞黄宗贤做了铺垫。

"卓哉汪陂子,奋身勇厥践。""汪陂子"指东汉名士黄宪。黄宪(109—156),字叔度,号征君,东汉著名贤士,汝南慎阳人。《后汉书·黄宪传》记载:"郭林宗少游汝南,先过袁阆,不宿而退;进往从宪,累日方还。或以问林宗。林宗曰:'奉高之器,譬诸氿滥,虽清而易挹。叔度汪汪若千顷陂,澄之不清,淆之不浊,不可量也。'""汪汪"即深广、宏大。称黄宪为汪陂子,是说他的德行渊深弘广如千顷汪陂。这里以"汪陂子"赞许黄绾,说他信从阳明心学,不为世俗非讪所动。"勇厥践"指勇于践行心学。这两句诗称赞黄绾卓立如黄叔度,奋不顾身去践行心学。

"拂衣还旧山,雾隐期豹变。""拂衣"指振衣而去,要归隐;"旧山"指故乡;"豹变"典故源于《周易》,如《周易·革卦》曰:"上六,君子豹变,其文蔚也。"刘向《列女传·陶答子妻》亦曰:"妾闻南山有玄豹,雾雨七日而不下食者,何也?欲以泽其毛而成文章也,故藏而远害。"后世便以"豹成文"或"豹雾隐"来比喻人的潜身隐居、洁身自好。这两句诗涉及黄宗贤这一次的谢病辞官,说黄绾掸一掸自己的衣服,将要回自己家乡,要隐居起来提升自我修养。这里的"拂衣"形象化地刻画出黄宗贤辞官时的那个姿态。

"嗟嗟吾党贤,白黑匪难辨。""嗟嗟"是叹词,表示感慨;"吾党"即吾友,指黄宗贤。最后两句是说,"我"的朋友黄宗贤真的了不起,将来谁对谁错是不难分辨的。这是称赞黄宗贤做得正确:一方面他认为黄宗贤此时选择辞官是正确的,阳明与黄宗贤有约,不久的将来,他也将与湛甘泉到台州,好朋友辞官后在一起,过隐居生活,讲学论道;另一方面他认为黄宗贤选择相信心学也是正确的,虽然现在社会舆论大多批评心学,但是是非曲直是不难分辨的。最后一句"白黑匪难辩",也是阳明要黄宗贤坚定对心学的信心,鼓励黄宗贤拿出自己的内心判断。

这也是一首送别诗,但与前面别湛甘泉、别方献夫的诗有明显不同。由此可见,在不同的情境中,送别会有不同的心境,送别诗也有不同的表现。

四明观白水二首(其一)

邑南富岩壑,白水尤奇观。
兴来每思往,十年就兹观。
停驺指绝壁,涉涧缘危磻。
百源旱方歇,云际犹飞湍。
霏霏洒林薄,漠漠凝风寒。
前闻若未惬,仰视终莫攀。
石阴暑气薄,流触溯回澜。
兹游讵盘乐,养静意所关。
逝者谅如斯,哀此岁月残。
择幽虽得所,避时时犹难。
刘樊古方外,感慨有余叹!

"四明"即四明山，位于浙江省宁波市余姚市四明山镇，横跨宁波的余姚、海曙、奉化，连接绍兴的嵊州、上虞。"白水"即白水冲瀑布，在余姚境内。正德八年（1513）六月，阳明带着几位弟子，在四明山走了一圈，观看了白水冲瀑布，写了两首诗。这是其中的第一首。

"邑南富岩壑，白水尤奇观。""邑南"指余姚县南部；"富岩壑"意指有许多山峦和沟壑。黄宗羲的《四明山志》记载："余姚南有山二百八十峰。"此两句是说，余姚南部有很多的奇山异峰，其中白水冲瀑布尤其令人叹为观止。在众多的四明山水中，突出白水冲瀑布，为观看瀑布做了铺垫。

从"兴来每思往，十年就兹观"看来，阳明也许听别人说到白水冲瀑布，每每动起游兴，早就想来看看，过了十年才第一次这么近观白水冲瀑布。这三、四两句写自己对白水冲瀑布的向往之情，亦是为了烘托下面的观看瀑布的行为。

"停驺指绝壁，涉涧缘危磻。""驺"是古代掌管养马和管理马车的人，这里"停驺"即停车的意思；"指绝壁"是用手指在绝壁上攀爬；"危"是高大的意思；"磻"是大石。阳明一行人停车以后，一会儿手脚并用攀爬悬崖绝壁，一会儿赤脚蹚过山涧，顺着高大的石头边上走。这两句是极力写在看到白水冲瀑布之前所经历的辛苦和危险。经历如此的辛苦和危险，那么，白水冲瀑布的景色是不是值得这样去做呢？先生如此描写，亦是为了烘托后面的瀑布。

"百源旱方歇，云际犹飞湍。""百源"是众多的水源，一般山中的溪流都是有很多水源的；"旱方歇"意思是由于大旱而正在枯竭。此时余姚、上虞一带正遭受干旱，阳明有文写道："山田尽龟裂，道傍人家徬徨望雨。"这两句写得充满张力。低头看，眼前的许多过去冒水的泉眼，由于干旱的缘故，都已经不冒水了。这让人不免担心是否能看到白水冲瀑布。抬头看，远处的天边白水冲瀑布依旧飞流直下。这两句一抑一扬、张弛有度，一下子让人们感受到白水冲瀑布的神奇，也一下子激起人们心中的兴奋和好奇。

"霏霏洒林薄，漠漠凝风寒。""霏霏"指瀑布溅起的细小水珠；王逸说："丛木曰林，草木交错曰薄"，"林薄"指交错丛生的草木；"漠漠"指水雾迷蒙的样子。人还没有走到瀑布跟前，就有瀑布溅起的小水滴洒在眼前的草木上，迷蒙的水雾凝聚着山风的寒意。这两句写出瀑布的地势高和水温低。只有地势高，才能传得远；水温低，才能带来寒意。瀑布的水是从石中流出的泉水，在农历六月的夏天，显得格外清冽。

"前闻若未惬，仰视终莫攀。""前闻"指阳明以前听人讲白水冲瀑布怎么好，使他"兴来每思往"；"若"是像的意思。阳明一行人来到瀑布跟前，并没有感受到像前人所说的那样适心惬意。心有所不满足，但抬头看看瀑布，终于还是无法再攀登。阳明在此道出一般人经常遇到的情况，常听说什么地方多么美，到了实地却觉得不过如此。现实中确实有这种情况，同样的自然风景，给人的审美感受是有差异的。

"石阴暑气薄，流触溯回澜。""薄"是微薄。阳明一行人在瀑布前徜徉，感受到石头有阴气，瀑布边的炎热消减；瀑布下方有一个深深的水潭，飞流直下的水流冲撞着石柱，在水潭里形成巨大的回流和波澜。此两句写阳明对瀑布的细腻感受。由于有"若未惬"的心理，所以阳明要在瀑布旁好好感受一下。这两句诗，一是写人皮肤的感受是寒，一是写人视觉的感受是瀑布有冲击力。

"兹游讵盘乐？养静意所关。""讵"即难道；"盘乐"指极度的欢乐。阳明毕竟是哲学家，观看山水怎么能局限于身体感受？因此，他说游山玩水难道就是为了获得感官快乐吗？在山山水水中澄心静观才是最重要的。前文已说过，在阳明学派看来，只要做到"致良知"，不管是什么事都是修身功夫，游山玩水自然也是一种修身功夫。

"逝者谅如斯"源于《论语》。《论语·子罕》云："子在川上曰：'逝者如斯夫，不舍昼夜。'"阳明看到瀑布飞流直下，想到《论语》中孔子所说的话，天地间的万物就像眼前的瀑布，总是在不停地变化。阳明先生还进一步想到自己已过壮年，而武宗朝廷腐败不堪，想要有所作为又无法施展，胸中涌起一股悲伤之情，因此说"哀此岁月残"。

"择幽虽得所，避时时犹难。""幽"指幽居、隐居。此两句是说,想要选择隐居,虽然是适得其所,但是要想避世,就目前来看也比较困难。此时阳明刚升南京太仆寺少卿,他是顺便回到绍兴。这次他游四明山,访自己的祖居地达溪,是有意为自己将来选择隐居之地。但是,此时还不是隐居的合适时机。

"刘樊"指刘纲与樊云翘夫妇,相传他们隐居白水山,后来修道成仙。阳明作为余姚人,对于刘、樊二人的传说应该是耳熟能详。"方外"一词源于《庄子》,指世俗之外。想到隐居,阳明自然会想到隐居于白水山的刘纲与樊云翘夫妇。"刘樊古方外,感慨有余叹",意思是说刘、樊二人在此隐居,能修炼成仙,真的让人有无限的感慨。

这首诗写自己观看白水冲瀑布的所见所思,表达了想要归隐却又不能的矛盾心理。这首诗比较长,内容很丰富,结构安排水到渠成。诗歌先写自己对白水冲瀑布的向往之情,接着写看到瀑布时的真切感受,最后还联系到自己当下的心境,觉得一切都是顺其自然。诗歌将自然风光与人文故事结合起来,使诗歌在抒情言志方面有历史厚重感。

杖锡道中用张宪使韵

山鸟欢呼欲问名,山花含笑似相迎。
风回碧树秋声早,雨过丹岩夕照明。
雪岭插天开玉帐,云溪环碧抱金城。
悬灯夜宿茅堂静,洞鹤林僧相对清。

"杖锡"指杖锡山,在余姚境内。阳明一行游过白水山,便前往杖锡山。"张宪使",据束景南先生说:"无考,疑即慈溪张昺。"此时张昺家居鄞县,阳明游四明山,二人应有诗唱酬。这首诗是阳明写于游杖锡山的路上。

"山鸟欢呼欲问名,山花含笑似相迎。"唐代宋之问《陆浑山庄》有言:"野人相问姓,山鸟自呼名。"宋代汪莘《春怀十首》之一言:"山花既含笑,野草亦忘忧。"阳明此两句意思是说,山鸟欢叫着仿佛问来人的姓名,山花含笑绽放着似乎欢迎来人。这两句采用拟人手法,从听觉和视觉两方面写杖锡山道上的所闻所见。我们分明可以感受到阳明此时压抑不住的欢快心情。

"风回碧树秋声早,雨过丹岩夕照明。""丹岩"指杖锡山附近的韩采岩、屏风岩、佛手岩、中峰岩等,这些岩体呈丹赤色。风在碧绿的树林里回响，让人感受到早到的秋声，傍晚的夕阳照亮了被雨水冲洗的丹红色的山崖。前面两句诗是写近处景色，诗句将注意力放开，听远处的声音，看远处的景色。前四句同样是写景，却显得灵动非常。

"雪岭插天开玉帐，云溪环碧抱金城。""雪岭"指杖锡山的中峰，也叫芙蓉岭，有五座山峰依次排列，如同一朵盛开的莲花；"玉帐"指玉饰之帐；"金城"本指坚固的城池，这里指杖锡寺。杖锡山的中峰直插向天空，就像天上仙人打开了他们的玉帐，云端上的溪流和苍翠的树林环抱着杖锡寺。此处的"插天"二字突出了杖锡山主峰的峻峭，"开玉帐"更体现了作者的丰富想象力。两句诗由浩茫的天空落到眼前的杖锡寺，让我们感受到大自然的浑然一体而又充满着张力。

下两句"洞鹤"指潺湲洞之道人；"林僧"指杖锡寺之僧人。最后两句诗是说夜晚时的情景。这一天夜里，阳明一行就住在杖锡寺内。寺内悬挂着灯，一切都显得那么安静，潺湲洞里修行的道人和杖锡寺的僧人都各安本处，各人都做着自己的功课。白天里那些热闹情景，都归于宁静。

这是一首写景诗，却充满着理趣。前四句极力写一个"动"字，"山鸟欢呼""山花含笑"、风在回响、夕阳照岩，都显得很热闹；后四句突出一个"静"字，"雪岭插天""碧抱金城""茅堂静""相对清"，写出了安静。动与静相映成趣，反映出人生与社会的哲理。

书杖锡寺

杖锡青冥端,涧壁环天险。
垂岩下陡壑,涉水攀绝巘。
岨深听喧瀑,路绝骇危栈。
扪萝登峻极,披翳见平衍。
僧逋寄孤衲,守废遗荒殿。
伤兹穷僻墟,曾未诛求免。
探幽冀累息,愤时翻意惨。
拯援才已疏,栖迟心益眷。
哀猿啸春嶂,悬灯宿西崦。
诛茆竟何时?白云愧舒卷。

诗名"书杖锡寺"意是将此诗书写在杖锡寺壁上。这首诗写了通往杖锡寺路上的艰难,以及寺中所见僧人的生活艰难,表达了先生对社会现实的反思。

"杖锡青冥端,涧壁环天险。""青冥"指青天;"涧壁"指溪涧与山崖;"天险"是地势天然险峻的地方。此两句是说,杖锡寺仿佛就在天端,到杖锡寺的路是地势险峻的溪涧和山崖。开头两句是总说杖锡寺地处险要的地方,预示着走到杖锡寺的不容易。如此不易，寺僧却还要被官府强征徭役。先生这是在为下文张目。

"垂岩下陡壑，涉水攀绝巘。""垂岩"是垂直向下的山崖；"陡壑"是陡峭的沟壑；"巘"指山顶。此两句是写阳明一行人往杖锡寺出发，一会儿要顺着悬崖峭壁走向谷底，一会儿要蹚过溪流向上攀登到山顶。由此可见，走在杖锡寺路上是多么艰辛。

"岨深听喧瀑，路绝骇危栈。""岨"指戴土的石山或戴石的土山；"岨深"指山谷幽深；"危栈"指危险的栈道。有时候走到一个山谷，会听到喧闹的瀑布声；有时候似乎无路可走，却看到让人生畏的危险栈道。这里的"听喧瀑"与前面的"涉水"相照应。

"扪萝登峻极，披翳见平衍。""扪"是摸、攀的意思；"萝"指藤萝；"峻极"指顶峰；"翳"指遮挡物；"平衍"是平展、平旷之所在。他们一行人攀着藤萝，登上最高峰，拨开树枝和长草，见到一块平坦的地方，终于到了杖锡寺。这里的"披翳"说明来往的人少，路上长满了青草。以上几句诗从不同角度，具体地刻画出到杖锡寺的路是多么的艰难。到杖锡寺是如此的不易，也预示着此寺香火不旺，寺庙收入有限，为下文只有一个僧人在此"守废"做了铺垫。

"僧逋寄孤衲，守废遗荒殿。""逋"是逃亡的意思；"衲"指衲衣，僧人穿的衣服，这里借代寺僧。阳明一行人来到杖锡寺，才知道寺里的僧人大多逃散，只有一位僧人还守在这个遗弃的荒废的寺庙。僧人之所以逃亡，主要原因是官府强征寺僧徭役，对寺庙索求无度。《四明山志》有记载："至元末，困于徭役，僧徒散亡。"

"伤兹穷僻墟，曾未诛求免。""诛求"指官府有司的强征徭役，索求苛繁。阳明看到这些，便感觉伤感。他伤感杖锡寺这样的穷山僻壤，居然也免不了被诛求无度。这里用一个"曾"字，增加了无限感慨的语气。

"探幽冀累息，愤时翻意惨。""探幽"是探访山水幽胜；"冀"是希望的意思；"愤时"是感愤时事。阳明这次游历四明山，本来是希望因官场劳累的心得到休息，没有想到感愤时事反而令他的情绪惨淡。阳明此时想到的是，寺庙是如此悲惨，那么普通民众更是生活在水深火热之中。

"拯援才己疏，栖迟心益眷。""拯援"是拯焚、援溺的意思；"才己疏"应是"己才疏"，指自己才疏学浅；"栖迟"是栖息的意思，这里指隐居。阳明的意思是，"我"想要拯救百姓于水火，但是"我"的才能不够，此时"我"想隐居的心更坚定了。从这里我们也可以看出，阳明对当时的政治失望至极。

"哀猿啸春嶂，悬灯宿西崦。"在中国古代"五行"系统中，季节"春"与颜色"青"、方位"东"相配。因此此处的"春"是东的意思，与下一句的"西"相对。"崦"即山。阳明他们住在杖锡寺,人点着灯住在西边山上,猿猴在东边山上发出哀叫。说明这一天夜里,阳明一夜未眠。杖锡寺的所见让他不能入睡,也就是说,此时他就是隐居,也不能安心。

"诛茆竟何时?白云愧舒卷。""茆"同"茅"。"诛茆"就是芟除茅草,也就是结庐隐居。有关"白云",有一典故。陶弘景《诏问山中何所有赋诗以答》云:"山中何所有?岭上多白云。只可自怡悦,不堪持寄君。""白云"便有高士隐居之意。阳明是说,要问"我"什么时候能够退隐,面对着天上白云,"我"觉得惭愧,"我"不能如它们那般舒卷自如。

这首书写在杖锡寺墙壁上的诗,真正写到杖锡寺的只有"僧逋寄孤衲,守废遗荒殿"这两句。其他内容或写到寺前的路上艰难,或写到寺后的自我反思。作者借杖锡寺的话题,触发对社会现实的思考,表现了作者忧国忧民之心。这首诗在写作上很有特点,先总说杖锡寺地处险地,再具体写路上的艰难,目的都是为后文的"穷僻墟"作注脚。这首诗真正要表达的忧国忧民之心,真是"草蛇灰线,伏脉千里"。

寄浮峰诗社

晚凉庭院坐新秋，微月初生亦满楼。
千里故人谁命驾？百年多病有孤舟。
风霜草木惊时态，砧杵关河动远愁。
饮水曲肱吾自乐，茅堂今在越溪头。

"浮峰"即牛峰，地处山阴与萧山交界处。"浮峰诗社"是山阴文士与萧山文士结的诗社。正德八年（1513）年四月，湛甘泉来到萧山、绍兴，两地文士因湛甘泉而结诗社。这些文士中有不少是阳明的学生，他们寄诗给先生，盼望着他的到来。这当然也是湛甘泉的意思。阳明游四明山后，回到绍兴，作此诗以寄答，说明不能来湘湖的原因。

"坐"是因为的意思；"新秋"即初秋。此时是正德八年（1513）年七月初，秋天才刚刚开始。"晚凉庭院坐新秋，微月初生亦满楼"，这两句描绘了写诗时的气氛。夜晚的庭院有一些凉意，因为秋天已经到来，刚升上天空的月牙儿将它的光辉洒满了整个楼。这种气氛非常温馨，为下文的抒发感情做好铺垫。

"千里故人"指湛甘泉。正德七年（1512）二月，湛甘泉出使安南，当时阳明曾托他顺道到绍兴去看自己的父亲王华，游阳明洞，探萧山湘湖。湛甘泉当时探访了绍兴湘湖，也为自己寻找到退隐之地。正德八年（1513）四月，湛甘泉来到湘湖隐居。"命驾"是命人驾车马，这里有一个典故，《世说新语·简傲》曰："嵇康与吕安善，每一相思，千里命驾。"由此可知，"命驾"一词包含着随性、洒脱。"百年多病"语出杜甫，杜甫《登高》曰："万里悲秋常作客，百年多病独登台。""孤舟"指阳明自己。这两句是对老朋友湛甘泉说的，"你"来到绍兴湘湖，是谁为"你"驾车？"我"也想参加"你们"的诗会，但身体不好，不能参加。阳明这次本来就是回绍兴养病。"千里故人谁命驾？百年多病有孤舟"，诗句不仅形式上对仗工整，而且内容上也值得咀嚼。称湛甘泉为"千里故人"，意味着自从湛甘泉出使安南，他们就一直没有见过面，说明阳明对老朋友一直牵挂。用"命驾"这个典故，是赞许湛甘泉的洒脱。说自己是"百年多病"，实际上含有对不能赴约表达深深的歉意。说自己是"孤舟"，也说明他是真心想去湘湖。

"时态"指时令状态；"砧杵"指捣衣石与棒槌，是用来捣衣服的工具；"关河"在此非实指，泛指一切河流。"风霜草木惊时态，砧杵关河动远愁"，是说虽然只是初秋，但草木已感知风霜所带来的时令变化，河边的捣衣声引起"我"对远方亲朋的愁思。这两句诗表面上是写时令变化，其实也是写国家政治形势的变化。阳明与湛甘泉不仅是因思念亲朋

明·蓝瑛《山阴秋色》

正德八年(1513)四月,阳明先生游四明山后回到绍兴,作诗寄答浮峰诗社的文士,诗中写到的初秋景象如图中一般。

而发愁,也为国家和人民的前途而发愁。

"曲肱"是弯着胳膊。"饮水曲肱"的典故源于《论语》。《论语·述而》中孔子说:"饭疏食饮水,曲肱而枕之,乐在其中矣。"诗的最后,阳明是用"饮水曲肱吾自乐,茅堂今在越溪头"两句来表明自己的心迹:"我"会像孔子说的那样,住在绍兴的越溪边的茅草屋里,过着安贫乐道的生活。阳明如此说,不仅是要向湛甘泉及那些诗社的弟子表达自己的志向,还要以此来鼓励和坚定湛甘泉的选择。

这首诗将写景、抒情与言志相结合。诗中写到初秋的景象,抒发了对老朋友的关切之情,对时局的担忧之愁,还表明了自己安贫乐道的心志。诗歌内容丰富,井然有序,显现出从容不迫的气度。

梧桐江用韵

凤鸟久不至,梧桐生高冈。
我来竟日坐,清阴洒衣裳。
援琴俯流水,调短意苦长。
遗音满空谷,随风递悠扬。
人生贵自得,外慕非所臧。
颜子岂忘世?仲尼固遑遑。
已矣复何事,吾道归沧浪。

正德八年（1513）十月，阳明到滁州任太仆寺少卿。滁州城南外三里有山叫丰山，丰山东南有汉代开采铜矿所遗留之巨潭叫龙潭，也叫柏子潭、柏子龙潭。龙潭有梧桐冈，种有梧桐树。太仆寺离龙潭很近。阳明一到滁州，就喜欢上这个地方，常到龙潭静坐，也在此处讲学。此诗是阳明借梧桐发挥自己的心迹。"江韵"是平水韵中的一个韵目。

"凤鸟不至"是一个典故。《论语·子罕》曰："凤鸟不至，河不出图，吾已矣乎！"在中国传统文化中，凤鸟出现是天下太平的象征。孔子说"凤鸟不至"，是对当时社会的批判。古人还认为凤鸟非梧桐不栖，如《庄子·秋水》曰："夫鹓雏发于南海，而飞于北海，非梧桐不止。"阳明说"凤鸟久不至，梧桐生高冈"，由梧桐生长在梧桐冈上，却没有凤鸟到来，来批评明武宗朝廷奸臣当道，而使贤人遭到摈弃。

"竟日"即整日；"清阴"指梧桐树荫。"我来竟日坐，清阴洒衣裳"，意思是说在这种处境下，"我"只好终日来到这里静坐，斑驳的梧桐的树荫浓淡有致地洒在"我"的衣服上。在不能得到重用、践行大道的情况下，那只能加强自我修养，这是君子所应采取的处世之道。这里的"清阴洒衣裳"很有画面感，体现出阳明的无入而不自得的人生境界。

接下来两句是"援琴俯流水，调短意苦长"。梧桐是做琴的好材料，由梧桐自然想到琴瑟。阳明面对着龙潭的流水，弹起琴来，琴声就像眼前的流水，其调子很简短，其内涵则意蕴绵长。这里的"援琴"指弹琴；"意苦长"不是指意苦，而是以意长为苦，形容内涵太丰富。"遗音满空谷，随风递悠扬"，是说琴声随着风飘散得很远，充满了整个空荡荡的山谷。"遗音"指弹琴送出去的音乐；"空谷"本指空荡荡的山谷，这里运用了一个典故，古人说："空谷足音，见似人者喜矣。"阳明此处的"空谷"，明显有寻觅知音之意，他希望得到他人的理解。"递"即依次传递之意。在写静坐之后，阳明用四句来写弹琴。静坐的目的是使人的生命达到自由自在的状态，弹琴正是阳明生命处于自由自在状态下的发挥。音乐是最接近人的生命形态的艺术形式，阳明用四句来描写琴声，不可不谓意味深长。

"自得"是自由自在，自求大道。《孟子·离娄下》云："君子深造之以道，欲其自得之也。自得之，则居之安；居之安，则资之深；资之深，则取之左右逢其源。故君子欲其自得之也。""臧"即善。阳明由静坐和弹琴悟出一个真理，认为人生最重要的是自得，即向内追求，"心即理"，听从内心召唤，从自身生命去寻找处世之道，羡慕外在的东西当然不好。但是，向内追求，不是不管外面的世界。"颜子岂忘世？仲尼固遑遑"，颜回是孔子最得意的学生，也是阳明最推崇的人。在阳明看来，颜回是最能继承孔子圣学的人，颜回去世以后,圣学便不得其传[①]。阳明这两句诗的意思是:颜回看起来注重内在修养,但他难道忘了外面的世界吗?孔子周游列国,游说诸侯,希望实现自己的政治主张,每天都奔走在路上,心里惶惶不安。阳明在此用四句诗,表明自己的处世之道,即要用"心"做事,要"致良知"。而他的所谓"心"和"良知",是内外融合、万物一体。

最后,阳明说:"已矣复何事,吾道归沧浪。""已"是停止之意;"沧浪"是一个典故,《孟子》引《沧浪歌》曰:"沧浪之水清兮,可以濯我缨;沧浪之水浊兮,可以濯我足。"孟子引这个典故是提倡:人应该根据具体的情况,做出自己合理的选择。这与孔子的"无可无不可"是同一个意思,与《中庸》的"素位而行"也是相合拍的。阳明这两句诗的意思是:算了吧,还有什么事要说呢?"我"就按《沧浪歌》的指示来处世吧。

这首诗始终围绕着梧桐来生发。由梧桐不能引来凤鸟而感叹世道不好,由世道不好而静坐弹琴,由静坐弹琴而悟道,从而提出自己的心学要旨,最后以唱《沧浪歌》而结束。整首诗是要表达自己"素位而行"的处世之道。诗歌是当时文人生活的一部分,阳明喜欢用诗歌传播他的心学,这首诗非常好地将说理与叙事、抒情相结合。

[①] 问:"'颜子没而圣学亡',此语不能无疑。"先生曰:"见圣道之全者惟颜子。观'喟然一叹'可见"。(王守仁:《王阳明全集》卷一,上海古籍出版社2011年版,第27页)

栖云楼坐雪二首（其一）

才看庭树玉森森，忽漫阶除已许深。
但得诸生通夕坐，不妨老子半酣吟。
琼花入座能欺酒，冰溜垂檐欲堕针。
却忆征南诸将士，未禁寒夜铁衣沈。

正德九年（1514）正月三日，滁州下起大雪。阳明与自己的门生弟子坐在太仆寺内的栖云楼上观雪，当时他创作了两首诗。这是其中的第一首，写下雪时他的所见所想。

"才看庭树玉森森，忽漫阶除已许深。""森森"是众多的样子；"阶除"即台阶。这两句说，才看到庭院里众多的树被雪打扮得像玉石一样，一会儿台阶就被雪埋得那么深。用"玉森森"来形容披雪的树，阳明真是善于形容者，也说明他此时心情非常愉快。滁州地区在过去的一段时间里，遭到了严重的干旱，庄稼收成受到极大影响，现在下起了大雪，可以缓解干旱，此时阳明当然兴奋异常。这里的"才"与"忽"相配合，突出雪来得快、下得大。开首两句总写下雪，目的是为下文具体描写雪做铺垫。

"但得诸生通夕坐，不妨老子半酣吟。""诸生"即阳明的众多门生；"老子"指阳明自己。这两句说，只要有诸位学生来陪着坐一晚，那么"我"这老头子就是半醉半醒吟诵诗歌也没什么妨碍。天下着大雪，门生们都来陪坐阳明。下雪天毕竟与往日不同，此时静坐，也许可以有意外的收获。此诗第二首诗里提到"忽然夜半一言觉"，就是指这种意外的收获。"半酣吟"突出他此时非常地放松。由此可以看出，阳明学派聚会的时候，大家都能放得开，气氛非常活跃。阳明曾告诫学生："圣人之学，不是这等捆缚苦楚的，不是装做道学的模样。"[①]这两句是写下雪时人们的兴奋表现。

"琼花入座能欺酒，冰溜垂檐欲堕针。""琼花"指雪花；"欺酒"指解酒。这两句说，偶尔飞入座位的雪花能让人从酒的微醺中清醒过来，垂挂在屋檐下的冰溜就像要堕落的银针。用"琼花"来形容雪花，与前文"玉森森"相照映。说雪花落入座位，飞到人的面颊上，使人感到无比的亲切；将垂挂在屋檐下的冰溜，说成像要坠落的银针，突出冰溜挂得长，而且晶莹剔透，也说明天气寒冷。这两句具体地写出雪给人的不同感受。

"却忆征南诸将士，未禁寒夜铁衣沈。""征南"指当时明朝南方出现很多动乱，朝廷正派兵四处围剿；"沈"通"沉"。诗的尾联由上句冰溜，自然忆及正在征南的诸位将士，他们在这样寒冷的雪夜里，穿着沉重的铁甲，不得不忍

---

① 王守仁：《王阳明全集》卷三，上海古籍出版社2011年版，第118页。

受着寒冷。阳明提倡万物一体之仁，在这个雪天的夜晚，他当然不能只想着自己喝酒作诗尽兴，还想起了那些出征的将士的冷暖。一个"却"字使作者的感情又转向另一面。

这是一首咏雪诗。在诗中，阳明描写了赏雪时的所见所思，既有对雪可以缓解干旱的喜悦，也有对寒冷的冰雪里出征将士的同情。

琅琊山中三首（其二）

狂歌莫笑酒杯增，异境人间得未曾。
绝壁倒翻银海浪，远山真作玉龙腾。
浮云野思春前动，虚室清香静后凝。
懒拙惟余林壑计，伐檀长自愧无能。

"琅琊山"，滁州的主山，自古有"皖东明珠"之誉。正德九年（1514）正月五日，阳明在滁州大雪天晴之后，到琅琊山举行望祭（望是古代祭祀的一种），创作了三首诗歌。这是其中的第二首，写阳明学派的师生在琅琊山庶子泉上狂欢的场景。

"狂歌莫笑酒杯增,异境人间得未曾。""得未曾"即"未曾得"。滁州的大雪停了,阳明的门人蔡宗兖、朱节等二十八人带着酒菜,到庶子泉上喝酒。到了晚上,大家都喝得差不多了。但是,阳明还是劝大家,喝酒痛快就不要笑杯子里的酒增多了,因为眼前的美景是人间不曾有过的。阳明学派聚会如此疯狂,值得大家注意。阳明心学强调放得开。阳明曾说:"圣人之学,不是这等捆缚苦楚的,不是装做道学的模样。"①只有放得开,生命才会自由自在,才会现出本来面目,才会"心即理",人才能听从生命的召唤。钱德洪、王龙溪等人记载王门的会讲多是如此热闹,大家都自由奔放,充满着激情。这里的"异境人间得未曾"一句,自然引出下文对雪后琅琊山的描绘。

"绝壁倒翻银海浪,远山真作玉龙腾。"由于大雪的覆盖,原有的山岭改变了模样。诗的颔联形容悬崖绝壁就像倒过来翻卷的银色大海的波浪,远处的山脉真像玉龙一样在腾飞。阳明在此发挥出自己丰富的想象力,将这雪后的山景写出了动感。读阳明的这两句诗,我们很容易想到毛泽东《沁园春·雪》中的"山舞银蛇,原驰蜡象"。大概只有有如此气魄的人,才能写出这样的诗句。山本来是静止的,是人的激情催动着它们。

"浮云野思春前动,虚室清香静后凝。""野思"是闲散自

---

[1] 王守仁:《王阳明全集》卷三,上海古籍出版社2011年版,第118页。

明·王阳明《太极图说（局部）》

正德九年（1514）正月五日，阳明先生到琅琊山举行禊祭，作诗三首，第二首诗意围绕阳明先生对仕与隐的哲学思考，与《太极图说》文中突出对人的价值和作用形成对照。

适的心思。"春前"即冬天。"春前动"是冬天里的动，冬天里表面上是肃杀一片，内在里却有生命力涌动。"虚室"比喻无思无虑的人心；"清香"形容人心的无穷智慧。诗的颈联写天上浮动的白云，引起人闲散自适的心思，这是人内在生命力的涌动；静坐以后，凝聚的人心进入无思无虑的状态，自然会现出无穷的智慧。天上的白云舒卷自如，最容易引人羡慕。在此时的阳明看来，人静坐可以入窅冥，既无思无虑，又自由自在，此时人心自会显现大

第四卷　257

智慧。首联写大家喝酒很热闹，颔联写雪后山景令人称奇，为什么会转出"野思"与"虚室"？这是因为人常常都是如此，一番热闹以后，便会转入哲学的沉思。如王右军的《兰亭集序》，如苏东坡的《前赤壁赋》，都是记载了一番热闹以后的沉思。这是因为多人聚会，聚合了大家的智慧，容易使人突破固有的思维模式，会有新的收获。《南滁会景编》卷八记载阳明师生这次聚会收获："及暮既醉，皆充然有得，相与盥濯，咏歌而归，庶几浴沂之风焉。"

"懒拙惟余林壑计，伐檀长自愧无能。""懒拙"意指懒惰与笨拙；"林壑计"指回归山林讲学的计划；"伐檀"是一个典故，出自《诗经》，《诗经·魏风·伐檀》最后唱道："彼君子兮，不素餐兮。"这是讽刺那些达官贵人，真的不是吃白饭的。阳明在诗的最后，说自己又懒又笨，只剩下回归山林讲学这一条路可走，每次念着《伐檀》这首诗，就自惭形秽，对时局无能为力。阳明说自己"懒拙"，说自己"无能"，不只是谦虚而已，更有对武宗朝廷的批判。武宗朝廷奸人当道，贤人遭到摈弃。像阳明这样忧国忧民的志士，面对如此日益糜烂的时局，也是无能为力。阳明心目中的归隐，与陶渊明的归隐是不同的，他是要回到民间讲学。在他看来，政局虽然不适合做官，但是还可以到民间发挥自己的生命潜力。

这首诗的抒情线索是非常清楚的。先写众人聚会热闹场面，接着写雪后美景，这也是间接回答了聚会的原因，再后来写热闹后的沉思,最后写自己如何行动。八句诗围绕一个中心,即阳明先生对仕与隐的哲学思考。

送守中至龙盘山中

未尽师生六日情,天教风雪阻西行。
茅堂岂有春风坐,江郭虚留一月程。
客邸琴书灯火静,故园风竹梦魂清。
何年稳闭阳明洞,槲柮山炉煮石羹。

朱节(1475—1523),字守中(忠),号白浦,山阴县白洋人。朱守中于正德八年(1513)十二月动身,往北京参加会试,顺道到滁州见阳明。正德九年(1514)正月初六,朱守中离开滁州继续北上,阳明送他到龙盘山。龙盘山,也叫龙蟠山,在滁州南十三里。阳明为朱守中写了四首诗,这是其中的第一首,对朱守中提出一些希望。

"未尽师生六日情,天教风雪阻西行。""六日",指朱守中十二月三十日到滁州,正月初六就要离开,正好六天时间。阳明的意思是,老天爷下了一场大雪,阻挡了"你"西上北京的行程。"我们"虽然在一起有六天,但感觉还是有好多话没有说。阳明非常器重朱守中,曾以"明敏"来赞许他。他们师生见面,当然有许多话要说,一是师生感情深,二是有关学问的话题多。但是,考虑到朱守中要到北京去考试,而且时间如此紧迫,阳明自然不能再留他了。开头两句诗说出了阳明矛盾的心理。

"茅堂岂有春风坐,江郭虚留一月程。""茅堂"指阳明住的地方;"春风坐"即"坐春风",形容学生受到良师的指教,如沐春风;"江郭"即面临长江的城郭,指滁州城。这两句诗是说,"你"就是与"我"相处久些,"我"也教不了什么东西,为了到滁州来一趟,白白耽误"你"一个月的行程。朱守中特地绕到滁州来,当然是出于师生感情深,也想从老师这里得到考前的指导。阳明这是自己谦虚,也是在表达自己的担心。明代的会试一般安排在春二月,考生路上要花时间,到北京还要有一段时间去适应,所以阳明担心朱守中时间紧迫,影响考试的发挥。

"客邸琴书灯火静,故园风竹梦魂清。"这是阳明想象朱守中在前往北京的路上的情形。一个人住在客舍里弹着琴看着书,只有寂寞的孤灯作陪。在此情形下,他会清楚地做梦,在梦里魂回家乡风吹的竹园。阳明想象出朱守中如此多的细节,表明他对朱守中的关切。朱守中这次进京赶考,顺道看望阳明,却被风雪阻挠,感到有一些不吉利。但是,他为了满足父母双亲的愿望,又不得不硬着头皮往北京走。阳明在《赠守中北行二首》其二中说:"不为高堂双雪鬓,岁寒宁受北风欺。"这便揭示了朱守中宁愿冒着严寒孤身北上迎考的原因。在这种情况下,阳明送朱守中的诗,在用词方面自然要多一些酬酌。

"何年稳闭阳明洞,榾柮山炉煮石羹。""榾柮"指木柴块,树根疙瘩,可以代炭烧火;"煮石羹"本指道教炼丹者烧煮炼丹的矿石,这里比喻讲道修炼。诗的最后,阳明表达自己的一个愿望,希望什么时候师生一起回到绍兴,将阳明洞的门关好,大家在一起讲道修身。以前阳明曾与一班朋友在阳明洞讲学论道、相互切磋,好不快活。经历官场的大起大落,目睹当下时局糜烂,阳明想回绍兴阳明洞的愿望更加强烈。阳明此言也有劝慰朱守中之意,即"你"不要太在意科场的得失,"我"倒更喜欢大家在一起讲学的时光。

这是一首送朱守中进京赶考的诗。阳明并不一味反对科举考试。在他看来,知识分子要实现自己的人生价值,需要与当权者合作。要见当权者,必须带见面礼,科举考试就是见面礼。参加科举考试并不妨碍人"致良知",只是不能太在意科举的得失。阳明在这首诗中,对于科举并没有太着墨,更多注重人的感受。

送蔡希颜三首（其一）

风雪蔽旷野，百鸟冻不翻。
孤鸿亦何事，嗷嗷逆寒云？
岂伊稻粱计，独往求其群。
之子眇万钟，就我滁水滨。
野寺同游诣，春山共攀援。
鸟鸣幽谷曙，伐木西涧曛。
清夜湛玄思，晴窗玩奇文。
寂景赏新悟，微言欣有闻。
寥寥绝代下，此意冀可论。

蔡宗兖（1474—1547），字希渊（颜），号我斋，山阴白洋人。蔡希颜与朱守中一同来滁州见阳明，朱守中北上，蔡希颜因病没有赴京参加会试，要南归绍兴。阳明大概是在正月初七八写了三首诗送别。这是其中的第一首，诗前有一小序："正德癸酉冬，希渊赴南宫试，访予滁阳，遂留阅岁。既而东归，问其故，辞以疾。希渊与予论学琅琊之间，于斯道既释然矣，别之以诗。""南宫"是尚书省的别称。"南宫试"指礼部会试，也就是进士考试。"阅岁"指过一年，即从正德八年

(1513)十二月至正德九年(1514)正月。"释然"是明白、领悟的意思。诗前小序说明了作诗的由来。从"问其故,辞以疾"可以看出,在阳明看来,蔡希渊不北上参加科考,另有隐情。

"风雪蔽旷野,百鸟冻不翻。孤鸿亦何事,嗷嗷逆寒云?""翻"即翻飞。"风雪蔽旷野,百鸟冻不翻"是说,风雪覆盖了空旷的原野,所有的鸟都被冻得不再翻飞。这两句表面上是写阳明与蔡希渊所看到的现实中场景,实际上是为了突出后面两句。"嗷嗷"是形容叫声响亮、激越。曹植《杂诗》之三曾写道:"飞鸟绕树翔,嗷嗷鸣索群。"在这里,阳明用孤雁不北回,却迎着寒冷的风云向南方飞翔,来比喻蔡希渊不像大家一样到北京参加科举考试,而是要南归山阴。这里有意用"亦何事"提请注意,要大家关注蔡希渊的不同凡人的举止。这里的"嗷嗷"写出蔡希渊那种"虽千万人,吾往矣"的气概。

"岂伊稻粱计,独往求其群?之子眇万钟,就我滁水滨。""岂"是难道的意思;"伊"是语助词。阳明指出,蔡希渊原本要进京去参加科举考试,难道是为了谋取一官半职吗?他只是要寻求志同道合的朋友。有一次,阳明建议王龙溪参加科举考试,王龙溪不屑于科举。阳明对他说:"吾非以一第为子荣也,顾吾之学,疑信者半,子之京师,可以发明耳。"①

---

① 黄宗羲:《黄宗羲全集》第七册,浙江古籍出版社2005年版,第268页。

很明显,蔡希渊的"往求其群",其实也是要发展阳明心学。"之子"指蔡希渊;"眇"即渺小、渺视;"万钟"指高官厚禄;"就"是靠近、接近的意思。阳明说蔡希渊是看不上高官厚禄的,他来到滁水之滨接近"我",就是要"求其群",使大家在求学问道上共同进步。

"野寺同游诣,春山共攀援。鸟鸣幽谷曙,伐木西涧曛。""野寺"指琅琊寺;"游"即游览;"诣"即造访;"攀援"也写作"攀缘",是用手抓着东西攀爬。阳明与蔡希渊一同去游览琅琊寺,一同去爬春天的山。他们当然不是简单的游山玩水。阳明接着说:"鸟鸣幽谷曙,伐木西涧曛。""曙"指天刚亮;"曛"是落日的余光。这里有一个典故。《诗经·小雅·伐木》曰:"伐木丁丁,鸟鸣嘤嘤。出自幽谷,迁于乔木。嘤其鸣矣,求其友声。相彼鸟矣,犹求友声。矧伊人矣,不求友生。神之听之,终和且平。"阳明引用这个典故,不是简单地指朋友在一起宴游,而是讲同道朋友讲习论道、切磋琢磨。这两句诗的意思是,阳明先生与门人弟子早晨讲习于幽谷,傍晚讲习于西涧。

先生他们还有其他的活动。"湛"是指默坐澄心的静坐;"玄思"指玄远之思;"奇文"即奇妙的文字,这里指《周易》。阳明与弟子们晚上静坐进入玄远之思,白天就着窗子透过来的光线来把玩深奥的《周易》之理。他们的这些活动,得到很多的收获。"寂景"指静坐而进入杳冥状态;"新悟"即新的体悟;"微言"指精深微妙的语言。在静坐入窅冥中得到奖赏,又有了新的体悟;在把玩《周易》的深奥字句时,得到新的理解而感到欣慰。很明显,"寂景赏新悟,微言欣有闻"是与前面两句两两接应,体现出作者精心的构思。

诗歌的结尾说:"寥寥绝代下,此意冀可论。""寥寥"是寂寞空虚、萧条稀少的意思;"绝代"是远古年代;"此意"指以上所讲的观点;"冀"是希望的意思。阳明的意思是说,就是在寂寞的远古年代,"我"讲的这番意思希望也可以讨论一番。这里用"此意"二字收束全诗,干脆有力。从这两句诗也可以看出阳明的自信。阳明自信他的心学直续孔孟,承续了几千年的绝学。

别希颜二首(其一)

中岁幽期亦几人,是谁长负故山春?
道情暗与物情化,世味争如酒味醇。
耶水云门空旧隐,青鞋布袜定何晨?
童心如故容颜改,惭愧年年草木新。

此诗也是作于正德九年(1514)正月。阳明在太仆寺送蔡希颜,创作了《送蔡希颜三首》(我们欣赏了其中的第一首,见上文)。后来他送蔡希颜到龙蟠山,再创作《别希颜二首》。这是其中的第一首,他向蔡希颜表明自己的心迹。

"中岁幽期亦几人,是谁长负故山春?""中岁"即中年;"幽期"指隐居的期约;"故山"指家乡的山。诗的首联是说,人到中年,只有几个人还守着"我们"要隐居的期约,是谁这么长时间地辜负家乡美好的山色呢?在阳明的人生中,隐居山间讲学是他的最爱,故而他与一班弟子们有这么一个约定。但是,他自己做官以后,到处奔波,想要归隐山间又做不到,这真是辜负了家乡的大好河山。一句"是谁长负故山春"这样一问,其实表现出阳明的无奈。

"道情"指道理、情理;"物情"指人情、世情。"道情暗与物情化"一句是讲"道"与"物"的关系。世上任何事物都有"形而上者"与"形而下者"。《周易》说:"形而上者谓之道,形而下者谓之器。"超出人的感官能力的,是"形而上者",是"道";在人的感官能力之内,人能感受到的,是"形而下者",是"器",也就是"物"。譬如,树的干、枝、叶是树的"物",其内在的生命力是树的"道"。"道"与"物"密不可分,相互转化。也就是说,树的生命力强,那么它的干、枝、叶就长得好;树的干、枝、叶长得好,那么它的生命力就强。"世味"指世俗生活的滋味;"酒味"指超越世俗生活的滋味。"世味争如酒味醇",表面意思是指世俗生活的滋味哪里比得上超越世俗生活的滋味那么纯粹,那么甘甜。世俗生活的滋味是什么样,大家几乎都知道。超越世俗生活,不是要脱离世俗生活,而是要在"形而下"的世俗生活中,要有"形而上"的提升,也就是"即凡即圣"的生活,这正是阳明学派所追求的生活,也可以说是道德化的生活。"道情暗与物情化,世味争如酒味醇",这两句是要传达一种深刻的哲理,但先生表之于意象。

"耶水"指若耶溪;"云门"指云门山。这两处均在绍兴,都是阳明及其弟子过去隐居讲学的地方,现在阳明本人已经离开,那些地方也空在那里。"青鞋"即草鞋。这里的"青鞋布袜"指代平民布衣的生活。"何晨"指什么时候。阳明是问:"不知道什么时候,我又能过上自由自在的隐居生活?"诗歌通过这一问,强烈地表达了阳明希望脱离官场、退隐讲学的心愿。

"童心"本指儿童的天真之心。陆游《园中作》曰:"花前自笑童心在,更伴群儿竹马嬉。"此处即用"童心"本义。李贽《童心说》曰:"夫童心者,绝假纯真,最初一念之本心也。"此处"童心"有哲学意义,阳明诗中即用此意。诗的最后两句是说,虽然经历这么多年的官场,随着年龄增长,容貌有所改变,但"我"的一颗纯真之心还像原来一样。"我"现在这个样子,想到草木年年都在生长,就感到惭愧。阳明为什么会感到惭愧？草木每年都在生长，而"我"的生命境界却没有大的提升，故而感到惭愧。这当然是阳明的一种谦虚的说法，但也反映了有关修身的一种实际情况。在阳明心学看来，要提升自我生命境界，就需要时时"致良知"。在官场"致良知"要比隐居讲学"致良知"困难许多倍。这也是为什么阳明总是想隐居讲学的原因。

蔡希颜与朱守中一起，本来是要到北京参加科举考试的。他们有意顺道到滁州见阳明，因风雪受阻在此耽搁几天。朱守中继续北上考试，因为他要给父母一个交代。蔡希颜以生病为托词，打算回绍兴。二人虽然选择不同，但都是致了自己的"良知"。也就是说，他们都是根据自己的情形，做出自己的最佳选择。阳明当然尊重两个弟子的不同选择，分别赠他们几首诗。在这首诗中，阳明似乎只抒发自己的内心想法，其实对蔡希颜的选择表示了支持。

别易仲

迢递滁山春，子行亦何远。
累然良苦心，惝恍不遑饭。

至道不外得，一悟失群暗。
秋风洞庭波，游子归已晚。
结兰意方勤，寸草心先断。
末学久仳离，颓波竟谁挽？
归哉念流光，一逝不复返。

刘观时，字易仲，号见斋，人称沙溪先生，湖南省辰州府沅陵县（今属怀化市）人。正德五年（1510）正月，阳明过辰州龙兴寺时，刘易仲来问学，二人相识。正德七年（1512）三月，阳明在北京做官，刘易仲又来到北京与阳明见面。正德八年（1513）底，刘易仲又来滁州见阳明受教，也参加了正月初五庶子泉的聚会（见前文《琅琊山中三首》其二的赏析）。正德九年（1514）正月初六以后，刘易仲辞阳明回辰州。阳明写了这首诗赠给刘易仲。诗前有一小序，交代了作诗的由来。序曰："辰州刘易仲从予滁阳，一日问：'道可言乎？'予曰：'哑子吃苦瓜，与你说不得。尔要知我苦，还须你自吃。'易仲省然有悟。久之辞归，别以诗。"

"迢递滁山春，子行亦何远。""迢递"指连绵不绝的样子；"子行"指刘易仲要回辰州。诗的开头两句是说，连绵不断的滁山展露出它的春色，而"你"却要走很远的路回辰州。"迢递滁山春"一句表面上写自然风景，实际上为二人的分别提供一个开阔的背景；同时还借景抒情，滁山这美好的春色似乎在挽留刘易仲，表现阳明对刘易仲的依依惜别之情。

"累然良苦心，惝恍不遑饭。""累然"指辛苦的样子；"良苦心"即用心良苦；"惝恍"指心神不安；"遑"即闲暇。这两句是说刘易仲求道的用心非常辛苦，总是恍恍惚惚、心神不安，好像不能安心地吃上一顿饭。这里对动作、神态进行具体刻画，写出了刘易仲好学的精神。前文我们介绍过，刘易仲三次追随阳明，这是他求道辛苦的佐证。《论语》有一段话描述子路，说："子路有闻，未之能行，唯恐有闻。"(《论语·公冶长》)可将《论语》中的描写与阳明这两句对照着看。

"至道不外得，一悟失群暗。""至道"指精深微妙的至极之道，也指孔孟之道，也就是阳明经常强调的"天理"；"暗"指蒙蔽、遮蔽。在阳明看来，刘易仲用不着如此的辛苦，真正的"至道"用不着向外去探求，向他人去索取，它就在每个人自己的生命之中，因为"心即理"，当你悟到这一点时，其他的一切蒙蔽就会消失殆尽。可以说，这两句话是阳明心学的要诀，这也是阳明临别之前叮嘱刘易仲最重要的一点。

"秋风洞庭波，游子归已晚。""归已晚"指刘易仲因为大雪受阻而回家有些晚。马上就要分别了，阳明想到分手以后，刘易仲将要在浩瀚的洞庭湖上坐着小船，在风雨中飘摇。但是刘易仲不走也不行，他回家的行程由于风雪的阻搁，已经有些迟了。这暗示刘易仲走在回家的路上可能很辛苦，可能有危险，但是阳明理解他迫切回家的心情。显而易见，阳明是在劝他路上小心，祝他一路平安。本来此时是正月，不应该有秋风，"秋风洞庭波"是一个典故。《楚辞·九歌·湘夫人》："袅袅兮秋风，洞庭波兮木叶下。"后世多以"秋风洞庭波"比喻离别之苦。

"结兰意方勤，寸草心先断。""结兰"是结金兰的简称。金兰是指朋友之间的友情、友谊。《周易·系辞上》："二人同心，其利断金；同心之言，其臭如兰。"后人以金兰来比喻朋友之间的友情、友谊，其坚如金，其芳如兰。"勤"即殷勤；"寸草心"指子女孝顺父母之心；如孟郊《游子吟》曰："谁言寸草心，报得三春晖。""断"指阻隔、隔断。这两句诗揭示刘易仲此时内心的矛盾：一方面他热切地想到与同门友人讲学论道，以提升自我生命境界；另一方面他家的父母双亲需要照顾，父母的养育之恩总是要报答的。

"末学久仳离，颓波竟谁挽？""末学"指末流后学，浅陋的学者，阳明此处的"末学"是指一班热衷于烦琐章句的程朱学派末流；"仳离"即乖离，指违背孔孟之学的程朱派后学；"颓波"指向下流的水波，比喻事物衰败之势，这里指孔孟儒学衰败之势。这两句是说当下孔孟儒学发展形势。当时程朱学派占着主流，他们违离孔孟儒学已经很久了，儒学的如此衰败趋势需要谁来挽救呢？这里的"颓波竟谁挽"一问，是对刘易仲而发，也是对自己而发，就是号召大家都要意识到自己身上的责任,要有"为往圣继绝学"的担当。

"归哉念流光,一逝不复返。""归哉"指回归田园,如《论语·公冶长》曰:"归与,归与!吾党之小子狂简,斐然成章,不知所以裁之。""流光"指如流水一般的时光。在诗的最后,阳明对刘易仲说,"你"回去吧,但是要想到时光如流水一般,一去就不会回头。意思是说,时间过得真快啊,"我们"大家都要努力啊。这既是对刘易仲的勉励,也是对自己的鞭策。刘易仲回到辰州,既可以孝顺父母,也可以加强自我修养,因为"至道不外得",修身还得依靠自己。

这首送别刘易仲的诗,是提醒大家要意识到自己复兴儒学的责任,复兴儒学的关键是向自己的生命中求,要有一种时间的紧迫感。作者在表达自己的中心意思的时候,能很好地结合刘易仲的实际情况,使整首诗的表达浑然天成。

郑伯兴谢病还鹿门雪夜过别赋赠三首(其一)

之子将去远,雪夜来相寻。
秉烛耿无寐,怜此岁寒心。

岁寒岂徒尔，何以赠远行？
圣路塞已久，千载无复寻。
岂无群儒迹？蹊径榛茅深。
浚流须寻源，积土成高岑。
揽衣望远道，请君从此征。

郑杰，字伯兴，湖北襄阳人。正德六年（1511）阳明任会试同考试官，郑杰当为阳明亲自录取，后任扬州推官。正德九年（1514），郑杰因病归襄阳，由扬州到滁州来访阳明。先生写了三首诗送给他，这是其中的第一首。

"之子将去远，雪夜来相寻。""之子"指郑伯兴，他将去很远的故乡襄阳。诗的开头两句是说，郑伯兴将要走很远的路，回到他的故乡襄阳，风雪夜到"我"这里寻访。诗里提到"雪夜"，寻访的时间应当在正德九年（1514）的正月里。郑伯兴在扬州推官任上借口生病，辞职回家乡，心里对武宗朝廷有些不满。在如此政局下，读书人应当如何自处？郑伯兴在回家之前，雪夜来访阳明，当是来寻求这个问题的答案。

"秉烛耿无寐，怜此岁寒心。""秉烛"即手持蜡烛以照明；"耿"指耿耿于怀；"岁寒心"表面是指雪天寒冷之心，其实是对时局担忧之心。阳明见到自己的门生，点起蜡烛，两人谈论当下政局，耿耿于怀，不能入眠，相互怜惜着对方的忧国忧民的心。武宗朝廷奸臣当道,贤臣遭摈,凡是正直的读书人都有对时局的担忧。因此,阳明与郑伯兴见面时自然会对政局发出感慨。

"岁寒岂徒尔,何以赠远行?""尔"是如此的意思。接下来,阳明表示,在这寒冷的风雪夜,郑伯兴又将远行,我们难道只是感叹政局而已,"我"还有什么东西能给"你"呢?阳明心学是积极有为的学问,主张人要"素位而行",面对如此糟糕的政局,读书人应该振作起来,做出自己最好的选择,选择做自己应该做的事。这里的"何以赠远行"一问,自然过渡到下文。

"圣路塞已久,千载无复寻。岂无群儒迹?蹊径榛茅深。""圣路"指正确的成圣之路。在阳明看来,成圣之路已经被堵塞很久,一千多年来人们都没有找到成圣之路。早在唐代的韩愈,就指出孟子以后圣人之学不得其传。一般学者认为,到了宋代的周濂溪,圣人之学才被重新提起。但是,阳明认为,在他之前,人们还是没有找到真正的成圣之路。在这一千多年的时间里,难道就没有儒家学者的身影吗?只是因为路上的荆棘和茅草长得太深,他们才没有找到真正的成圣之路。

"浚流须寻源,积土成高岑。""浚流"即疏通水流;"寻源"即寻求源头;"高岑"即高山。阳明认为,要想找到真正的成圣之路,就必须寻找圣学的源头,然后要投入实践,像积土成山一样，去做琢磨切磋之功。在阳明看来，圣学真正的源头在于人心，圣学即是心学。要下功夫，也只是在心体上用功。这样才能真正寻到一条成圣之路。

"揽衣望远道，请君从此征。""揽衣"即提衣，就是出发的意思；"征"即远行。在诗的最后，阳明语带双关地对郑伯兴说这样的话：一方面，他是在给郑伯兴送行，郑伯兴确实要走向远方；另一方面，他是希望郑伯兴踏上成圣之路，进行人生之路的远征。最后这两句诗，阳明既有对郑伯兴的厚望，又有对双方的相互勉励。

阳明这首送郑伯兴的诗，从感慨政局开始，到寻求成圣之路结束，全诗是一个整体，表达这样的一个中心思想：知识分子在政治上无法施展时，可以转而去讲学论道，可以参与社会建设。此诗中采用了不少双关表现手法，如"寒心""远道"等，让人回味无穷。

诸用文归用子美韵为别

一别烟云岁月深，天涯相见二毛侵。
孤帆江上亲朋意，樽酒灯前故国心。

冷雪晴林还作雨，鸟声幽谷自成吟。
饮余莫上峰头望，烟树迷茫思不禁。

诸让（1439—1495），字养和，号介庵，浙江余姚人，阳明的岳父。诸让生有四子，即诸纮、诸纭、诸缉、诸经。诸缉，字用文。诸用文参与崇仁县的幕僚工作，正德九年（1514）一二月间，他因公事到南京，顺道来滁州见阳明。阳明用杜甫律诗《登高》的韵，写了这首诗，来与他送别。

"一别烟云岁月深，天涯相见二毛侵。""一别"指阳明与诸用文的上一次分别。诸让卒于弘治八年（1495），当时阳明曾作祭文驰奠，从此以后，他与诸用文就没有见过面。距这次见面，已经过去了近二十年，故说"岁月深"。"烟云岁月"是指岁月如过眼烟云，强调时间过得飞快；"天涯"指滁州，相对于他们的家乡余姚来说，滁州就是天涯；"二毛"指斑白的头发。这两句是说，上次一别转眼已是近二十载，这次"我们"在滁州见面，大家都已经头发斑白。阳明与诸用文有如此的特殊关系，二人又有近二十年没有见过面，大家都经历了许多事，体貌上都发生了很大的变化。见面以后，人间亲情自然涌上心头。这两句就很好地渲染了这种亲情。

"孤帆江上亲朋意，樽酒灯前故国心。"这里的"孤帆江上"和"樽酒灯前"，既是说诸用文，也是说阳明自己。虽然亲人间很少见面，但是当"我们"孤单地行走江面上的时候，都会想着亲戚朋友间的情谊；当"我们"在灯前喝酒的时候，都会惦记着"我们"的家乡余姚。这两句话将亲情的抒发又向前推进了一步。人的情感本是无形的，但先生却将其有形化了。江上的"孤帆"和灯前的"樽酒"都是具体的物象，对此读者自然会联想到船上的人和喝酒的人，甚至联想到此时这些人内心的深厚情感。

"冷雪晴林还作雨，鸟声幽谷自成吟。""冷雪晴林"指雪后天晴的树林；"鸟声幽谷"是一个典故，《诗经·小雅·伐木》曰："出自幽谷，迁于乔木。嘤其鸣矣，求其友声。"这两句是说，雪后天已放晴的树林，有时也会下雨，鸟儿在山谷里快乐地啼叫，就像在吟诵一首诗。先生写到这里，笔锋一转，情感抒发舍弃厚重，转向轻快。毕竟春天到了，万象更新，到处是一派欣欣向荣的景象。这一转折还表达了一个人生哲理，即人与人之间的情感很重要，但是也不要被情感所拖累，要积极地向前看。

"饮余莫上峰头望，烟树迷茫思不禁。""饮余"指喝酒以后；"峰头望"指登上山顶望故乡、望亲人，这里也有一个典故，《旧唐书·狄仁杰传》曰："其亲在河阳别业，仁杰赴并州，登太行山，南望见白云孤飞，谓左右曰：'吾亲所居，在此云下。'瞻望伫立久之，云移乃行。""思不禁"即"不禁思"，也就是忍不住思念的意思。诗的最后还是落到送别上。阳明给诸用文一个忠告，劝他以后喝酒不要登上山顶去望故乡、望亲人，"你"看到的只能是烟雾迷茫的树林，是看不到故乡、看不到亲人的，这只会引起"你"忍不住的思念。这实际上体现了阳明对诸用文的关切。一个人如果长时间沉浸在对家乡、对亲人的思念之中，会有损身体健康。

　　这首诗很有特点。阳明作为一位哲学家，他的大多数送别诗，多少会有一些宣讲哲理的诗句。但是，这首赠予诸用文的送别诗，没有一句讲他的心学，全文抒发的都是亲情。毕竟他与诸用文的关系，决定了他在诗中讲人生道理不合适。全诗都是抒情，但抒情有顺推，有转折，在抒情中体现了哲理。另外，诗中抒情技术娴熟，尤其是将无形的情感有形化，值得读者好好咀嚼。

送惟乾二首（其一）

独见长年思避地，相从千里欲移家。
惭予岂有万间庇？借尔刚余一席沙。
古洞幽期攀桂树，春溪归路问桃花。
故人劳念还相慰，回雁新秋寄彩霞。

冀元亨，字惟冀，另字惟乾，号暗斋，湖南省常德府武陵县人。正德五年（1510），阳明由龙场经过常德，冀惟乾拜阳明为师，从此追随先生左右，直到陪侍至滁州，是阳明最忠实的弟子之一。正德九年（1514）三月，冀惟乾要回武陵，阳明赠诗二首。这是其中的第一首，表达了阳明对他的期望。

"独见长年思避地，相从千里欲移家。""长年"即长时间；"避地"是避世隐居；"相从千里"是指冀惟乾追随阳明，从常德到庐陵，又从庐陵到滁州；"移家"指迁家。这两句是说，"我"只看到冀惟乾多年来一直想找一个隐居的地方，跟着"我"走了许多路想要搬家。这是写冀惟乾志学之笃。他长期跟随阳明，一直留心寻找一个隐居之所，他是想与阳明作为邻居，可以随时请教心学，可以与其他同门师兄弟相互切磋。冀惟乾曾说过："吾固犹恨得见阳明子之晚也。"（《国朝献征录》卷一百十三）由此可见，冀惟乾是真的信奉阳明心学。

"惭予岂有万间庇？借尔刚余一席沙。""万间庇"来源于杜甫的诗，杜甫《茅屋为秋风所破歌》曰："安得广厦千万间，大庇天下寒士俱欢颜。""借尔"是借给你；"刚"是刚好、仅仅的意思；"一席"原指一张坐卧之席；"沙"即沙地，"一席沙"指隐居之地。这两句是说，"我"哪里有那么多房子来庇护天下的寒士？"我"能借给"你"的仅仅是一个讲席之地。这是写他自己的愧疚。这两句与上两句形成反差，上两句说冀惟乾追求阳明如此之执着,此两句说阳明能给予冀惟乾的却是如此之少,这种反衬更突出冀惟乾一心向学的信念。

"古洞幽期攀桂树,春溪归路问桃花。""古洞"指绍兴的阳明洞;"幽期"指隐居讲学的期约;"攀桂树"指科举中进士,过去也叫蟾宫折桂;"桃花"指桃花源,冀惟乾是武陵人,武陵相传有桃花源。这两句是说,"我们"以后可以相约到绍兴阳明洞,大家在一起讲学问道,希望"你"能早日科举成功,进而出仕行道;这个春天"你"回家,也可以顺便去访访桃花源。这是写阳明对冀惟乾的祝愿。桃花源在中国文人的眼中,是理想社会之所在。访桃花源,也有实现理想之意。

"故人劳念还相慰,回雁新秋寄彩霞。""故人"指阳明自己;"劳念"即怀念;"回雁新秋"指秋天大雁向南飞;"彩霞"比喻彩笺、小幅的彩色纸,古人多用来题咏或写书信,这里就是指书信。最后两句是说,"你"走后,"我"会一直想"你"的,"你"也不要忘了"我",当秋天大雁往回飞的时候,"你"也要写信来安慰孤寂的"我"。这是写两人之间的友情无限。以冀惟乾对阳明心学相知之深,阳明对他自然感情也不同。因此,最后两句写得情意绵绵。

这首诗写出阳明对冀惟乾特殊的情谊,表达了对这位弟子的赞赏之意。诗中借叙事以抒情,情真意切。只有真正的心灵相契,才能如此言尽而意无穷。

林间睡起

林间尽日扫花眠,只是官闲愧俸钱。
门径不妨春草合,斋居长对晚山妍。
每疑方朔非真隐,始信扬雄误《太玄》。
混世亦能随地得,野情终是爱丘园。

这首诗作于正德九年(1514)三月间。"林间"表面指树林之间,实指官员之间;"睡起"指静坐体悟。这首诗作者描写了自己平时的为官生活,表达了对如何为官的看法。

"林间尽日扫花眠,只是官闲愧俸钱。""尽日"即整日;"扫花眠"表面上是打扫落花而后静坐,实际上是处理官务而后静坐。这里的"官闲"与"愧"值得玩味。"官闲"不是说当官没有什么事做,而是说官务只是按部就班而已,只是例行公事而已,想要有所作为,大展拳脚,但被束手束脚、无能为力。在这种情况下,阳明也只好静坐体悟,与朋友们讲学论道,以求提升自身的生命境界。如此拿着自己的官俸,在一般人也许觉得没有什么,但在阳明便觉得有点惭愧。

"门径不妨春草合,斋居长对晚山妍。""门径"指通向住处的小路;"春草合"指春天里长满了草,覆合了进出的小路;

"斋居"指斋戒别居，这里指静坐，如王安石《送郓州知府宋谏议》曰："坐镇均劳逸，斋居养智恬。"很明显，王安石的"坐镇"即是处理官务。王安石也是处理好官务，然后斋居静坐。阳明这两句是说，门前的小路就是被春天的草塞满也不妨碍，在家中可以长时间面对着傍晚的山而静坐。这是具体写在家静坐的情形。阳明平时不愿意去结交官员，到他住处来的人自然也很少，故而门前小路被春天的草塞满。人只有摒除外界的烦扰，才能安心静坐。面

明·唐寅、王阳明《山静日长图（局部）》

书画合册《山静日长图》是极为难得的艺术家与思想家之合璧。此图册是唐寅生平得意之作，布格幽奇，笔细于发。

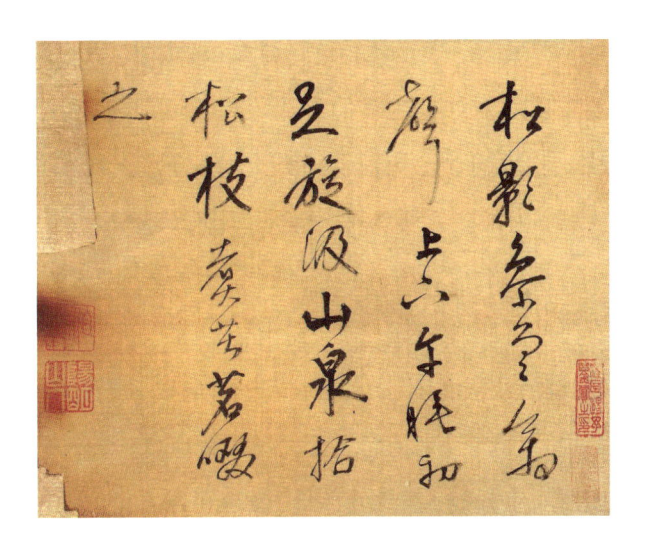

明·唐寅、王阳明《山静日长图（局部）》

此图书法为王阳明笔迹，与唐寅在同一作品中发生交集，实属难能可贵。

对青山而静坐，其实是以青山为镜，来静观、默照、澄悟。李白《独坐敬亭山》说："相看两不厌，只有敬亭山。"这也是人与山的观照。

"每疑方朔非真隐，始信扬雄误《太玄》。""方朔"即东方朔；"真隐"，东方朔自称"避世金马门"[①]，世人也认为东方朔是大隐隐于朝。"扬雄误《太玄》"指扬雄潜心创作《太玄》，守道泊如，耽误了他做官。这两句是说，"我"每次都怀疑东方

① 司马迁：《史记》卷一百二十六《滑稽列传·东方朔传》。

朔不是真隐,现在才相信扬雄是被《太玄》所耽误。这里表明了阳明对如何为官的看法。对于隐,中国古代有一种说法,小隐隐于野,中隐隐于市,大隐隐于朝。像东方朔那样隐于朝,为很多人所认可。但是,阳明认为东方朔"非真隐"。东方朔以滑稽著称,在朝廷做官,以游戏态度对待人生,对待自己的官职,还美其名曰"避世金马门"。阳明认为东方朔不是真隐,是"混世"。扬雄在朝廷做官,不屑于官场事务,一心撰写《太玄》来扬名立万。扬雄做官被《太玄》耽误。通过阳明对东方朔、扬雄的评价,读者可以看出他的观点。如果条件允许,做官还是应该尽自己的职责,在尽职责中去"致良知"[1];如果条件不允许,可以与朋友讲学论道,在讲学论道中"致良知"。

"混世亦能随地得,野情终是爱丘园。""混世"即混迹于尘世;"野情"指不受世俗束缚的闲逸之情,也就是人的自由自在的真性情,如唐朝包佶《送日本国聘贺使晁巨卿东

---

[1] 《传习录》记载:"有一属官,因久听讲先生之学,曰:'此学甚好,只是簿书讼狱繁难,不得为学。'先生闻之,曰:'我何尝教尔离了簿书讼狱,悬空去讲学?尔既有官司之事,便从官司的事上为学,才是真格物。如问一词讼,不可因其应对无状,起个怒心;不可因他言语圆转,生个喜心;不可恶其嘱托,加意治之;不可因其请求,屈意从之;不可因自己事务烦冗,随意苟且断之;不可因旁人谮毁罗织,随人意思处之;这许多意思皆私,只尔自知,须精细省察克治,惟恐此心有一毫偏倚,杜人是非,这便是格物致知。簿书讼狱之间,无非实学。若离了事物为学,却是着空。'"(王守仁:《王阳明全集》卷三,上海古籍出版社2011年版,第107-108页)

归》有言："野情偏得礼，木性本含真。""丘园"指家园、田园。这两句是说，要想像东方朔那样混世，随时随地都可以做到，不一定要隐于朝，如果是由着"我"的真性情来做事，"我"还是喜欢走向民间去讲学论道。

这首诗阳明谈了对如何为官的看法，也表达了自己的心愿。诗歌借用对历史人物的点评，含蓄地表达出阳明自己的观点。

山中示诸生五首（其五）

溪边坐流水，水流心共闲。
不知山月上，松影落衣班。

正德九年（1514）三月二十四日，阳明带领滁州州学诸生及同门弟子，上琅琊山，舞雩浴沂，静坐悟道，吟咏情性。他诗兴大发，作诗五首。"山中"即琅琊山中。"诸生"即随行的年轻人。"示诸生"是将自己的感悟与大家分享。这是诗歌中的第五首，写溪边静坐感悟。

"溪边坐流水,水流心共闲。"这两句是说,阳明带着诸生来到溪边,在流水边静坐,此时人心与水流融合为一,都是从容闲适的。这个"闲"字最值得玩味。水流的"闲"至少包含如下几层意思:其一,水流自上而下,坚定地奔向自己该去的地方;其二,水流顺势而下,或急或慢,流淌出自己的节奏;其三,水流自由自在,从容不迫。人心与水流共闲,是人静坐以后,与眼前的水流融合为一。此时人仿佛消融在眼前的水流中,又好像眼前的水流融入人的生命中,人的生命进入到自由自在的状态。

"不知山月上,松影落衣班。""班"通"斑"。这两句是说,静坐使人忘记了时间,不知不觉山上的月亮已经升起,松树的斑驳的影子依稀地落在大家的衣服上。这实际上是在强调先生他们这次共同静坐时间很长,进入窅冥状态很深。其实月亮升起,松树影子落在衣服上都是很自然的事,而静坐的人竟然没有意识到。这揭示出一个真理,即人静坐进入生命的本真状态的时候,就不能有任何的起心动念,需要忘记所有的一切。

这首诗所要传递的是人之神秘的静坐体验。但先生将这些神秘的体验形象化了,用流动的溪水和落在衣服上的松影,让读者自己慢慢体悟,真是"羚羊挂角,无迹可寻"。

滁阳别诸友

滁之水，入江流，江潮日复来滁州。

相思若潮水，来往何时休？

空相思，亦何益？

欲慰相思情，不如崇令德。

掘地见泉水，随处无弗得。

何必驱驰为，千里远相即。

君不见，尧羹与舜墙；

又不见，孔与跖，对面不相识。

逆旅主人多殷勤，出门转盼成路人。

据束景南先生考证，正德九年（1514）三月六日，朝廷升阳明为南京鸿胪寺卿。四月十一日，他的任命到达滁州。四月二十五日，阳明到南京鸿胪寺卿任。在阳明离滁州到南京途中，滁州州学的诸生一直送阳明到很远。大约在四月二十四日，阳明作此诗，向诸生告别。诗前有一小序，曰："滁阳诸友从游，送予至乌衣，不能别。及暮，王性甫汝德诸友送至江浦，必留居，俟予渡江。因书此促之归，并寄诸贤，庶几共进此学，以慰离索耳。""乌衣"指滁州的乌衣渡；"王性甫汝德"现已无考,想是阳明在滁州的弟子;"庶几"表示希望;"离索"即离群索居。此小序说明了作此诗之缘由,是要劝大家共同实践成圣之学,以此来安慰分别之后的思念。

"滁之水,入江流,江潮日复来滁州。"这句是说,滁河里的水流进了长江,长江的潮又涨回到滁州。诗歌从眼前之景写起,借眼前相互贯通的河水江潮,来抒发当下双方的内在感情。这里运用了比喻,用滁河的水比喻滁州诸生对阳明的感情,长江的潮比喻阳明对滁州诸生的感情。阳明到任滁州只有六个月时间,但师生之间结下深厚情谊。阳明在滁州传播的是心学,心学相传要求"生命在场",需要用生命交流。阳明用自己的"良知",点燃了学生生命中本有的"良知"。大家"良知"相契,感情自然深厚。

从诗前小序可知,滁州诸生已经将阳明送到了乌衣渡口,但是他们还是不忍分别。到了晚上,王性甫等人将阳明送到江边船上,却一定要在江边过夜,一定要等到阳明过了江,他们才愿意离开。可以想象一下,此时阳明与诸生之间有说不完的话,可能是回忆过去在一起的点点滴滴,也可能是悬想分手以后的思念之情。以前耳提面命,从此分别两地,难怪他们会依依不舍。"相思若潮水,来往何时休?"阳明说,如此相互思念的感情像潮水一样,来回往复什么时候才能停止啊?

接着,阳明说:"空相思,亦何益?欲慰相思情,不如崇令德。""令德"即美好的品德。人是有感情的动物。人与人交往,自然会产生感情,分开以后,相互思念也属于正常情况。但是,只是白白地相思,执着于情感不放,对人又有什么好处呢?这不仅没有好处,反而会为情所累,反而会被情所害。如果想要满足相互的思念之情,还不如提升自己的美好品德。阳明心学的终极目标是成圣成贤,也就是培养人的美好品德,也就是提升人的生命境界。阳明与滁州诸生朝夕相处,大家在一起讲学论道,在互动中分享着美好的情感。这美好的感情成为每个人美好品德中的一部分。分手以后,他们在培养自己美好品德的时候,其实也是在重温以前在滁州互动时的情境。因此,阳明在此提出"欲慰相思情,不如崇令德",真是一个洞见,值得我们后来人记取。

接下来,阳明回答如何"崇令德"。他说:"掘地见泉水,随处无弗得。"这是一个比喻。表面意思是说,"我们"掘开地面,就能见到泉水,随便什么地方无不是这样。实际上,这里的"泉水"是比喻"良知"。人人都有"良知",只要让自己的"良知"呈现,处处都是"天理",处处都可以求学,求学就是在自己的心上求。因此,阳明接着说:"何必驱驰为,千里远相即。""驱驰"即奔波,这里指学子为求学四处奔走。这两句意思是,为什么一定要辛苦奔波,走很远的路去向别人请教呢?值得注意的是,阳明在此不是鼓励人们离群索居,他在《中天阁勉诸生》中是希望人们能定期聚会讲学①。阳明在此是强调人之为学要有根,这为学之根就是自己的"良知"。一个人独自修身也好,与人共学也好,都需要致自己的"良知",这样才能培养自己的美好品德。

"君不见,尧羹与舜墙;又不见,孔与跖,对面不相识。"这里运用了两个典故。《后汉书·李固传》曰:"昔尧殂之后,舜仰慕三年,坐则见尧于墙,食则睹尧于羹。"后来人就以"羹墙"比喻仰慕圣贤之心或亲友相思之情。如宋代李纲《邀说十议·议修德》曰:"思宗社之危而不忘之于寤寐,念父兄之辱而欲见之于羹墙。"孔子是当时鲁国最好的人,盗跖是当时鲁国最坏的人。这两人站在人们面前,人们也可能分不清谁是好人谁是坏人。阳明运用这两个典故,是叮嘱滁州诸生培养自己的美好品德,一定要用"心",要用自己的"良知"。因为"心即理""良知即天理"。尧死了以后,舜仰慕三年,说明他心里始终装着尧。舜能够"见尧于墙""睹尧于羹",不单纯是情感上不能割舍,更是在思考尧是如何合理处理天下事,是在与尧互动交流。孔子是个大好人,盗跖是个大坏人,这两人站在人面前,按理说很容易辨认。但是,如果人不用"心",不用自己的"良知",那么只能是"对面不相识"。

---

① 王守仁:《王阳明全集》卷八,上海古籍出版社2011年版,第310页。

诗的最后，阳明说："逆旅主人多殷勤，出门转盼成路人。""盼"即怒视、冷视的意思。这里说出了一个很平常的社会现象。饭店的主人招待客人吃饭时非常热情，等客人吃完饭出门时就变成了冷漠的路人。饭店主人有这样的态度变化，还是一个"利"字作祟。前面的热情是有利可图，后面的冷漠是无利可图。这里用前后对比的手法，突出饭店主人前后态度变化之快，表达了先生对这种势利小人的鄙视。阳明对即将分别的滁州诸生说这样的话，是别有深意的。他不希望他的学生当着他的面，表现出对心学很热情，等离开了老师，就显得很冷淡，将阳明心学弃之如敝屣。阳明表达这个意思，不是无的放矢。当时追随阳明的人趋之若鹜，但最后批驳阳明心学的人中也有他的学生。

这首写给滁州诸生的告别诗，既饱含着感情，又充满着学理。诗中借眼前之景，抒内心情感，似乎是随手拈来。借用历史人物，表达衷心告诫，也体现阳明先生驾驭文字的超强能力。全诗语言通俗易懂，呈现的内容丰富多样，值得读者反复回味。

第五卷

阳明先生在南京为官，到江西剿匪，平定了宸濠之乱，此时期的诗歌表达他内心的纠结。他认清了官场的险恶，渴望归隐山林，但是又无法全身而退。

次栾子仁韵送别四首（其三）

野夫非不爱吟诗，才欲吟诗即乱思。
未会性情涵泳地，《二南》还合是淫辞。

栾惠，字子仁，衢州府西安县（今柯城区）人。正德九年（1514）正月，湛甘泉从安南回，经过兰溪。栾子仁拜见湛甘泉，受其影响。这年五月，栾子仁来南京见阳明，拜阳明为师。阳明见栾子仁话语中持有湛甘泉的观点，认为他讲错了，不能不更正他。在栾子仁告别时，阳明按照栾子仁诗的韵，写了四首诗送给他。诗前有一小序，曰："子仁归，以四诗请用其韵答之，言亦有过者，盖因子仁之病而药之，病已则去其药。"阳明承认,自己的诗有些话说得有些过分,但是,这正是用来医治栾子仁毛病的良药。如果栾子仁的病治好了,那么"我"的这个药也就可以去掉。这是其中的第三首,是讨论有关诗歌创作与理解的问题,体现了阳明的文学理论。

"野夫非不爱吟诗,才欲吟诗即乱思。""野夫"即野人,指阳明自己,古人谦称的惯用手法;"吟诗"即作诗;"乱思"指不合天理的思考。阳明的意思是,"我"不是不爱作诗啊,只是要为了作诗而作诗,这就是不合天理的思考。在阳明看来,好的诗应该是人之真实生命的流露。人的真实生命的流露,要求人不能有任何的私心杂念。如果一个人想着我要作诗,有了这个念头,便是私心杂念,也是一种"乱思",也会扰乱人真实生命的流露。因此,阳明主张人在一定的情境中,将自己的真情实感写出来,这才是好诗。阳明曾说:"凡作文字要随我分限所及。若说得太过了,亦非'修辞立诚'矣。"①作诗有意识地说得太过,这就是一种好胜心,也是一种"乱思"。很明显,他这是在谈论诗歌的创作问题。"才欲吟诗即乱思"告诉我们,诗歌创作不能有私心杂念,不能有任何的功利观念。

"未会性情涵泳地,《二南》还合是淫辞。""涵泳"指深

---

① 王守仁:《王阳明全集》卷三,上海古籍出版社2011年版,第112页。

入领会体悟；"《二南》"指《诗经》中的《周南》《召南》。这两句的意思是，如果一个人没有理解人心是领会性情之所在，那么《诗经》中的《二南》也算得上是淫荡之辞了。在阳明心学中，"心"是人的内在生命。"性"是人之生命的性质，是人之为人的本质规定，是人之生命的内在结构。"情"是人性的表露。要想理解人的性情，就需要体悟人的"心体"，也就是体悟人的真实生命。因此，阳明在此说的"性情涵泳地"，实际上就是指人心。《周南》《召南》被编排在《诗经》的开篇，向来被认为是性情雅正的诗篇，是吟咏道德之典范。《周南》中的《关雎》《汉广》等诗，《召南》中的《行露》《摽有梅》等诗，大多有关男女爱情。如果从人的真实生命出发，来体悟性情，那么这些写男女爱情的诗歌，也是人之生命的正常流露，那么《诗经》中的这些爱情诗篇自然是雅正的典范。如果不是从人的生命出发来体悟性情，而是从僵硬的条条框框出发来理解性情，那么《诗经》中的那些男女爱情诗篇就全都是淫荡之辞。很明显，这是在谈论关于诗歌的欣赏问题。这两句告诉我们，欣赏诗歌要有正确的出发点。

阳明送别栾子仁的四首诗，是要纠正栾子仁对圣人之学的一些错误认识，也就是要纠正湛甘泉的一些错误观点。阳明心学强调"致良知"，一切从人的心体出发，这与湛甘泉的"随处体认天理"大不相同。这首诗是谈论创作诗歌和理解诗歌的问题。阳明的意思是，创作诗歌应该从人的心体自然流出，不能带一点儿人为的因素。欣赏诗歌也要将自己摆进诗歌中去，体悟此时人的心体，才可以正确理解诗的本意。最后一句话说"《二南》还合是淫辞"有些过分，这正是为了医治栾子仁的毛病，是不能不注意的地方。

送徽州洪侹承瑞

平生举业最疏慵，挟册虚烦五月从。
竹院检方时论药，茅堂放鹤或开笼。
忱时漫有孤忠在，好古全无一艺工。
念我还能来夜雪，逢人休说坐春风。

洪侹，字承瑞，一字廷瑞，徽州歙县人。正德九年（1514）三月，洪侹参加会试落第，回家途中经过南京来见阳明。阳明于五月写下这首诗，送给洪侹。在这首诗中，他表达了自己不是太在意举业的人生态度。

"平生举业最疏慵，挟册虚烦五月从。""举业"指为科举考试而准备的学业，明代时专指作八股文；"疏慵"即疏懒，不喜欢；"挟册"即挟带文册，这里指洪侹挟带着自己所写的举业程文习作；"虚烦"即空烦，白白地麻烦；"从"即随从请教。洪侹这一次见阳明，是想向他请教有关举业的问题。阳明说，"我"平生对于举业最是漠不关心，"你"五月挟带着文册来请教举业，真是麻烦"你"白跑了一趟。阳明从小就立志成为圣人，确实没有将举业放在心上。据钱德洪《阳明先生年谱》记载，弘治三年（1490），阳明的父亲王华因为王阳明的祖父王伦去世，回余姚守孝，曾带着兄弟及子侄等，在家里准备举业。当时阳明"日则随众课业，夜则搜取诸经子史读之，多至夜分"，当时人都说阳明"已游心举业外矣"。显而易见，阳明对洪侹说这样的话，是表示自己不愿意谈举业问题。

"竹院检方时论药，茅堂放鹤或开笼。""竹院"指栽竹的庭院，这里指当时南京的寺观竹院；"检方"指检选药方，查验药方；"时论药"指时常与寺观中通医道人谈论用药治病；"茅堂"指草盖的屋舍、隐士的居处；"放鹤"是一个典故，沈括的《梦溪笔谈》卷十《人事二》曰："林逋隐居杭州孤山，常蓄两鹤，纵之则飞入云霄，盘旋久之，复入笼中……有客至逋所居，则一童子出，应门延客坐，为开笼纵鹤。"这两句诗是说先生自己，有时到南京寺观的竹院，与懂医道的道人讨论药方抓药；有时在茅堂打开鸟笼放鹤飞翔。这里前一句说自己身体不好，经常问医抓药；后一句不是实写，

明·唐寅《草屋蒲团图》

正德九年(1514)五月,阳明先生写诗给会试落第的洪侄,表达了他不太在意举业的人生态度,图中的情形正是阳明先生此时的人生状态。

而是虚写,写自己想要隐居。正是由于身体不好,阳明才有想要隐居的想法。

"忧时漫有孤忠在,好古全无一艺工。""忧时"指担忧时局;"漫有"即空有;"孤忠"是自己的忠心不被他人理解;"好古"是喜欢孔孟之道；"艺"指六艺，即礼、乐、射、御、书、数。这里阳明是说，"我"也担忧时局，但是这样的忠心没有用，不被人理解；"我"喜欢孔孟之道，但自己不精通哪一项技艺。后一句说自己"全无一艺工"，当然是阳明谦虚的说法。这两句重点在前一句，正是由于阳明有一颗忧国忧民的心，他才会忧时。他的忧时不被人理解，才会身体不好，才会想着要隐居。

"念我还能来夜雪，逢人休说坐春风。"洪承瑞五月来南京见阳明，此时当然不存在雪。这里"来夜雪"是一个典故。《世说新语·任诞》曰："王子猷居山阴，夜大雪，……忽忆戴安道，时戴在剡，即便夜乘小船就之，经宿方至。"由此可见，"来夜雪"这个典故有随性、洒脱之意。"坐春风"也是一个典故。《近思录》卷十四曰："朱公掞见明道于汝，归谓人曰：'光庭在春风中坐了一个月。'"因此，"坐春风"比喻受到良师教诲，如沐春风。阳明《送守中至龙盘山中》有诗句"茅堂岂有春风坐"，也是用的这个典故。最后这两句照应开头，还是落在洪承瑞来访这件事上。阳明对洪承瑞说，感谢"你"能想到"我"，这么远的路乘兴来看"我"，但是很惭愧，有关举业，"我"不能给"你"什么好的建议。

明代读书人都非常重视举业，这关系到个人得失和家族荣辱。洪承瑞科举失败，到阳明这里来，就是来取科举方面的真经。阳明以成圣为人生目标，并不是太在意举业。这首诗开始两句表明自己不重视举业的观点，中间四句写自己当下的人生状态，其实是说明不重视举业的原因，最后两句对洪承瑞来访表示感谢，再次表示自己对举业没有好的意见。全诗的突出特点是含蓄。先生作诗的本意是批评洪承瑞太在意举业，这是舍本而逐末。但是，面对当时的社会风气，面对刚经历科举失败的洪承瑞，这个意思总是不好直接表白。因此，诗中多是说自己的不好，多是运用典故，委婉曲折地表达自己的真实意思。

题王实夫画

随处山泉着草庐，底须松竹掩柴扉？
天涯游子何曾出？画里孤帆未是归。
小酉诸峰开夕照，虎溪春寺入烟霏。
他年还向辰阳望，却忆题诗在翠微。

王嘉秀，字实夫，湖南省辰州府沅陵县人。正德五年（1510）正月，阳明从龙场赶往庐陵，经过湖南辰州，王实夫拜在阳明门下。正德九年（1514）五月，王实夫来到南京，他擅长绘画，画了一幅辰州山水图，请阳明在此画上题诗，这便成了这首诗的由来。阳明这首诗既赞美了王实夫的画，也表达了自己想要归隐的愿望。

"随处山泉着草庐，底须松竹掩柴扉？""着"即紧挨着的意思，"底"表示疑问，如何、怎么的意思，"底须"是何须、何必的意思。这两句是写画中的景色。到处都是山泉挨着草庐，那么还用得着在草庐门前画一些松竹来遮掩柴门吗？阳明的意思是，隐居的生活越简单越好，住在山泉边，不一定还需要在门前栽种松竹。

"天涯游子何曾出？画里孤帆未是归。"这是阳明由眼前的画而想象出来的内容。画中只画了草庐依着山泉，"游子"与"孤帆"并没有出现在画里。阳明看着画想到"天涯游子"，他实际上是触景生情。他自己就是"天涯游子"，由于官务漂游在外，绍兴的阳明洞一直空在那里，等待着主人的归来。这两句诗表达了阳明内心想要归隐的愿望。

"小酉诸峰开夕照，虎溪春寺入烟霏。""小酉"即小酉山，在辰州沅陵县。阳明正德三年（1508）到龙场，正德五年（1510）赴任庐陵，都曾经过小酉山。"虎溪"即虎溪山，也在沅陵县。正德五年（1510）阳明自龙场归，经过辰州，在虎溪寺凭虚楼讲学满一个月。这是写画中的远景。小酉山的连绵山峰被夕阳所普照，虎溪寺被浓云迷雾所笼罩。阳明都曾见过这两处的风景，在画中看到这些景色，自然感到亲切。这是称赞王实夫将此两处景色画得真美。

"他年还向辰阳望,却忆题诗在翠微。""翠微"指山腰苍翠的风景。诗的最后,阳明表达了自己的愿望,将来如果还有机会到实地,去看看辰州的这些风景,"我"一定会记得"我"曾经在王实夫的画上题过这首诗。这实际上是在称赞王实夫这幅画画得好,这幅画也勾起阳明对辰州山水和人的感情,还表达了有机会旧地重游的愿望。

这是一首题画诗。先有画而后有诗,诗与画由两个人完成。这要求诗的内容既要与画有关,又要有诗人的创新。诗人在介绍画的内容时,通过一二句指引从画的一点看起,五六句观察整幅画的背景,显得有条不紊。诗人在抒发自己感受时,通过三四句表达想隐居的愿望,七八句提出这幅画引起他重游辰州的冲动。总之,阳明做到了诗与画相得益彰的效果。

题岁寒亭赠汪尚和

一觉红尘梦欲残,江城六月滞风湍。
人间炎暑无逃遁,归向山中卧岁寒。

汪尚和，字节夫，号紫峰，徽州休宁人。正德八年（1513）十二月，汪尚和来滁州见阳明受学。正德九年（1514）正月回休宁，五月来南京受学，六月回家。这次阳明在岁寒亭为其送别，作此诗。"岁寒亭"是南京瞻园内一景。

"一觉红尘梦欲残，江城六月滞风湍。""红尘"即尘世；"梦欲残"指梦将醒；"江城"指南京城；"滞风湍"指汪尚和因长江风急浪高而滞留。这两句诗，一是说先生自己，一是说对方。第一句说他自己在官场沉浮这么多年，感觉就像在人世间做了一个梦，现在这个梦将要醒了，自己也算看明白了。第二句说汪尚和因为长江风急浪高，一直被阻滞在南京，到此时的六月才能回家。这两句，一虚写，一实写，相互补充。阳明本来想通过仕途来为国为民出力，以此来实现自己的人生价值。但是，官场的经历使他明白，这不过是痴人说梦。梦是虚的。梦醒以后，他更看清了时局，此时的武宗朝廷政治凶险，犹如长江上的风急浪高。长江的风浪是实的，危险的时局也是实的。

"人间炎暑无逃遁，归向山中卧岁寒。""炎暑"指夏天酷暑；"岁寒"本指一年中的严寒时节，后多比喻老年或困境、乱世。这两句表面上是说，现在天气酷热让人无所逃，"你"还是回到家乡的山里更凉快些。实际上是说，现在时局危险，人民处在水深火热之中，"你"还是隐居山里度过余生吧。

从这首诗中，我们可以看出，阳明想要隐于山间讲学的愿望越来越强烈,说明他对现实政治越来越有清醒的认识。这首诗最突出的特点就是语带双关,就眼前事、眼前景来曲折表达自己的内心想法。凡真切了解阳明此时的处境者,自然能体察到他此时的真实心情。

别族太叔克彰

情深宗族谊同方,消息那堪别后荒。
江上相逢疑未定,天涯独去意重伤。
身闲最觉湖山静,家近殊闻草木香。
云路莫嗟迟发轫,世途崎曲尽羊肠。

王克彰,号石川,是阳明的族叔祖,也跟着阳明学习心学。正德九年(1514)八月,王克彰要从南京回余姚,阳明创作此诗来为他送行。这首诗既表达了亲人之间依依不舍的亲情,也表明了先生想要退隐的心愿。

"情深宗族谊同方,消息那堪别后荒。""同方"即同道、同志;"荒"是匮乏、极少的意思。这两句的意思是说,"我们俩"既是同一个宗族感情深,又是志同道合友谊深,"我"哪里忍受得了分别以后很少听到"你"的消息这件事发生?阳明抒发了对王克彰真挚的情感,这是从两人感情上来极力地挽留王克彰。

"江上相逢疑未定,天涯独去意重伤。""江上"指南京;"疑未定"指二人在一起讨论心学,有许多问题仍然疑而未定;"天涯"指余姚,相对于南京来说就是天涯;"重伤"指严重的感伤。这两句是从学理上继续挽留王克彰。他说,"我们"相逢在南京,还有许多学术问题仍然没有讨论出结果,现在"你"一人要孤独地回到遥远的余姚,"我"心里感到非常受伤。

"身闲最觉湖山静,家近殊闻草木香。""身闲"指自己在南京鸿胪寺任职政务闲散;"湖山静"本指隐居山湖享受清静,这里指隐居山湖讲学论道最适意;"殊"即极、很。这两句分写二人分别后的感觉。前一句写阳明自己任职没有什么事,最能感觉到隐居山湖讲学的快意;后一句写王克彰回到家乡,越近越能感受到草木的香味。两句都是虚写,悬想分手以后各人不同的感受。从这些描写中,我们可以理解阳明对污浊官场的厌恶,对隐居讲学的向往。这里的"静"与"香"字,一写听觉,一写嗅觉,从不同的感官上来写感受,相互呼应,体现出先生丰富的想象力。

"云路莫嗟迟发轫,世途崎曲尽羊肠。""云路"指遥远的归家之路;"嗟"即叹息;"发轫"即出发;"崎曲"即崎岖;"羊肠"指像羊肠一样弯曲的路。阳明在诗的最后嘱咐王克彰,回家的路那么遥远,"你"不要叹息出发得迟,世间的道路本来就像羊肠一样崎岖不平。最后这一句语带双关,感慨人生的道路是那么艰难。这是对王克彰的嘱咐,表现了阳明对王克彰的关切,希望他以后一切都平安。

这首诗是写亲人的分别,抒发了真挚的情感。诗中的抒情极有层次,一二句是从感情上挽留王克彰,三四句是从学理上挽留王克彰,五六句想象分别后二人的不同感受,七八句劝王克彰在回家的路上要照顾好自己。

送诸伯生归省

天涯送尔独伤神,岁月龙山梦里春。
为谢江南诸故旧,起居东岳太夫人。
闲中书卷堪时展,静里功夫要日新。
能向尘途薄轩冕,不妨蓑笠老江滨。

诸陞，字伯生，是诸缉的儿子，阳明妻子的侄子。他多次到南京向阳明问学。正德十年（1515）二三月，诸伯生要从南京回余姚，阳明创作此诗，为他送行。诗中表达了自己的思乡之情和对诸伯生充满了希望。

"天涯送尔独伤神，岁月龙山梦里春。""天涯"指南京，相对于家乡余姚来说，南京就是天涯；"独"有强调的语气；"龙山"即余姚的龙泉山。诗的开头两句是说，"我"在南京送"你"回余姚，感到特别地难过，时间过得真快啊，"我"经常做梦梦到龙泉山。诸伯生要回余姚，勾起了阳明的思乡之情，他想起了儿时玩耍过的龙泉山。

"为谢江南诸故旧，起居东岳太夫人。""谢"本有道歉之意，这里是指问候；"江南诸故旧"指余姚的那些亲戚朋友；"起居"指代日常生活的一切；"东岳太夫人"指阳明的祖母岑太夫人，此时她已九十六岁。接着，阳明就请求诸伯生代他向余姚的亲戚朋友问好，向祖母大人问安。这两句将先生的思乡之情具体化，他不仅思念家乡的山水，还思念家乡的亲人。

"闲中书卷堪时展，静里功夫要日新。""堪"是值得的意思；"静里功夫"指心上体认功夫；"日新"即每日有所更新。这是嘱咐诸伯生回到余姚以后，有空的时候要看看书，心上体认的功夫要每一天都有长进。从这里可以看出，阳明心学功夫并不排斥读书。阳明心学以成圣为终极目标。

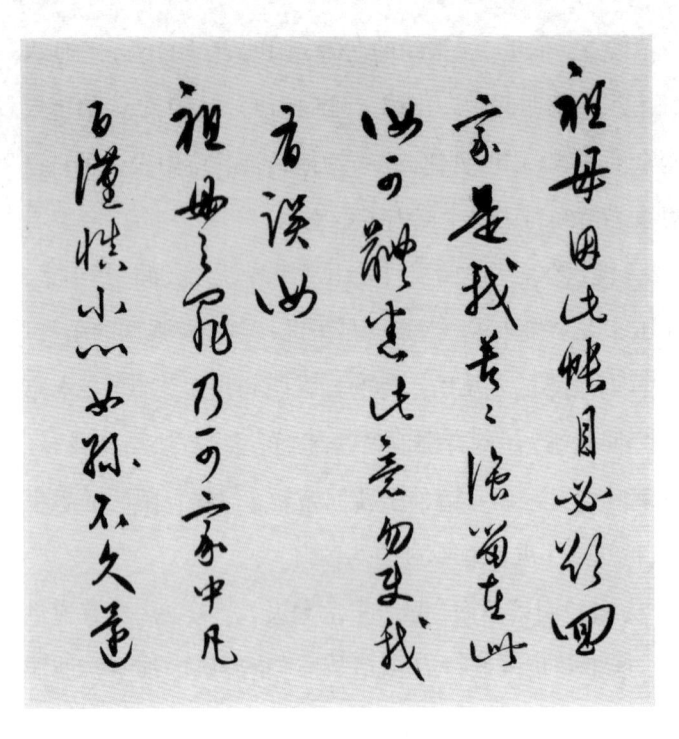

要成圣，必须要用心上体认的功夫。只要做心上体认功夫，人就可以不断提升生命境界，培养自己的品德。所读之书也是古人体认心体而来。读书，可以帮助我们体认心体。但是，读书毕竟只是工具，重点在于体认心体。当时社会上很多人舍本而逐末，重视读书而忽略体认心体，故而阳明心学才会强调心上体认。

"能向尘途薄轩冕，不妨蓑笠老江

明·王阳明《与郑邦瑞尺牍（局部）》

正德十年（1515）二三月，阳明先生妻子的侄子诸伯生要从南京回余姚，先生作诗送行，表达了先生的思乡之情和对诸伯生的殷切希望，和《与郑邦瑞尺牍》书法一样流露真情。

滨。"尘途"指世俗生活;"薄"即轻视;"轩冕"本指车子和帽子,这里借代官位爵禄;"蓑笠"是隐士的穿戴,这里借代隐士。诗歌最后告诫诸伯生不要太在意功名利禄,就是做一个隐士老死在江边,也没有什么不好。这里以"轩冕"与"蓑笠"相对比,形象化地指出人生的不同选择。此时阳明自己在做官,却多次表达要归隐的心意。他以成圣作为自己的人生目标,成圣也就是合理发挥自己的生命潜力。一个人做官确实有利于发挥自己的生命潜力,但是也要根据具体的政治环境。阳明正是感受到当时政治氛围的不好,才萌生归隐的念头,才有对诸伯生这样的告诫。

  这首告别的诗,没有直接抒发对诸伯生的感情,而是借诸伯生表达了对家乡对亲人的浓烈感情。对于诸伯生,作者更多的是亲切的希望和忠恳的告诫,因为诸伯生毕竟是晚辈。诗中几乎没有用什么典故,都是直抒胸臆,这是根据送诗对象而决定的。

病中大司马乔公有诗见怀次韵奉答二首（其二）

一自多歧分路尘，堂堂正道遂生榛。
聊将肤浅窥前圣，敢谓心传启后人。
淮海帝图须节制，云雷大造看经纶。
枉劳诗句裁风雅，欲借《盘铭》献日新。

乔宇，字希大，号白岩，山西乐平人，茶陵派诗人。正德十年（1515）五月二日，乔宇升南京兵部尚书，故称其为"大司马"。在此期间，阳明生病十日。乔宇非常看重阳明的军事才能，写诗给阳明，表示"怜才意"。阳明看到诗后，大约在五月十二日前后，便按其诗韵，和了两首诗。这是其中的第二首，谈到当前的学术纷争、政治形势和对乔宇的期望。

"一自多歧分路尘，堂堂正道遂生榛。""一自"即自从的意思；"多歧分路"指分出歧路，歧路是错误的道路；"正道"指孔孟奠定的成圣之道；"榛"指草木丛生的样子。这两句是说，自从出现种种学术流派，孔孟奠定的正道便被丛生的草木堵住。在阳明那个时代，学术流派纷呈，相互攻伐，党同伐异，都自诩是孔孟的正宗。表面上看起来，学术很繁荣，实际上却使孔孟儒学的真精神遭到埋没。阳明自认为心学即是圣学，他当然不满这样的学术现状，故而奋起疾呼，要为心学张目。

"聊将肤浅窥前圣，敢谓心传启后人。""聊"是姑且的意思；"肤浅"指轻薄的学识；"心传"即以心传心，这个典故来源于《尚书·大禹谟》："人心惟危，道心惟微，惟精惟一，允执其中。"在阳明这里，这个"心传"就是指圣人之学的精神命脉。阳明在此非常谦逊，他说，"我"到处宣扬心学，只是姑且以"我"肤浅的见识来窥探孔孟圣学，"我"怎么敢自称得到圣人的心传，来启发后人呢？这两句诗字面看来非常谦虚，实际上则是高度自信。阳明讲"心即理"，讲"知行合一"，关键就在于"信得及"。也就是说，只有高度的自信，才是真正相信"心即理"，才能做到"知行合一"。

"淮海帝图须节制，云雷大造看经纶。""淮海"指淮海流域，即今江苏、安徽、河南、山东相邻一带，这里阳明对南京兵部尚书乔宇讲"淮海"，是借指南直隶的统治地区；"帝图"指帝王的宏图大业；"节制"指节度法制；"云雷"指云行雨施，造福人民；"大造"指大功劳，大恩德；"经纶"同"经纬"，指治理国家大事。这两句诗是谈国家政治，阳明认为南直隶地区关系帝王的宏图大业，需要好好地节制，能否造福百姓，就看司马乔大人如何治理了。阳明从军事角度向乔宇提出他此时职责重大。后来发生的江西流民起事和朱宸濠叛乱,都证明阳明一语中的。

"枉劳诗句裁风雅,欲借《盘铭》献日新。""枉劳"是白白地劳烦;"裁风雅"即别裁风雅,区别取舍、善治善政;"《盘铭》"指商汤所作的《盘铭》,《礼记·大学》曰:"汤之《盘铭》曰:'苟日新,日日新,又日新。'"最后两句的意思是说,"我"枉劳心力写这些诗句,来评判您的善治善政,只是想借《盘铭》里的话,祝您在任上每天都取得进步。

这是阳明写给上级领导的诗。诗中前四句与学术有关,五六两句谈论政治,最后是祝福的话。全诗采用的是恭敬而坦诚的语气,体现出对上级领导应该有的态度。与此态度相适应,诗句含而不露,言有尽而意不止,让人回味。

六月五章(其一)

六月凄风,七月暑雨。倏雨倏寒,道修以阻。
允允君子,迪尔寝兴。毋沾尔行,国步斯频。

正德十年(1515)六月,南京吏部左侍郎熊峰升任礼部右侍郎。六月二十日,阳明创作五首诗,送熊峰去北京上任。束景南先生认为,当时朝廷正值多事之秋,武宗更加淫乐无度，奸佞弄权愈烈，全国十三道流民骚动，烽火四起，阳明已三次上奏乞求回家养病，而不被允许。这次熊峰调到北京，是因为武宗耽迷番僧秘术，竟欲迎乌斯藏活佛进京，要熊峰负责。这无异自投火网，引火烧身。阳明创作这五首诗，是向熊峰吐露利害，表达长期郁积于胸中的忧国忧民的悲愤。诗的前面有一序，文长不引，介绍作诗的缘由。诗以《六月》为题，颇有深意。《诗经》中有一篇《六月》，咏叹六月宣王北伐的事。阳明以此为题，也有将熊峰到北京任礼部侍郎比作宣王北伐，可见他的良苦用心。这里选读的是其中第一首，表达了阳明对熊峰北行的关切。

"六月凄风，七月暑雨。倏雨倏寒，道修以阻。"这里描写了天气的变化。六月刮凄厉的风，七月下闷热的雨，一会儿下雨，一会儿变冷，"你"到北京去的道路，既遥远又险阻。这里表面上是写天气变化，更重要的是暗示当下凶险的政局。诗歌开头如此描写，表达作者对熊峰这次北行的担忧。

"允允君子，迪尔寝兴。毋沾尔行，国步斯频。""允"是确信、果真的意思，"允允"即允文允武，《诗经·鲁颂·泮水》曰："允文允武，昭假烈祖。"允文允武是文事与武功兼备，这是称赞熊峰。"迪"是遵循的意思；"寝兴"指睡觉与起来，也就是人的起居；"沾"即沾滞、滞碍；"国步"指国家命运；"频"是急的意思。这四句是说，"你"作为能文能武的君子,走在路上要注意自己的起居,路上行走不要停留,国家的命运需要"你"快速入京。

　　此诗以后还有四首诗,与此形成一组诗,共同表达了先生对熊峰进京复杂的心情。正如先生在序中所言:"既以戚众之戚,喜众之喜,而复忧公之忧。"这一组诗的突出特点,是引用了大量典故。当时政局凶险,阳明有些话不好直说,只能通过典故,将自己的担心、希望和关切曲折地表达出来。此诗第二个特点是四言诗,这在阳明诗中比较少见。先生要引用许多《诗经》中的典故,而《诗经》是以四言为主,以四言来抒发内心愤激,节奏上也比较协调。

守文弟归省携其手歌以别之

尔来我心喜,尔去我心悲。
不为倚门念,吾宁舍尔归?
长途正炎暑,尔行慎兴居。
凉茗勿频啜,节食但无饥。
勿出船旁立,勿登岸上嬉。
收心每澄坐,适意时观书。

申洪皆冥顽,不足长嗔答。
见人勿多说,慎默真如愚。
接人莫轻率,忠信持谦卑。
从来为己学,慎独乃其基。
纷纷多嗜欲,尔病还尔知。
到家良足乐,怡颜报重闱。
昨秋童蒙去,今夏成人归。
长者爱尔敬,少者悦尔慈。
亲朋称啧啧,羡尔能若兹。
信哉学问功,所贵在得师。
吾匪崇外饰,欲尔沽名为。
望尔日愃愃,圣贤以为期。
九兄及印弟,诵此共勉之。

王守文,字伯显,阳明的十弟。正德九年(1514)七月来南京从学于阳明,正德十年(1515)六月回绍兴。阳明拉着弟弟的手,创作这首诗,千言万语都浓缩在这首诗中。

"尔来我心喜,尔去我心悲。不为倚门念,吾宁舍尔归?""倚门"是一个典故,来源于《战国策·齐策六》:"王孙贾年十五,事闵王。王出走,失王之处。其母曰:'女朝出而晚来,则吾倚门而望;女暮出而不还,则吾倚闾而望。'"后以"倚门"比喻父母望子归来。开头四句是说,"你"来的时候"我"心里高兴,"你"离开的时候"我"心里难过。如果不是因为父母在家望着"你"回家,"我"怎么可能舍得让"你"回去?这四句明白晓畅,直抒胸臆,表达了同胞之情。

"长途正炎暑,尔行慎兴居。凉茗勿频啜,节食但无饥。勿出船旁立,勿登岸上嬉。""兴居"指起居作息;"频啜"指喝得太急太多。这六句是叮嘱弟弟回家路上的注意事项。回家路途遥远,正是大热天,"你"日常起居要慎重,凉茶不能喝太多,节制饮食但不能饿肚子,不要站在船边上,不要上岸嬉玩。从这里可以看出,阳明叮嘱极为细致,在细节处体现他对弟弟的关爱。

"收心每澄坐,适意时观书。申洪皆冥顽,不足长嗔笞。""收心"即收敛身心;"澄坐"即静坐澄心;"适意"指情意闲适;"申洪"指申公与葛洪,都是古代道家方士,这里借指神仙方术;"嗔"即怒斥;"笞"指鞭打、批判。这四句诗阳明让弟弟明白,要收敛身心去静坐,情意闲适时看看书,像道家方术那一类学问不值得去批判。这四句是教弟要选择正确的治学方向,要学孔孟的成圣之学,不要分心于神仙方术。阳明说这些话,是有针对性的。王守文体弱多病,未免会羡慕神仙方术。正德九年(1514)七月,王守文刚来南京,阳明就写了《示弟立志说》,向他指出了这一点。这次在此诗中又重申此点,这是人生大方向问题,不得不再三强调。此时阳明讲学，多是强调静坐，通过静坐可以摒除私心杂念，在此基础上可以进一步修身。

"见人勿多说，慎默真如愚。接人莫轻率，忠信持谦卑。""慎默"即谨慎、沉默；"如愚"是孔子称赞颜回之语，《论语·为政》云："子曰：'吾与回言终日，不违，如愚。退而省其私，亦足以发。回也，不愚！'"这是阳明在指导弟弟如何去接人待物。见人不要多说话，要谨慎、沉默，真要做到像颜回那样。与人交往不要轻率，要忠信，要怀着谦卑的态度。这些都是强调做人的具体规范。正如孔子教导颜回要"非礼勿视，非礼勿听，非礼勿言，非礼勿动"。人按规范做事，这些规范可以内化到人心，可以提升人的品德。

"从来为己学，慎独乃其基。纷纷多嗜欲，尔病还尔知。""为己学"源于《论语·宪问》记孔子言："古人之学者为己，今之学者为人。""为己"即为学是为了提升自我品德。"慎独"源于《大学》："此谓诚于中，形于外，故君子必慎其独也。"在阳明看来，"慎独"即心上体认，也就是"致良知"。这四句告诉弟弟为学之关键。从孔子以来，都在大力提倡为己之学，慎独是为己之学的根基，人就怕有太多的欲望，"你"有这方面毛病，"你"自己是知道的。

"到家良足乐，怡颜报重闱。昨秋童蒙去，今夏成人归。长者爱尔敬，少者悦尔慈。亲朋称啧啧，羡尔能若兹。""怡颜"是和悦的颜色；"重闱"指父母或祖父母；"称啧啧"指啧啧称赞;"若兹"即如此。这八句是强调修身的功效。"你"经过修身回到家里会很快乐,和颜悦色地去报告父母。去年秋天离开的还只是一个不懂事的孩童,今年夏天回来的却是一个懂事的成人。长辈喜欢"你"对他们的尊敬,小孩子们喜欢"你"对他们的仁慈。亲朋好友都啧啧称赞"你",都羡慕"你"能做到这样。其实阳明心学是不讲效验的,因为讲效验容易引人迎合外在的要求。但是,儒家也提倡循循善诱,阳明这是要将弟弟引到修身之路上。

"信哉学问功,所贵在得师。吾匪崇外饰,欲尔沽名为。望尔日恺恺,圣贤以为期。""沽名"即沽名钓誉;"为"是语气助词,放在句末表示怀疑或反问;"恺恺"意笃诚、笃实。这六句带有总结的性质。修身功夫真是这样的,遇到一位好老师非常重要。"我"这不是要"你"追求外在的东西,也不是要"你"沽名钓誉,"我"只希望"你"每天都踏踏实实,以成为圣贤作为自己的目标。虽然修身主要在于自己努力,但是有好的老师指导,也可以少走弯路。一切都归结到"圣贤以为期",算是对全诗的总结。

"九兄及印弟,诵此共勉之。""九兄"指王守俭,相对于王守文来说,是九兄;"印弟"指王守章,比王守文年龄小。诗的最后,嘱咐王守文将此诗也传给王守俭和王守章,让他们都能背诵这首诗,大家相互勉励。阳明是希望更多的兄弟都能明白做人的道理,可见他是真心相信他的心学,真的认为它是最好的人生之道。

此诗是一位长兄与小弟分别时,对小弟说出的发自内心的话。全诗语言质朴,明白如话,全是从心底流出。诗中一会儿讲生活细节,一会儿说心学要点,有一点唠唠叨叨,这正与阳明对弟弟的关切密切相关。

寄冯雪湖二首(其一)

竿竹谁隐扶桑东?白眉之叟今庞公。
隔湖闻鸡谢墅接,渡海有鹤蓬山通。
卤田经岁苦秋雨,浪痕半壁惊湖风。
歌声屋底似金石,点也此意当能同。

冯兰,字佩之,号雪湖,浙江余姚人,是余姚著名的诗人,同王华、王阳明父子相熟,与李东阳、谢迁交游唱酬。正德十年(1515)九月,冯雪湖为当权者所打压,回到余姚隐居。此时阳明创作两首诗,问候隐居在余姚的冯雪湖。这是其中的第一首。

"竿竹谁隐扶桑东？白眉之叟今庞公。""竿竹"指钓鱼的竹竿；"扶桑"原指传说中的东海神树，这里指东海；"白眉之叟"即白眉公，《三国志·蜀志·马良传》云："马良，字季常，襄阳宜城人也。兄弟五人，并有才名，乡里为之谚曰：'马氏五常，白眉最良。'良眉中有白毛，故以称之。""庞公"即庞德公，东汉襄阳人，躬耕襄阳岘山之南，后隐居鹿门山，采药以终。在这两句诗中，阳明将隐居在余姚的冯雪湖比作白眉公和庞德公，表达了对冯雪湖的推崇之情。

"隔湖闻鸡谢墅接，渡海有鹤蓬山通。""谢墅"指谢木斋的别墅银杏山庄。谢迁，字于乔，号木斋，成化十一年（1475）中进士一甲第一名，弘治八年（1495）入阁辅政。正德三年（1508），谢木斋在余姚千金湖银杏山建银杏山庄隐居，与冯雪湖的雪湖山庄隔湖相对，两人唱和无虚日。"渡海"其实是指渡湖，即渡千金湖；"有鹤"指冯雪湖隐居，喜欢养鹤放飞；"蓬山"即蓬莱山，东海神山，仙人所居。这两句是说冯雪湖与谢木斋隔湖相居，两家鸡声相闻，相互之间靠鹤来传递消息。先生将二人的交往称为"蓬山通"，是羡慕二人洒脱的隐居生活。

"卤田经岁苦秋雨，浪痕半壁惊湖风。""卤田"指盐碱地，余姚临海，有不少滩涂地，盐碱度高。这两句诗是说，余姚的盐碱地多年都受秋天雨水的危害，湖上狂风惊起，湖岸留下风浪冲击的痕迹。这说明冯、谢二人的隐居地并非一直都是风和日丽，也有"秋雨""惊湖风"，这也象征着当时朝廷的政治风雨。当时朝廷政治风云变幻莫测，连阳明也多次打报告申请回家养病。

"歌声屋底似金石，点也此意当能同。""歌声屋底"是屋底歌声，指冯、谢二人在草屋底下放声纵歌；"似金石"是说歌声像金石，说明歌声洪亮；"点"指曾点，《论语·先进》记载，有一次孔子问曾点的志气，曾点说："莫春者，春服既成，冠者五六人，童子六七人，浴乎沂，风乎舞雩，咏而归。"孔子听了以后，感慨地说："吾与点也！"阳明用这个典故，是说冯、谢二人不管外面风雨，只是在自己屋底下放声纵歌，这与孔子"吾与点也"的意思是相同的。阳明说这样的话，实际上表达了对冯、谢二人隐居生活的羡慕。

这首写给隐居在余姚的冯雪湖的诗，表达了阳明对冯雪湖人格的崇佩之情，抒发了对冯、谢二人隐居生活的羡慕之情。诗歌抒情曲折跌宕，引人入胜。首联直夸冯雪湖隐居行为的高尚，颔联想象他的隐居生活洒脱，颈联却来一个转折有意抑制，到尾句达到高潮。这样安排，让人回味无穷。

游清凉寺三首（其三）

不顾尚书此日期，欲为花外板舆迟。
繁丝急管人人醉，竹径松堂处处宜。
双树暗芳春寂寞，五峰晴秀晚羲蕤。
暮钟杳杳催归骑，惆怅烟光不尽诗。

清凉寺在南京的石头山。正德十一年（1516）仲春二月，阳明与同僚登览了南京的清凉寺，创作了三首诗。这是其中的第三首，描写了大家的游玩山水之兴。

"不顾尚书此日期，欲为花外板舆迟。""尚书"指南京户部尚书邓庠。邓庠，字宗周，号东溪，湖南省郴州市宜章人。邓庠与阳明关系密切，两人之间诗歌唱和极多，可惜大多亡佚。"此日期"指与邓庠约定的游玩日期；"花外"指到郊外踏青赏花，古人以二月十五为花朝节，大家都相约到郊外赏花。"板舆"指一种用平木板装成、用来抬人的代步工具。这两句是说，大家不顾与邓尚书约定的时间，都要到郊外赏花，致使板舆到清凉寺迟了。春天来了，人们都喜欢投入大自然的怀抱。大家有一种抑制不住的游兴，甚至忘记了时间的存在。这两句写大家游

清·樊沂《金陵五景图·清凉寺》

正德十一年(1516)仲春二月,阳明先生与同僚登览了南京的清凉寺,创作了三首诗,描写了大家的游山玩水之兴,表现对大自然的热爱。

兴高涨。

"繁丝急管人人醉,竹径松堂处处宜。""繁丝急管"指花朝节上演奏的音乐。这两句是说,花朝节上演奏的音乐让人陶醉,竹林里、松树下到处花香宜人。这是从听觉和嗅觉两方面,来具体地描写郊外花朝节的热闹情景,也交代了大家到清凉寺迟到了的原因。

"双树暗芳春寂寞,五峰晴秀晚羲莪。""双树"也称双林,也就是娑罗双树,释迦牟尼涅槃入灭处;这里借指清凉寺。"五峰"指幕府山;"羲莪"即葳蕤,艳丽鲜明。这两句是说,清凉寺里也开了鲜花,但是相对寂寞,只看到远处的幕府山在晚霞中显得格外艳丽鲜明。此两句写出了当时人的心情。前一句写清凉寺寂寞,自然让人受不了,又将眼光望向远方,后一句是写远方的幕府山。

"暮钟杳杳催归骑,惆怅烟光不尽诗。""杳杳"是依稀、隐约的意思。这两句是说,隐隐约约听到傍晚寺庙里传出来的钟声,仿佛要催着"我们"回去,但是春天里金陵美好的风光看不完,令人惆怅不已。诗的最后,先生直接抒情,抒发自己对大自然的热爱。

这首诗主要写大家游园赏花的兴致,表现出对大自然的热爱。一同游玩的都是志同道合的朋友,这更增添了游玩的兴趣。这里运用了对比的手法,将花朝节上的热闹与清凉寺的寂寞作对比,将近处的清凉寺与远处的幕府山作对比,体现出春天里的人喜欢热闹的天性。

寄潘南山

秋风吹散锦溪云,一笑南山雨后新。
《诗》妙尽从言外得,《易》微谁见画前真?

登山脚健何妨老，留客情深不计贫。
朱吕月林传故事，他年还许上西邻。

潘府，字孔修，号南山，上虞人，是成化二十三年（1487）的进士。这一年王华担任会试同考官，于潘南山有"座主"之谊。因此，阳明应该与他早就相识。弘治十二年（1499）至十五年（1502），潘南山任职刑部，与阳明关系密切，同为"西翰林"成员。正德七年（1512），潘南山退休回上虞的城北南山养老，建南山书院，聚徒讲学，撰述四书五经传注，并将此传注寄与阳明。潘南山尊信程朱理学，与阳明心学多有不合。正德十一年（1516）七月，阳明创作此诗寄给潘南山。

"秋风吹散锦溪云，一笑南山雨后新。""锦溪"即叠锦溪，在上虞县北，东汉马融的故宅之西。秋风吹散了锦溪上空的云，一阵雨后南山焕然一新，让人心情愉快。这两句表面上是写南山的天气变化所带来的景色变化及人心情的变化，但是，这不是实写，而是虚写，是在南京的阳明想象潘南山此时惬意的晚年讲学生活。显而易见，阳明是为潘南山的新生活而感到高兴。

"《诗》妙尽从言外得，《易》微谁见画前真？""《诗》妙"指《诗经》的奥妙；"《易》微"指《周易》的微妙之理。阳明在此提出自己的学术观点。《诗经》的奥妙都是从《诗经》的语言之外才能得到,《周易》的变化之理真实地存在于伏羲画卦之前。在阳明看来,经典都是圣贤心体的呈现。圣贤是先有心体(即所要表达之意),然后立之象、拟之言,有了经典。但是,象与言只能部分地表达心意,"书不尽言,言不尽意"。因此,要从言外得妙,从画前见真。潘南山给他看自己的四书五经传注,阳明写这样的两句诗,既有称赞,又有提醒:一是称赞潘南山,他的传注写得好,能够不拘限前人的注释,有自己的心得;二是提醒潘南山,读经典重要的是以自己的心,去体察圣贤的心,不要过分重视传注。潘南山是程朱派学者,自然对于传注非常重视。而阳明则是反对传注的,他认为传注文字越多,对经典的遮蔽也就越大。

"登山脚健何妨老,留客情深不计贫。"这两句称赞潘南山虽然年纪大,但脚力好;虽然家里穷,但对人热情。阳明大概是从潘南山的来信中,知道他经常带着朋友登山,热情地与朋友一起讲学论道。这里提到"留客情深",说明潘南山的来信向阳明发出过邀请,这就为下文的"上西邻"做了铺垫。

"朱吕月林传故事,他年还许上西邻。""朱吕月林传故事",是说朱熹与吕祖谦二人曾在上虞月林精舍讲学,而月林精舍就在南山的附近。"他年"指以后;"西邻"指马融故宅之西。最后这两句是说,过去朱子与吕祖谦曾在"你"那里讲学,以后也允许"我"到"你"那里,"我们"在一起讲学论道。阳明响应了潘南山的热情邀请,说明他真的羡慕潘南山此时的生活。

这首写给老朋友的诗,表达了阳明对潘南山隐居讲学生活的羡慕之情。整首诗都是围绕此点而展开。一二句是写自然景色好,三四句说解读经典有新意,五六句展现主人热情,七八句写自己动了心。总之,诗的语言自然流畅,让人感到真切。

四箴(其一)

呜呼小子,曾不知警!
尧讵未圣?犹日兢兢。
既坠于渊,犹惕履薄;
既折尔股,犹迈奔蹶;
人之冥顽,则畴与汝。
不见臃肿,砭乃斯愈?
不见痿痹,剂乃斯起?
人之毁诟,皆汝砭剂。

汝曾不知，反以为怒。
匪怒伊色，亦反其语。
汝之冥顽，则畴之比。

"箴"即针，箴砭、规谏的意思，也有讽喻之意。箴后来成为一种诗体，以规劝、告诫为主。束景南先生认为，自正德十年（1515）以来，阳明在南京因为"多言"而身陷"攻之者环四面"的境况：一是他上疏谏乌斯藏大德法王以秘术得幸，又上《谏迎佛疏》劝武宗勿迎活佛入朝，使自己处于危险境地；二是他在南京力倡心学，参与朱陆之学的论战，作《朱子晚年定论》反击程朱派学者，使自己陷入困境。在此情形下，阳明在正德十一年（1516）上半年，创作了《四箴》，表面上是针砭自己的毛病，实则痛斥那班昏君权臣和保守的程朱派学者。这是其中的第一首。

"呜呼小子，曾不知警！""小子"指阳明自己；"曾"是语气词，相当于竟然；"警"即警戒，使自己处于警觉状态。诗的开头便大声呼唤自己，竟然不知道警戒。为什么要知道警戒呢？阳明接着说："尧讵未圣？犹日兢兢。""讵"同岂，难道的意思；"兢兢"即小心谨慎，如《诗经·小雅·小旻》曰："战战兢兢，如临深渊，如履薄冰。"《尚书·皋陶谟》亦曰："兢兢业业，一日二日万机。"古人都是在强调警戒。尧难道不是圣人吗？他还是每天都小心谨慎。这实际上是说，古代的圣贤都在保持谨慎，那么像"我"这样的普通人更应该要保持警戒。

"既坠于渊，犹恬履薄；既折尔股，犹迈奔蹶。""恬"即安心自得的样子；"股"指大腿；"奔蹶"指奔跑跌倒。这里是说，已经坠下了深渊，还安心地走在薄冰上；已经折断了大腿，还在那里奔跑而跌倒。阳明这是要喝醒当时的昏君奸臣一点都不知道国家处在危亡之际，他也是要点醒一些糊涂的学者走在错误的道路上，还自以为真理在握。这些人有一个共同点，都是"不知警"。

"人之冥顽，则畴与汝。""畴"即类。这两句是过渡句，"人之冥顽"是总结上文，指出那些人都是顽固不化的人；"则畴与汝"是引出下文，意思是说，这些人与"你"也是同类，同样也都是不知道警戒。下面便是具体说明"畴与汝"。

"不见壅肿，砭乃斯愈？不见痿痹，剂乃斯起？人之毁诟，皆汝砭剂。汝曾不知，反以为怒。匪怒伊色，亦反其语。汝之冥顽，则畴之比。""壅肿"指因血脉堵塞等原因而引起的肿烂；"砭"即古代治病用的石针，引申为用针灸治病；"痿痹"指肢体麻木不能动；"剂"指药剂；"起"指病除而起。这几句诗是说，"你"不见身体的肿烂，用过针灸不就好了吗？"你"不见身体麻木，用了药不就痊愈了吗？人家对"你"的诋毁和诟骂，都是治疗"你"的针灸和药剂。"你"竟然不知道这些,反而因此生气。生气不但表现在脸色上,还体现在对他人恶语相向上。"你"这样的顽固不化,与上面那些人是同一类的。

从这首诗中,我们可以看出这样几层意思:其一,任何人时刻都要保持一种警戒,就是警戒自己是不是走在正确的道路上,这种警戒,其实就是阳明所反复强调的"良知";其二,当时阳明在政治上遭到打击,在学术上遭到围攻,这些行为已经令他出离愤怒,可见当时国家形势危如累卵;其三,阳明严格地要求自己,虽然遭到不公平的待遇,遭到中伤和诋毁,但他还是要求自己将这些当作磨炼身心的阶梯。

这首诗在艺术上最突出的特点是反讽。表面上,先生是一直批评自己,是在说自己的不是,提出要严格地要求自己;实际上,他是在讽刺那些横行霸道的当权者,那些自以为是的学者,说他们都是不知警的人,处在危险之中,但还不自知。

丁丑二月征漳寇进兵长汀道中有感

将略平生非所长,也提戎马入汀漳。
数峰斜日旌旗远,一道春风鼓角扬。

莫倚贰师能出塞，极知充国善平羌。
疮痍到处曾无补，翻忆钟山旧草堂。

正德十一年（1516）九月，阳明升为南赣佥都御史。第二年的二月十九日，阳明进兵往征汀漳之乱。三月十三日，他领兵进屯长汀，晚上住汀州行台，写下了这首诗。这首诗表达了先生想要尽快平定动乱，还人民一个安定生活的愿望。

"将略平生非所长，也提戎马入汀漳。""将略"即用兵的谋略；"戎马"指军马，这里借指军队。开头两句讲先生自己受命到南赣平乱。用兵的谋略不是"我"平生所擅长的，"我"不得不带领军队进入汀州、漳州。阳明说自己不擅长"将略"，当然是谦虚的说法。他从小熟读兵书，平时注意演练兵法。正是由于阳明有卓越的军事才能，所以才被兵部尚书王琼推荐到南赣平乱。从这里也可以看出，这次能够为国家出力，阳明很是高兴。

"数峰斜日旌旗远，一道春风鼓角扬。""旌旗"指军旗，这里借指军队；"鼓角"指战鼓与号角，军队用以报时、警众或发出号令。这两句是写部队出征时的雄壮气势。夕阳的余晖洒向大地，出征的军队打着军旗，浩浩荡荡地行走在几个山峰之间，一阵春风吹过去，传来进军的战鼓声和号角声。前一句写眼睛所见，见到军队人数之多，行军队伍长，绵延在几座山峰之间；后一句写耳朵所闻，听到鼓舞斗志的战鼓声和号角声。豪迈的军队，体现了阳明领军出征时所抱着的必胜的信心。

"莫倚贰师能出塞，极知充国善平羌。""倚"即依仗。"贰师"指汉代贰师将军李广利。《汉书》记载，李陵不依顺李广利，自己带兵出塞建功。阳明用李陵的故事，表示自己也将以少胜多来征讨汀漳之敌。"充国"即赵充国，他通兵法，善用兵，平定羌乱。阳明提到赵充国，表示他采用赵充国平羌之谋略，文武兼施，恩威并重，入江西平乱。这两句诗是说，"我"知道李陵不依靠李广利也能出征边塞，更知道赵充国最擅长用智谋平定羌乱。阳明此时想起李陵和赵充国，说明他头脑非常清醒。对于这次领军来平定汀漳之乱，阳明非常重视，胸中已有了平定方略。

"疮痍到处曾无补，翻忆钟山旧草堂。""疮痍"即创伤，比喻百姓苦难；"翻忆"即回忆；"钟山"借指南京；"旧草堂"指阳明在南京任鸿胪寺卿所居的静观斋。诗的最后两句是说，沿途所看到的都是匪乱给百姓带来的痛苦，而"我"对此竟然无能为力，这让"我"常常想起在南京时居住的旧草堂。阳明看到匪乱给人民带来的灾难，坚定了他要尽快平定匪乱的信念。说是"无补"，其实此时平定匪乱是抚慰百姓最好的手段。他想起"旧草堂"，又有了归隐之意，当然是在功成以后的身退。最后这两句点出这次出征的落脚点，是为了救民于水火、解民于倒悬。

  阳明在这首诗中写出了自己出征汀漳的内心真实想法。他对于这次平定南赣之乱有着清醒的认识，也充满着信心。为了表达自己的思想，诗歌是采用形象化的描写实现的。他写出军队行军的精神面貌，想到古代传奇英雄，这些都是形象描写。整首诗一气呵成。

喜雨三首（其一）

  即看一雨洗兵戈，便觉光风转石萝。
  顺水飞樯来贾舶，绝江喧浪舞渔蓑。
  片云东望怀梁国，五月南征想伏波。
  长拟归耕犹未得，云门初伴渐无多。

  阳明领兵南赣平匪，来到福建上杭县，当地干旱得厉害，正如他在《祈雨二首》中所说"我来偏遇一春旱"。四月四日，阳明为当地祈雨，创作了《祈雨二首》。四月十三日、十四日、十五日，阳明平匪取得胜利，班师回上杭，正好接连三天下雨。于是阳明又创作了《喜雨三首》，这是其中的第一首，表达了他由衷的喜悦。

"即看一雨洗兵戈，便觉光风转石萝。""一雨"指四月十三日班师时所下的雨；"光风"指雨停日出时和煦的风；"石萝"指石头上的薜萝。这两句是说，班师回到上杭，即赶上一场雨，正好可以冲洗战士们手中的武器，雨后天晴，和煦的风摇动着石头上的薜萝。从"即看一雨洗兵戈"可以看出，阳明是真的高兴，既为打胜仗而喜悦，又为当地久旱得雨而喜悦。这个"洗"字用得好，将人的喜悦之情表现得畅快淋漓。"光风转石萝"，风摇动着石头上的薜萝，这是一个细小的局部景象，不细心注意不到，心不平静也注意不到。两句诗放在一起，一下子就表达出战争胜利所带来的和平。

"顺水飞樯来贾舶，绝江喧浪舞渔蓑。""樯"是船的桅杆，也指帆船；"贾舶"指商船；"绝"即横渡；"渔蓑"指穿蓑衣打鱼的人。这两句是想象中的情景，做生意的商船顺着江水飞快驶来，穿着蓑衣的打鱼人渡江过来在江上打鱼。商船来做生意，打鱼的人很繁忙，这些都是平乱所带来的繁荣景象。这里的"飞"字用得好，突出了商船繁忙的景象。这里的"喧"字和"舞"字用得好，体现出渔民打鱼的活力。

"片云东望怀梁国，五月南征想伏波。""片云"本指孤云，借代故乡；"梁国"，束景南先生怀疑本为"梁园"；梁园即西汉梁孝王的梁苑，后借指家乡或隐居之地；"五月南征"

指阳明从正德十一年（1516）十二月奉命南征，到正德十二年（1517）四月平定汀漳，正好五个月；"伏波"指东汉伏波将军马援。阳明虽然对自己五个月来的平匪工作很满意，使他想到东汉伏波将军马援，但是他经常向东瞭望，想念自己的故乡。阳明想到马伏波，实际上有以己之南征江西来比马援南征交趾之意。阳明虽然立功了，但是他不以自己立功为荣。平匪是为国为民出力，但毕竟要杀人，这是阳明所不忍心做的事。他最希望做的事是无拘无束地讲学，让更多的人懂得圣贤之学，让更多的人提升生命境界。

"长拟归耕犹未得，云门初伴渐无多。""长拟"指长时间打算；"云门"指绍兴云门山，借指隐居之地。诗的最后两句是说，"我"早就打算归隐田园，但是还做不到，当初"我们"同在阳明洞讲学的伙伴大概也因为"我"的离开而渐渐不多了吧。最后这两句道出了阳明的心声，他最希望做的事就是隐居讲学，这样可以自由自在地呈现自己的"良知"。

平匪取得胜利，恰逢久旱遇到下雨，这是双喜临门，阳明先生当然高兴。但是在高兴之余，他还是想隐居讲学。诗歌用具体的形象描写来表达这种喜悦之情，用词造句都经过仔细斟酌，精准到位。

桶冈和邢太守韵二首（其一）

处处山田尽入畲，可怜黎庶半无家。
兴师正为民痍甚，陡险宁辞鸟道赊。
胜势真如瓴水建，先声不碍岭云遮。
穷巢容有遭驱胁，尚恐兵锋或滥加。

正德十二年（1517）十月二十八日，阳明率兵进攻桶冈。十一月十三日，攻破桶冈，平茶寮匪巢。第二天，阳明来桶冈视察形势，深有感触，创作了两首诗。邢太守即赣州知府邢珣，得知阳明获胜，写诗祝贺。阳明这两首诗便是和邢太守的韵而作。这里我们选讲第一首。

"处处山田尽入畲，可怜黎庶半无家。""畲"指刀耕火种的原始农业耕作方式；"黎庶"指黎民百姓。阳明亲临桶冈察看形势，发现这里的农业生产太落后，处处山田都是用刀耕火种的方法耕种，可怜这里的百姓一半人都是无家可归。阳明看到的是满目疮痍，他对人民的同情心一下子涌现出来。

"兴师正为民痍甚，陡险宁辞鸟道赊。""民痍"指人民创伤痛苦；"陡险"指深入险地平乱；"宁"同岂，难道的意思;"鸟道"指鸟所走的路,形容不好走的路;"赊"是远的意思。这里是说,"我"带领军队来这里平匪,正是为了解除人民的苦难,深入险地剿匪,难道可以借口路不好走、路途遥远而停止吗?阳明是在表决心,为了百姓的幸福,"我们"剿匪就是要不畏任何艰难险阻。

"胜势真如瓴水建,先声不碍岭云遮。""胜势"即取胜的气势;"瓴水建"即高屋建瓴,"瓴"是盛水的瓶,高屋建瓴是在高高屋脊上倾倒瓶中水,形容居高临下、势不可当的气势;"先声"指震慑人心而先发出的声威;"碍"指被遮蔽。有了不怕万难为百姓解除痛苦的信念,那么就有了必胜的气势,所发出的声威就是崇山峻岭上的云也遮挡不住。这两句显现出阳明的豪迈情怀,也暗示着获胜是自然而然的事。

"穷巢容有遭驱胁,尚恐兵锋或滥加。""穷巢"指寇盗的山寨匪巢;"驱胁"指被驱赶、被胁迫;"兵锋"本指刀剑兵器,这里指代杀戮。最后两句阳明想到,土匪队伍中有不少人是被驱赶、被胁迫入伙的,剿匪的大军一到,就担心滥杀了这些无辜的人。由此,可以看出阳明的万物一体之"仁"。阳明带兵前来剿匪,是为了一方百姓的安宁。但是,要打仗就会死人,死人终归不是好事情,能少杀人就少杀人,迫不得已杀人也只杀罪大恶极的人。

这首诗写在平匪获胜以后,阳明并没有因为获胜而夸耀自己有多么的能征善战,而是表达了对百姓疾苦深切的同情,对那些被驱赶、被胁迫而入伙的人也深表同情。这体现了阳明崇高的生命境界,他平时的讲学论道在关键时候发挥了作用。

〖回军九连山道中短述〗

百里妖氛一战清,万峰雷雨洗回兵。
未能干羽苗顽格,深愧壶浆父老迎。
莫倚谋攻为上策,还须内治是先声。
功微不愿封侯赏,但乞蠲输绝横征。

九连山位于赣粤边界,因蜿蜒绵亘赣粤两省九县并有九十九座山峰环连耸峙而得名。阳明于正德十三年(1518)正月三日出征三浰,正月七日破三浰,又进兵九连山,至三月三日方平九连山,三月八日班师。在回军途中,阳明创作了这首诗,表达了自己的治国思考,认为治国不能依仗军事,而要着眼于政治。

"百里妖氛一战清，万峰雷雨洗回兵。""百里妖氛"指九连山的寇乱；"回兵"指班师。九连山的贼寇一战就被肃清，此时山里正下着大雨，正好洗去胜利归来的军人身上的征尘。这里的"百里妖氛"与"万峰雷雨"，夸张的描写显出豪迈的气势。此两句宣告了这场战争的胜利，也暗示了从军事上解决地方匪患相对来说是不难的。

"未能干羽苗顽格，深愧壶浆父老迎。""干羽"指盾与雉羽。"干羽苗顽格"是一个典故。《尚书·大禹谟》记载，苗民发生叛乱，大禹并没有采取武力征服，而是弘扬自己的文德，只是拿着盾牌和野鸡毛去跳舞，不久，苗民就被感化。阳明的意思是说，这次平定三浰和九连山，"我"没有做到像大禹那样，依靠道德感化使匪徒屈服，对于父老乡亲担着酒食来欢迎"我们"，"我"深感惭愧。这是阳明与一般将领的不同之处。一般将领打了胜仗，受到老百姓的欢迎，大都是踌躇满志，而阳明却有深层思考。

"莫倚谋攻为上策，还须内治是先声。""内治"指内在治理，包括足民之产和道德教化；"先声"指先发的声威。阳明思考的结果是，不能将智谋攻伐作为优先考虑的治国手段，还是应该以内在的政治治理为先发声威。依阳明的意思，一个国家只有搞好政治治理，使百姓有基本的生活物质基础，有一定的道德教化，那么老百姓就不会犯上作乱，就不会有什么平叛战争。孔子曾说过："子为政，焉用杀？子欲善而民善矣。君子之德风，小人之德草，草上之风必偃。"①

"功微不愿封侯赏，但乞蠲输绝横征。""封侯"指封拜侯爵；"蠲"即蠲免；"输"指输租，即交租纳税；"绝"即断绝；"横征"指横征暴敛，巧取豪夺。诗的最后，阳明说，"我"这次南赣剿匪没有什么功劳，"我"也不愿意封侯领赏，只祈求免除百姓的一些租税，断绝官吏的横征暴敛。这里的话外之意是，如果官府善待百姓，百姓也不会被逼着去做土匪。没有土匪，国家也不需要劳师远征。没有远征，"我"也就没有所谓功劳。"我"情愿没有功劳，只希望天下安宁。

这首诗是阳明打了胜仗以后的反思。从万物一体之"仁"出发，阳明对那些被迫当土匪的人表现出同情，要求统治者要切身反省，要治标，更要治本。

送德声叔父归姚

犹记垂髫共学年，于今鬓发两苍然。

---

① 见《论语·颜渊》。

穷通只好浮云看,岁月真同逝水悬。

归鸟长空随所适,秋江落木正无边。

何时却返阳明洞,萝月松风扫石眠。

王德声是阳明的叔父。成化十三年(1477)至十四年(1478),王德声与阳明一起跟着阳明的父亲王华学习。正德十三年(1518)五月,王德声来江西看望阳明,八月要回余姚。阳明创作此诗,送给王德声。

诗前有一小序:"守仁与德声叔父共学于家君龙山先生。叔父屡困场屋,一旦以亲老辞廪归养。交游强之出,辄笑曰:'古人一日养,不以三公易。吾岂以一老母博一弊儒冠乎?'呜呼!若叔父可谓真知内外轻重之分矣。今年夏,来赣视某,留三月。飘然归,兴不可挽,因谓某曰:'秋风莼鲈,知子之兴无日不切。然时事若此,恐即未能脱,吾不能俟子之归舟。吾先归,为子开荒阳明之麓,如何?'呜呼!若叔父可谓真知内外轻重之分矣。某方有诗戒,叔父曰:'吾行,子可无言?'辄为赋此。"

"龙山先生"即阳明父亲王华;"场屋"指科举考试的考场,这里指科举考试;"廪"即廪生,由公家给以膳食的生员;"古人一日养,不以三公易"典出王安石,王安石《送乔执中秀才归高邮》曰:"古人一日养,不以三公换。""秋风莼鲈"

指归隐,《世说新语·识鉴》云:"张季鹰辟齐王东曹掾,在洛见秋风起,因思吴中菰菜羹、鲈鱼脍,曰:'人生贵得适意尔,何能羁宦数千里以要名爵!'遂命驾便归。俄而齐王败,时人皆谓为见机。""时事若此"指江西平乱事。阳明平定三浰九连后,还有许多善后事宜。"诗戒"指警戒自己不作无用之诗词,阳明曾说过:"吾焉能以有限精神为无用之虚文也!"

诗前序表达四层意思:其一,阳明与王德声小时候是同学;其二,王德声科场失利,回家养亲;其三,王德声来江西看望阳明,三个月后,他坚决要回家乡余姚;其四,阳明说明写这首诗的缘由。

"犹记垂髫共学年,于今鬓发两苍然。""垂髫"指童年;"苍然"指头发灰白色的样子。诗的开头两句写人生变化。还记得小时候与王德声在一起,跟着父亲龙山公学习的情景,转眼到如今两人都已是头发灰白。"垂髫"与"苍然"两个画面的对比,形成强烈的视觉反差,自然让人生出无限感慨。阳明此时还记得小时候的情形,说明他是一个重情之人,始终记得与王德声的深厚友谊。

"穷通只好浮云看,岁月真同逝水悬。""穷通"指困穷与通达;"逝水"本指流水,借指流逝的光阴,《论语·子罕》记载孔子在河边说:"逝者如斯夫,不舍昼夜!""逝水悬"是悬挂的流水,指瀑布。看到人生的变化,自然得出这样的结论：光阴真像瀑布一样流逝得飞快，人生的困穷与通达好比天上浮云转眼即逝。这里的"穷通"暗指王德声与阳明不同的人生遭遇。在世俗的眼光看来，王德声科举考试没有成功，此时只是一介平民，可以算得上是"穷"；阳明做了南赣巡抚，又成功荡平了匪患，可谓是"通"。也许此时的王德声也有这样的想法。阳明这两句诗似有宽慰王德声之意。这里的"悬"字用得好，更突出时光流逝的速度之快。

"归鸟长空随所适，秋江落木正无边。""归鸟"指脱离牢笼归向自然的鸟；"随所适"指适性、适志、适意；"秋江落木正无边"用了一个典故，杜甫《登高》曰："无边落木萧萧下，不尽长江滚滚来。"这两句是说，回到大自然的鸟可以在长空中随意翱翔，秋天的江边正有无边的落木等着飞鸟栖息。"归鸟"是指有"飘然归兴"的王德声。这是羡慕王德声回到余姚以后，可以随心所欲地过着自己隐居的生活。这里还是承接上文宽慰王德声之意而来，同时也是赞赏王德声回余姚过隐居生活的人生选择。诗前小序反复强调"叔父可谓真知内外轻重之分"，王德声回余姚就是重视内心追求、轻视外在功名的一种选择。

"何时却返阳明洞，萝月松风扫石眠。""萝月松风"指照在薜萝上的月光和松树林里的风声。诗的最后，阳明表达了自己的愿望。"我"不知道什么时候才能够返回绍兴的阳明洞，看一看月光照在薜萝上，听一听呼啸的松涛，打扫一块石头在上面睡觉。阳明对于武宗朝廷相当失望,一直有心归隐讲学。但是,身在官场一时无法脱身,归隐讲学只能是一个愿望而已。"萝月松风扫石眠"是阳明想象中的隐居生活。这里用了三个意象,将隐居生活的适性、适意表达得淋漓尽致。阳明的归隐愿望与王德声回余姚前说的话相呼应。王德声回余姚前曾说:"吾先归,为子开荒阳明之麓。"阳明要归隐阳明洞,也是对王德声选择回余姚隐居的赞许。

这首诗的中心意思是赞赏王德声选择回余姚过隐居生活。诗歌从二人相同处说起,又说二人不同之处,又归到相同处。人生关键是要适性生活,王德声回余姚过隐居生活,是一种正确的选择。诗歌表情达意时,采用了形象化的语言,说时间过得快是"流水悬",将人的穷通看作"浮云",用"萝月松风扫石眠"来刻画隐居生活的适意,都非常具有画面感。

示宪儿

幼儿曹,听教诲:勤读书,要孝弟;学谦恭,循礼仪；节饮食，戒游戏；毋说谎，毋贪利；毋任情，毋斗气；毋责人，但自治。能下人，是有志；能容人，是大器。凡做人，在心地；心地好，是良士；心地恶，是凶类。譬树果，心是蒂；蒂若坏，果必坠。吾教汝，全在是。如谛听，勿轻弃。

"宪儿"即王正宪，字仲肃，是阳明的季叔王衮的孙子，王守信的第五子。正德十年（1515），王正宪被过继给阳明为后，时年八岁。正德十二年（1517），薛侃来江西向阳明问学，阳明请他督教王正宪。正德十三年（1518）八月，薛侃要回揭阳，阳明又请冀元亨来教王正宪。在薛侃离去、冀元亨尚未到来之时，阳明亲自教诲王正宪，创作了这首类似儿歌一样的诗，用来教育王正宪，同时也给随后到来的冀元亨作为参考。这首诗对于我们今天的幼儿教育颇有启发意义。

诗以"幼儿曹"开始，是在呼唤小孩注意；"听教诲"说明后面的话重要。接下来表达了四方面内容：其一，"勤读书，要孝弟；学谦恭，循礼仪；节饮食，戒游戏；"这是正面指导小孩可以去做什么。其二，"毋说谎，毋贪利；毋任情，毋斗气；毋责人，但自治。"这是反面告诫不能做什么。其三，"能下人，是有志；能容人，是大器。"这是在教小孩与他人的相处之道。其四，"凡做人，在心地；心地好，是良士；心

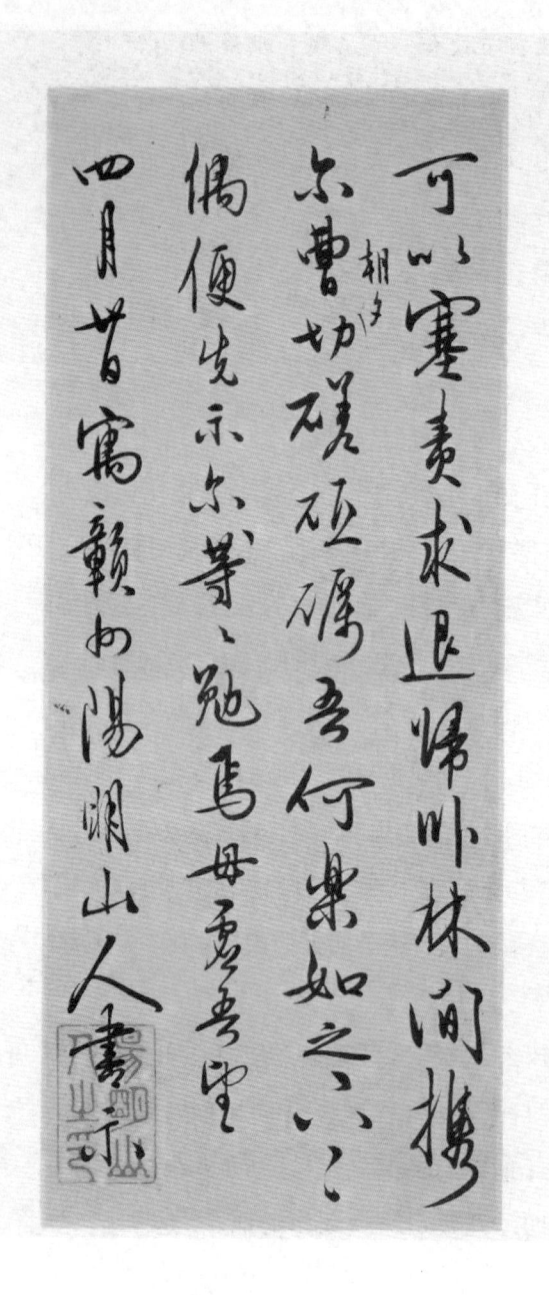

明·王阳明《示诸侄(局部)》

《示宪儿》这首为教诲王正宪创作的类似儿歌的诗,和《示诸侄》的内容一样,对今天的教育仍有启发意义。

地恶,是凶类。譬树果,心是蒂;蒂若坏,果必坠。"这是阳明教育思想的核心,也是这首诗的核心,强调做人最重要的是要心地善良。以上所要做的事,或者不能做的事,都是要从这个心地生发。最后以"吾教汝,全在是。如谛听,勿轻弃"作为结尾,结束全诗,谆谆叮咛,无非要小孩谨记以上四点。

这首诗是三言的儿歌,读起来朗朗上口,方便儿童记忆。所用词语也浅显易懂,也方便儿童理解。诗中只是教儿童能做什么,不能做什么,指示明白清晰,也便于儿童在生活中去实践。由这首诗我们也可以看出,根据不同受众对象,阳明先生的诗歌从内容到形式也发生一些改变。

书草萍驿二首(其一)

一战功成未足奇,亲征消息尚堪危。
边烽西北方传警,民力东南已尽疲。
万里秋风嘶甲马,千山斜日度旌旗。
小臣何尔驱驰急,欲请回銮罢六师。

正德十四年（1519）六月十五日，朱宸濠谋反。七月二十六日，阳明生擒朱宸濠。明武宗在阳明平定朱宸濠叛乱之后一月，才姗姗起驾亲征，实际上是要攘夺王阳明平定朱宸濠之功，并查勘所谓王阳明与朱宸濠勾结之罪状。阳明听说要皇帝亲征，于八月十七日上《请止亲征疏》，劝皇帝不要劳师动众来到南方，他将北上献俘。九月十一日，阳明献俘北上。二十六日，他经过玉山、草萍驿，写下两首诗。

诗前有一序："九月献俘北上，驻草萍，时已暮。忽传王师已及徐淮，遂乘夜速发。次壁间韵，纪之二首。"明武宗于正德十四年（1519）八月二十二日从北京出发南征，九月七日至临清，九月二十二日忽北返，十月十一日又回临清，十一月六日才到徐州。这里说"王师已及徐淮"，明显是误传。但阳明听到这个消息，心里着急，加快自己的北上速度。他写了两首诗，记录这件事。"次壁间韵"是指阳明往龙场去的时候，曾在草萍驿墙壁上题诗，这次写的诗即是按原先诗的韵来写的。

"一战功成未足奇，亲征消息尚堪危。""亲征消息"指明武宗御驾亲征的消息；"危"指危险、担忧。诗的开头说，平定宸濠之乱不值得称奇，皇帝亲征的消息真让我担忧。第一句当然是阳明谦虚的说法。其实，阳明用极短时间以极小代价就平定宸濠之乱，这对明王朝的稳定，对明百姓的安宁，都是不世之功。但是，阳明此时最担忧的是皇帝御驾亲征。他当然知道明武宗是一个什么样的人，也知道武宗身边一班人的嘴脸，更知道他们亲征的后果。"尚堪危"三字引出后面担忧的具体内容。

"边烽西北方传警，民力东南已尽疲。"这两句是说当时的国家形势。西北烽火传警，边疆又有敌人侵入骚扰；东南的老百姓因为经历朱宸濠动乱，民力耗尽，元气大伤。两句对仗工整，形象地描写出当时的国家形势危急，急需要休养生息，再也经不起折腾。这进一步说明，明武宗在东南战事已平的情况下，还要劳师远征的荒唐。

"万里秋风嘶甲马，千山斜日度旌旗。""甲马"即战马，借指王师军队；"旌旗"即战旗，借指王师军队。这两句写阳明想象中的景象。阳明想象着皇帝统率的军队，浩浩荡荡，战马在秋风里嘶鸣，要走一万里路；军队在山间行军，旗帜遮住了落日的余晖。这两句，前一句突出路途遥远，后一句体现人数众多。这里表面上是写出王师的宏大气势，其实读者可以想象出来，皇帝带领这么多人马，一路消耗资源，给沿路的百姓增加沉重的负担。更可笑的是，王师出征是为了平叛，而平叛之事已不复存在。

"小臣何尔驱驰急，欲请回銮罢六师。""小臣"指阳明自己；"回銮"指銮驾回京；"六师"指王师。诗的最后，阳明说，"我"为什么那么着急赶路？就是要请皇帝回驾北京，停止王师南征。这里阳明说出了这次北上献俘的真实目的，就是要劝皇帝停止荒唐的行为。这里的"驱驰急"与序中的"乘夜速发"相呼应,表明阳明是真的心里着急。阳明不顾个人安危,甘愿冒犯皇帝,也是为国家着想,为黎民百姓着想。

这首诗记录了阳明在情况危急情形下的心理活动,体现他的一颗忧国忧民的心。诗歌首先提出自己的担忧,接着写自己担忧的原因,最后揭示自己当下的打算。写担忧原因的文字也有讲究,颔联写宏观的形势,颈联写微观的场景,一是实写,一是虚写,让读者对当时国家形势一目了然,自然会与阳明一样,觉得武宗及权臣的荒唐可笑。

寄江西诸士夫

甲马驱驰已四年,秋风归路更茫然。
惭无国手医民病,空有官衔縻俸钱。
湖海风尘虽暂息,江乡水旱尚相沿。
题诗忽忆并州句,回首江西亦故园。

正德十四年（1519）九月二十六日，阳明先生押着俘虏北上，离开草萍驿，由江西进入浙江境内。他创作这首诗，寄给那些与他一同参与平定宸濠之乱的江西官员。在这首诗中，阳明表达了此时复杂的心情。

"甲马驱驰已四年，秋风归路更茫然。""四年"指阳明先生自正德十一年（1516）十二月赴江西平乱，至正德十四年（1519）九月离江西回浙江，前后已有四年。"归路"指归越之路，阳明北上献俘，可以顺便归越省亲；"茫然"本指模糊不清、无知的样子，在此却另有深意。阳明在江西带兵剿匪平乱已有四年，在深秋九月的风里，在回家的路上，他更感到不知怎么办才好。阳明建立了不世奇功，却有谣言说他与朱宸濠原有勾结。平乱捷报本已送往朝廷，但武宗仍率领大军南征。阳明一直想要归隐田园，这个愿望恐怕也难以实现。这些可能都是使阳明先生感到"茫然"的原因。但是，阳明先生不是看不清形势，而是对形势洞若观火，此时他的"茫然"便有深意。"茫然"一词还引出下文。

"惭无国手医民病，空有官衔縻俸钱。""国手"原指一国之中技艺超群的人，这里指善于治国治军的杰出人才；"民病"指民生疾苦；"縻"通"靡"，耗费、浪费的意思。阳明从自我反省开始。他说，"我"很惭愧自己没有杰出的才能，面对人民的疾苦无能为力，占着官位却不能有所作为，只是白白地耗费国家的俸禄。这两句当然是一种谦虚的说法。

第五卷　353

但是，在这谦虚的词语中，蕴含着作者的愤疾之情。那些祸国的奸臣和歹毒的流言，束缚了阳明的拳脚，使他空有一身本领，却无法发挥出来。

"湖海风尘虽暂息，江乡水旱尚相沿。""湖海"指江西；"风尘"指战乱；"江乡"指江南水乡；"水旱尚相沿"指自然灾害频发。这两句诗表面上是说，虽然现在江西的战乱得到暂时的平息，但是水乡的自然灾害仍然频发。其实这两句体现了阳明深沉的忧虑，战乱造成大量劳动力的流失。缺少劳动力，人们抵抗自然灾害的能力必然下降。战乱加上频仍的自然灾害，接下来百姓很有可能会流离失所、转死沟壑。更要命的是，就是在这样的情况下，武宗皇帝正率领着大军向南而来，要到"江乡"来进行所谓南征。到时候，人民又一次被投入水深火热之中。阳明面对人民的苦难，自己却又毫无作为，他感到心忧如焚，这就是他的"茫然"。这种忧患意识，大概也只有对过去与自己共同经历过生死患难的江西的战友们来倾诉了。

"题诗忽忆并州句，回首江西亦故园。""并州"指河北保定到山西太原、大同一带。"并州句"指《乐府诗集》卷八十五所载有的《并州歌》。《并州歌》讲述的是并州英雄田兰斩杀恶霸汲桑的故事，诗中引用这个典故来称赞参与阳明先生平叛的江西官员具有英雄气概。诗的最后自然地落在江西的那些朋友身上，阳明先生赞许他们具有大无畏的英雄气概。正是有这些朋友,阳明先生在江西战斗四年,早就将江西当作自己的故乡。现实政治让阳明先生感到"茫然",只有战斗过的地方以及一起并肩战斗的人才让他感受到真实。阳明先生在此时给江西那些官员寄诗,大概他们此时也会感到"茫然"。阳明先生就是要告诉他们,不管形势如何发展,"我们"的战斗友谊永远存在。

整首诗围绕"茫然"而展开。阳明在诗中表达了自己对现实深切的担忧,同时向在江西与自己一起平叛的朋友表达关切。全诗重在抒情,体现阳明关心人民疾苦,对朋友情真意切。

杨邃庵待隐园次韵五首(其五)

芳园待公隐,屯世待公亨。
花竹深台榭,风尘暗甲兵。
一身良得计,四海未忘情。
语及艰难际,停杯泪欲倾。

杨一清，字应宁，号邃庵，明代名臣。待隐园在镇江丁卯桥杨一清别墅石淙精舍内。正德十一年（1516）八月，杨一清致仕，隐居于待隐园。正德十四年（1519）十月，阳明离开杭州，来到镇江，打算去南京面见武宗，被奸人所阻，滞留镇江，住在杨一清的待隐园。此时，他写了五首诗，记录了自己对杨一清及其待隐园的观察。这是其中的第五首，向我们刻画了杨一清这位忠心爱国的老臣形象。

"芳园待公隐，屯世待公亨。""芳园"即待隐园；"屯"即艰难、困顿；"亨"即通达。这两句意思是说，芳美的待隐园等待着您来过隐居生活，困顿的政局等待您来治理通达。这是站在阳明的角度，来看待杨一清隐居这件事：一方面，武宗朝廷奸臣当道，像杨一清这样的正直人士确实应该一走了之，眼不见为净，到待隐园过自己的隐居生活；另一方面，朝廷及天下如此混乱，也确实需要杨一清这样的能人出来治理。

"花竹深台榭，风尘暗甲兵。""风尘"指风云战尘；"甲兵"指武宗南征的王师。这是就当下的情势来说的：这一边是待隐园里的天地，台榭边鲜花与翠竹长得茂盛，显得幽静而安详；那一边是待隐园外的世界，武宗正带着大军南下，到处是风云战尘，天下的百姓又要遭殃。两方面对照，突出了杨一清两种不同选择的差别。

"一身良得计，四海未忘情。""得计"是得遂心愿；"四海"即天下。归隐待隐园,对于杨一清一个人来说,是得遂心愿。但是,他就是在归隐以后,仍然不能忘情天下。也就是说,像杨一清这样的老臣,他始终心系天下。这有一点像范仲淹在《岳阳楼记》里所说的那样:"居庙堂之高则忧其民,处江湖之远则忧其君。"

"语及艰难际,停杯泪欲倾。""泪欲倾"形容泪像雨一样。这是说,杨一清谈到目前国家艰难多事的局面,就停下喝酒的杯子,眼泪像下雨一样倾泻而出。这里并没有说一句杨一清怎样地爱国爱民,只写他喝酒流泪这样一个情节,一位爱国老臣的形象便跃于纸上。以形象来抒情,这正是诗歌的魅力。

这首诗采用对比的手法,将待隐园与外面的世界进行对比,将身虽隐居而心仍系天下的忠臣形象和盘托出。阳明如此写杨一清的生活及其精神,其实也是在写他自己。在当前的情势下,阳明早就有退隐的愿望。但看到杨一清的生活,他知道自己将来隐居可能也是这样的"进亦忧,退亦忧"。

过鞋山戏题

曾驾双虬渡海东,青鞋失脚堕天风。
经过已是千年后,踪迹依然一梦中。
屈子慢劳伤世隘,杨朱空自泣途穷。
正须坐我匡庐顶,濯足寒涛步晓空。

"鞋山"即大孤山,在江西鄱阳湖出口处,因山形似鞋,故名鞋山。正德十四年(1519)十一月,阳明从镇江往南昌,船经过大孤山,创作了这首诗。不称大孤山,而称鞋山,因为鞋象征着人生的长途跋涉。名为"戏题",实则并非游戏。阳明此时长途献俘,遭人诬陷,正处人生至暗时刻,诗中表达了一股悲壮之情,也体现了极高的人生境界。

"曾驾双虬渡海东,青鞋失脚堕天风。""双虬"指双龙;"渡海东"即渡东海。鞋山浮在鄱阳湖中,极似海上仙山。于是自唐朝以来,就有一个传说,说仙女渡海,她的绣花鞋掉落在湖中,成就了这座鞋山。这两句诗是写鞋山的传说。仙女曾经驾着两条龙渡过东海,结果天上的风吹落了她的绣花鞋。写出这样一个美丽的传说,给了读者一个梦幻的开头。

"经过已是千年后,踪迹依然一梦中。""千年后"指有关鞋山的传说故事是从唐朝开始流传,到阳明那个时候,已经有上千年。这两句是说,有关鞋山的传说故事已经流传了一千多年,但是那些传说故事也只是模模糊糊地存在于梦境之中。诗的前四句丝毫没有涉及鞋山的景色,说的都是虚无缥缈的传说故事。先生是在强调,这个传说是美丽的,但只不过是一个梦而已。这里用"一梦"引出下文。

"屈子慢劳伤世隘,杨朱空自泣途穷。""屈子"指屈原;"慢"通"漫",徒然、枉自的意思,与后一句的"空"意思相同;"伤世隘"指痛心世路的险隘;"杨朱"是战国时期的哲学家。"杨朱空自泣途穷"是捏合两个典故而来。《荀子·王霸》云:"杨朱哭衢涂,曰:'此夫过举跬步而觉跌千里者夫!'哀哭之。"杨朱之所以在歧途哭,是因为人如果选择不当,就将会失之千里。《晋书·阮籍传》云:"时率意独驾,不由径路,车迹所穷,辄痛哭而返。"阮籍想要率性而为,但最终是走向穷途,因此他痛哭。这两句诗用屈原与杨朱的典故。屈原白白地在那里痛心世路的险隘,杨朱也是白白地在歧路上痛哭人生选择的艰难。

此时阳明为什么会想到屈原与杨朱呢?屈原是著名的爱国诗人,一心为国,"信而见疑,忠而被谤"[1],自然会痛心

---

[1] 见司马迁:《史记·屈原列传》。

世路的艰难。阳明想到屈原,因为此时他的处境与屈原十分相似。阳明冒死平定宸濠之乱。奸臣张忠、许泰等想要抢他的功劳,说:"王守仁初同贼谋。"又说:"宸濠金帛俱王守仁、伍希儒、谢源满载以去。"大学士杨廷和、尚书乔宇也忌讳王阳明的功劳,不为他辩白[①]。忠臣遭受不白之冤,阳明却无处申诉。杨朱主张"贵己""重生""全性保真",面对歧路而哭泣。阳明想到杨朱,因为他也面临艰难的抉择。本来他到南京面见武宗,可以说明事情原委。但是江彬阻止他到南京。江彬、张忠、许泰在武宗面前尽进谗言,此时阳明处境凶险万分,随时都有可能遭到致命打击,甚至危及他的家人。此时,阳明也要做出艰难的抉择。

阳明为什么要否定屈原与杨朱的行为呢?说屈原的"伤世隘"是"慢劳",说杨朱的"泣途穷"是"空自",这是将屈原与杨朱的行为看作是"一梦中"。也就是说,阳明否定了屈原的"伤世隘",也否定了杨朱的"泣途穷"。此时的阳明虽然也是蒙受了不白之冤,遇到艰难抉择,但他有了更高的生命境界,有自己的处事原则,这自然地引出下文。

"正须坐我匡庐顶,濯足寒涛步晓空。""匡庐"即庐山;"濯足"典出《沧浪歌》,前文已有解释,表示要根据具体情况,做出合理选择;"寒涛"指寒冷的长江水,这里比喻险恶

[①] 据霍韬:《地方疏》。

环境;"步晓空"指在空中行步。阳明在此做了一个大胆的设想,设想自己正坐在庐山之巅,在长江里洗脚,在早晨的天空里漫步。这给人感觉,阳明似乎也是在"一梦中",真的是一个"戏题",却表达了一个真实的意思。阳明先生的意思是,"我"要跳出利害关系,站在最高点上,根据目前的具体情况,做出自己合理的选择,要听从生命召唤,自由自在地走自己的路。其实,这就是"致良知"。

这首诗在阳明诗歌中很有特点。诗歌从鞋山传说说起,说那只是一个梦,接着说屈原与杨朱的行为也是一个梦,最后推出自己"致良知"的处事原则。诗歌用形象化的语言,表达了深刻的人生哲理。尤其是最后两句,充满着想象力。

芙蓉阁

九华之山何崔嵬,芙蓉直傍青天栽。
刚风倒海吹不动,大雪裂地冻还开。
夜半峰头挂明月,宛如玉女临妆台。
我拂沧海写图画,题诗还愧谪仙才。

正德十五年（1520）正月一日，阳明从南昌起程，要到南京献俘。七日，行至安徽芜湖，江彬、张忠派人阻止他进南京。八日，阳明为了避祸，遁入九华山。芙蓉阁在九华山的化城寺左，与芙蓉峰相对。阳明在此创作了这首诗，抒写了对芙蓉峰的观感。

"九华之山何崔嵬，芙蓉直傍青天栽。""崔嵬"指山高大雄伟。这是一句总说，讲九华山的山是多么高大雄伟。接着直接描写芙蓉峰，说它直接依靠着蓝天像被栽出来一样。"傍青天"说明山高，"栽"形容山陡峭。在九华山众多的山中，突出了芙蓉峰的挺拔。

"刚风倒海吹不动，大雪裂地冻还开。""刚风"即罡风，指强劲的风，可以扫荡一切。这里是说芙蓉峰坚强的性格。狂风能够倒海翻江，却吹不倒芙蓉峰；天下大雪冻裂大地，而芙蓉峰却依然像盛开的莲花。芙蓉峰是由五个山峦组成，就像盛开的青莲花，故名芙蓉峰。阳明先生在此发挥了自己丰富的想象力，着力刻画出芙蓉峰在恶劣气候中顽强不屈的雄姿。其实，这是阳明个人品性的折射。

"夜半峰头挂明月，宛如玉女临妆台。"这里写出了芙蓉峰的柔情。到了半夜，一轮明月挂上山头，芙蓉峰就好像一个盛装的美女，面对着梳妆台。鲁迅曾说"无情未必真豪杰"，阳明面对恶势力，他从不低下高贵的头，但对于人民，他又充满着似水柔情。阳明真是将自己的热情都倾注到了芙蓉峰之上。

"我拂沧海写图画，题诗还愧谪仙才。""拂"指拂衣、拂袖；"沧海"指沧浪、沧水，代称归隐；"写图画"指描写九华山水；"谪仙"指李白，李白是最善于描绘名山大川的人，也曾在九华山伫留。诗的最后，先生说自己真想归隐山林，用诗歌来好好描写九华山的山水，可是很惭愧，描写山水方面不如李白。先生这样说，表达了对九华山的喜爱之情。

从这首诗可以看出，阳明也是描写山水的高手。在九华山众多山峰中，他独看中了芙蓉峰。芙蓉峰有很多方面可以描写，他只写它两方面的特征。阳明明显将自己的内心映照在山水之中，使人觉得言有尽而意无穷。诗的中间两联，一刚一柔，具有阴阳的中和之美。

劝 酒

平生忠赤有天知，便欲欺人肯自欺？
毛发暗从愁里改，世情明向笑中危。
春风脉脉回枯草，残雪依依恋旧枝。
谩对芳樽辞酩酊，机关识破已多时。

正德十五年（1520）正月，阳明为避风险，遁入九华山。张忠、江彬之徒诬蔑先生谋反，正月二十三日，明武宗派锦衣卫来到九华山，暗地里侦伺阳明，并没有看到什么反状。于是，武宗又派使者召阳明赴南都，使者为阳明设筵劝酒请出。此时，阳明愤激而创作此诗。全诗贯注着一股忠愤、激烈之气。

"平生忠赤有天知，便欲欺人肯自欺？""忠赤"指赤胆忠心。诗的开头一股久压内心的愤激喷薄而出，说老天爷知道"我"平生的赤胆忠心，就是想欺骗他人，能够欺骗自己吗？显而易见，针对张忠、江彬等人的设计陷害，阳明心中既有愤激之情，又是无可奈何。人只有走投无路，才会呼天抢地。孔子曾不被人理解，也说过"知我者其天乎"[①]。

"毛发暗从愁里改，世情明向笑中危。""暗"指不知不觉；"世情"指尘世俗情；"笑中危"指笑里藏着危险。这两句是概述先生自己的经历。"我"的头发已经在忧愁困苦中不知不觉地改变颜色，世俗的人表面上对"你"笑，实际上暗藏着尖刀。先生以头发变白，表达近几年来所经历的忧愁困苦；以笑里藏刀，表达对这类人的憎恶至极。

"春风脉脉回枯草，残雪依依恋旧枝。""脉脉"指两眼凝神，要向别人诉说心曲的样子；"依依"即依依不舍的样子。这两句表面意思是说，春风连续不断地送来温暖，使枯

---

① 见《论语·宪问》。

萎的草有了生机；残存的雪仍然留恋在旧的树枝上。深层里，这些意象均有所指。这次武宗派使者来召阳明赴南京面圣，这对于阳明无疑是温暖的春风，使他绝望的心里又存有一丝希望。但是他也知道，像张忠、江彬等那些权奸，仍然还是会弄权害人。

"谩对芳樽辞酩酊，机关识破已多时。""谩"通"漫"，意为随意、聊且；"酩酊"形容人大醉的样子；"机关"本指设有机件而能制动的器械，这里指计谋和心机。最后这两句诗是说，面对着酒杯"我"暂时不要喝多了，那些人玩弄的花招"我"早就识破。由此可见，阳明对于现实生活仍然保持着清醒的认识。

这是一首写给劝酒使者的诗。阳明要表达自己对奸佞小人的不满，但许多话不好直白说出，只好点到即止，而大家彼此都能明白其中的所指。因此，含蓄是这首诗的一大特点。

太平宫白云

白云休道本无心，随我迢迢度远岑。
拦路野风吹暂断，又穿深树候前林。

太平宫在庐山西北山脚老君崖的西面,是庐山著名道院之一。正德十五年(1520)二月,阳明到九江检阅部队,顺便游玩了庐山,看了庐山的一些名胜古迹,如东林寺、天池、讲经台和太平宫等,创作了一系列的诗歌,这是其中一首。这首诗虽然只有短短四句,内涵却非常丰富。

这首诗表面上是写诗人与白云的联系。天上的白云是寻常之物,人们抬头便能见到。一般人认为,白云没有感情,也没有意识。如陶渊明《归去来兮辞》曰:"云无心以出岫,鸟倦飞而知还。"辛弃疾《玉楼春》曰:"无心云自来还去,元共青山相尔汝。"但是,阳明在此反其意而用之,他在去太平宫的路上,关注到一朵云,于是有感而发:"不要说白云本来是无心的,它远远地跟随着我,翻过一座又一座山。虽然有时野蛮地刮来一阵风,将那白云暂时吹走,但是穿过一片茂密的树林,发现它又在前面的树林上等候着我。"

如此描写,非常生活化。小时候,我们边走边看天上的月亮。由于月亮离得远,感觉我们走月亮也跟着走。阳明看天上的那一朵白云,大概也是这样的感受。如此描写,白云似乎真的成了有情有义之物。不是白云有情有义,而是先生有情有义。人用有情有义的眼光,看待周遭的事物,所见之物都会着上人的情义。在阳明看来,草木瓦石皆有"良知"。那么,天上的那朵白云应该也有"良知",自然也是有情有义之物。

在中国文化中,"白云"有思乡思亲之情。如《旧唐书·狄仁杰传》云:"登太行山,南望见白云孤飞,谓左右曰:'吾亲所居,在此云下。'瞻望伫立久之,云移乃行。""白云"还有隐居之意。如陶弘景《诏问山中何所有赋诗以答》云:"山中何所有?岭上多白云。"此时的阳明身处危疑之中,胸中思亲思乡,早就萌生隐居山林、讲学论道的想法。

此诗题为"太平宫白云",阳明对于太平宫的来历必然是了然于胸。太平宫本是用来祭祀九天采访真君。唐开元十九年(731),唐玄宗曾御书"九天使者之殿";宋代改为"太平兴国宫"。九天采访真君,道教所尊奉的巡察人间之帝君,他驾九天祥云,查访人间,行使大权,赏善罚恶。将"太平宫"与"白云"联系起来,"白云"在古代也被称为掌刑法的官。《汉书·百官公卿表上》言"黄帝云师云名",颜师古注解说:"黄帝受命有云瑞,故以云纪事也。由是而言,故春官为青云,夏官为缙云,秋官为白云,冬官为黑云,中官为黄云。"此时的阳明写这首《太平宫白云》,自然是希望赏罚分明的巡查者来还自己一个清白,更希望实现明朝的"太平兴国"。

天上的白云卷舒自如,也象征着人的自由意志。阳明有着坚定的信念,他认为人人具有"良知",个个都可以成圣,这种信念就像天上那一朵白云,始终伴随着阳明先生。尽管来了一阵山野的风,将那白云吹走,就像阳明遭到昏君奸臣不公平的对待,身处危疑之中。但是,先生对心学、对自我"良知"的信任,始终不灭,也像天上那朵云"穿深树候前林"一样。

这是一首咏物诗,比兴寄物,寓意深远。"白云"意象内涵丰富,给予读者无穷的想象空间。

有僧坐岩中已三年诗以励吾党

莫怪岩僧木石居,吾侪真切几人如?
经营日夜身心外,剽窃糠粃齿颊余。
俗学未堪欺老衲,昔贤取善及陶渔。
年来奔走成何事?此日斯人亦起予。

有一个叫周经的人,是太平山的僧人,游少林寺后,回到九华山东岩禅寺,坐在石洞里修行将近三年。正德十五年(1520)三月,阳明游九华山。周经听到这个消息,便与医官陶野一起拜访阳明。二人相谈非常契合。阳明有几首诗都谈及僧人周经。这里的"吾党"是指儒门同道。这首诗是阳明以周经之事来勉励儒门同道。

"莫怪岩僧木石居,吾侪真切几人如?""岩僧"指周经;"木石居"指周经静坐如一木石人;"吾侪"即吾辈,指儒门同道;"真切"指真诚切实地修身。周经在石洞中静坐将近三年时间,就像一个木石人一样,阳明叫大家不要以此为怪,"我们"这些儒家学者能有几个人像他那样真切修身呢?阳明反复告诫自己的弟子门人,要真诚切实地做修身功夫。有一些学者跟随阳明切磋心学,也只是拿着耳朵听一听,在切身实践方面却不尽如人意,故而阳明有此一问,也是促人思考。

"经营日夜身心外,剽窃糠粃齿颊余。""经营"即筹划营造;"身心外"指身心之外的事,如荣华富贵、官名利禄、声色车马等;"糠粃"即糟粕,本指造酒剩下的渣滓,泛指废弃无用的东西;"齿颊余"指咀嚼后剩余的东西。有些儒家学者日夜经营的都是身心之外的东西,向他人贩卖的都是别人废弃无用的东西。从孔孟圣学来看,人应该从事为己之学,即在自家身心上着力。经营身心之外,是舍本逐末,反而对自己生命有害。没有真切的修身实践,说出来的话只能是剽窃他人之言。他人所说有关修身的话,如果用于修身实践,那就是有用的话;如果只是口耳相传而与身心无涉,那就是"糠粃"。

"俗学未堪欺老衲,昔贤取善及陶渔。""俗学"即世俗之学,在佛教人士看来,一切有关世俗社会的学问都是俗学;"堪"即能;"欺"是欺负、欺凌的意思;"老衲"指佛教的出家人;"昔贤"指昔日的圣贤;"取善"即学习别人的优点;"及陶渔"典出《孟子·公孙丑上》:"大舜有大焉,善与人同,舍己从人,乐取于人以为善。自耕稼、陶、渔以至为帝,无非取于人者。"此两句是说,儒家学者不能看不起出家人,昔日的圣贤竟然向种地者、冶陶者、打鱼者学习。这意思是说,佛教人士有优点,也值得我们去学习。

"年来奔走成何事?此日斯人亦起予。""年来"指近些年来;"斯人"指僧人周经;"起予"即启发我,《论语·八佾》云:"子曰:'起予者,商也,始可与言《诗》已矣。'"诗的最后阳明现身说法。他说,近些年来"我"东奔西走成就了什么事呢?今天这个人的行事对"我"很有启发。这是对上两句意思的进一步发挥,是说周经身上也有值得"我"学习的东西。"成何事"的反问,表面上看来,是阳明谦虚的说法,其实也反映了阳明内心的愤激。先生传播心学,遭到许多学者的围攻;剿匪平乱立下汗马功劳,却身处危疑之中。阳明对自己此时的处境有无限愤慨。

这首诗是以周经的事迹来勉励儒学同道。诗的开头就告诫大家不要看不起出家人,接着说周经的切身实践精神是许多儒家学者所缺乏的,再强调昔日的圣贤也善于向他人学习,最后周经对阳明自己都有启发。由此可以看出,这首诗从不同侧面来回答这个中心问题。当然,阳明不是要儒家学者去学习佛教知识,而是去学习佛教人士身上切实修身的精神。

重游开先寺戏题壁

中丞不解了公事,到处看山复寻寺。
尚为妻孥守俸钱,至今未得休官去。
三月开花两度来,寺僧倦客门未开。
山灵似嫌俗士驾,溪风拦路吹人回。
君不见富贵中人如中酒,折腰解酲须五斗。
未妨适意山水间,浮名于我亦何有!

正德十五年(1520)三月二十二日,阳明因公事来到九江,他又一次游玩庐山的开先寺,创作了这首诗。诗以"戏题"为题,体现先生诗歌中的幽默一面。

"中丞不解了公事,到处看山复寻寺。""中丞"指阳明自己;"解"即休止、停止的意思。阳明说,自己完成公事以后,不好好休息,还要到处游玩山水,寻找寺庙。这里的"不解",表面是嘲笑自己忙碌不停,其实是突出自己本性喜欢山水,在工作之余,还要游山玩水。人进入大自然的怀抱,生命便会得到放松。人只有在放松的情形下,才有利于修心养性。在阳明学派看来,游山玩水也是一种讲学。

"尚为妻孥守俸钱,至今未得休官去。""妻孥"指妻子与孩子;"守俸钱"指死守着当官的俸禄。既然喜欢山水,也可以辞官隐居山林之中。但是阳明说,为了得到俸禄养活家人,"我"直到今天仍没有辞官离去。阳明早就想隐居讲学,但是为形势所逼,辞官不成。他这里却偏要说是为了妻孥,这就是幽默之处。

"三月开花两度来,寺僧倦客门未开。""倦客"是倦于接待游客。阳明在春花浪漫的三月两次来到开先寺,寺里的僧人大概也感到厌倦,连门都没有打开。阳明三月十四五日自九华山回来经过庐山开先寺,三月二十三日又到开先寺,短短时间内就来了两次。"三月开花两度来"使前文"到处看山复寻寺"得到具体落实,又直接导致后文"寺僧倦客门未开"。这里当然也是幽默。不是寺僧看到他来了,真的将门关上,而是阳明先生这次来,碰巧寺门紧闭。

"山灵似嫌俗士驾,溪风拦路吹人回。""山灵"即山神;"俗士"指庸俗之士,这是阳明的自嘲。既然寺门是关的,而且路上又起了大风，那就回去吧。可见阳明第二次游开先寺是中途而废。他在《又次邵二泉韵》中说"昨游开先殊草草"，说的就是这个意思。但是，阳明先生在诗中偏要说，山神嫌"我们"俗气，山间刮起了大风，似乎是要赶"我们"回去。说自己做官就是一个俗士，连山神都嫌弃这样的俗士，全都是幽默的口吻。这里还用了一个典故。孔稚珪《北山移文》有讲，山神也讨厌俗士来游，闭门不纳。

"君不见富贵中人如中酒，折腰解酲须五斗。""中人"即中伤人，对人的伤害；"折腰"典故出自陶渊明，《宋书·陶潜传》云："郡遣督邮至，县吏自应束带见之，潜叹曰：'吾不能为五斗米折腰向乡里小人。'即日解印绶去职。""酲"指酒醒后神志不清犹如患病的感觉；"解酲"典故出自刘伶，《世说新语·任诞》云："伶跪而祝曰：'天生刘伶，以酒为名。一饮一斛，五斗解酲。妇人之言，慎不可听。'"前面似乎都是游戏文字，用"君不见"提请注意，引出下文对人生意义的思考。陶渊明与刘伶的两个典故，说明富贵对人的伤害，就像过量的酒对人的伤害一样。为了追求富贵，不得不向小人折腰，丧失了自己的人格；为了解酒，不得不再喝五斗酒，更增加对身体的伤害。

"未妨适意山水间，浮名于我亦何有！"有前面的认知，最后的结论便是脱口而出。做人不妨在山水中快活适意，功名富贵对于"我"来说就像天上的浮云。这里用了孔子的一句话。孔子说:"不义而富且贵,于我如浮云。"①阳明在诗的最后表达了自己想要归隐山水、讲学民间的愿望。

这首诗前部分是自嘲。阳明一直想要归隐却做不到,到开先寺游玩却遇到关门,说自己就是一个俗士,这样极力贬低自己,是为了后部分表白"适意山水"的决心。这种先抑后扬的手法,使诗歌别有一种幽默风趣。

啾啾吟

知者不惑仁不忧,君胡戚戚眉双愁?
信步行来皆坦道,凭天判下非人谋。
用之则行舍即休,此身浩荡浮虚舟。
丈夫落落掀天地,岂顾束缚如穷囚!
千金之珠弹鸟雀,掘土何烦用镯镂?
君不见东家老翁防虎患,虎夜入室衔其头。
西家儿童不识虎,执竿驱虎如驱牛。
痴人惩噎遂废食,愚者畏溺先自投。
人生达命自洒落,忧谗避毁徒啾啾!

---

① 见《论语·述而》。

正德十五年（1520）六月，阳明来到赣州，检阅军队，操练战法。江彬派人来赣州侦查先生的动静。关系亲密的人都为先生担心，劝先生回南昌，避免奸人猜忌。阳明创作此诗，表达自己的心志。"啾啾"本指鸟发出的鸣叫声，后泛指各种凄切尖细的声音，此处用来引喻江彬、许泰等权奸对自己所发的诬陷诋毁。先生此诗表现出对权奸造谣中伤的鄙视，主张采用"无辩"的方式，让谣言不攻自破。

"知者不惑仁不忧，君胡戚戚眉双愁？"前句如《论语·子罕》曰："知者不惑，仁者不忧，勇者不惧。""胡"是为什么的意思；"戚戚"指忧愁、哀伤的样子，《论语·述而》曰："君子坦荡荡，小人长戚戚。"阳明对替他担忧的朋友说，孔子不是说过"知者不惑，仁者不忧"吗？你们为什么面带愁容、双眉紧锁呢？先生在这里不是故作镇定，他的生命境界已经达到这样的高度。此时阳明仍然身处危疑之中，随时都有生命危险，甚至祸及家族。如果他不是真正的智者和仁者，是做不到如此的镇定的。用孔子之言与朋友的表现作对比，自然引出下面的一些观点。

"信步行来皆坦道，凭天判下非人谋。""信步"本意是随意行走，这里强调的是人的自由自在的生命状态；"判"即判定。在阳明看来，一个人无论面对什么样的情形，只要让自己的生命处在自由自在的状态，不戚戚于个人得失，也不受外来的恫吓，生命就会按最合理的方式发挥自己的能量，就会走在平坦的人生大道上。这是听从生命召唤,是由天生具有的"良知"做出的判定,没有人为因素参与其中。"信步行来"与"凭天判下"表达的是一个意思,都是用来描写人的"本体的知行"。"信步行来"着重于外部描写,"凭天判下"着重于内部描写。由此可以看出,阳明提倡的"心即理""知行合一",不只是用来讲一讲的话题,而是用来应对现实问题的良方。

"用之则行舍即休,此身浩荡浮虚舟。"前句如《论语·述而》曰:"用之则行,舍之则藏。"《孟子·尽心上》曰:"穷则独善其身,达则兼及天下。""虚舟"指轻快的船,即没有任何负担的船。前两句讲处事原则,此两句谈如何处理仕与隐的问题。作为读书人,受到重用,就出来行道;不被重用,那就隐居好了。人应该像在浩荡的湖面上行驶的轻快的船,既有自己的一定方向,又能顺流而行。阳明的这种人生态度,与孔子是相契合的,孔子主张"无可无不可"[①]。

"丈夫落落掀天地,岂顾束缚如穷囚!""落落"即后文的"洒落",指无拘无束的样子;"顾"是照管、注意的意思;"穷囚"指陷入绝境的囚徒。这里是从根本上来讲人应该怎样地活着。人活在世上,就要做一个大丈夫,要无拘无束,敢于掀翻天地。难道要顾忌各种各样的束缚,活得就像陷

---

① 见《论语·子张》。

入绝境的囚徒吗？阳明这是在弘扬人的主体性。人活在世上，应该做自己的主人，天地间的万物都应该为人所用。人是以天地万物为一体，天地万物都是"我"生命的一部分，自然可以将天地翻过来掀过去。

"千金之珠弹鸟雀，掘土何烦用镯镂？""千金之珠"指价值千金的珠子；"镯镂"是古代宝剑。为什么要用价值千金的珠子去弹射鸟雀，为什么要用镯镂这样的宝剑去挖土？很明显，阳明先生是用了两个比喻。"千金之珠"与"镯镂"比喻生命境界高的人以及他们的智慧。"鸟雀"与"掘土"比喻生命境界低的人以及他们的伎俩。在阳明看来，对于江彬、许泰这类小人，我们没有必要理睬他们；他们的那些弄权伎俩，我们也没有必要花精力、用心思去应对。阳明要用"无辩止谤"①的方式来对付江彬、许泰等人的所作所为。这两个比喻，突出"千金之珠""镯镂"与"鸟雀""掘土"价值的不匹配，强调价值高的东西没有必要与价值低的东西去拼命。用这两个比喻，有藐视江彬、许泰之流的含义。

"君不见东家老翁防虎患，虎夜入室衔其头。西家儿童不识虎，执竿驱虎如驱牛。"用"君不见"三字，是要呼请读者注意后面的两个隐喻。有关"老翁"与"儿童"之对比，大概是当时社会流行的一个话头。"东家老翁"天天防备着老

---

① 王守仁：《王阳明全集》卷五，上海古籍出版社2011年版，第209页。

虎，老虎晚上进了他家咬死了他；"西家儿童"不知道什么老虎，老虎来了，拿起竹竿像驱赶牛一样驱赶老虎。这里有一连串的对比。"老翁"与"儿童"的年龄对比，"老翁"经验丰富与"儿童"无知的对比，"老翁"被虎咬死与"儿童"驱赶虎的结果对比。这种对比显示出什么叫"致良知"。"老翁"有很多有关老虎的知识，见到老虎就害怕，他"动心"了，故而被老虎吃掉；"儿童"不知道什么是老虎，见到老虎他不怕，他只不过尽自己所能去驱赶虎，他做到了"致良知"。老虎见"儿童"无所畏惧，也就没有了虎威。特别提请注意的是，儒家提倡"保赤子"①，道家提倡"能婴儿"②，不是要人拒绝成长，始终做一个无知的儿童，而是要人保持一颗初心，面对具体场景能尽自己之所能，这就是"致良知"。

"痴人惩噎遂废食，愚者畏溺先自投。""惩"即警戒、鉴戒的意思。这里也是比喻。呆子因为担心被噎着，反而不敢吃饭；蠢人因为担心被水淹，反而投水而死。这两种人的愚蠢是显而易见的，其根源都是在于遇事想法太多，自乱了阵脚，结果出现了千差万错。这是对上面两个比喻的补充，重在说明一个道理：遇事不能想得太多。

"人生达命自洒落，忧谗避毁徒啾啾！""达命"指通达天命；"忧谗避毁"指忧惧谗诬，逃避毁谤。前面讲完一番

---

① 见《孟子·滕文公上》。
② 见《道德经》第十章。

道理以后，最后还是落在眼前之事。真正乐天知命的人是活得很洒脱的，总是在那里担心别人怎样说，急于为自己辩白，这只会像鸟儿一样啾啾发声，于事无补。先生在此指出两种"啾啾"：江彬、许泰之流陷害忠良的污言秽语当然是一种"啾啾"；如果急于与他们辩白，也是一种"啾啾"。先生这样一说，表明了自己的心迹，那就是"不辩止谤"。

这首诗是要与朋友讲道理，阳明先生谈到心学的要义，也谈到处置流言蜚语的正确方法。可以看到，阳明心学的理论与实践密不可分。诗中所讲的深刻道理，全凭语言所塑造的形象来显现。如"信步""浮虚舟""掀天地"等，都是形象化的语言。另外，诗中还用了大量的比喻和对比，深入浅出地表达了关于人生的道理。

第六卷

王阳明晚年蛰居绍兴五六年,他的心学日趋成熟,讲学成了他生活的全部,此时期的诗歌多是咏叹"良知"。本卷还选录了王阳明的佚诗两首,以见阳明诗歌不同风貌。

月下吟三首（其一）

露冷天清月更辉，可堪游子倍沾衣。
催人岁月心空在，满眼兵戈事渐非。
方朔本无金马意，班超惟愿玉门归。
白头应倚庭前树，怪我还期秋又违。

正德十五年（1520）闰八月初，阳明创作了《月下吟三首》，盼望着武宗早一点回銮京师，清除权奸，使朝政清明，自己得以洗脱冤屈，也可以早一点归隐林下。这是其中的第一首，用来表达他此时的心情。

"露冷天清月更辉，可堪游子倍沾衣。""可堪"即哪堪、

怎堪之意，如李商隐《春日寄怀》云："纵使有花兼有月，可堪无酒又无人。""游子"指阳明自己；"沾衣"指泪沾湿衣襟。这两句诗给我们描绘出一幅画面。深秋的夜晚，先生站在院子里，抬头望着天空，天空是那么清澈，落在身上的露水使人感受到寒意，月光散发出明亮的光辉。作为游子的阳明，此时想起故乡和故乡的亲人，忍不住潸然泪下。他的衣服上既有寒冷的露水，又有伤心的泪水，这哪里叫人

明·高岑《梧亭赏月图》

正德十五年（1520）闰八月初，阳明先生写下《月下吟三首》，第一首表达他期望朝政清明、归隐林下的愿望，诗中描绘的望月场景和图中的景象相似。

受得了？这里的"倍"字用得贴切。在这个深秋的夜晚，阳明为什么会有这么大的情绪表露？这便自然引出下文。

"催人岁月心空在，满眼兵戈事渐非。""心空在"指空有报国之心；"满眼兵戈"是满眼战火风云，这里指朱宸濠叛乱，战火连天。阳明之所以流泪，是因为岁月催人老，自己已经年纪不小，空有一颗报国之心，却无所作为；朱宸濠叛乱已经平定，本来是一件天大的喜事，谁知权奸作祟，昏君不明，天下反而更乱，国事面目全非。先生平定朱宸濠，建立了不世之功，却遭人诬陷，此时仍然不得解脱。阳明自然有无限心事需要倾诉。

"方朔本无金马意，班超惟愿玉门归。""方朔"即东方朔；"金马"即金马门，汉代官门名，学士待诏处。《史记·滑稽列传·东方朔传》记载，有人对东方朔说："人皆以先生为狂。"东方朔回答说："如朔等，所谓避世于朝廷间者也。古之人，乃避世于深山中。"东方朔的意思是，他本无意做官，只不过大隐隐于仕。"玉门"即玉门关。班超投笔从戎，奔走西域三十一载，封定远侯。老年以后，他上疏说"但愿生入玉门关"。阳明在此用东方朔与班超的故事表明，"我"本无意于升官发财，只愿意做一个隐者；平定朱宸濠之乱，也不想什么论功行赏，但求无罪，放"我"回家归居田园。

"白头应倚庭前树，怪我还期秋又违。""白头"指家中的白发亲人；"还期"指回家的日期。想要归隐田园，自然勾起对亲人的思念。这两句完全是阳明想象中的情景。满头白发的老父亲此时在月光下,大概依靠在庭院前的树旁,向儿子所在的方向眺望,可能父亲心里责怪"我",说好的秋天回去,却又违期了。阳明想象着亲人对自己的思念,写得这样细致而逼真,恰恰反映出他的思乡之深。先生在平定朱宸濠之乱时,绍兴也受到骚扰。当时,阳明担心家人,家人也担心他。宸濠之乱平定之后,又有各种谣言,阳明需要面对万分的凶险,至此他一直都没有见到亲人。在这个月夜,他有这样的情感表露,也在情理之中。

这首诗写出特定时期阳明的心境。诗中将抒情、写景和用典融为一体,清晰地向世人传达先生的心情。

月夜二首(其二)

举世困酣睡,而谁偶独醒?
疾呼未能起,瞪目相怪惊。
反谓醒者狂,群起环斗争。
洙泗辍金铎,濂洛传微声。
谁鸣涂毒鼓,闻者皆昏冥。

嗟尔欲奚为？奔走皆营营。

何当闻此鼓，开尔天聪明。

正德十五年（1520）闰八月上旬，阳明在写了《月下吟三首》之外，又写了《月夜二首》，这是其中的第二首。当时，明武宗虽然已经北归，但是阳明对时局仍有深深的忧虑。在众人皆醉、唯我独醒的时候，其实清醒者最痛苦。

"举世困酣睡，而谁偶独醒？""困"即尽、穷的意思；"偶"有幸运、遇合的意思。世上的人都在酣睡，有谁很幸运，是那唯一的清醒者呢？阳明的言下之意，世人都是麻木之人，都走在错误的道路上，只有他很幸运，觉知到"致良知"是成圣的必由之路。

"疾呼未能起，瞪目相怪惊。"作为清醒者，看到他人身处险境而不自知，自然会大声疾呼，希望唤醒那些糊涂的人，这是万物一体之"仁"的必然之举，这是"先知觉后知，先觉觉后觉"的自然行为。但是，这样做并不能让那些糊涂的人清醒过来，他们反而瞪大眼睛，表现出奇怪和惊吓的模样。

"反谓醒者狂，群起环斗争。"这些昏睡的人反过来说清醒者是个张狂的人，大家群起而攻击他。很明显，阳明说这番话是非常痛心的。在他看来，圣人之学即是心学，这是最明白不过的道理，但是，当他向社会传播心学时，却遭到程朱学派猛烈的攻击。

"洙泗辍金铎,濂洛传微声。""洙泗"本指山东境内的两条河流,孔子在洙泗流域讲学,后人以洙泗指代孔学或孔孟儒学;"辍"是取出、拿出的意思;"金铎"是用铜做的铎,是用来指引人们行事的铃铛;"濂洛"指濂学与洛学,周敦颐的学说被称为濂学,二程的学说被称为洛学;"微声"即微言,指精深微妙的大义。孔子创立的儒学是他为世人奉献出来的金铎,周敦颐和二程传递着孔孟儒学的精深妙义。在阳明看来,孔孟圣学即是心学,宋代的周敦颐和二程也是心学的传人。这两句诗实际上是强调心学不是奇谈怪论,而是有其历史来源。

"谁鸣涂毒鼓,闻者皆昏冥。""涂毒鼓"指涂有毒料、使人闻其声即死之鼓。禅宗以此用来比喻那些能让人丧心、灭尽贪嗔痴的带有机锋的话。如《景德传灯录》卷十六《全豁禅师》云:"吾教意犹如涂毒鼓,击一声,远近闻者皆丧。""昏冥"指昏睡不醒。既然发出正常的呼唤,那些人还是昏睡不醒,那有谁去敲响涂毒鼓呢?阳明所谓"涂毒鼓",是指一些超出常规的警醒。譬如,鉴于程朱学者将"未发已发"分开来说,阳明就"劈头说个无未发已发,使人自思得之"[①]。诸如此类的话头,与传统经典不相符合(《中庸》明明说过"喜怒哀

[①] 王守仁:《王阳明全集》卷三,上海古籍出版社2011年版,第130页。

乐之未发谓之中，发而皆中节谓之和"），似乎像是涂了毒的鼓，但是它相当于当头棒喝，可以促使人深入思考。阳明在此问"谁鸣涂毒鼓"，其实是说他自己打算这样做。

"嗟尔欲奚为？奔走皆营营。""嗟"，叹词，表示忧伤地感叹；"尔"指"你们"；"奚为"即何为；"营"即谋求，"营营"指追求、奔逐。这两句是描写那些"昏冥"之人的具体表现。阳明哀悯这些人整天争名夺利，不知道是为了什么。这是指斥武宗和那些权奸之辈。这些奸人结党营私，残害忠良，不顾人民的死活和江山社稷的安危，只顾满足自己的私欲，自以为最聪明，其实最昏聩。阳明在此几乎是带着质问的语气，为这些叫不醒的昏睡的人而着急。

"何当闻此鼓，开尔天聪明。""何当"指什么时候；"聪明"本指人的听觉与视觉灵敏，后引申指人天资高、记忆和理解力强，"天聪明"是指聪明本是天生具有，只是被私欲扰乱，聪明不能显现。对于那些叫不醒的人，什么时候听听"涂毒鼓"的声音，让鼓声打开他们天生具有的聪明。佛教《传灯录》里常常记载一些让人突然觉悟的公案，阳明在此对那些沉迷于争权夺利的人，只能寄希望他们能够幡然悔悟。

这首诗写出了举世昏睡、唯我独醒的社会现实，表达了阳明自己深沉的忧国忧民之心。诗中特地提到禅宗的涂毒鼓，表现了作者对那些执迷不悟的人的愤慨，抒发了他追切希望众人都能清醒过来的心情。

后中秋望月歌

一年两度中秋节,两度中秋一样月。
两度当筵望月人,几人犹在几人别?
此后望月几中秋?此会中人知在否?
当筵莫惜殷勤望,我已衰年半白头。

正德十五年(1520)闰八月,这一年有两个中秋节。阳明在闰八月的中秋节,写下了这首诗,发出了时光飞逝、人生易老、珍惜当下的慨叹,全诗笼罩着一股悲壮的氛围。

"一年两度中秋节,两度中秋一样月。"一般说来,到了中秋节,人们都会聚在一起赏月,或感叹时光易逝,或想念远方亲朋。可以说,每逢参加一次中秋赏月会,人的情感都会掀起波澜。恰恰这一年闰八月,在短短的一个月内,要过两次中秋节,那么人自然会有更多的感想。虽然两次看到的都是同一个月亮,但人的情感会更加浓烈。

"两度当筵望月人,几人犹在几人别?""别"或指生离,或指死别。这是让在座的人看一看,上一次坐在筵席上一起赏月的人,这一次有几个人还在,有几个人已经看不到了?看到这样的结果,自然会得出这样的结论:光阴飞逝,人生苦短，世事无常。

"此后望月几中秋？此会中人知在否？"这是让在座的人想一想，从此以后，每个人还能看到几次中秋节的月亮？今天参会的人，到时候还能活着吗？当人真的这样想时，自然有一股悲怆之情从心中涌来。虽然生老病死是不以人的意志为转移的自然规律，人对这一切应该淡然处之，但是人毕竟是有感情的动物，难免会有一些难以割舍的情愫。何况此时阳明正处在人生的困难时期，遭受不白之冤而无法申诉，对人的生死感受尤为深切。

"当筵莫惜殷勤望，我已衰年半白头。""惜"是哀伤的意思；"衰年"指衰老之年，此时阳明先生已经四十九岁。前几句说得有些消沉，最后阳明劝在座的诸位，坐在筵席上赏月的时候，不要过分哀伤，大家要多多地相互探望，"我"已经到了衰老之年，头上有一半都是白发。阳明的意思是劝人要珍视当下，做自己应该做的事情。

这首诗其实是在探讨人的生死问题。由一月之中过两个中秋节这样的一件事，不断地提问，让人真切地感受到时光易逝、人生易老、世事无常。在此基础上，人应该珍视当下，在有限的生命中去关注朋友间的友情。全诗说的都是大白话，就像在宴席上聊天一样，几乎没有引用一个典故，但是循环往复的语调，让人感受到绵延不绝的情谊。几句问话，蕴含着对人生深刻的思索。

贾胡行

贾胡得明珠，藏珠剖其躯。
珠藏未能有，此身已先无。
轻己重外物，贾胡一何愚！
请君勿笑贾胡愚，君今奔走声利途；
钻求富贵未能得，役精劳形骨髓枯。
竟日惶惶忧毁誉，终宵惕惕防艰虞。
一日仅得五升米，半级仍甘九族诛。
胥靡接踵略无悔，请君勿笑贾胡愚！

正德十六年（1521）四月，世宗继位，新君更化，官场震荡，旧臣分化升黜，后进士人纷纷奔竞入朝，权力斗争愈加激烈。"贾胡"即西域商人。《太平广记》卷四〇二《宝珠》记载，西域商人酷爱美珠，得到美珠，就自剖腹部或剖臂、股而深藏之，最终肉烂而身亡。阳明创作这首《贾胡行》，便是讽刺这种争权夺利的行为。

"贾胡得明珠，藏珠剖其躯。珠藏未能有，此身已先无。轻己重外物，贾胡一何愚！"这六句概述西域商人的故事及对它的评价。西域商人喜欢美珠，竟然剖开自己的身体，将美珠藏在里面。结果自己的命没有了，那藏在身体里的美珠也就不能真正据为己有。这种行为是典型的将外物看得比自己的生命还贵重，这是多么愚蠢啊！阳明在此提出一个观点：人应该重己而轻物。也就是说，人的生命是最宝贵的，外物应该为人所用，人应该役物而不应该役于物。不遵守这一点，便是愚蠢之人。

"请君勿笑贾胡愚，君今奔走声利途；钻求富贵未能得，役精劳形骨髓枯。""役精劳形"指役使精神心魂，劳苦身形体魄。西域商人的剖躯藏珠的愚蠢比较明显，稍有一点理智的人都能看得出来。但是，阳明请大家不要嘲笑"贾胡愚"，很多奔走在声利场中的人，也做着与西域商人本质上一样的事。他们劳心劳力、筋疲力尽，最终想要得到的富贵也不能得到。在阳明先生看来，追求富贵的人，自认为是在为己，其实不是真的为己。其一，人为了追求富贵，将自己的身体弄坏了，就是有富贵，也不能享有富贵。其二，人为了追求富贵，过分自私，为社会所不容，也不可能得到富贵。人要想真正地为自己，那就要从"真己"即从"良知"出发，来说话、来做事。关于"躯壳的己"与"真己"关系，阳明先生有一大段讨论，可参看拙著《〈传习录〉问答》[1]。

"竟日惶惶忧毁誉，终宵惕惕防艰虞。一日仅得五升米，

---

[1] 张实龙、张星：《〈传习录〉问答》浙江大学出版社2021年版，第122页。

半级仍甘九族诛。""竟日"即整日;"忧毁誉"指担忧官场上的毁誉得失;"终宵"即整夜;"防艰虞"指提防艰难忧患。这四句是具体描写官场上争名夺利的人如何"役精劳形骨髓枯"。他们整天都担忧自己在官场上的毁誉得失,整夜都小心翼翼地警惕艰难忧患。他们就为了一天仅仅获得五升米的俸禄,或者为了升官半级,而冒着被株连九族的危险。"五升米"是过去太仓救济米的数量,用来说明小官小吏微薄的俸禄;"半级"是用来形容官级之低和升官之难。这里的"竟日""终宵"所花时间之长,与"五升米""半级"所得之少,形成鲜明的对比,进一步突出如此作为得不偿失。

"胥靡接踵略无悔,请君勿笑贾胡愚!""胥靡"指囚犯;"接踵"指脚后跟挨着脚后跟。那些贪官污吏一个接着一个成为囚犯,但他们没有一点儿后悔的意思。因此,就请"你们"这些人不要嘲笑西域商人的愚蠢吧!诗的最后再次强调"请君勿笑贾胡愚",目的就是要促人反思,指出那些争名夺利之人与那个剖躯藏珠的商人都是一样愚蠢。

这是一首讽喻诗,讽喻那些在官场上争名夺利之人。诗中所讽喻的对象在当时可能是有针对性的,也是泛指官场上同类的人。值得注意的是作者悲天悯人的立场。官场上争权夺利的人,与剖躯藏珠的商人一样愚蠢。他们的愚蠢是由于认识不到位,也就是"良知"遭到遮蔽的原因。阳明从万物一体之"仁"出发,当然希望这类人也能清醒过来。

因此,诗中用"请君勿笑贾胡愚"来奉劝那些人,足可见阳明的苦口婆心。

这首诗从传说中的"贾胡"写起。西域商人剖躯藏珠之愚显而易见,就是官场争名夺利之人也会笑其愚蠢。官场争名夺利之愚则难见,阳明此诗就是要说明两者之愚本质相同。以易见来引出难见,目的是促人思考。

归兴二首(其二)

归去休来归去休,千貂不换一羊裘。
青山待我长为主,白发从他自满头。
种果移花新事业,茂林修竹旧风流。
多情最爱沧州伴,日日相呼理钓舟。

正德十六年(1521)六月二十日,阳明北上赴京受阻。七月二十八日,朝廷升阳明为南京兵部尚书。八月上旬,先生上疏乞便道归省,朝廷八月十七日允许其归省。八月下旬,阳明回绍兴,《归兴二首》大约创作于这个时候。这是其中的第二首，诗中表达了先生归隐家乡的愿望。

"归去休来归去休，千貂不换一羊裘。""千貂"指千金貂裘，如《史记·孟尝君列传》曰："此时孟尝君有一狐白裘，直千金，天下无双。"后人以"千貂"比喻高官。"羊裘"指羊皮做的衣服，如《后汉书·逸民列传·严光传》记载，严光躲避光武帝刘秀，"披羊裘钓泽中"。后人以"羊裘"比喻隐士。这两句的意思是，回家吧回家吧，高官厚禄难换归隐林下。诗开头反复说"归去休"，表达了阳明强烈的愤激之情。朝廷既要召见他，又阻止他进京，既升他南京兵部尚书，又准许他归省，这些都是权臣玩弄权术的表现。他们嫉妒阳明的才能和功劳，不想重用他，又不愿意落一个妒才的名声。对于这些争名夺利之辈，先生早就看透了他们的肝肺，表达了自己的鄙视。与其与这些争名夺利的人在一起相处，还不如退隐山林过自由自在的生活。

"青山待我长为主，白发从他自满头。""从他"即任由他。这两句是来回答为什么"千貂不换一羊裘"这个问题。这里采用拟人的手法，说"青山"也希望"我"来做它们长久的主人，就这样任由着"白发"长满"我"的头吧。先生将青山比作人，觉得山水是那么亲切。说"白发"长满头，也就是打算隐居终老了。这两句诗在字里行间突出了隐居生活的自由自在。就是因为隐居生活自由自在，所以即使是高官厚禄也不愿意换。

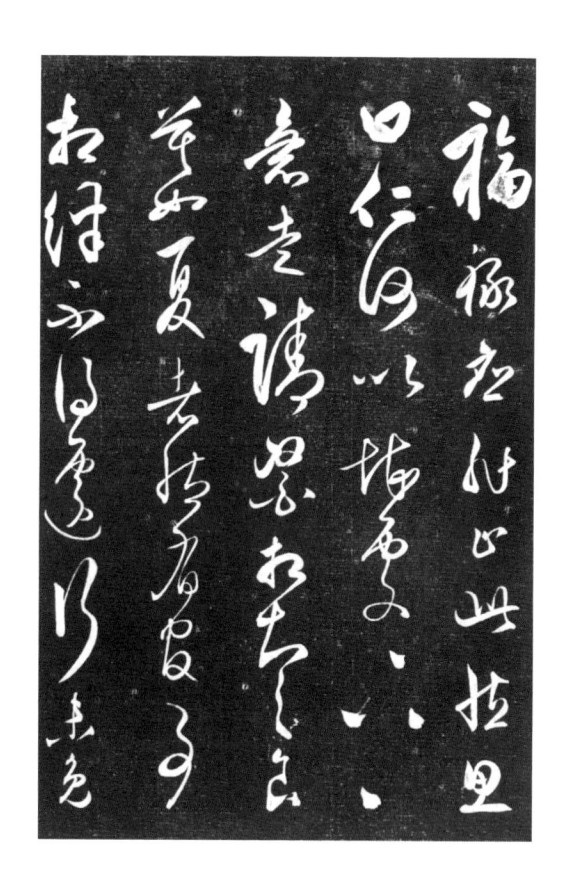

明·王阳明《与日仁书帖（局部）》

正德十六年（1521）八月，阳明先生回绍兴期间写下两首诗，第二首表达了他归隐家乡的愿望，和《与日仁书帖》的内容一样触动人心。

"种果移花新事业，茂林修竹旧风流。""新事业"是相对官场的功名事业而言。一般人只将为官做宰当作事业，阳明在此提出种种树、养养花，这也是一种修心养性的事业。"旧风流"指王羲之在兰亭留下来的流风余韵。王羲之的《兰亭集序》说："此地有崇山峻岭，茂林修竹，

第六卷　397

又有清流急湍，映带左右，……"这两句是具体设想隐居的生活，赋予了隐居生活的种树养花、林间交往以崭新的人生意义。

"多情最爱沧州伴，日日相呼理钓舟。""沧州伴"指一同隐居山林的伙伴和道友；"理钓舟"本是治办钓鱼事项，这里指林下讲学论道。阳明归隐以后，用情最多的事是与一些志同道合的人交流，大家在山林里无拘无束地讲学论道。最后这两句诗无疑是阳明向伙伴们发出的邀请，希望更多的人从事学术交流。

从这首诗可以看出，阳明所向往的隐居生活，是退隐山林自由自在地讲学论道。在这首诗中，有对比，有拟人，还有具体的描写，清晰地表达了阳明对归隐的看法。

月夜二首（其二）

处处中秋此月明，不知何处亦群英？
须怜绝学经千载，莫负男儿过一生。
影响尚疑朱仲晦，支离休作郑康成。
铿然舍瑟春风里，点也虽狂得我情。

嘉靖三年（1524）八月十五日中秋节，阳明与门人诸生狂歌于天泉桥，创作了《月夜二首》。这是其中的第二首，咏叹了先生的狂者胸次。

"处处中秋此月明，不知何处亦群英？""群英"指众多的贤能英俊。这两句是说，今天是八月十五中秋节，天上有一轮明月，天下到处都能看得到。但是，还有哪个地方，像"我们"今天这样群英聚会？按理说，中秋节会有许多人家聚会赏月。但是，这样的聚会不能与阳明学派的聚会相比。阳明学派的聚会，大家有一个共同目标，都是为了修身，为了提升自身的生命境界。大家交流修身经验，分享各自的知识符号和情感能量。聚会的结果是，大家都获得更多的知识符号和情感能量，情绪高涨，有崇高的道德感。孔子说"有朋自远方来，不亦乐乎"[1]，说的就是这种情况。王阳明的学生钱德洪描绘这次王门的中秋聚会："八月，宴门人于天泉桥。中秋月白如昼，先生命侍者设席于碧霞池上，门人在侍者百余人。酒半酣，歌声渐动。久之，或投壶聚算，或击鼓，或泛舟。先生见诸生兴剧，退而作诗，有'铿然舍瑟春风里，点也虽狂得我情'之句。"[2]这样的聚会对阳明有所触动，便创作了这两首诗。

---

[1] 见《论语·学而》。
[2] 钱德洪：《年谱三》，王守仁：《王阳明全集》卷三十五，上海古籍出版社2011年版，第1424页。

"须怜绝学经千载，莫负男儿过一生。""绝学"指将要断绝之学，也就是"良知"之学。阳明这是在叮嘱门人弟子，一定要痛心圣学已经绝传了上千年，不要辜负自己作为男子汉的一生。在阳明看来，孔孟圣学就是心学，就是"良知"之学，自孟子以后，就不得其传。阳明觉得自己非常幸运，发现孔孟圣学就是"良知"之学，使失传的圣人之学能够重见天日。现在阳明将"良知"心学传给自己的门生弟子，是希望学生们担当起来，让真正的圣人之学能够发扬光大。

"影响尚疑朱仲晦，支离休作郑康成。""影响"指影子与回声，此处指不真实的或无根据的学问；"朱仲晦"即朱熹，宋学的代表；"支离"即分散、没有条理的意思；"郑康成"即郑玄，汉学的代表。在这里，阳明提醒自己的学生，传播圣学不能走弯路，不要向朱子学习与圣学隔了一层的宋学，也不要向郑康成学习支离破碎的汉学。圣人之学之所以中断，部分原因是汉学、宋学造成的遮蔽。因此，阳明在此特地提出这一点。

"铿然舍瑟春风里，点也虽狂得我情。"这里引用了一个典故。《论语·先进》记载，有一次，孔子与学生讨论人生志向的问题。孔子问曾点："点，尔何如？"曾点"鼓瑟希，铿尔，舍瑟而作"，回答说："莫春者，春服既成，冠者五六人，童子六七人，浴乎沂，风乎舞雩，咏而归。"阳明从这些文字中看出曾子的狂态。师生讨论重要的人生志向问题，曾点却在弹瑟。问到他头上，他将瑟"铿"地弹了一下，然后起来回答问题，而且回答问题也像玩似的，说自己带着五六个成人和六七个儿童，在沂水里洗洗手，在舞雩台吹吹风，然后唱着诗回家。曾点展示的狂态，实际上是人的自由自在的生命状态。阳明很欣赏曾点的狂态，认为曾点比他早一点达到狂者的生命状态。阳明心学就是要让生命处于自由自在的状态，与狂者的生命状态相一致，如阳明说："我今信得这良知真是真非，信手行去，更不着些覆藏。我今才做得个狂者的胸次，使天下之人都说我行不掩言也罢。"①

经历阳明学派的中秋大会，阳明情绪高涨，激情飞扬，他即兴写下这两首诗。在此诗中，先生表达了对心学的自信，希望自己的门人弟子去光大弘扬。诗中运用了儒学典故，使诗句韵味无穷。

① 王守仁：《王阳明全集》卷三，上海古籍出版社2011年版，第132页。

咏良知四首示诸生（其四）

无声无臭独知时，此是乾坤万有基。
抛却自家无尽藏，沿门持钵效贫儿。

阳明归居绍兴以来，与门人弟子大阐"致良知"之教。这四首诗大约作于嘉靖四年（1525）的春天，均是阐发"良知"之教的内涵。这里所选的是其中的第四首，强调"良知"是每个人自家的无尽宝藏。

"无声无臭独知时，此是乾坤万有基。"这是指出"良知"的几个特点：其一，人的"良知"无声无臭，听不到，看不见，摸不着，超出人的感受力，属于形而上者；其二，人的"良知"是人的独知，别人无法知道，但自己知道，它来源于人生命本身，是人生命的本来面目；其三，人的生命来源于宇宙大生命，与天地万物同一来源。因此，"良知"也就是天地万物的根本。"良知"有这些特性，那就是人生命中最珍贵的东西，是人之成为人的核心要素。

"抛却自家无尽藏，沿门持钵效贫儿。""无尽藏"本是佛家语言，是说佛性广大无边，可以作用于万物，无穷无尽。这里是用了一个比喻。每个人都有"良知"，可以由此实现自身的无限发展，这就像人人都是一个富有的人。但是，不少人却抛弃了自己这样宝贵的东西，放弃"良知"不用，不听从"良知"去说话、去做事，而是向外探索，去追求所谓"物理"。这就像一个富家子放着自家的财富不用，却像一个穷人家的孩子，拿着一个碗，挨次向别人乞讨。富家子效法贫儿去乞讨，这种行为当然令人可笑。那么，那些不致"良知"而向外求理的人，不也是同样令人可笑吗？用比喻来说理，令人印象深刻。

阳明先生作为一个思想家，当然要讲道理。诗歌作为当时文人最常用的交际方式，自然可以作为讲道理的有效工具。但是，诗歌作为文学，要以文字来塑造形象，所要讲的道理要寓于形象之中。这首诗以"沿门持钵效贫儿"为喻，将道理与形象融合得天衣无缝。

天泉楼夜坐和萝石韵

莫厌西楼坐夜深，几人今夕此登临？
白头未是形容老，赤子依然浑沌心。
隔水鸣榔闻过棹，映窗残月见疏林。
看君已得忘言意，不是当年只苦吟。

嘉靖五年(1526)三月,董萝石再次来绍兴问学。天泉楼在新建伯府内,前有碧霞池。阳明特许董萝石夜宿天泉楼。二人共同探讨心学,一直到天亮。此一夜,董萝石大有收获,创作一首诗《宿天泉楼》:"高阁凝香夜色深,四檐星斗喜登临。雪垂须发今何幸,春满乾坤见道心。冉冉光风回病草,瀼瀼颢气足青林。浴沂明日南山去,拟向炉峰试一吟。"董萝石这首诗实际上是在向先生汇报自己这一夜之所得。阳明对董萝石的诗做出回应,和其韵,写了这首诗。

"莫厌西楼坐夜深,几人今夕此登临?""厌"即满足;"西楼"指天泉楼。诗的开头,阳明对董萝石说,"你"不要仅仅满足于在天泉楼坐谈了一夜,有几个人能像"你"今天晚上一样,可以取得如此进步呢?董萝石的诗说"春满乾坤见道心",说明董萝石通过与先生一夜长谈,在心学修养上有了一次飞跃,有了自己的觉悟。能"见道心"不是那么容易,需要主观努力,还需要机缘巧合。这样的觉悟,对于心学修养来说,至关重要。如果没有觉悟,没有真正见到"道心",那对心学的理解还是隔了一层。

"白头未是形容老,赤子依然浑沌心。""赤子"即婴儿,孔颖达曾解释说:"子生赤色,故言赤子。""浑沌"本指天地开辟前元气未分的混融状态,后来指至善至美的纯真生命本体。这两句是称赞董萝石,"你"虽然满头白发,但是不表示"你"的衰老,"你"仍然保有一颗赤子的淳朴、本真之心。

董萝石第一次来见阳明时，已是六十八岁的老人。他与先生一番谈话后，就拜阳明为师。可见他虽然年老，却有一颗追求真理的心。

"隔水鸣榔闻过棹，映窗残月见疏林。""鸣榔"指渔家敲击船舷发出声音，用来惊动鱼儿，使其入网；"棹"指船桨，这里借代船；"残月"指天亮仍挂在天边的月亮。这两句写到夜谈时的情景。阳明与董萝石谈论心学，二人兴趣盎然，不知不觉谈到天亮，隔壁一条河里，渔民敲打船梆划船而过，天边残存的月亮照在窗子上，可以看到远处稀疏的树林。这两句一写耳所闻，二写眼所见，形象地写出他们畅谈了一夜。

"看君已得忘言意，不是当年只苦吟。""忘言意"典出《庄子·外物》："蹄者所以得兔，得兔而忘蹄；言者所以在意，得意而忘言。""苦吟"本指作诗反复吟咏，苦心推敲。董萝石本来是一位诗人，思想行事还是受语言文字束缚。如今他在天泉楼一夜长谈而悟，得意而忘言，再也不是以前那个一味苦吟的诗人。董萝石很快将要离开阳明，正如他自己所说"浴沂明日南山去"。先生对董萝石这一夜的收获做出了充分的肯定，也是对他的一番鼓励。

这首诗重点是讨论人的觉悟问题。阳明重视觉悟，认为觉悟是人长期辛苦努力的结果，人有了觉悟，还要不断努力。这首诗谈论的是心学的道理，用形象化的语言表达出来。将"白头"与"赤子"相对,写"鸣榔"与"残月",都是具体的意象,让人回味无穷。

【嘉靖丙戌十二月庚申始得子,年已五十有五矣。六有、静斋二丈昔与先公同举于乡,闻之而喜,各以诗来贺,蔼然世交之谊也,次韵为谢,二首(其一)】

海鹤精神老益强,晚途诗价重珪璋。
洗儿惠兆金钱贵,烂目光呈奎井祥。
何物敢云绳祖武,他年只好共爷长。
偶逢灯事开汤饼,庭树春风转岁阳。

嘉靖四年(1525)十二月十二日,阳明先生五十四岁的时候,他的儿子王正聪(后改名王正亿)出生了。在三朝洗儿会上,不少亲朋好友前来贺喜。其中六有(严谨)、静斋(魏澄)都是九十多岁的老寿星,他们与阳明的父亲王华是同一年考取的举人,也赶来赠诗表示祝贺。大家有着几代人的交情。阳明当然很高兴,按照他们诗的韵目,创作了两首诗。用这么长的诗题,也可以看出先生老年得子时的兴奋劲儿。

"海鹤精神老益强,晚途诗价重珪璋。""海鹤"即大鹤、老鹤,这里借指忠厚长者;"晚途"即晚年;"珪璋"指贺喜小孩的玉石挂件。这两句是称赞两位老人。两位老人年龄是大了,但精神更加矍铄,思维敏捷,前来祝贺,还为孩子写了贺诗,这贺诗的价值超过了那些玉石。很明显,阳明很感激两位老人的到来,感谢他们为刚出生的小孩写的祝贺诗。

"洗儿惠兆金钱贵,烂目光呈奎井祥。""洗儿"指三朝洗儿会。过去的风俗,婴儿出生三日或满月,亲朋会集祝贺,给婴儿洗身,称"洗儿会"。在洗儿会上,来宾都赐给婴儿一些喜钱,这就是"惠兆",图一个吉祥如意。"烂目"即耀眼。"奎井"均属二十八宿。奎宿因其形似文字,故以奎宿主文运与文章。井宿因其如网状,故主和平与公正。这两句是记录洗儿会上亲朋所说的吉祥话。亲朋送给小孩一些喜钱,并说可以带来好运的吉祥话,还有说小孩出生那天,奎星与井星发出耀眼的光芒,小孩将来一定是文运高照,为官做宰。可以想象,当时的洗儿会一定是热闹非凡、喜气洋洋。

"何物敢云绳祖武,他年只好共爷长。""物"即人物;"绳"是继承;"武"是脚印,"祖武"指小孩祖父王华的脚印,也就是考取状元的意思；"共爷长"指与爷娘一起长大。此时阳明作为孩子的父亲，当然要谦虚一下。他说，小孩是什么样的人物啊，怎么敢说能延续他祖父的足迹呢？以后只希望他与父母一起健康成长。阳明先生虽然是这样说，但他的内心自然是高兴的。

"偶逢灯事开汤饼，庭树春风转岁阳。""灯事"指古代的一个风俗，到了腊月十五，家家开始挂红灯笼，一直挂到正月十五，用来庆祝春节；"汤饼"是水煮的一种面食，象征着长寿；"岁阳"指来年的阳春正月。诗的最后两句是说，孩儿出生的时候，正赶上腊月挂灯笼的喜事，"我"正好开汤饼宴来招待大家，春风已经吹向庭院里的树，很快就要转到阳春正月了。阳明先生心情好，对早到的春风也特别的敏感。

从这首诗，我们可以感受到阳明内心的喜悦之情。诗中写到一些绍兴当地的风俗习惯，可见先生也是随乡入俗。

别诸生

绵绵圣学已千年，两字良知是口传。
欲识浑沦无斧凿，须从规矩出方圆。

不离日用常行内,直造先天未画前。
握手临歧更何语,殷勤莫愧别离筵。

嘉靖六年(1527)九月八日,阳明启程赴两广,向阳明书院的诸位门生告别,写下了这首诗。此时先生心心念念的是"致良知"之学。在此诗中,他概括出心学要义,希望学生们要勤加练习,不要辜负人生的大好时光。

"绵绵圣学已千年,两字良知是口传。""圣学"即孔孟之学,在阳明则特指"良知"心学;"口传"指口耳相传。这两句强调"良知"心学是孔孟圣学正宗。孔孟圣学已经传了上千年,阳明强调"良知"二字,是自古圣贤口耳相传而来。《孟子》提到"良知",《论语》并不见"良知"二字。但是,古人认为,圣人之学有文字记载,有口耳相传。圣人的微言大义常常都是依靠口耳相传。因此,阳明在此特地强调"口传","口传"才是圣人的真意。

"欲识浑沦无斧凿,须从规矩出方圆。""浑沦"即浑沌,原指天地未分之时宇宙元气浑融的原始状态,这里指人至善至美的本体;"斧凿"涉及一个典故,《庄子·应帝王》云:"南海之帝为儵,北海之帝为忽,中央之帝为浑沌。儵与忽时相与遇于浑沌之地,浑沌待之甚善。儵与忽谋报浑沌之德,曰:'人皆有七窍,以视、听、食、息,此独无有,尝试凿之。'日凿一窍,七日而浑沌死。"由此可见,"斧凿"意指违反自然之道的人为因素。"规矩"本指用来画方与圆的工具,这里指人的"良知"、行事的准则。阳明的意思是说,要想体认到自然大道而不掺和人为因素,就需要依"良知"来做事。这两句指出,对于人来说,最重要的是"良知"本体,人修身应从"良知"本体出发,最终还要回归到"良知"本体。

明·王阳明《客座私祝》

嘉靖六年(1527)九月八日,阳明先生启程赴两广,向阳明书院的诸位门生告别,写下的这首《别诸生》高度概括了心学的精义,与《客座私祝》中训诫子弟的拳拳之心一致。

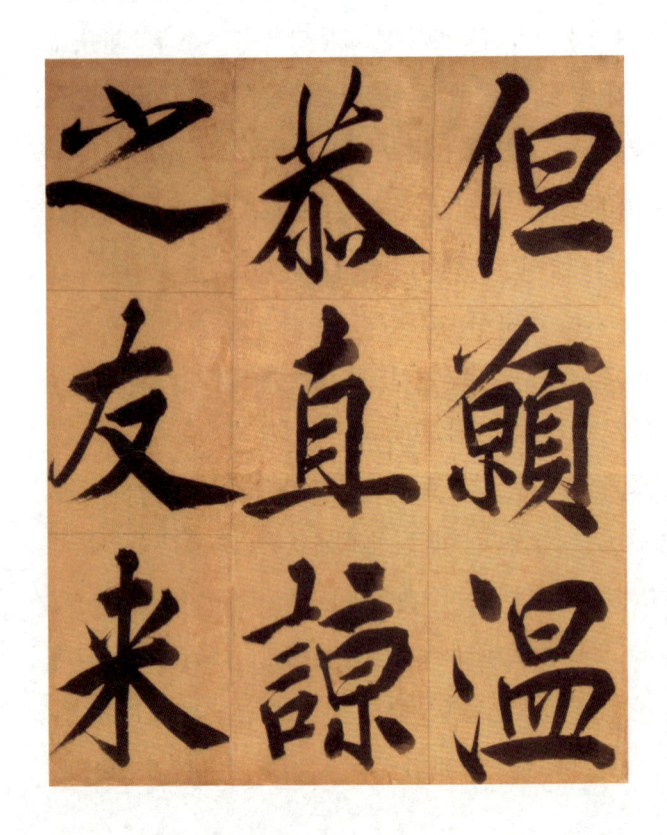

"不离日用常行内,直造先天未画前。""造"即到;"先天"指形上,人的形上之本体,也就是前文所提到的"浑沦";"未画前"是指伏羲未画八卦以前,也就是人文出现之前。这两句承接上两句而来,是教人如何"致良知"。阳明教人在日用常行中"致良知",也就是在吃饭穿衣、说话做事中,时时处处呈现"良知",这样就可以恢复自己至善至美的本体,达到元气浑融的生命状态。这两句话明显是讲功夫论,教人如何做修身功夫。

"握手临歧更何语,殷勤莫愧别离筵。""临歧"即面临分手的路口,也就是分手的意思。最后两句诗落在眼前的分别上。阳明说,将要分别了,我还有什么话要说呢,只希望大家都努力,不要愧对今天离别筵席上说的话。阳明心学不重在理论,而重在实践。阳明心学的理论说起来简单直接,就是要人"致良知",但是要做起来却无止境。阳明平时与学生说话,离不开"致良知"三字,现在即将分别,他又郑重地将这首诗送给大家,可见这是十分要紧的几句话。

这首与学生告别的诗,所说的如"良知""浑沦""未画前"等词,都是他平时与学生经常说的话。他所说的意思,他的学生一听就明白。这首诗高度概括了心学的精义,目的是让学生去现实中实践。

复过钓台

忆昔过钓台，驱驰正军旅。
十年今始来，复以兵戈起。
空山烟雾深，往迹如梦里。
微雨林径滑，肺病双足胝。
仰瞻台上云，俯濯台下水。
人生何碌碌，高尚当如此。
疮痍念同胞，至人匪为己。
过门不遑入，忧劳岂得已？
滔滔良自伤，果哉末难矣。

嘉靖六年（1527）九月二十二日，阳明往征思、田，经杭州到桐庐，路过严子陵的钓台。由于行色匆匆，他没有登台凭吊。阳明想起正德十四年（1519）九月，献俘北上，也是路过这个钓台，也是来不及登台。于是，先生创作了这首诗，用来表明此时自己的心迹。

"忆昔过钓台，驱驰正军旅。十年今始来，复以兵戈起。"来到严子陵钓台，阳明自然想起十年前，自己北上献俘，曾经路过此地。当时他正忙于平乱的善后工作，也是顾不上登台。没有想到十年后,又是因为战争,他又来到此地,又不能登上钓台。人生的道路似乎总是在重复着昨天的故事,不能不引起阳明的反思。从正德十四年(1519)到嘉靖六年(1527),其实只相隔八年,这里说"十年",是连头带尾说出的一个概数,无非是感慨时间过得飞快。

"空山烟雾深,往迹如梦里。"人生为什么会重复昨天的故事?阳明看着眼前的山水,希望得到一个答案。眼前空荡荡的山隐藏在烟雾中,过去所到过的地方仿佛就在梦中一样。这两句是写远处的景色,没有给出准确答案,却营造出一种幻灭感:其一,十年时间,转眼即逝,真是人生如梦;其二,虽然过去了十年,但战争仍然笼罩着中华大地,人民仍然处在水深火热之中。

"微雨林径滑,肺病双足胝。"这是写自己不能登台的原因:一是天空下着小雨,林间的山路比较湿滑;二是自己有肺病,双脚也生了疮。阳明身体如此不好,还不得不为了国家,要到两广去平匪,由此可见他的一颗爱国爱民的忠心。这为后文的"疮痍念同胞,至人匪为己"做了很好的铺垫。

"仰瞻台上云,俯濯台下水。"抬头看到钓台上方的白云,低头到钓台下的溪流中洗洗脚。这里虽然只写了阳明一些平常的动作,但是透露出他此时的心境。上不了钓台,那就在山下看一看风景吧,这是孔子的"无可无不可"的境界。人应该在具体情境中，做出自己最合理的选择，这正是阳明先生"致良知"所要追求的境界。

"人生何碌碌，高尚当如此。"人生为什么总是如此忙碌呢？高尚的人就应当如此吧。这是阳明的自我反思。这里的"碌碌"是指向先生自己。十年前，他因忙碌不能登上钓台；十年后，他又因忙碌不能登台。因此，阳明问自己"何碌碌"。这里的"高尚"即高尚者的意思。到了严子陵钓台，自然会想到严陵是高尚者。严光（前39—41），又名严遵，字子陵，浙江宁波余姚人。他少有贤才，与刘秀是同学兼好友。刘秀即位，多次延聘他。他隐姓埋名，退居富春山。严子陵不慕富贵、不图名利，确实是高尚的人，是高尚的隐逸者。但是，阳明在此所说的"高尚"另有含义，下面四句便是要解释"高尚"应该是一个什么样子。

"疮痍念同胞，至人匪为己。过门不遑入，忧劳岂得已？""疮痍"本指创伤，尤其是战争所带来的民生凋敝，又泛指一切民间的灾害困苦；"至人"指将做人做到极致的人，如《庄子·外物》曰："唯至人乃能游于世而不僻，顺人而不失己。"很明显，庄子所说的"至人"并非与世隔绝的人，而是"顺人而不失己"的人。"过门不遑入"引用了大禹治水三过家门而不入的故事；"已"即停止。这四句是说，天下的人民处在水深火热之中，真正高尚的人不是只为自己，大禹治水三过家门而不入，他的忧愁和劳累怎么可能停止呢？显而易见,这种高尚与严子陵的高尚是不同的。隐逸者的高尚有一点"为己"的意思,他们不愿意让天下的事来烦劳自己。阳明所说的高尚是以天地万物为一体,凡天下的人有不得其所者,都会使他有恻怛之心,看到天下人受苦,他就会匍匐向前,施以援手,想停也停不下来。

"滔滔良自伤,果哉末难矣。""滔滔"本指水流滚滚,这里指思绪纷纷;"自伤"即自我伤害;"果哉末难矣"典出《论语·宪问》:"子击磬于卫,有荷蒉而过孔氏之门者,曰:'有心哉,击磬乎!'既而曰:'鄙哉,硁硁乎!莫己知也,斯己而已矣。深则厉,浅则揭。'子曰:'果哉!末之难矣。'"孔子最后一句话是什么意思?我们以为,这是一个倒装句,是"末之难果哉"。"末"是末梢、结局的意思;"果"是确实、确定的意思。孔子的意思是说,像荷蒉者这样过着随波逐流的生活,那结局的困难是确定的[1]。毫无疑问,孔子是在批评那位荷蒉的隐逸者。阳明引用这个典故,自然也是用来坚信自己的人生选择。诗的最后两句是说,"我"的思绪滔滔不绝,会更多地伤害自我,孔圣人对此已给出了答案,大家都像严子陵那样过隐居生活,那人类结局的困难是一定的了。在此有一点提请注意,阳明所提倡的隐居与严子陵的隐居是有分别的。阳明是隐居讲学,实质上是走向社会,是做社会教

---

[1] 张实龙、张星:《阳明心学视域下的〈论语〉问答》,浙江大学出版社2022年版,第268页。

化工作。

阳明这次被起用,是在被朝廷搁置五六年之后,是在年老体衰多病的情况下。他也曾上疏辞免,但不被朝廷所允许,他便毅然启程两广。他经过严子陵钓台,面对严子陵,他必须讲清楚:自己的这次选择是不是"致良知"的结果呢?他用这首诗回答了这个问题,他的选择正是圣人的万物一体之"仁"的体现。这首诗不过是用严子陵钓台起兴,借以抒写此时自己的心迹。

谪仙楼

揽衣登采石,明月满矶头。
天碍乌纱帽,寒生紫绮裘。
江流词客恨,风景谪仙楼。
安得骑黄鹤,随公八极游。

这是一首佚诗,见于《乾隆太平府志》卷四十一。弘治十四年(1501)秋,阳明来游九华山,寻访了太白书堂。弘治十五年(1502)正月,他再次游九华山,又寻访了太白谪仙楼。谪仙楼在太平府当涂县采石江口。李太白晚年曾投靠当涂县令李阳冰,最终病死在当涂。当地人建谪仙楼以纪念他。阳明既访太白书堂,又来寻谪仙楼,意在凭吊太白诗魂。

"揽衣登采石,明月满矶头。""揽衣",即提衣,指提起衣衫走路;"采石",指采石矶;"矶头",采石矶的北面,高兀突出于长江之上,被称为矶头。阳明说自己提着衣衫攀登上采石矶,此时天上的明月将清辉洒满了采石矶头。阳明"揽衣登采石",可见他对李太白的崇敬。"满矶头"的月光,似乎在诉说着对诗人李太白的情意。

"天碍乌纱帽,寒生紫绮裘。""乌纱帽",即官帽,象征着做官;"紫绮裘",即宫锦袍,用宫锦织成的袍子,唐玄宗曾用来赐给李太白去还山。李太白被诏为供奉翰林,他看不惯唐玄宗身边的近臣,执意要辞官还山。对于李太白来说,表面上是乌纱帽妨碍观天,其实是做官限制了他的自由。唐玄宗就赐给李太白紫绮裘,让他还山。李太白穿上这样的宫锦袍,确实凉爽,同时也感到被唐玄宗抛弃的寒意。阳明述说了李太白的遭遇,表达了对他的同情。

"江流词客恨,风景谪仙楼。""词客",指李太白;"恨",即遗憾。此两句是说,滚滚长江水,流的都是李太白的遗憾;他来到当涂谪仙楼这块地方,也成就了这块地方的风景。李太白作为唐代著名大诗人,被人称为"笔落惊风雨,诗成泣鬼神",他本来也想"大道匡君,示物周博"(李白《大猎赋》),却遭到统治者的冷遇,一身的才华不能施展,生活穷困潦倒,最后不得不依托族叔李阳冰过活,李太白心中自然有无限遗憾。但是,李太白来到当涂,使谪仙楼这一块地方的风景也跟着大放异彩。后来的人包括阳明先生,来到谪仙楼看风景,其实都是为了怀念大诗人李太白。

"安得骑黄鹤,随公八极游。""安",即哪里;"骑黄鹤",古人多说仙人骑鹤天地仙游,便用骑鹤来指游仙归隐之事,如唐代诗人崔颢《黄鹤楼》云:"昔人已乘黄鹤去,此地空余黄鹤楼。黄鹤一去不复返,白云千载空悠悠。""八极",指八方极远之地。诗的最后,阳明表达了自己的愿望。哪里能够骑上黄鹤?"我"将随着大诗人李太白去周游天下。中国古代流传的骑鹤典故,是人们向往自由的体现。李太白也好,阳明也好,现实中的人多有束缚。

这是一首怀古诗,表达了对唐代大诗人李太白遭遇的同情,肯定了李太白对自由的追求。诗歌将写景、叙事、议论与抒情融为一体,在缅怀李太白的同时,也抒发阳明自己的心志。

游海诗（其一）

学道无闻岁月虚，天乎至此欲何如？
生曾许国惭无补，死不忘亲恨有余。
自信孤忠悬日月，岂论遗骨葬江鱼。
百年臣子悲何极，日夜潮声泣子胥。

《游海诗二首》，是佚诗，见杨仪《高坡异纂》卷下（《烟霞小说十三种》第六轶）。诗前有一长序，交代作诗缘由："予，余姚王守仁也。以罪南谪，道钱塘，以病且暑，寓居江头之胜果寺。一日，有二校排闼而入，直抵予卧内，挟予而行。有二人出自某山蒙茸中，其来甚速，若将尾予者。既及，执二校，二校即挺二刃厉声曰：'今日之事，非彼即我，势不两生。吾奉吾主命，行万余里，至谪所不获，乃今得见于此，尚可少贷以不毕吾事耶？'二人请曰：'王公今之大贤，令死刃下，不亦难乎？'二校曰：'诺。'即出绳丈余，令予自缢。二人又请曰：'以缢与刃，其惨一也。令自溺江死，何如？'二校曰：'是则可耳。'将予锁江头空室中。予从窗谓二人曰：'予今夕固决死，为我报家人知之。'二人曰：'使公无手笔，恐无所取信。'予告无以作书。二人则从窗隙予我纸笔。予为诗二首、告终辞一章授之,以为家信。"据束景南先生考证,阳明为了避祸远遁武夷,创作《游海诗》,虚构了游海一事。游海一事虽然是编造的,但是诗确实是阳明所作,阳明的感情是真挚的,这两首诗也成为阳明颇有影响的诗作。这里欣赏其中的第一首。

"学道无闻岁月虚,天乎至此欲何如?""学道",指学习圣人之道;"无闻",即没有收获;"天乎",即呼天之语;"至此",即到了今天这个地步,指阳明被人追杀,不得不选择死亡。此两句阳明是在说自己,学习圣人之道没有收获,白白地让岁月虚度;其结果落到今天的下场,遭人追杀,不得不去死。在这种情况下,阳明问老天爷,"我"该怎么办?人穷则返本,人在绝望时会呼天抢地。一个"天乎"的呼唤,表达了阳明临死前的一腔悲愤。

"生曾许国惭无补,死不忘亲恨有余。""许国",指以身许国;"亲",此时阳明的亲人主要指父亲王华、祖母岑老夫人。此两句是说,"我"活着的时候,曾经就立志要将自己的一生奉献给国家,但是令人惭愧的是,"我"对国事没有什么弥补;"我"就是死了也不会忘记"我"的亲人,只是留下遗憾,不能再尽孝。前一句讲"忠",后一句讲"孝",这些都是传统文化所提倡的。这两句诗深层意思是,"我"如此行忠孝,不应该有今天的结果。

"自信孤忠悬日月,岂论遗骨葬江鱼。""孤忠",指默默奉行、不求他人理解的忠心;"悬日月",指如高悬的日月一样;"岂论",指哪里会想到。此两句是阳明表白自己的冤屈。"我"自信对国家对皇帝的忠心就像天上高悬的太阳和月亮一样,这是人人都可以看到的;哪里会想到今天却要被迫投江而死,用自己的尸骨去喂钱塘江的鱼。前一句写自己的良好表现,后一句写自己遭受悲惨待遇,强烈的反差体现了阳明内心的强烈悲愤。

"百年臣子悲何极,日夜潮声泣子胥。""百年",即一生、终身,是死的一种委婉说法;"潮声",即钱塘江潮声;"子胥",即伍子胥,《史记·伍子胥列传》记载,伍子胥被吴王冤屈逼死,尸首被抛入钱塘江中,民间传说,钱塘江大潮就是伍子胥的冤魂所表达的愤怒。诗的最后两句,阳明说自己是将被冤死的臣子,内心的悲愤没有止境,日夜奔涌的钱塘江大潮声,就是在哭泣冤死的伍子胥。这是借伍子胥的典故,来表达自己内心的冤屈。

这首诗是将死之人向上天倾诉自己的冤屈。向上天倾诉,中国诗歌早有传统。《诗经·王风·黍离》就唱出:"悠悠苍天,彼何人哉!"《离骚》中的屈原上扣天阍,下求佚女,也是向上苍倾诉。阳明此诗抒发了受冤屈之人临死之前的悲愤。

图书在版编目（CIP）数据

吾心自有光明月：王阳明诗歌欣赏 / 张实龙，余丹编著 . -- 宁波：宁波出版社，2024.6
 ISBN 978-7-5526-5347-2

Ⅰ.①吾… Ⅱ.①张…②余… Ⅲ.①王守仁（1472-1528）—诗歌欣赏 Ⅳ.① I207.227.48

中国国家版本馆 CIP 数据核字 (2024) 第 069326 号

吾心自有光明月：王阳明诗歌欣赏
WUXIN ZIYOU GUANGMINGYUE WANGYANGMING SHIGE XINSHANG

张实龙　余　丹　编著

出版发行	宁波出版社
	（宁波市甬江大道 1 号宁波书城 8 号楼　315040）
责任编辑	罗樱波
责任校对	虞姬颖
装帧设计	金字斋
印　　刷	宁波白云印刷有限公司
开　　本	889mm×1194mm　1/32
印　　张	13.625
字　　数	261 千
版　　次	2024 年 6 月第 1 版
印　　次	2024 年 6 月第 1 次印刷
标准书号	ISBN 978-7-5526-5347-2
定　　价	98.00 元

如发现缺页或倒装，影响阅读，请与出版社联系调换，联系电话：0574-87248279